GSE 北京大学教育经济与管理丛书

U0106097

中国西部地区受援高校发展研究

蔡文伯　著

北京大学出版社
PEKING UNIVERSITY PRESS

图书在版编目(CIP)数据

中国西部地区受援高校发展研究/蔡文伯著. —北京：北京大学出版社,2011.6
(北京大学教育经济与管理丛书)
ISBN 978-7-301-18999-3

Ⅰ.①中… Ⅱ.①蔡… Ⅲ.①高等学校－学校管理－研究－中国
Ⅳ.①G647

中国版本图书馆 CIP 数据核字(2011)第 111196 号

书　　　　名：中国西部地区受援高校发展研究
著作责任者：蔡文伯　著
责 任 编 辑：韩文君
标 准 书 号：ISBN 978-7-301-18999-3/G・3143
出 版 发 行：北京大学出版社
地　　　　址：北京市海淀区成府路 205 号　100871
网　　　　站：http://www.jycb.org　http://www.pup.cn
电 子 信 箱：zyl@pup.pku.edu.cn
电　　　　话：邮购部 62752015　发行部 62750672　编辑部 62767346
　　　　　　　出版部 62754962
印 刷 者：三河市富华印装厂
经 销 者：新华书店
　　　　　　　650 毫米×980 毫米　16 开本　16.75 印张　267 千字
　　　　　　　2011 年 6 月第 1 版　2011 年 6 月第 1 次印刷
定　　　　价：38.00 元

未经许可,不得以任何方式复制或抄袭本书之部分或全部内容。
版权所有,侵权必究
举报电话：(010)62752024　电子信箱：fd@pup.pku.edu.cn

前　　言

　　西部高等教育是中国高等教育的重要组成部分,但由于历史和现实的原因,西部地区与东部地区高等教育的发展水平逐渐拉大。为此,教育部实施了"对口支援"西部高校计划,其目的在于保证西部人才培养质量、合理配置教育资源、促进教育公平与构建和谐社会。本书从社会资本和社会网络的视角,对政府推动下的对口支援西部高校政策实施过程进行系统的分析。

　　作者从高等教育资源配置入手,研究表明西部高校的发展不但取决于物资资本和人力资本,而且也取决于社会资本。布迪厄提出的社会资本概念,为众多研究领域的学者所关注。相对于社会学、经济学、政治学等领域,社会资本在教育学领域的研究成果较少。本书中的"社会资本"概念,主要指影响高校从外部获取显性资源和隐性资源的社会网络。本书以"对口支援"高校作为研究对象,特别是以西部地区的受援高校作为研究重点,探讨社会资本对"对口支援"高校的影响。对口支援西部高校政策是中央政府以政治为导向所制定的援助政策。在实施过程中,支援高校不仅为受援高校提供了人力资本、物资资本,更重要的是通过正式和非正式的社会支持网络提供了社会资本,社会资本对于西部高校发展获得所需要的学科建设经验、学术网络、师资培养等稀缺资源,发挥了重要的推动作用。通过政府的引导和东部高水平大学的支持,西部高校愈加重视与东部高校甚至国外高校的合作与交流,拓宽了西部高校的外部活动空间和发展平台。而这些社会资本的获得和社会网络的建立,对人力资本和物资资本具有累加作用和增值作用,原因在于东部支援高校为西部受援高校拓展了社会支持网络,西部受援高校通过利用东部支援高校信息桥梁的优势,整合社会网络结构的信息资源、机会资源和社会资源,从而获得跨越式发展之动力。

本书通过对支援过程中有关社会资本的理论分析和实证分析,比较深入地研究了社会资本的不同维度对西部受援高校的实际影响,并在此基础上提出了政府推动下的对口支援西部高校的政策建议。

通过对案例受援高校的分析,发现受援高校的社会网络主要表现为:以国家政策为纽带的社会网络;以情感为纽带的社会网络;以支援高校为辐射的社会网络。受援高校的社会网络支持内容主要表现为:学科支持、管理支持、人才培养。受援高校的社会网络规律主要表现为:从外部看表现为支援高校强势学科向受援高校弱势学科传播;从内部看表现为受援高校强势学科建立强关系网络,弱势学科建立弱关系网络;支援高校与受援高校之间的合作关系呈现出由"一对一"向"多对一"的社会网络转型;支援高校与受援高校之间学科属性差异适中,社会网络的效果明显。

本书的研究结论表明西部高校通过利用东部高水平大学的社会资本,获得了所需要的稀缺外部资源。对口支援政策导致受援高校社会资本的增加,促进了受援高校的发展。政府社会资本是西部高校在发展的初级阶段构建其社会资本并获取外部稀缺资源的有效和重要的支持方式。东部高水平对口支援高校与西部受援高校之间学科设置比较接近,则情感支持绩效表达明显。东部支援高校的社会声望对西部受援高校学位点建设的支持效果显著,对少数西部受援高校招生的第一志愿录取率提高有一定的促进作用。

本书从理论上分析了在对口支援西部高校背景下社会资本概念所具有的特殊内涵,特别是通过案例分析考察了西部高校对口支援所构建的社会资本和社会网络对高校发展的特殊作用。讨论了社会资本在不同阶段的作用形式。在对口支援工作的起始阶段,关系社会资本对西部高校发展起着重要的促进作用;在中期,将由结构社会资本与关系社会资本的相互转化发挥作用;在后期,将由认知社会资本发挥重要的作用。提出了外部社会网络、社会网络主体、社会网络属性和社会网络声望四个维度,实证分析了四个维度社会资本对西部高校发展的影响。研究发现,不同的社会网络主体和社会网络属性对对口支援的影响并不相同,东部支援高校的社会网络声望只对西部高校部分要素起作用。

本书可作为教育政策学、教育经济学、教育社会学等领域的有关专家学者及师生参考用书。同时,对那些对区域教育发展、教育援助政策和高校社会资本研究感兴趣的学者,也具有参考价值。

目　　录

第一章 研究问题与基本思路

　　西部高等教育是中国高等教育的重要组成部分,但由于历史和现实的原因,西部地区与东部地区高等教育的发展水平之间的差距逐渐拉大。为此,教育部实施了"对口支援"西部高校计划,其目的在于保证西部人才培养质量、增强服务区域的能力。"对口支援"作为一种政策与制度安排,是政府推动区域教育协调发展、合理配置教育资源的重要战略举措。西部受援高校通过"对口支援",其办学水平获得了整体提升,特别是学科专业建设和师资队伍发展取得了显著的成效。在取得如此成就的背后,社会资本是否扩展了西部高校的社会网络,社会资本对西部受援高校的发展起到了何种作用? 本章从社会资本的视角讨论"对口支援"西部高校的理论和实践意义。

　　本章在已有社会资本范式研究的基础上,依据关系强度理论、社会资源理论、社会网络结构理论,提出本书研究的主要问题:在东部高水平大学对西部高校的支援过程中,社会资本和社会网络关系是如何形成和发挥作用的? 提高西部高校社会资本存量的途径有哪些? 提高西部高校社会资本后,对西部高校发展的影响如何? 本书从社会资本和社会网络的视角,对政府推动下的对口支援行动对西部高校发展的影响进行研究,试图解释政府在促进西部高校发展过程中的主导作用,试图引导西部高校为了自身发展必须构建和复制社会支持网络,通过东部高水平大学的社会资本提升西部高校的社会资本存量。由此,提高西部高校的办学效益和办学水平。

第一节　研究问题

一、对口支援西部高校的历史背景

实施西部大开发战略,加快中西部地区发展,是中国迈向现代化建设第三步战略目标的重要部署。面向 21 世纪的西部大开发战略是逐步缩小区域差距、实现协调发展的重要基础,是加强民族团结、保障边疆安全和社会稳定的重要举措,是发挥东部区位优势、调整区域经济结构、提高社会经济整体效益和促进西部地区持续健康快速发展的迫切要求,人才队伍建设是西部大开发的重中之重。

由于历史和现实的原因,西部贫困地区高等教育水平相对落后,高等教育基础较为薄弱,与东部地区相比发展极其不协调,难以适应西部大开发的现实需求和未来需要。具体讲,从部属院校的分布角度看,2009 年全国共有部属院校 114 所,其中北京市的部属院校占北京普通高校总数的比重最大,达到 41.86%,而西部省区中贵州、云南、西藏、青海、新疆 5 个省区无一所部属院校。全国"211 工程"院校共有 116 所,其中东部 69 所,西部仅 21 所,西部高水平的重点大学远远少于东部,而问题还不仅仅是这些。根据中国校友会网大评价课题组《2007 年中国大学评价研究报告》的研究结果,中国高校 100 强中,前 10 强东部有 7 所,西部则没有;前 100 强中,东部 58 所,西部只有 18 所,东部是西部的 3 倍还要多。这说明东西部高等教育办学水平有很大的差距,同时也表现出东西部高校的学生在受教育过程中的不平等。再拿高校的科研水平来说,东西部高校差异也很显著。以中国 2007 年高等学校科技贡献力为例,不同地区的高校科技贡献能力差异显著。北京地区高校科技创新贡献力最强,科学技术研究水平也最高,获国家重大科技奖励数遥遥领先于其他地区。上海、江苏、四川、浙江、陕西、湖北、湖南、天津等经济发展水平较好的地区,高校的科技创新贡献能力比较强。[①] 在甘肃、青海、西藏、宁夏、内蒙古、新疆等高等教育水平和经济发展水平较低的地区,没有高校获得国家重大科技奖励。可见,进一步提升西部高校的办学水平和科技创新能力势在必行。

---

① 2007 中国大学评价研究报告[EB/OL]. http://www.cuaa.net/2003.

　　所谓"对口支援"，是指由政府启动，在发达地区和不发达地区有关机构和学校之间建立稳定的伙伴关系，引进发达地区的物质和智力资源，促进不发达或者欠发达地区教育发展的一种援助模式。[①] 作为一种政策与制度安排，对口支援并非是近年来才出现的，早在 20 世纪 50 年代，我国政府就开始有针对性地组织面向边疆欠发达地区的教育对口支援。改革开放尤其是进入 90 年代以后，政府对民族地区的教育对口支援有了更大的发展。一是智力援藏，动员全国各地的力量全面对口支援西藏的教育事业。二是东部高校与新疆的对口支援和协作。三是更大范围内组织沿海经济文化发达省、市对少数民族贫困县开展教育对口支援与协作。进入 21 世纪，随着国家开发西部政策的实施，教育对口支援进入了一个新阶段。积极发展西部地区高等教育，加快培养急需的高级专门人才，是实施西部大开发战略的重要任务。而西部高校处于西部大开发的最前沿，是西部高层次人才培养的主要基地和西部智力支持的重要力量。因此，支援西部高校的发展是东部高水平大学应尽的职责和义务，也是一所高校风格、作风以及水平的体现。通过开展东西部高校对口支援，可以尽快帮助西部地区高校提高办学水平，提高人才培养、学科建设、产学研结合等方面的综合能力。

　　2001 年 6 月，教育部印发了《关于实施"对口支援西部地区高校计划"的通知》，首次确定北京大学与石河子大学、清华大学与青海大学等 13 对东西部高校之间建立对口支援关系。此后，教育部陆续增加了东部一些办学水平较高的大学对口支援中西部地区发展相对落后的高校。2005 年 4 月，教育部为进一步丰富对口支援工作的内容，决定实施"援疆学科建设计划"专门项目。2006 年 9 月，教育部在《关于进一步深入开展对口支援西部地区高校工作的意见》中强调，要充分认识到对口支援工作的重要性、艰巨性和长期性，充分调动各方面的积极性，建立长期奋斗的思想，克服各种困难，扎扎实实地开展工作，高质量地完成担负的任务。同年 6 月，召开了"对口支援西部地区高校工作经验交流会"。截至 2008 年 10 月，全国受援高校已经扩大到 36 所，支援高校达到 62 所。[②]

　　① 李延成.对口支援：对帮助不发达地区发展教育的政策与制度安排[J].教育发展研究，2002(10)：16-20.

　　② 对口支援西部地区高等学校工作背景材料[EB/OL].[2009-05-09].http://www.moe.edu.cn.

二、问题提出

在高等教育质量需要不断提升、学科建设水平需要不断提高、社会服务能力需要不断增强的激烈竞争环境下,西部高校难以完全依靠自身力量立足,并取得跨越式发展。[①] 西部高校的发展需要依赖外部资源获取,而资源获取渠道通常来自各种复杂、交织和重叠的社会网络。即使地处西部地区的高校,由于不同的高校嵌入到不同的系统环境当中,也会走上不同的演进路径,乃至出现截然不同的发展结果。[②]

对口支援计划实施多年来,经过各方的共同努力,西部受援高校整体办学水平得以明显提高,学科建设得到显著加强,特别是原来各方面基础条件较薄弱的受援高校实现了跨越式的发展,减缓了与东部高校差距拉大的速度。特别是一批西部受援高校(贵州大学、宁夏大学、青海大学、海南大学、西藏大学、石河子大学)陆续进入了"211 工程"国家重点建设高校行列,并形成了北京大学的"文化西援"模式、清华大学的教授团模式、浙江大学的联合科研模式、西南交通大学的重点学科突破模式、上海交通大学的共建国家重点实验室模式等较为成功的对口支援模式。[③] 如,在对口支援的高校中,石河子大学药学院在2001 年成立之初,是一所各项工作刚刚起步、本科专业单一、没有硕士点、科研水平较低、研究人员较少的学院。但从 2002 年起,学院紧紧抓住了北京大学对口支援的契机。其中,药学学科创新团队在北京大学李长岭教授的带领下,以重点实验室建设为重点,依托北京大学药学院的优势资源,经过几年的建设,在培养和引进人才、国家级项目申报、重点实验室建设上都取得了突破,成为对口支援工作中最为突出的亮点。又如,北京大学挂职石河子大学副校长于鸿君教授作为首席专家,受援高校相关学院教授共同参加,结合新疆优势资源申报的《环新疆经济圈视角下新疆主体功能区建设与跨国区域协调发展研究》项目,成功中标 2006 年度国家社会科学基金重大招标项目。该项目实

---

① 西部高校:本研究所指的西部高校不仅仅指空间地理位置处于西部地区,而且也包括中东部少数民族聚居的欠发达地区的高等学校,即被教育部指定对口支援关系的非教育部直属的其他普通高等学校。

② 根据中国校友会大学排行榜数据显示:同处西部地区两所高校,2003 年甲校综合排名 216 位,乙校综合排名 214 位,2007 年甲校综合排名升至 146 位,乙校综合排名升至 175 位,但甲校前进了 70 位,乙校只前进了 39 位。数据来源:http://www.cuaa.net/paihang.

③ 清华大学课题组,岑章志,等.东西部高校对口支援的实践与经验[J].清华大学教育研究,2007(2):34-43.

现了西北地区国家社科基金重大项目零的突破,是石河子大学首次获得的国家级哲学社会科学最高层次项目。

在取得令人兴奋的成就背后,更令研究者感兴趣的是:仅仅在以政治为导向的政策驱动下[①],西部高校就取得了令人瞩目的成就,其中的原因是什么呢? 西部高校社会资本和社会网络是否存在,以及是如何对西部受援高校变化产生影响的? 外部社会网络、社会网络主体、社会网络属性、社会网络声望是怎样影响西部受援高校的? 它们对西部受援高校的教学、科研以及社会服务是如何发挥作用的? 西部受援高校在不同的发展阶段,需要构建哪种类型的社会资本促进其持续发展?

在对口支援过程中,社会资本对西部高校的跨越式发展起到了极其重要的作用,原因在于通过支援高校的社会网络使受援高校获得了广泛的社会支持网络,从而增大了西部高校物资资本和人力资本的产出,产生乘数效应。[②] 毫无疑问,西部高校的发展必须依靠坚实的经费支持(物资资本)和优秀的师资队伍(人力资本),这些都是高校教学、科研和社会服务得以持续发展的重要基础。高校的发展不仅仅取决于具有显性特征的物资资本和人力资本,同样还取决于具有隐性特征的社会资本,社会资本在物资资本和人力资本的配置和效能发挥中起着基础性的激励作用。但是,这一点却长期以来没有得到足够的重视,社会资本对物资资本和人力资本的累加效应和催化作用经常被忽视。实际上,高校始终处在社会网络的包围之中,无论是经费的筹集还是学科的成长,无一不是建立在学校的规则、声誉和信用当中。在工商管理等领域,关于社会资本对企业发展的影响问题,目前已有许多论述和研究。然而在教育领域,除一些有关社会资本与大学生求职、社会资本与教育机会、社会资本与学业成绩的研究之外,其他方面的研究相对较少。因此,本书作者认为,深入研究高校社会资本在学校发展过程中的作用,应该是教育政策领域研究的一个重要课题。

与物资资本和人力资本相对应,"社会资本"是在 20 世纪 70 年代后期发展起来的一种理论,它是由社会学家率先提出,而被经济学家、

---

① 实际上,在政府对口支援西部高校计划之中,相关部门并未提供专项经费投入。只是近期教育部、财政部才在"质量工程"项目中增加了对口支援项目,但主要用于资助受援高校的教师和管理干部到支援高校进修和学习锻炼等。

② 乘数效应:在经济学上,投资对其他产业的拉动比例是 1∶3 的正函数效应,这被称为乘数效应。乘数效应是一个变量的变化以乘数加速度方式引起最终量增加的规则。

政治学家等广泛采纳,用来解释和说明各自研究领域问题的综合性概念和研究方法。社会资本不同于物资资本和人力资本,具有如下的特点:在使用上可以达到互惠的效果;存在于人与人或组织与组织之间,不能离开人而单独存在,不具有可让渡性;它完全是无形的,是一种能感觉到却看不见、摸不着的东西;是纯粹的公共物品,一旦形成就不仅仅是一个人能使用它,而是需要两个或两个以上人的配合才能实现。本书以"中国西部地区受援高校发展研究——基于社会资本和社会网络的分析视角"作为研究选题,既源于教育部实施"对口支援"西部高校教育政策的现实问题,又源于社会资本作为一种新的解释范式所具有的理论和方法论意义。

三、研究诉求

1. 探究影响西部高校发展瓶颈的现实追问

如同其他资源一样,高等教育资源也具有稀缺性的明显特征,而高校的发展需要源源不断的各种资源的有效保障才能维持正常运行。一般来讲,高校的资源主要由物质资源和人力资源构成,物质资源一般包括教学科研用房、仪器设备和基础设施等;人力资源则主要包括师资队伍、管理队伍等,其中师资队伍是高校资源的主体。

那么,这是否意味着高校拥有丰富的物质资源和人力资源就一定能够获得发展?物质资源和人力资源是高校发展的必要条件还是充分条件?哪些因素影响和决定着高校物质资源和人力资源的获得?哪些因素在强化、增大高校物质资源和人力资源的功效?

有学者认为,在以人为工作核心的高校中,金融货币资本和生产资料资本(办学设施和以学历为核心的师资资源)并不是高校发展壮大的唯一决定因素,它们只是高校发展的一种保障因子。在保障因子达到一定(基本)度后,高校的效益产出主要依赖于高校场域内外的一种人际联系和由人际而衍生的种种资源,它超越于一般意义的金融和生产资料资本投入的回报,它应该属于高校社会资本的范畴。[①]

从学理上讲,高等教育是介于公共产品和私人产品之间的准公共产品。所谓准公共产品,是指兼具有公共产品和私人产品的属性,它通常分为三类:具有非竞争性的同时也具有排他性;具有非排他性的同时也具有竞争性;一定限度内的竞争性和排他性。从目前我国高等

---

① 钱一舟.学校社会资本的构成要素和运行条件——一所学校成长的解读[J].当代教育科学,2004(17):37-40.

教育供给的现状来看,高等教育应该属于准公共产品的第三类。作为准公共产品的高等教育,它的资源供给不能纯粹依托市场,由市场价格来解决;也不能纯粹依托国家,仅由政府税收来提供。准公共产品的这种性质决定了要保证高等教育资源的均衡配置,必须采取两种方法。第一种方法是尽可能减少市场的不完善性,保证市场机制作用的有效发挥。第二种方法,即充分发挥国家的作用,进行政府干预。政府干预是保证高等教育资源配置的重要组成部分。虽然,政府干预和市场配置同样存在着失灵现象,意味着有限理性、寻租行为、信息不对称等因素,以及主观或客观因素的影响。但是,西部高校在发展的初期阶段由于缺乏竞争力,仅从市场配置的角度无法使西部高校从外部获取所需的经费资源、师资资源、学术资源以及其他办学资源,使得自身实力原本就薄弱的西部高校资源更加捉襟见肘。显然,西部高校如何在日益竞争的环境中生存和发展,需要政府和市场的共同配置,在一定阶段需要政府对西部高校的扶持与援助。政府不仅可以通过行政命令提供物资援助,也可以利用社会方式,通过扩大西部高校的社会网络和社会资本方式,实施援助。而对口支援西部地区高校教育政策的出台是政府干预教育资源配置,促进高等教育协调发展的具体行动。

西部高校与学校外部实现良性互动,是其有效获取资源、快速发展的重要途径。大多数高校为了生存和发展,都必须最大化地从其他高校与组织中获取资源。它可能会向一些组织寻求资金,向另一些组织寻求人力资源,特别是学术资源。因此,资源的社会关系依赖性是理解西部高校发展路径的一个重要方面。当这种资源获取与依赖关系持久化时,一个组织成长与资源获取的社会网络也就形成了。社会网络一旦建立,高校就能很清楚地认识到在什么地方可以得到所需的资源,然后依照自身的能力通过"网络连线"向各目标节点寻求资源。从这个意义上讲,高校发展与社会网络的构建与演进紧密相关。社会资本提供了不同于市场、国家的网络式的资源配置方式。

高校之间在资源获取上存在着竞争。在同一区域的某一历史时点上,两所发展水平相当的高校,由于在发展过程中获得的资源差异悬殊,可能导致后来的发展结果大相径庭。从高校发展的历史来看,那些发展成功的高校往往经历了一些关键性事件或转折点,如政府对高校的政策和经费的支持,与其他大学、研究机构和企业的合作等,这些都为高校的发展提供了资源和机遇。但是,为什么有些高校有机会摄取到宝贵的资源,而其他高校未能得到? 为什么有些高校抓住了机遇获得了快速发展,而有些高校却因错失良机而名落孙山? 那些为学校提供社会资本的组织,又是因为什么原因促使他们那样做的? 这些现象不能不引起我们的思考和研究,本研究试图从社会资本和社会网络的视角解读高校的发展。

在本书中所说的高校"社会资本",主要指影响高校从外部获取显性资源和隐性资源的社会网络关系。即在目的性行动中获取和/或动员的、嵌入在社会结构中的资源。但是,哪些因素在影响着高校社会资本的形成,进而影响着高校发展呢?

2. 构建西部高校跨越发展路径的现实要求

对口支援西部高校项目是国家开发大西北、构建和谐社会、布局人才基地的重要战略举措,着重于帮助西部高校提高其学科专业建设、师资队伍建设水平等,是实现西部高校快速发展的有效途径。众多的研究表明,社会资本与经济发展有着密切的正相关。那么,社会资本在政府推动下的东部高水平对口支援西部高校过程中是否继续发挥作用? 本研究以北京大学等高水平大学对口支援石河子大学为案例,具体分析和验证社会资本对"对口支援"西部高校发展的影响,进而探究政府在对口支援项目中如何引导东部高水平大学的社会资本作用于西部高校,促进西部高校发展。

社会资本概念的提出,为各个学科提供了一种重要的解释范式。尽管不同学科对社会资本概念的理解存在差异,但相对于人力资本和物资资本形式来看,对社会资本的核心内涵理解都与社会关系有关,都认为社会资本与人力资本、物资资本根本的不同在于:社会资本不是个体直接拥有的资本形式,而是存在于个体与个体关系中的资本形式。亚历杭德罗·波特斯(Alejandro Portes)在论述社会资本时认为:"个人通过他们的成员资格在网络中或者在更宽泛的社会结构中获取短缺资源的能力。获取(社会资本)的能力不是个人固有的,而是个人与他人关系中包含着的一种资产。"①根据这一理解来看高校资本,高校是重要的社会组织形式,有明确的组织目标和任务,有独特的人才和文化资源优势,是促进社会发展和经济繁荣的组织机构,具有良好

---

① Portes Alejandro. Economic Sociology and the Sociology of Immigration:A Conceptual Overview. In the Economic Sociology of Immigration:Essays on Networks, Ethnicity, and Entrepreneurship,ed. by Alejandro Portes,New York:Russell Sage Foundation,1955: 12-13.

的社会声誉和组织形象。作为组织中的个体,由于高校组织存在于不同的社会关系网络中,有些是工作层面的社会关系,有些是生活层面的社会关系。其中,组织间的社会关系有利于组织获取更多的社会资源。即,拥有组织身份可以使成员享用组织所提供的各种资源。西部高校在高等学校社会结构系统中,由于取得了某种成员资格——对口支援高校,因而具有从东部高水平大学获取其发展所需要稀缺资源的基本条件。

从理论上讲,社会资本可以分为不同的层面,如果以人际关系为中轴:在个体层面上,表现为个人建立的关系网络,即个体型社会资本;在组织层面上,表现为人际关系制度化的组织及其规范,即组织型社会资本;在制度层面与结构层面上,表现为"潜入"社会结构中的制度和制度体系,即制度型社会资本。显然,政府推动的对口支援西部高校政策主要体现在组织层面和制度层面的社会资本。因此,组织层面和制度层面的社会资本对西部高校发展起着重要的作用。然而,教育管理研究一直以来比较注重个体成员的社会资本研究,忽略了高校作为一个组织的整体社会资本对高校发展的研究。

第二节　研究意义

一、理论意义

本书从社会资本的视角分析对口支援行动对西部高校发展的影响。社会资本已逐渐成为有效分析高校发展问题的一个研究范式,在现有的社会资本范式的高校变革、资源配置、职业搜寻等有关成果的基础上,探讨在西部高校迫切需要快速发展的今天,如何利用各种社会资本和社会支持网络促进西部高校提高办学水平和人才培养质量,对政府如何实施有效的教育援助政策提供理论支撑,同时这一研究也有助于弥补国内关于社会资本范式高校发展问题研究的不足。具体体现在:

其一,将现有的社会资本理论与对口支援西部高校发展的具体问题结合起来进行研究,在研究中丰富和发展这个理论,为教育领域组织层次的社会资本研究提供清晰的概念工具和方法论基础。

以往的社会资本研究关注个体资源的获得,认为每个行动者都是资源的获得者。实际上,在一个群体中,每个行动者的角色和作用并不完全相同,强势行动者往往控制着其他个体行动者的交往效果。这样使得个体行动者比较倾向于依赖强势行动者的关系取得良好的回报效果,而且属性接近的行动者越有可能交往,也就是说地位有一定差异但相差不大的行动者交往频次较多。

其二,为解释政府推动下的对口支援西部高校政策行为提供一种新的分析范式。特别是将对口支援所获得的社会资本这一因素与其他促进高校发展的因素加以细致的区分和比较,以验证社会资本理论促进高校发展的有效性。

本书在社会资本的概念和理论体系下,描述社会资本在大学发展过程中的作用和功能,回答社会资本对高校这一特殊组织形态的影响,建构个体型社会资本、组织型社会资本、制度型社会资本的概念,并运用社会网络分析范式建立政府主导的政府社会资本和政府引导的民间社会资本的测量指标,系统、完整地呈现如何在社会资本范式下分析社会资本对受援高校发展的影响。

二、实践意义

本书以政府推动的东部高水平大学对口支援西部高校项目为案例,分析社会资本对西部高校发展之影响。近几年,西部高校随着办学条件的改善、办学效益的提高,生源质量、教学水平有了一定程度的改善。但是,西部高校人才培养质量、科学研究水平和社会服务能力,远不适应当地经济和社会发展的需要,与东部高校的差距越来越大。而开放性的与外部沟通的社会网络关系无法在西部高校群体内自发生成,只能借助外部力量来提升社会资本存量。因此,政府对西部高校社会网络的积极构建有助于促进西部高校的发展,这一结论将直接为决策者提供政策借鉴。具体讲:首先,定性定量分析社会资本,运用社会资本理论框架对"对口支援"西部高校援助政策进行系统深入的实证研究。对西部高校的发展或跨越进行尝试性解释,提供在教育政策中运用社会资本解释大学发展的一种新的分析视角。尤其是通过对西部受援高校石河子大学的案例研究得出社会资本构建途径、社会资本构建类型等内容。其次,通过对社会资本对"对口支援"西部高校发展的作用和功能分析、对"对口支援"西部高校政策社会资本的行为分析以及从整体层面研究社会资本对高校发展的影响,为改进"对口支援"援助实践提出政策建议。

第三节　研究思路

一、从高校资源配置视角分析"对口支援"社会资本

高校是社会的重要组成部分,它和其他社会组织一样镶嵌在整个社会网络之中,它需要不断地从外部获取高校内部发展所需要的资源,保证高校的正常运行,使其圆满完成人才培养、科学研究、社会服务等项任务。但是,由于西部历史和现实的原因,高等教育资源严重匮乏,西部的高等教育发展受到了严重阻碍,与东部发达地区的差距逐渐加大。这几年,随着国家财政能力的提升对西部转移支付力度的加大和高校本科教学水平评估的开展,教学条件得到了一定的改善,师资水平也得到了一定的提高。问题是为什么西部的高校与东部的高校仍然存在较大的差距。

高校的资源是高校发展的基础和保证,高校资源是指进行高等教育活动所必需的人力、物力、财力及相关资源的总称,是实施高等教育所必需的基础和条件。高校的资源主要包括两个层面的内容:第一层面是指影响和决定高校在市场经济建设中生存、成长与发展的关键因素;第二个层面是指为高校发展起重要支撑作用,促进高校发展的基础性因素。其中教育师资是关键,教育设施是基础,教育投资是保障,高校本身所含有的无形资产是教育资源的重要组成部分。实际上,中外高等教育发展史表明,高校的发展不仅取决于物资资本的改善和人力资本的提高,还取决于无形资产的教育资源充实。著名高校之所以有较高的社会影响力和知名度,就在于高校的学术文化和办学特色鲜明,有较高的研究水平和教学水平,尤其是具有丰富的学术网络和学术资源。而西部的高校缺少的正是这些无形资源的获得和提升。为此,中国政府为了推动西部大开发,构建和谐社会,实现教育公平,2001年实施了对口支援西部高校的计划,力求为西部经济发展提供人才和智力支持。

西部的高校由于交通成本大、学术交流难、社会服务能力差,获取外部资源的机会较少。近几年,由于对口支援西部高校行动计划的实施,西部高校获得了较快的发展。在对口支援西部高校研究的相关文献中,学者们对西部的高等教育从西部高等教育战略发展、高等教育资源配置、高等教育公平、高等教育援助政策等方面,提出了西部高等

教育发展的政策建议,其中重要一条就是加大对西部高等教育的投资力度。康凯甚至提出了对口支援西部高校的经济学模型。① 但时至今日,政府并没有对"对口支援"西部高校的计划设立专项经费,然而却取得了不少成绩。这就不得不使我们思考一个问题,除了物资资本和人力资本外,还有一种资本——社会资本在发挥作用,而这正是受援高校——西部高校所需要的。物资资本和人力资本的获取需要社会资本的投入,才有可能得到持续不断的积累和更新,这是因为任何物资资本和人力资本都镶嵌在社会网络之中,通过有效地利用社会资本可以间接地获取物资资本和人力资本。西部高校所拥有的社会资本与物资资本、人力资本,是相互促进、相互补充的,并表现出乘数效应。由于受援高校通过获取支援高校的社会资本优势,整合社会网络结构的信息资源、机会资源和社会资源,获得高校进一步发展的动力,从而扩大受援高校的学术交流范围,增强社会服务能力,提升社会知名度和影响力。

二、从高校组织特性视角分析"对口支援"社会资本

没有一个社会组织系统是自我孤立的、与外部环境毫无联系的,组织正是从与外部环境的联系过程中,获得赖以生存与发展的资源,实现组织发展的。发端于中世纪的高校,已存活近一千年,显示出高校具有顽强的生命力。高校作为社会大系统的子系统,必然与社会大系统相互作用,发生物质和能量交换关系。社会向高校输入各种物质资源、财力资源、人力资源、文化信息资源等,高校在吸收各种社会资源后,通过内部运作和整合加以综合利用,然后输出社会所需要的"产品",包括合格的毕业生、各种知识和智力资源等。如今,高校已从社会的边缘走向社会的中心,成为社会发展的"动力站"、"服务站",高校与社会的联系愈加紧密。高校在长期的发展过程中,形成了以知识的发现、传授、传播为目标,以权力分散、重心低下、联结松散为结构特征,以自由自治为文化特征的组织特性。科恩和马奇将高校称为"有组织的无序状态",韦克将高校称为"松散耦合系统"。

由此,可以看出高校是一个具有开放性的生命组织系统,高校既需要内部循环系统,又需要保持与外部环境的适应性,从外界汲取营养,获得所需资源。通过开放,高校与外部保持一定的物质、信息和能

① 康凯.对口支援成效及推动西部高校发展的经济学模型[J].医学教育探索,2004(1):4-7.

量的交换,使高校保持正常的"新陈代谢",实现高校的健康发展;而封闭办学,则可能导致高校信息闭塞,因循守旧,走向衰落。对口支援政策的实施促进了西部高校不断保持旺盛的"新陈代谢"功能,实现与外部物质、信息和能量的交换,从而获得发展所需要的物质资源、学术资源和信息资源等。

支援高校具有较高的学术性、文化性、开放性特征,在科学研究、学科建设、人才培养、社会服务和国际交流等方面具有较高的水平,并与国内外高校、科研机构、政府部门、企业公司等有着广泛而紧密的社会关系网络。为此,2001年教育部在《关于实施"对口支援西部高校计划"的通知》中要求,"对口支援计划"要以人才培养工作为中心,以学科专业建设、师资队伍建设、高校管理制度与运行机制建设为重点,争取用五年的时间,使受援高校的教学、科研和管理水平有较大提高,为受援高校的长远发展奠定坚实基础。2006年教育部再次在《关于进一步深入开展对口支援西部高校工作的意见》中要求,各支援高校和受援高校要从国家整体发展的战略高度不断提高对"对口支援"工作的认识,探索有效的管理办法,使对口支援工作长期、稳定、协调、健康地发展。重点在于:一是强化队伍建设,促进受援高校的教育质量和管理水平提高;二是结合西部的实际情况,加强受援高校的学科建设和科学研究工作;三是积极采取措施,扩大受援高校的国际交流与合作。显然,从教育部制定的对口支援西部高校的有关政策可以看出,受援高校更多是从学术层面、制度层面、文化层面得到支援高校的支持和帮助,使受援高校在更大范围内与国内外知名高校开展合作,从而提升受援高校的整体办学水平和人才培养质量。

三、从社会支持网络视角分析"对口支援"社会资本

根据以资源为基础的发展理论,任何高校的成长背后都有其特质资源作为基础,无论这种资源是有形的还是无形的。一定的资源决定了高校成长的基础和特定的竞争优势。虽然承认高校发展离不开特质资源与核心竞争力,但西部高校成长的根本问题,往往并不在于是否能够更好地发挥其已有的特质资源,而在于如何更好、更快、更有效地获取并积累不断成长过程中所需的资源。可以认为,所有的组织都依赖于其所处的环境以获取特质资源,但与生物实体不同的是,组织不能直接开发其环境,因为它所需要的资源通常掌握在其他组织或个体手中。因而,组织为了生存必须致力于如何从其他组织或个体手中

获取其发展所必需的资源,它可能会向一些组织(个体)寻求资金,向另一些组织(个体)寻求人力资源、技术资源或经营管理经验等。当这种资源获取与依赖关系持久化时,一个组织成长与资源获取网络也就形成了。

因此,资源获取与资源依赖有一定的相关。资源获取可来自于一个与其有直接和非直接联系的诸多组织或个体,更进一步说,资源获取的渠道来自于一个网络,组织悬浮于一个多重、复杂、交叉、重叠的关系网络中。一般来说,组织或个体有三种资本:物资资本、人力资本、社会资本。物资资本与人力资本是组织或个体自身的资产,社会资本则代表了与其他组织或个体的关系,是寓于人际关系之中的,反映了一个组织或个人的社会联系。

布迪厄(Pierre Bourdieu)等认为,社会资本是个体或团体通过与外界的联系所增加的资源总和。不论是实体的还是虚拟的,通过拥有一个持久的网络,这种网络包含有或多或少的相互熟悉或认可的制度化关系。在研究资源获取与管理的过程中,社会资本是一个重要概念与分析单位。与外界的联系越多,则社会资本越多,表明获取资源的渠道就有可能越多。社会资本是一种用来强化个体或组织之间行为规范(标准)的手段,它可以产生两方面的作用:(1)社会资本可以充当一种资源。当一个组织具有一定的社会资本时,意味着它具有与外界的某种联系,从而在这种联系之上可以形成某种网络,促进组织之间的合作,并可以通过这种网络联结获取资源。(2)社会资本又代表着一种对各方合作的规制要求。当具有一定社会资本以形成网络的组织通过网络方式获取收益与资源时,它会强化对这种网络的依赖,同时由于认识到已有网络的价值,它会倾向于按已有网络的特征与规范,去继续搜寻符合这种特征与规范的新的合作者,以增加组织的社会资本。

可见,从社会资本角度出发,强化对已有网络的依赖反映了一种组织惯例和成长的路径依赖:一个网络或组织成长的基础依存于其成长之初的特征。对不同合作者的选择与搜寻对网络或组织未来成长有重要影响;如果原有网络结构与模式被新增加的关系强化了,则原有网络会按照一定的既有模式运行下去,说明出于维持已有社会资本的目的,一个网络在扩展与演进时,趋向于复制其已存在的关系模式。因此,高校依赖于不断地复制其已有网络结构与特征而获取资源,并在这个过程中获得成长。社会资本代表了一个组织或个体的社会关系,在一个网络中,一个组织或个体的社会资本数量决定了其在网络结构中的位置。但是,网络中的关系并不是均匀分布的,有的地带稀疏,有的地带稠密,高校在成长中要获取更多的资源,一个重要思路就是从稀疏地带向稠密地带移动。而从一个网络整体来看,关系稠密的网络之内的组织更容易获取资源,更容易成长起来,更具竞争优势。

所以,网络是通过不断积累社会资本而形成并扩展的。对高校而言,它在形成、增加社会资本的过程中构建特定结构的网络,设置网络中的资源获取模式,并依靠对网络的不断复制而成长与演进。针对网络的路径依赖以及复制观点,伯特(Ronald Burt)持有不同见解。伯特认为,一个网络中最有可能给组织带来竞争优势的位置处于关系稠密地带之间而不是之内,他称这种关系稠密地带之间的稀疏地带为结构空洞。结构空洞中没有或很少有信息与资源的流动。由于存在结构空洞,就为活动于结构空洞中的个体或组织提供了机会,因为他们可以将两个关系稠密地带联结起来,从而为这些联结起来的单位带来新的信息,并使资源通过这种新联结流动。

由此看出,通过这种新关系与新联结的生成,网络结构就得以改变,网络的价值得以增加。结构空洞理论认为,网络由于结构空洞的存在不是不断地复制,而是不断地重构。一个富有结构空洞的网络,就会促使某些个体或组织出于自身目的将关系稠密地带联结起来,从而可以通过改变网络结构为自身带来新的资源,最终产生较强的竞争优势。结构空洞理论的观点更强调网络中的个别组织或高校在高校成长中的积极作用,由于信息或资源流动空缺的结构空洞的存在,就可以使高校或一些特定组织通过联结其不同的、一定程度相互隔断的关系网络,开发存在于这些不同组织或个体之间的结构空洞,从而为高校的成长不断地提供资源。根据结构空洞理论,可以说高校的资源获取就是依靠不断地开拓网络中的结构空洞而实现,通过不断改变网络结构,从而使网络中的高校赢得竞争优势。因此,高校的成长与资源获取以及网络的演进,是与网络结构的改变相联系的。西部高校通过与支援高校的强关系,经过复制或重构高校社会网络,接近先前联系较少或没有联系的国内外知名高校,扩大西部高校的社会网络半径和空间,获得西部高校发展所需的稀缺资源。

四、从公共教育政策视角分析"对口支援"社会资本

公共教育政策是政府与社会相联结的主要纽带。政府部门正是

通过一系列的公共教育政策,实现对社会、经济各领域发展导向以及各项事务的管理,塑造良好的社会、经济和政治秩序。公共教育政策分析一般遵循实证原理、价值原理、规范原理、可行性原理和优化原理。对口支援西部高校是教育领域的部门政策。教育部作为国家教育行政的主管部门,自然需要参与到国家的总体发展战略当中。对口支援政策的出台正是响应当前正在实施的西部大开发战略,构建和谐社会和可持续发展目标的要求。对口支援政策是教育部援助西部高校所采取的公共政策,旨在发展西部的高等教育,培养西部经济发展所需要的人才,缩小东西部高等教育差距,实现高等教育均衡发展的目标。

关于政策过程,格尼兹卡(Gornitzka)提出构成政策链的五个要素:即政策过程、政策目标、政策规范、政策工具和政策联系。袁振国认为,教育政策问题是指教育决策部门认为有责任,有必要加以解决的教育问题。对口支援西部高校政策是由国家认定的教育政策问题,但不仅仅是教育问题,也是与教育相关的社会问题。政策工具是政府影响社会的重要机制。政策工具主要包括信息、财政、权威和组织机构。就信息而言,由于政府在宣传媒体中的主导地位,比较容易营造统一的舆论氛围,使教育政策的推行较为有效,也意味着政府对于确保教育政策的正确性承担主要责任。在中国,政府权威是落实高等教育政策的重要保障之一,而组织机构执行政策的能力取决于该组织负责人或上级领导的权威性。

对口支援西部高校教育政策是以政治目标为导向的援助政策。自对口支援西部高校工作实施以来,教育部始终是该项工作的牵头人和推动者。在政策实施过程中,教育部不断总结经验、推广成果,定期通过对口支援西部高校新闻发布会和阶段性总结大会向社会公布成果,营造对口支援西部高校的社会氛围,强化对口支援西部高校的援助力度,提升对口支援西部高校的建设成效,进一步加大对口支援西部高校教育政策的执行力度。为此,教育部先后组织召开了"对口支援西部地区重点建设高等高校座谈会"、"对口支援西部地区高等高校计划"汇报会、"对口支援西部地区高等高校工作情况新闻发布会"、"对口支援西部地区高等高校工作经验交流会"和"高等高校对口支援工作管理人员培训班"等会议,要求支援高校从"讲政治、讲奉献"的高度做好对口支援工作,要求受援高校从"讲责任、讲发展"的高度提升办学水平,并要求所有对口支援高校领导每年召开不少于一次的工作例会。本书正是出于此目的,通过对西部高校援助政策实施过程的分析,探究此项政策不断持续进行、深入发展的动力要素和运行机制。

第四节　研究方法

对口支援西部高校是一个复杂的系统工程,其成效如何取决于多个方面。单凭一种方法很难论述社会资本对西部受援高校之影响,本研究采用定性、定量与混合研究的路径,即坚持定性研究与定量研究方法相结合、规范研究与实证研究方法相结合的原则。定性研究和规范研究主要分析社会资本对西部受援高校的一般描述和理论推断,定量研究和实证研究主要分析社会资本对西部受援高校的实际运行和现实影响,对西部受援高校的典型案例采用案例分析或网络分析方法。本研究主要采用了问卷调查法、访谈研究法、案例研究法和网络分析法等,其中以文献分析为主,深入访谈为辅;以内容分析为主,描述统计为辅;以案例研究为主,以网络分析为辅的基本原则。从多个侧面和角度分析社会资本对西部受援高校发展所产生的影响和功效。具体地说,第三章主要采用定性研究方法论述社会资本对西部受援高校的影响,第四章主要采用定量研究方法证实社会资本对西部受援高校的影响,第五章主要采用案例分析法对对口支援中社会资本的实际作用作进一步分析和评论。

一、问卷调查法

问卷调查法往往用来研究发现复杂现象中起关键作用的变量以及变量之间的关系,所以在进行新的研究时,在理论建立过程之前的探索研究和概念开发步骤中,都需要进行合适的调查研究。

本研究开展问卷调查的目的是了解政府推动下的对口支援西部高校政策的高校社会资本的运作情况,旨在发现援助政策实施过程中社会资本的作用和功能以及存在的主要问题和成因。为了从更广泛的视角了解社会资本对受援高校的影响和作用,有必要对大学领导和管理者(校院两级领导和职能部门领导)、学科团队带头人和教师进行问卷调查,得出本研究的重要问题和关键要素。

问卷内容主要根据本研究的基本命题和相关假设从社会资本和社会网络的相对效应、结构性位置在社会资本获取上的相对优势、对口支援院校间的关系强度和声望影响、结构洞与关系强度、结构洞与弱关系在等级制结构中的不同优势等方面设计问卷内容。主要在于了解政府在对口支援过程中西部高校的社会资本存量有没有变化,为什么拥有不同优势、地位和社会资本的西部高校其支援效益也有差异,政府主导的政府社会资本和政府引导的民间社会资本对高校发展的影响,正式社会支持网络和非正式社会支持网络如何发挥作用。本问卷从社会资本和社会支持网络两个维度出发,以对口支援在促进教学、科研的效果为问卷内容,从而测得社会资本对高校发展之影响的相关数据。据以上相关问题设计问卷路径图,如图 1-1 所示。

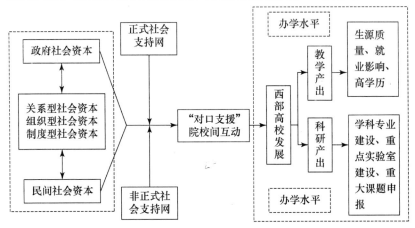

图 1-1　社会资本对西部受援高校发展之影响概念图

为了构建社会资本理论分析对口支援西部高校政策的初步分析框架,本研究根据问卷目的采用结构化以及半结构化问卷方式,通过现场问卷或网上问卷来收集信息与探讨相关问题。然后,结合问卷目的,对问卷内容和问卷结果进行分析,归纳总结出关键特征和分析要素。由于大学领导和管理者(校院两级领导和职能部门领导)、学科团队带头人和教师工作时间不一致,要想确定一个共同的时间进行问卷调查是不现实的,即使分类共时进行问卷调查也是困难的。因此,本研究按照快速有效的原则通过多种问卷调查方式收集相关信息。

具体讲本问卷共分几个部分:个人基本情况、对口支援高校间交流程度、对口支援高校支持程度、对口支援西部高校的成效表现、对口支援西部高校工作的需求评判。为便于进行数值化计算,除量化型问题外,问卷采取 Likert 量表形式进行设计,即把要求被试回答的问题分为 5 个等次,如“非常小、比较小、一般、比较大、非常大”,然后按 1、2、3、4、5 予以赋值。将定序变量转化为定距变量,从而支持连续变量进行统计分析。所有的数据用 SPSS17.0 进行统计学分析。社会资本对政府推动下的东部高水平大学对口支援西部高校发展之影响部分问卷内容举例如下（见表 1-1）：

表 1-1　对口支援西部高校调查问卷举例

项　目	非常小	比较小	一般	比较大	非常大
您所在院校经常联系以下高校					
A."985 工程"高校	1	2	3	4	5
B."211 工程"高校	1	2	3	4	5
C.省属重点大学	1	2	3	4	5
D.省属一般大学	1	2	3	4	5
E.其他地州学院	1	2	3	4	5
F.全面对口支援高校	1	2	3	4	5
G.援助学科建设高校	1	2	3	4	5
您所在院校经常得到以下高校的支持					
A.全面对口支援高校	1	2	3	4	5
a."985 工程"高校	1	2	3	4	5
b."211 工程"高校	1	2	3	4	5
c.省属重点大学	1	2	3	4	5
d.省属一般大学	1	2	3	4	5
e.其他地州学院	1	2	3	4	5
B.援助学科建设高校					
a."985 工程"高校	1	2	3	4	5
b."211 工程"高校	1	2	3	4	5
c.省属重点大学	1	2	3	4	5
d.省属一般大学	1	2	3	4	5
e.其他地州学院	1	2	3	4	5
您所在院校经常得到支援高校以下支持					
A.师资支持	1	2	3	4	5
B.人才培养支持	1	2	3	4	5
C.管理支持（或挂职干部）	1	2	3	4	5
D.科研支持	1	2	3	4	5
E.经济支持	1	2	3	4	5
F.声望支持	1	2	3	4	5
G.交往支持	1	2	3	4	5
H.信息支持	1	2	3	4	5

二、访谈法

访谈是一种基本的调查研究手段,"访谈"是研究者"寻访"、"访问"被研究者并且与其进行"交谈"和"询问"的一种活动。它是收集原始资料的重要途径之一,对原始资料分析与归类的过程也是研究者本人研究深入的过程。在人类有记载的历史中,记述经历是人类提炼、升华其经历的主要方式。[①] 访谈发挥的不仅仅是一个简单的、访谈者向受访者"收集"资料的作用,而且更重要的是一个交谈双方共同"建构"和共同"翻译"社会现实的过程。[②] 为直观地了解社会资本在对口支援西部高校政策中的影响和作用,在已有理论基础上分别对"受援高校"大学领导和管理者(校院两级领导和职能部门领导)、学科团队带头人和教师进行深入访谈,收集原始资料,增强感性认识,从实践的角度分析对口支援过程中政府在对口支援项目运作中发挥着什么作用,政府、高校、社会哪种力量发挥着主导作用,政府提升西部高校社会资本存量的路径有哪些,政府提升西部高校社会资本后,对口支援项目的影响如何,政府建构的社会支持网络是否有助于提高西部高校的办学水平。

本研究的访谈对象包括主管对口支援工作的院校领导、对口支援办公室工作人员、对口支援挂职干部、对口支援授课教师、受援高校学科带头人及到支援高校进修访问和攻读学位的教师等。对大学领导和管理者、学科团队带头人和教师编制访谈提纲。大学领导和管理者、学科团队带头人和教师及学生作为支援高校的收益方,由于工作和学习目标不完全一致、分析问题的角度和出发点不同、自我感受和体验不同,因此,多个层面的访谈有助于获得全面的信息。对于大学领导和管理者从学校和学院整体发展的角度出发,着重于从理念、政策、制度、管理等方面,分析社会资本在对口支援西部高校政策执行过程中的作用;对于学科团队带头人从学校和学院学科发展的角度出发,着重于从学科未来发展战略、重大科研课题争取、科研项目指导与合作、团队凝聚力形成等方面分析社会资本在受援高校学科团队中怎样发挥作用;对于教师从自身业务提高的角度出发,着重于从学历提高、进修访问、学术会议等方面分析社会资本在受援高校教师中起到了什么作用。

————————

　① [美]埃文·赛德曼.质性研究中的访谈:教育与社会科学研究者指南[M].周海涛,主译.重庆:重庆大学出版社,2009:9.

　② 陈向明.质的研究方法与社会科学研究[M].北京:教育科学出版社,2000:181.

三、案例研究法

案例研究方法（Case Study Methodology）属于经验性研究方法（Empirical Research Method）的范畴。其中，解释性案例研究适用于运用已有的理论假设来理解和解释现实中社会实践活动的研究任务。而多案例研究则能够更好、更全面地反映案例背景的不同方面，尤其是在多案例同时指向同一结论的时候，案例研究的有效性将显著提高。由于受援高校和支援高校的差异，彼此之间在对口支援理念和措施等方面差异较大，很难概括总结其整体对口支援成效，而丰富的案例研究却弥补了此方面的欠缺，为论述研究观点提供具有说服力的例证。因此，通过描述对口支援所开展的活动，可以生动地展现对口支援的过程。

在案例研究中，按照斯塔克（R. E. Stake）的观点，分为本质性（intrinsic）案例研究和工具性（instrumental）案例研究。本质性案例研究是针对已知的一个特殊案例进行研究。工具性案例研究是"我们有一个研究的问题，一个疑难的问题，一个需要对其建立一般性理解的问题。并且感到可以通过研究特殊的案例深入地认识这个问题。这种案例研究是对一些事情的理解。在这里案例是作为完成任务的工具，所解决的问题不是这个特殊的案例本身"[①]。根据本质性案例研究和工具性案例研究的特点，在本研究中选用工具性案例研究比较合适。它能够比较深入地解释社会资本在对口支援西部高校政策中的作用。

究竟以什么样的标准来选择研究的案例对象？需要考虑的因素比较多。斯塔克认为，案例研究中样本选择的"首要标准是我们能从中学到最多的东西。根据我们的目标，确定哪些案例可以使我们理解，使我们做出结论，甚至能使我们得出概括性的结论。我们进入实地工作的时间总是有限的，如果可以的话，我们需要选择那些能够更容易进行我们研究的案例"[②]。根据所研究的问题以及上述确定的案例研究样本的典型和方便原则，本研究拟选择石河子大学的典型案例作为研究对象，进一步分析对口支援政策在西部高校究竟发挥什么作用，取得了什么成效，政府应当怎样引导西部高校社会资本存量的增加。

[①]　R. E. Stake. The Art of Case Research. Thousand Oads：Sage Publications，1995：3；转引自：唐丽芳. 课程改革中的学校文化[D]. 长春：东北师范大学，2005：20.

[②]　R. E. Stake. The Art of Case Research. Thousand Oads：Sage Publications，1995：3；转引自：唐丽芳. 课程改革中的学校文化[D]. 长春：东北师范大学，2005：21.

四、网络分析法

社会网络分析法是社会科学的一种研究范式,它是建立在如下假设基础之上的:在互动的单位之间存在的关系非常重要。社会网络理论、模型以及应用的基础都是关系数据,关系是网络分析理论的基础。行动者以及行动是相互依赖的,而不是独立的、自主性的单位。行动者之间的关系是资源(物质的或者非物质的)传递或者流动的"渠道"。网络模型把结构(社会结构、经济结构等)概念化为各个行动者之间的关系模型。社会网络分析法在方法论上有其独特之处:其一,从社会关系视角进行的社会学解释要优越于从个人的视角进行的解释。其二,网络结构方法将补充甚至取代个体主义方法。其三,网络分析方法直接针对社会结构的模式化的关系本质,从而可以补充甚至超越主流的统计方法。本研究中对口支援西部高校之间是政府推动下的相互依赖的关系单位或行动者。根据社会网络分析法的要义,此方法比较适合本研究。可通过关系数据、神经网络图、关联性、中心性等概念进一步分析对口支援关系,力图为社会资本的解释提供分析基础。主要回答对口支援高校间社会资本是怎样实现的,有哪些路径。

此外,本文搜集了大量的文献,包括教育部对口支援相关文件、对口支援高校协议、对口支援年度工作总结和对口支援的相关报道等。

第五节　　本书研究框架与基本结构

一、研究命题①

社会资本是一个复杂的概念体系,时至今日,学术界并没有对社会资本做一个统一的解释,都是从不同的视角对社会资本部分特性进行描述,各有各的侧重点和表达方式,而不像物资资本或人力资本那样界定清晰,有明确的概念内涵和外延。本研究不对社会资本的概念本身做深究和界定,只是用社会资本的概念本质特征描述在对口支援过程中,社会资本对西部受援高校发展所产生的影响和作用,以下是从外部社会网络、社会网络主体、社会网络属性和社会网络声誉方面提出的相应的研究命题:

---

① 相关命题、假设等均参照:[美]林南.社会资本:关于社会结构与行动的理论[M].张磊,译.上海:上海人民出版社,2005:54-73.

命题一：在其他条件相同的情况下，拥有较多社会网络资源的西部受援高校将获得较多的人力资源、学术资源和管理资源支持吗？

拥有较多合约关系的受援高校对学校发展有较大的影响，拥有较少合约关系的受援高校对学校发展有较小的影响。即不同支援高校由于在社会资本上的差异，将会导致受援高校在学校发展方面也表现出不同程度的差异。受援高校通过支援高校获取和使用好的社会资本会导致更成功的行动，特别是广泛的社会网络拓展了教师学历提升的机会空间。合约关系通过双方合作协议书、备忘录和年度工作计划等项目测得。

第一，西部受援高校利用支援高校的影响，支援高校可以代表受援高校施加影响。支援高校的位置（position）越好，嵌入和控制的资源越好，有益于受援高校的影响越多。第二，支援高校有优越的结构性视野，可以给受援高校提供更好的信息。第三，一个处在好位置的支援高校，拥有嵌入性和控制性资源，呈现出好的社会信用。因此，如果它愿意作为支援高校，会确保或提高受援高校的社会信用。最后，接触一个好位置的支援高校的能力，本身就提高了受援高校在下一步的互动与行动中的信心和自尊，这可能是实现行动目标所必需的。社会结构的等级制性质用金字塔来表示，拥有不同等级的有价值资源的位置层级用纵轴标出。两所受援高校（在图中用 e1 与 e2 区分）有大致相同的结构位置，当 e1 利用较多合约支持的高校 a1，e2 利用较少合约支持的高校 a2，且 a1 比 a2 的位置相对要高时，那么 e1 就比 e2 具有竞争优势（见图 1-2）。

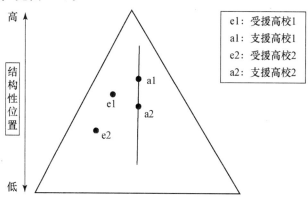

图 1-2 西部受援高校社会资本的相对效应图

命题二：政府主导下的具有合约关系的受援高校所构成的社会网络，与没有政府主导的西部高校相比，将会获得较多的人力支持、学术支持和管理支持吗？

政府主导的具有合约对口支援关系的名校为西部高校发展构建了正式的社会支持网络，政府引导的不具有合约对口支援关系的名校为西部高校发展构建了非正式的社会支持网络，两种社会支持网络的功效有差异，其中政府主导的正式社会支持网络影响更为显著，表现在受援高校与支援高校的课题合作愈加紧密。实际上，在对口支援过程中，每个高校的角色和作用并不完全相同，支援高校往往控制着受援高校的交往效果。这样使得受援高校比较倾向于依赖支援高校的关系取得良好的回报效果。

初始位置越好，行动者越有可能获取和使用好的社会资本。这个问题揭示的是结构对社会资本的影响：那些有好的社会位置的人，在获取和动员拥有好的资源的社会关系上具有优势。初始位置指受援高校的先赋位置与自致位置。先赋位置是受援高校继承的位置。自致位置指受援高校获得与占据的社会位置和社会角色。这样地位强度问题可以表述为，那些有好的先赋位置、占据着好的位置的行动者，也将有好的机会获取和使用拥有好的资源的社会关系。在获取好的社会资本上，e1 比 e2 有一个好的位置或结构优势（见图 1-3）。

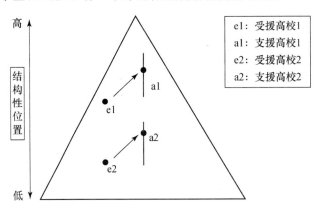

图 1-3　西部受援高校结构位置不同获取社会资本的相对优势图

命题三：受援高校与支援高校间学科属性相似，有利于受援高校得到较多的人力支持、学术支持和管理支持，并有利于双方的合作与交流吗？

受援高校与支援高校关系越紧密、越稳固，受援高校就越有可能获得更多的学术合作机会和资源共享。即受援高校与支援高校之间建立的强关系联结,在正式社会支持网络中将获得更多的同质资源;关系越强,驾驭的社会资本越可能正向地影响表达性行动的成功。而且属性越接近的行动者越有可能交往,也就是说地位有一定差异但相差不大的行动者交往频次较多。支援高校与受援高校的属性可通过学校类型、学科类型等项目测得,双方合作可通过交往频次、合作内容等项目测得。本研究主要选择重大课题的申报、重点实验室的建设等典型案例证实。

可获取的资源,与同受援高校共享更强烈情感的那些人的社会关系是正相关的。那些有合作关系的高校关系越强,越有可能共享和交换资源。相互的支持与认可,同受援高校和支援高校的资源(包括它们的声望)的改善是结合在一起的。本命题关注因受援高校与支援高校的关系强度而导致使用支援高校资源的可能性。即使支援高校有更好的资源,如果受援高校与支援高校的关系没有反映规范的互惠、信用和相互义务,支援高校可能也不会对受援高校获得资源的愿望做出回应。封闭的关系是得到社会资本的必要条件。建立在情感、信用与共享资源和生活方式基础上的强关系,有利于维持和强化既有的资源。强关系允许使用与自己的社会资本相似的或可能稍微不同的(如更好的)社会资本。

命题四:支援高校社会声望越高,受援高校的人才培养质量越有可能得到广泛的社会认可吗?

受援高校通过支援高校结构洞的信息桥梁优势,整合社会网络结构的信息资源、机会资源和社会资源,从而获得更多的学科支持和政策支持。即受援高校通过支援高校与第三方行动者(政府、其他高校等)建立的弱关系联结,在非正式社会支持网络中将获得更多的异质资源,唤起工具性行动。通过网络分析法和案例研究法进一步分析社会声望对高校发展的影响。本研究主要选择第一志愿报考率、就业率等典型案例证实。

西部受援高校越靠近高等教育系统网络中的桥梁,它们在工具性行动中获取的社会资本越好。格兰诺维特(Mark Granovetter)提出了弱关系强度的理论观点,指出了"网络桥梁"的网络位置的功用,认为它可以使信息从一个社会圈子流向另一个社会圈子。桥梁是两个群体的行动者之间的唯一连接。桥梁承担着尽可能地获取嵌入在两个群体中的资源的重要功能。伯特在结构洞理论中,更详尽地探讨了桥梁的概念(见图1-4、图1-5)。桥梁使西部高校关系丛中的受援高校可以获取嵌入在东部高校关系丛节点中的资源,否则这些资源将不可得。

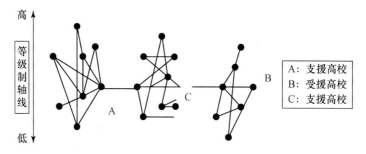

图 1-4　西部受援高校结构洞与关系强度图

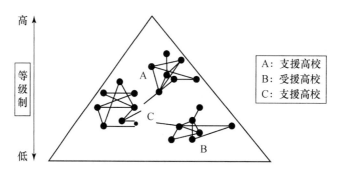

图 1-5　西部受援高校结构洞与弱关系等级结构优势图

　　可见,富含结构洞的社会网络比只拥有纯粹的关系稠密的网络价值更大,竞争优势更明显。这一观点的实际应用意义在于分析对口支援西部高校的积极作用,正是由于结构洞的存在,可以使西部高校通过联结它们所拥有的但相互隔断的社会关系网络,开发存在于不同网络之间的结构洞,从而为西部高校的发展不断地提供资源。

二、分析框架

　　本研究的基本分析框架是从关系强度理论、社会资源理论和社会网络结构理论出发,以社会资本对对口支援西部高校的作用和影响为重点,采用访谈法、问卷调查法、案例研究法和社会网络分析法,从各个角度收集相关支撑材料或论证依据,在此基础上进一步确定社会资本在受援高校的变量关系和数据类型,提出社会资本在对口高校间的生成渠道和途径、基本作用和功能、关联模式和动因、政策解读和建议等。本研究对西部高校的教育支持的分析框架主要借鉴林南对社会资本理论模型的分析框架。

林南（Nan Lin）认为：社会资本理论由一组假定构成。首先，假定社会结构有一系列位置组成，他们根据某些规范认可的有价值资源确定等级次序。进而假定结构在这些资源的可获取性和控制方面具有金字塔形状。位置越高，占据者越少；位置越高，具有的结构视野越好。第二，社会资本理论假定，虽然各种有价值资源形成了等级制结构的基础，每一种资源界定了一个特定的等级制，但是这些等级制往往是一致的，具有可转换性。即在一个资源维度上具有相对高地位的位置占据者，往往也在另一个资源维度上占据相对高的位置。第三，社会资本理论必须考虑行动与互动之间的一致性或张力。为了分享和倾诉，表达性行动驱动着个体去寻找相似特征和生活方式的人，以至获得期望的回报与同情的和有价值的理解和建议。而另一方面，为了获取能实现更多和更好的资源回报的信息和影响，工具性行动驱使一个人去寻找具有非相似（希望更好）特征和生活方式的人。本研究综合借鉴林南的社会资源理论、格兰诺维特的关系强度理论和伯特的社会结构理论形成分析框架模型（见图 1-6）。

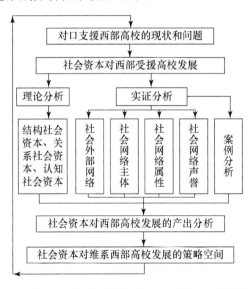

图 1-6 社会资本对西部受援高校发展影响分析的技术路线

三、本书结构安排

本书把东西部高校对口支援作为研究对象,从社会资本和社会网络的视角重点对西部受援高校的学科建设、管理水平和人才培养等方面进行了理论分析和现实解析。高校的发展不仅取决于物资资本的改善和人力资本的获得,还取决于社会资本的充实,西部高校缺少的正是这些社会资本的获得和提升机会。高校的资源获取是依靠不断地开拓网络中的结构空洞而实现的,对口支援使西部受援高校进入资源获取的网络之中从而赢得竞争优势。通过对社会网络对西部受援高校影响的基本分析、社会资本对西部受援高校发展的绩效分析和社会网络对西部受援高校成长的关系分析,进一步验证社会资本对西部受援高校发展的影响。

本书共分七章,按照逻辑顺序基本结构大致如下:

第一章从研究问题、研究意义、研究思路和研究方法以及研究命题等方面,给出了本书的分析框架,以表明从社会资本视角研究高校对口支援的独特性和现实性。尤其是需要引发研究者对西部高校是否存在社会资本和社会网络,它们如何促进西部受援高校的教学、科研水平提高等问题进行思考,而这些问题的提出为整个研究铺垫了基础。

第二章对社会资本的由来、相关研究文献述评、社会资本理论的研究基础以及对本书研究概念进行界定,为本研究进一步分析社会资本对政府对口支援西部高校发展之影响研究,提供了理论分析工具。本章重点阐述社会资本和社会网络本身的功能和作用,由此导出高校社会资本和社会网络也具有同样的功能和作用。通过对口支援政策,西部受援高校整合正式社会支持网络和非正式社会支持网络结构的信息资源、机会资源和政策资源,从而获得高校进一步发展的动力。厘清结构型社会资本、关系型社会资本和认知型社会资本在社会支持网络中获取西部高校发展资源的途径。

第三章从哈皮特(Nahapiet)和戈沙尔(Ghoshal)提出的社会资本理论模型——关系维度、结构维度和认知维度——出发,分析西部受援高校在社会资本积累过程中若干关键因素的作用及培育,并从政府推动下的东西部高校对口支援宏观政策角度,分析外部社会网络、社会网络主体、社会网络属性和社会网络声望对西部受援高校教学科研所产生的实际影响。研究表明,政府所构建的由东部高水平高校对口支援西部高校是政府社会资本构成的主体成分,西部受援高校的信用和信誉成为其累积社会资本间接的、有效的来源。对口支援高校学科同质性有利于教师的学术交流而产生学术效应。支援高校所处的位置资源和社会声望给西部受援高校带来了获取其他资源的符号效用,从而改善了西部高校的生源素质,拓宽了西部高校的学术网络。

第四章主要从定量分析的角度探讨社会资本和社会网络对西部受援高校发展的影响。首先,简单地阐述受援高校与支援高校的交流频度、受援高校选择支援高校的偏好趋向和支援高校对受援高校的作用项目。其次,采用外部社会网络、社会网络主体、社会网络属性和社会网络声望作为社会资本自变量来度量其对受援高校绩效的作用程度。再次,按照西部受援高校社会网络的内容和建立的基础不同,将其分为"情感主导网络"和"工具主导网络"两大体系。检验受援高校通过社会网络关系获得的人力资源、学术资源、管理资源,以及这三种资源对受援高校成长绩效的影响。

第五章主要从西部受援高校石河子大学个体案例研究出发,从"对口支援"西部受援高校的社会网络实质分析、"对口支援"西部受援高校的社会网络行动表达和西部受援高校访谈实录的社会网络特征分析等方面,具体分析社会资本在政府推动下的对口支援西部高校发展的功效,并结合东部高水平大学对口支援石河子大学的案例进行认真剖析,力图分析政府社会资本和民间社会资本对西部高校发展所产生的作用,探究受援高校社会网络的主要表现形式和社会网络链接规律。通过对口支援西部高校计划的实施,支援高校确实对石河子大学的发展起到了引领作用、扶持作用和广告作用。

第六章针对前面章节分析社会资本对西部受援高校发展影响的相关结论,提出了促进西部受援高校持续健康发展的策略空间和政策建议。一要高度重视西部受援高校社会资本的开发,二要强化对口支援西部高校发展的政府职责,三要制定西部受援高校持续协调发展的政策,四要凝练对口支援西部高校发展的运行模式,五要重构对口支援西部高校发展的双赢机制。为此,政府应在继续加大对西部受援高校物资资本和人力资本支援的基础上,引导和鼓励西部受援高校对社会资本的开发、利用和积累,形成与东部支援高校紧密联系的社会关系网络。

第七章主要对全书的主要观点进行归纳和总结,并提出研究的创新、局限和展望。

第二章　社会资本对西部受援高校发展影响的理论解析

社会资本(social capital)是 20 世纪 80 年代以来社会科学领域一个重要的学术概念,已成为社会学、经济学和政治学等诸多学科理论分析的重要视角。但对社会资本概念的界定至今没有达成共识,大多数学者都是从自己的学科角度对其加以定义和利用。本章梳理了国内外学者对社会资本的界定及主要研究观点。尽管对于社会资本,不同学者的表述有所不同,但其基本的意义和指向是相同的,都把社会资本定义为一种和物资资本、人力资本相区别的存在于社会结构中的个人资源,它为结构内的行动者提供便利的资源,包括规范、信用和网络等形式。正如斯蒂格利茨(Joseph E. Stiglitz)所言,"社会资本是一个非常有用的概念,但却是一个非常复杂的概念,不同的观点很多,促成了这种复杂性"。① 美国威斯康星大学社会学教授托马斯·布朗(Thomas Brown)指出:"社会资本"是从新经济学演化出来的一个最有影响的理论概念。但是,社会资本的精确含义是什么? 虽然这个术语很快地成为社会科学和决策圈内的常用词,但明确的定义却并不多见。使用这个概念的那些人,很少有人详尽地阐述过社会资本的理论细节。② 因此,本研究并不对社会资本概念和理论的争论予以澄清(这

---

① [美]约瑟夫·斯蒂格利茨.正式和非正式制度[M]//曹荣湘.走出囚徒困境:社会资本与制度分析.上海:上海三联书店,2003:126.

② [美]托马斯·布朗.社会资本理论综述[M]//李惠斌,杨雪冬.社会资本与社会发展.北京:社会科学文献出版社,2000:77.

也不是本研究讨论的重点),而是厘清社会资本的基本概念和主要内容,力图按照社会资本的理论框架解释或解决实际问题,为社会资本如何促进高校发展提供理论支持。

第一节 社会资本的由来

一、社会资本概念的提出

资本是一个不断扩展的概念,其内涵和构成随着社会发展而日益丰富多样。资本最初是一个经济学的基本概念。自 17 世纪中叶开始的古典政治经济学时代到 20 世纪 50 年代,经济学视野中的资本只包括物资资本或物资资本的象征物,如货币。到了 20 世纪 60 年代,经济学家们注意到国民收入核算中传统产出总量的增长与生产要素投入总量的增长之间存在一个不能解释的"成长剩余"(growth residual)。在试图解释这一"剩余"的研究中,美国经济学家舒尔茨(Theodore Schultz)和贝克尔(Gary Becker)率先突破了物资资本的局限,认为社会拥有的受过教育和训练的健康工人决定了古典生产要素的利用率,提出了人力资本的概念,从而大大丰富了资本概念的内容。

"人力资本"是相对于"物资资本"而提出的一个概念,亦即"非物资资本"的资本。这种资本之所以与"物资资本"不同,主要在于它直接体现在人身上,而不是体现于物上。更为直接地说,它是指个人所具备的知识、才干、技能和资历等因素。人力资本理论的基本观点是:经济的发展既与劳动力的数量有关,也与劳动力的质量有关。劳动力的能力、技术水平等也是经济发展的重要因素。"人力资本"概念提出的经济意义,在于它在微观层次上能给人力资本的拥有者带来未来的货币和心理收益,同时在宏观层次上又会促进国民经济的持续、健康发展。然而,无论是物资资本还是人力资本,都只是一种经济性的资本,而只是单纯地使用这些经济资本概念尚不能完全解释许多经济增长现象,这也恰恰是经济学的局限所在。正是为了解释单纯用经济资本,包括物资资本和人力资本所不能解释的诸多问题,社会学家提出了"社会资本"的概念来弥补这一缺憾。他们的观点是,除了物资资本和人力资本之外,经济活动者所拥有的社会资源也可以作为一种生产要素进入生产领域,作为另一种类型的资本,也就是社会资本,它在现实的经济生活中发挥着不可忽视的作用。

但是,真正将"社会资本"作为一个明确的概念提出并运用于社会学研究领域,则是由法国社会学家布迪厄完成的。1980 年,布迪厄在《社会科学研究》杂志上发表了题为"社会资本随笔"的短文,正式提出了"社会资本"这个概念。对于如何定义"社会资本",目前学术界尚无统一定论,学者们分别从各自不同的研究领域对社会资本概念加以界定。布迪厄认为,社会资本是一种通过体制化关系网络的占有而获取实际的或潜在的资源的集中。美国社会学家詹姆斯·科尔曼(James Coleman)则从功能的角度界定,所谓社会资本是指个人拥有的以社会结构资源为特征的资本财产,社会资本由构成社会结构的各个要素构成,存在于人际关系的结构中。美国社会学家林南教授定义,社会资本是镶嵌在社会结构之中并可以通过有目的的行动来获得或流动的资源。目前,学者们比较一致的看法是基本认同帕特南(Robert Putnam)的定义,他认为社会资本作为一种和物资资本、人力资本相区别的存在于社会结构中的个人资源,是为结构内的行动者提供便利的资源。"这里所说的社会资本是指社会组织的特征,诸如信用、规范以及网络,它们能够通过促进合作行为来提高社会效率。"①托马斯·福特·布朗在《社会资本理论综述》中按照系统主义(systemism)本体论观点,认为社会资本是按照构成社会网络的个体自我间的关系类型在社会网络中分配资源的过程系统。系统主义指的是对系统的要素、构成和环境的三维分析。在社会资本系统中,要素是构成社会网络的个体自我。系统的结构是联结自我的关系类型。系统的环境是把该系统包含在内的更大的社会生态。在社会资本的概念表述系统中,直接把要素、结构和环境划分为微观、中观、宏观三个分析层面。把微观层面的社会资本分析称之为嵌入自我的观点,把中观层面的社会资本分析称之为结构的观点,把宏观层面的社会资本分析称之为嵌入结构的观点。②

国内学者关于"社会资本"概念的界定,代表性观点主要有以下几种:张其仔把社会资本简单地定义为社会结构中的资源及网络③;朱国宏认为,社会资本是个人通过自己所拥有的网络关系及更广阔的社

① [英]罗伯特·帕特南. 使民主运转起来:现代意大利的公民传统[M]. 王列,赖海榕,译. 南昌:江西人民出版社,2001:195.

② [美]托马斯·福特·布朗. 社会资本理论综述[J]. 木子西,编译. 马克思主义与现实,2000(2):41-46.

③ 张其仔. 社会资本论:社会资本与经济增长[M]. 北京:社会科学文献出版社,2002:2.

会结构来获取稀有资源的能力。"行动者并不会像原子化个人一样在社会联系之外决策与行动,也不会像奴隶一样按照他们凑巧占据的社会位置的特定交汇点所提供的脚本僵直行事。相反,行动者所尝试作出的有目的的行动是嵌入在具体的、现时的社会关系体系中的。"作为联结特殊个人与特殊个人的具体结构,关系网络这一外在于行动者的结构性因素对行动具有非常重要的作用[1];边燕杰认为,社会资本是行动主体与社会的联系以及通过这种联系摄取资源的能力[2];李惠斌、杨雪冬认为,社会资本是处于一个共同体之内的个人、组织(广义上的)通过与内部、外部的对象的长期交往、合作互利形成的一系列认同关系,以及在这些关系背后积淀下来的历史传统、价值理念、信仰和行为方式等。[3] 目前,国内大多数学者是从社会关系网络的角度来界定和研究社会资本的,这方面的研究在国内具有较高的代表性。

二、社会资本概念的代表性观点

1. 布迪厄的社会关系网络观

法国社会学家布迪厄在《资本的形式》一文中,重点分析了经济资本、文化资本、社会资本及符号资本的相互转化。布迪厄对社会资本的定义是"实际的或潜在的资源集合体,那些资源是同对某种持久的网络的占有密不可分的。这一网络是大家共同熟悉的,得到公认的,而且是一种体制化的关系网络,换句话说,这一网络是同某团体的会员制相联系的,它从集体性拥有的资本角度为每个会员提供支持,提供为他们赢得声望的'凭证'……这些资本也许会通过运用一个共同的名字(如家族的、班级的、部落的或学校的、党派的名字等)而在社会中得以体制化并得到保障,这些资本也可以通过一整套的体制性行为得到保障"。[4]

根据布迪厄的观点,社会资本是一种现实的或潜在的资源,与社会网络关系密不可分,通过制度化的社会网络和取得成员资格促进行动者个人目标的达成,保障行动者获得一定支持和从赢得声望的"凭证"中受益。布迪厄的定义清楚地表明社会资本由两部分构成:一是

① 朱国宏.经济社会学导论[M].上海:复旦大学出版社,2005:66.
② 边燕杰.城市居民社会资本的来源及作用:网络观点与调查发现[J].中国社会科学,2004(3):136-146.
③ 李惠斌、杨雪冬.社会资本与社会发展[M].北京:社会科学文献出版社,2000:36.
④ 包亚明.布尔迪厄访谈录——文化资本与社会炼金术[M].上海:上海人民出版社,1997:202.

社会关系本身,它使个人可以摄取群体所拥有的资源;二是这些资源的数量和质量。也就是说"特定行动者占有的社会资本的数量,依赖于行动者可以有效加以运用的联系网络的规模的大小,依赖于和他联系的每个人以自己的权力所占有的(经济的、文化的、象征的)资本数量的多少"①。他认为投资于社会关系的目的在于把自我的、私有的特殊利益转化为超功利的、集体的、公共的、合法的利益。行动者通过社会资本摄取经济资源,提高自己的文化资本,与制度化机构建立密切的联系。不过在布迪厄的分析中,社会资本是从属于经济资本和文化资本的,它没有自己的独立性。它是通过经济资本和文化资本在"无休止的社会交往"中而被创造并维持的。经济资本具有决定性的作用,社会资本和文化资本作为象征资本也具有重要的作用。布迪厄开创了社会网络分析的基础,而且他关于文化资本、社会资本的研究对后来的研究具有很大的启发。不过他对社会资本的论述没有继续深化,而且他认为物资资本是决定性的,社会资本是从属于物资资本的,带有强烈的经济决定论色彩。

2. 科尔曼的社会资本功能观

1988 年美国著名的社会学家詹姆斯·科尔曼首次在《美国社会学杂志》(American Journal of Sociology)发表题为"社会资本在人力资本创造中的作用"(Social Capitalist in the Creation of Human Capital)一文,对社会资本作了初步论述②,1990 年在其所著"社会理论的基础"(Foundations of Social Theory)一书中,对社会资本理论作了较为系统的阐述。"社会资本的定义由其功能而来,它不是某种单独的实体,而是具有各种形式的不同实体。其共同特征有两个:它们由构成社会结构的各个要素所组成;它们为结构内部的个体行动提供便利。和其他形式的资本一样,社会资本是生产性的,是否拥有社会资本,决定了人们是否可能实现既定目标。与物资资本和人力资本一样,社会资本并非可以完全被替代,只是对某些特殊的活动而言,它可以被替代。为某种行动提供便利条件的特定社会资本,对其他行动可能无用,甚至有害。与其他形式的资本不同,社会资本存在于人际关系的结构之中,它既不依附于独立的个人,也不存在于物质生产的过

① 包亚明.布尔迪厄访谈录——文化资本与社会炼金术[M].上海:上海人民出版社,1997:202.

② Coleman,James S. Social Capital in the creation of Human Capital[J]. American Journal of Sociology,1988(94):95-121.

程之中。"①

在科尔曼的论述中,社会资本主要有如下特征:其一,社会资本具有生产性。它为社会结构内部的个人行动提供了便利,有助于行动者特定目标的实现。是否拥有社会资本,决定了人们是否可能实现某些既定目标。在这个特征上,社会资本与人力资本、物资资本具有一致性。其二,社会资本具有不完全替代性。也就是说社会资本的生产性功能只有与具体的社会行动相联系才能实现。某种社会资本可以为这种行动提供便利,但它对其他行动可能是无用甚至有害的。只对某些特殊的活动而言,它可以被替代。其三,社会资本具有公共物品而不是私人物品特征。这是社会资本与其他形式资本的最重要差别。财产权保证了物资资本的投资者可以获得预期的资本利润,而社会资本的投资者创造的利益则难以为投资者全部掌握。投资者创立社会资本的行动往往为行动之外的个人带来利益。因而创立社会资本成为不符合行动者利益的行动。其结果,许多社会资本原是其他行动的副产品。其四,与前一特征相对应,社会资本具有不可转让性。它对受益者来说不是私有财产,不可能由拥有者依主观愿望转让给另一个体而使之受益。

为了更清晰地界定社会资本,科尔曼给出了社会资本的五种形式:第一种形式是义务与期望。第二种形式是存在于社会关系内部的信息网络。第三种形式是规范和有效惩罚。第四种形式是权威关系。第五种形式是多功能组织和有意创建的社会组织。科尔曼认为组织的创立可以提高个体行动的一致性,产生更大的社会影响,从而使行动更为有效。

科尔曼对社会资本的研究在一定程度上继承和吸收了布迪厄的某些观点。但是,科尔曼将社会资本的概念扩展了,提供了对社会资本更广泛的理解。他首先定义社会资本是个人拥有的社会结构资源,又认为社会资本也存在于集体内部,可以提高集体行动的一致性和效率,实现集体的目标。应该说,后来将社会资本理论与集体行动理论结合起来考察的趋势正是起源于科尔曼。科尔曼将社会资本定义为一种"社会结构资源",并指出社会资本由社会结构要素组成,具有"公共物品"的特征,这些论断为社会资本从微观向宏观层面的发展提供了可能。

---

① ［美］詹姆斯·S. 科尔曼.社会理论的基础(上)［M］.邓方,译.北京:社会科学文献出版社,2008:279.

3. 帕特南的社会资本的社区观

1993 年帕特南在《使民主运转起来：现代意大利的公民传统》(Making Democracy Work：Civic Traditions in Modern Italy)一书中,将社会资本概念进一步扩展到更大规模的民主治理研究中。他把社会资本看做对社区生产能力有影响的人们之间所构成的一系列"横向联系"。这些联系包括公民约束网和社会准则。即社会资本指的是社会组织的特征,诸如信用、规范以及网络,它们能够通过促进合作行为而提高社会的效率。[1] 在帕特南那里,社会资本包含最主要的内容就是社会信用、互惠规范以及公民参与网络。他将社会资本与集体行动和公共政策联系起来,是一种宏观层面的分析。帕特南关于社会资本的主要观点如下:

在现代的复杂社会里,社会信用能够从这样两个互相联系的方面产生:互惠规范(norms of reciprocity)和公民参与网络。普遍的互惠是一种具有高度生产性的社会资本。遵循了这一共同体,可以更有效地约束投机,解决集体行动问题。任何社会,都是由一系列人际沟通和交换网络构成的,这些网络既有正式的,也有非正式的。其中一些以"横向"为主,把具有相同地位和权力的行为者联系在一起。还有一些则以"垂直"为主,将不平等的行为者结合到不对称的等级和依附关系之中。当然,在真实的世界里,几乎所有的网络都含有这二者。

如果说横向的公民参与网络有助于参与者解决集体行动困境,那么,一个组织的建构越具有横向性,它就越能够在更广泛的共同体内促进制度的成功。社会信用、互惠规范、公民参与网络和成功的合作,所有这些都在互相支持,互相强化。有效的合作性制度需要人际沟通技巧与信用,但这些技巧和信用本身也是由组织性合作所灌输和强化的。公民参与的规范和网络有助于经济繁荣,反过来,经济繁荣又加强了这些规范和网络。

在需求方,公民共同体的公民们期望得到更好的政府服务,他们得到了,部分地是靠他们自己的努力。他们需要更为有效的公共服务,准备为了实现共同的目标而采取集体行动。在供应方,公民共同体的社会结构与官员、公民的民主价值观念,共同增加了代议制度的绩效。对于公民共同体来说,至关重要的是社会能够为了共

---

① ［美］罗伯特·帕特南. 使民主运转起来：现代意大利的公民传统［M］. 王列,赖海榕,译. 南昌：江西人民出版社,2001：195.

同的利益而进行合作。普遍的互惠产生了大量的社会资本,从而支撑了合作。①

帕特南认为,任何社会都会面临"集体行动的困境",而组织中表现为公民参与网络、互惠规范和信用特征的社会资本能促进成员为实现共同利益而团结合作。在他看来,密集的社会互动网络,以及自愿性社团的约束性机制,会减少群体内的机会主义投机行为和"搭便车"现象,也容易产生公共舆论和其他有助于培养声誉的方式,是建立信用关系和信用社会的必要基础,最终克服集体行动困境。他认为社会资本已不再是某一个人拥有的资源,而是全社会所拥有的财富,一个社会的经济与民主发展,都在很大程度上受制于其社会资本的丰富程度。

如果说社会资本在布迪厄那里得到了初步的阐述,在科尔曼那里主要被理解为一种个人行动可以利用的社会结构资源。那么,帕特南的社会资本概念则指的是社会组织的特征,是用来解决集体行动问题的。在他那里,更重要的不是社会资本对单个个体的有用性,而是集体层面上的公共精神。如,信用、互惠规范和公民参与网络等,这样的公共精神将有助于集体行动中的广泛合作,并克服集体行动的困境,从而促进经济繁荣和政治民主。因此,帕特南的社会资本概念以及在这个概念基础上建立起来的社会资本理论框架已经超越了布迪厄、科尔曼等使用社会资本进行研究的范围,已将社会资本从个人层面上升到集体层面,并把它引入到政治学的研究领域,着重阐明一个组织、一个地区乃至一个国家所拥有的社会资本的数量和质量与制度绩效的关系。

另外,关于马克·格兰诺维特的"嵌入性"概念和"弱关系假设",罗纳德·伯特的"结构洞"的社会资本观和林南的社会资本理论在此不再赘述(在本研究的理论基础部分有比较详细的论述)。

三、"高校社会资本"概念的提出

宋中英认为,我国现行的学校管理体制是"校长负责制",校长是学校的法人代表,校长是学校工作的组织者和领导者,尤其是中小学的校长更是如此。并根据个体层次的社会资本定义,把校长的社会资本界定为:校长的社会资本是指存在于校长自我社会网络中的,为校长行动提

① 〔英〕罗伯特·帕特南.使民主运转起来:现代意大利的公民传统〔M〕.王列,赖海榕,译.南昌:江西人民出版社,2001:201-215.

供便利的资源。① 校长社会资本的实质是一种资源。所谓资本,指的是在行动中可以获得回报的资源。学校的社会资本也是资本的一种形式。因此,其实质是一种资源。当然,这里的资源是广义的。学校的社会资本是来源于学校社会网络的资源。社会网络(social networks)指的是由个体间的社会关系(tie)构成的相对稳定的体系。个体可以是个人、组织,也可以是国家;个体间的关系可以是人际关系,也可以是交流渠道、商业交换或贸易往来。学校是社会中的人,必然和社会中的各种关系发生联系,从学校个人的角度说,学校要和家人、朋友、亲戚、邻居等发生联系;从学校内部来说,学校要和学校中的教师、员工、学生、学校的其他管理人员发生联系;从学校外部来说,学校要和家长、上级教育行政部门、工商企业部门、教育研究机构、社区、其他学校等发生各种各样的关系。这些关系组成的体系就构成了学校的社会关系网络。也就是说,学校的社会网络就是以学校自我为中心而形成的学校与其他个体之间的人际关系体系。学校的社会资本来源于学校的社会网络,也就是来源于学校与其他个体之间的社会关系。学校要拥有社会资本就必须与他人建立联系,学校与他人所结成的社会联系或关系既是其社会资本存在的前提,也是其社会资本的存在方式。

判定资本的根本形式,需从资源与行为者的关系入手,如果从这个角度对人力资本和社会资本进行比较的话。可以发现,人力资本存在于个体之中,是蕴含于人自身中的各种知识和技能的存量总和,从根本上说是属于个人所有。而社会资本则是那些嵌入个人社会网络中的资源,这种资源不为个人所直接拥有,而是通过个人直接的或间接的社会关系而获取,并不凝聚于个体之中。因此,学校的社会资本存在于学校与其他个体之间的社会关系之中,而不是学校个人直接拥有的资本形式。可以说,学校的社会资本与其拥有的其他资本形式有着根本特征的区别。学校的社会资本是能为学校行动提供便利的资源。社会资本的存在形式是社会行动者之间的关系网络,本质是这种关系网络所蕴涵的,在社会行动者之间可转移的资源。但是,社会资本为什么能够对个体行动发生提升作用? 对此存在四种不同的解释。② 第一,社会网络传递比较充分的信息,在信息不对称的竞争场域,网络的信息桥作用将产生有效的价值,它就是一种资本。第二,社

---

① 宋中英.中小学校长的社会资本研究[D].北京:北京师范大学,2007:36-38.

② 边燕杰.城市居民社会资本的来源及作用:网络观点与调查发现[J].中国社会科学,2004(3):136-146.

会网络沟通人情,联结资源相异、权力不等的个体,通过长期互惠和面子机制,完成没有正式规范约束下的社会性交换。因此,人情网络对资源的重组和配置作用,将产生价值,也是一种资本。第三,社会网络,特别是高密度网络,培养和鼓励人际信用,使相对隐秘的互动关系和行为生存于正式结构约束之外,促成秘密交易,由此产生价值,是一种资本。第四,社会网络产生社会资证作用:一个人的信誉首先在关系网络中建立"口碑",一传十,十传百,形成声望,就像一个人的文凭和证书一样,又是一种资本。其实,社会网络还有一种作用,即社会网络作为人际交流的基本渠道,人们日常生活中的情感寄托、意见的征询、烦恼的宣泄,往往离不开个人关系网。① 良好的社会支持网被认为有益于减缓生活压力,有益于身心健康和个人幸福。社会支持网的缺乏,则会导致个人的身心疾病,使个人日常生活的维持出现困难。②

　　学校社会关系网络也同样牵动着各种稀缺的资源,包括情感性的、信息性的、物质性的资源等。一般来说,基层组织的领导者与三个方面保持着信息沟通:上级、外部组织或个人,以及下属。明茨伯格(Henry Mintzberg)在 20 世纪 70 年代对企业部门经理的研究数据是:与上级联系时间占 7%,与下属联系时间占 48%,与外部联系时间占 45%。如果说,与上下级的联系规范性比较强,制度规定明确,属于"线性"联系的性质,那么,与外部的联系被明茨伯格描述为"非线性的"和"复杂的",因为这种联系经常是随机的、非制度化的、私人性质很强的。但是,这种外部联系给基层领导者提供了主动出击的空间,他们可以从中吸收许多信息、灵感和各种资源,建设一个很个性化的社会网络,从而为组织发展创造一定条件。③ 校长作为学校组织的领导者,其工作的很大一部分是编织、运营和发展自己的各种社会关系网络,不同的学校通过各自不同的个性化的社会关系网络,为学校发展创造不同的条件。学校的社会关系网络中蕴涵着的资源可以为学校行动带来便利,是学校获得外部资源的重要渠道。

　　宋中英提出,学校社会资本的概念就是强调学校不是孤立的行动个体,而是与社会领域的各个方面发生种种联系的社会网络上的纽带,社会网络中蕴涵的资源就是学校可以加以运用的社会资本。学校

————————

　　① 高文盛,等.资源辨析:社会网视角中的关系网[J].中南民族大学学报:人文社会科学版,2002(4):33-36.

　　② 贺寨平.国外社会支持网研究综述[J].国外社会科学,2001(1):76-82.

　　③ 高洪源.学校战略管理[M].重庆:重庆大学出版社,2006:216,219.

社会资本的存在形式是学校自我与其他个体之间形成的社会关系网络,其实质是这种关系网络中蕴涵的资源。学校并不单方拥有这些资源,而必须通过关系网络发展、积累和运用各种资源,从而为学校行动和学校发展带来便利。

庄西真认为,除了经济资本(财、物等)和人力资本(教师)以外,社会资本也是影响学校运行和发展的十分重要的因素。因为一定的社会资本能够转化为经济资本和人力资本。这一点在中国从计划经济向市场经济转轨的过程中表现得更为明显。提出学校社会资本的概念,就是要强调学校不是孤立的行动个体,而是与教育领域的各个方面有种种关联的学校网络上的节点。能够通过这些关联获取学校发展所需要的资源是学校的一种能力,这种能力就是学校的社会资本。社会资本就是存在于社会之中的一组规范、网络与组织,人们可以通过它获取权力与资源,进行决策或制定政策。

学校在教育领域的联系种类繁多,从社会资本理论的角度,把这种联系概括为三种:学校的纵向联系、横向联系和社会联系。就中国的情况来说,学校的纵向联系是指学校与上级领导机关、当地政府部门以及学校的下属部门(如校办企业等)、教育链条的下游学校的联系(如每年高考结束后,高校争夺中学里的生源)。这种纵向联系的取向主要是向上的,目的是从上边获得资源。纵向联系并不是中国学校的独有属性,在西方国家,学校与政府也存在纵向联系,可能它们的联系较为松散和间接。虽然中国正在进行教育管理体制改革,学校的自主权有所扩大,但是,学校隶属于某级政府部门的本质没有改变,学校的纵向联系是客观存在的一种社会资本。学校的横向联系是指学校与其他学校和机构、组织的联系。这种联系的性质是多样的,如业务关系、合作关系和竞争关系等。横向联系既多且广,学校的有效信息越多,可选择性就越大,因而可以有先人之举,得到发展;横向联系少而窄,学校就闭塞,机遇就少,只能在有限的空间里求生存。从这个意义上来看,学校的横向联系就是社会资本。虽然学校是在教育领域内运行的,但是学校及其成员生活在广阔的社会空间之中,学校组织成员,尤其是校长的社会交往和联系不是学校的固有属性,却是学校必要的财富。这是因为学校校长非经济的社会交往和联系往往是学校与外界沟通信息的桥梁和与其他学校或社会组织建立信用关系的通道,是学校获取各种资源的非正式机制。

提出"高校社会资本"的出发点就在于将社会资本不仅看做行动者所拥有的一种资源,而且看做高校发展过程中摄取稀缺教育资源的一种资源配置方式(大量事实表明,高校外部关系网络是信息和资源配置的有效机制),旨在体现出继人力资源开发理论和组织文化理论之后的高校管理方向。

高校社会资本是一种重要的资本形式,在高等教育的发展过程中起着重要作用。胡钦晓认为,高校社会资本具有社会融资、信息获取、合作创新等多项功能。高校社会资本的积累,需要法律政策、高校领导、团体组织、社会责任等多重保障。①

高校社会资本强调高校是国家和社会不可或缺的一类组织部门,是与政治、经济、文化等领域有着密切联系的网上之结。高校通过这些网络关系,能够获取自身发展所需的资源。高校社会资本一般分为高校外部社会资本和高校内部社会资本两大类。高校外部社会资本是指高校在与外部联系时所产生的社会网络关系,它包括高校的垂直网络关系和水平网络关系。高校的垂直网络关系,主要是指高校与上级政府部门特别是上级教育行政主管部门之间的关系。高校的水平网络关系,是指高校与不存在直接或间接隶属关系的组织和个人之间的关系,如与其他学校、科研院所以及校友、捐助者等之间的关系。高校的外部社会资本影响高校获取各种稀缺资源的能力。这些稀缺资源既可以是资金,也可以是科研项目,还可以是信息、人力资源等。中国高校外部社会资本的多少取决于高校同上级部门之间的联系能力,如资金的划拨、科研项目的争取等。

但是,高校与其他学校和机构、组织以及个人之间的联系亦不容忽视。例如,横向联系数量多、范围广的高校,就会比横向联系数量少、范围窄的高校能获得更大的发展机遇。高校内部社会资本是指在高校内部有利于高校管理人员、教师、学生、各管理部门以及各院(系、所)之间相互交流与合作,促进高校自身协调发展,进而增强其内部凝聚力的人际关系网络。由于高校内部组织的复杂性,高校内部社会资本表现出不同的形式。如,高校领导之间的社会资本、高校领导与院系以及管理部门之间的社会资本、管理部门与院系之间的社会资本、管理部门之间的社会资本、院系之间的社会资本、教师之间的社会资本、教师与学生之间的社会资本、院系以及各管理部门成员的社会资

---

① 胡钦晓. 高校社会资本论[J]. 高等教育研究,2005(9):46-50.

本等。高校内部社会资本是高校长期形成的内部凝聚力和向心力,它是一所高校能否健康发展的无形资产。内部社会资本丰富的高校,往往会增加高校外部社会资本的积累。而外部资本丰富的高校,反过来也会促进高校内部社会资本的增长。在本研究中,主要考证高校外部社会资本对西部受援高校发展的影响。

第二节　研究文献述评

高校的发展是一个多要素、多层次、多系统的复杂体系,对它的研究涉及多个学科领域的知识和理论。本选题属于教育领域内政策方面的研究,但不对教育政策本身进行分析和教育政策实施效果做出评判,也不对高校社会资本的概念和原理进行解析和阐释,只是从社会资本的视角对政府推动下的对口支援西部高校发展的影响进行研究。因此,本研究从两个方面对文献进行梳理和分析。一方面选择西部高等教育发展战略和"对口支援"西部高校政策为主要内容的研究文献,以便为本研究的开展提供研究背景和政策实践。另一方面选择以高校社会资本或高校社会资本为研究主题的文献,这是本书研究的主要内容和研究主线,为对口支援西部高校研究奠定一定的理论基础,为所研究的问题和后续的研究发现提供分析和解释依据。

一、西部高等教育相关文献评析

1. 西部高等教育发展战略研究

随着国家对高等教育发展越来越重视,西部地区的高等教育和全国其他地区的高等教育一样获得了较大发展。但是,如果从西部地区高等教育与全国其他地区高等教育发展的横向比较来看,王嘉毅认为差距反而越来越大,面临的困难越来越多。表现在办学经费严重短缺、学科带头人严重不足、高水平人才严重流失、学科发展水平不高和服务地方社会经济发展和文化繁荣的能力不强等方面。对此,他提出了加快西部地区高等教育发展的若干政策建议。[①] 王云贵从西部地区高等教育经费投入、教育规模、教育结构和机构发展现状出发,提出要实现西部高等教育与区域经济的协调、可持续发展,应做到一个支持、

---

① 王嘉毅.西部地区高等教育发展面临的困难与对策[J].高等教育研究,2006(11):49-55.

两个联系和三个适应。①② 廉永杰、陈爱娟论述了政府加强对西部高等教育事业宏观管理的必然性，认为政府强化对高教宏观管理，是教育内在规律使然。不能将经济领域的市场配置资源方式简单地、原封不动地移植到教育中来，去实行教育市场化，完全由市场调节教育。政府强化对贫困地区教育的宏观管理，是被国内外实践证明了的成功做法。从国外来看，美国、苏联、印度、巴西等都对本国落后地区、少数民族地区发展教育事业大力扶植，从而促进了本地区的经济建设和社会发展。③ 梁克荫认为，西部地区高等学校的类别和专业比较齐全，形成了西安、兰州、成都、重庆等高等教育基地，但整个西部地区高等教育发展不平衡。西部地区高等院校中由中央部委直属的院校力量较强，地方院校力量薄弱，形成二元结构。高等教育层次结构较为完整，一批高校教育质量、科研水平较高，但没有与西部地区经济建设很好地结合起来。认为西部地区高等教育必须坚持点网式协调发展战略，坚持高等教育资源优化统筹的战略，坚持把高等教育作为西部社会发展中心的战略，坚持低重心、高质量、重特色的发展战略，坚持以人为本的战略。④

2. 西部高等教育援助政策研究

清华大学岑章志教授负责的"东西部高校对口支援的实践与经验"课题组，对东西部高校对口支援的意义、东西部高校对口支援的工作成效、东西部高校对口支援工作的成功经验和东西部高校对口支援展望四个方面，进行了全面的总结和梳理。为了更好地促进区域间高等教育协调发展，该研究建议实施一种对口支援推动下的高等教育与

---

① 王云贵.西部高等教育与区域经济协调发展存在的矛盾与对策[J].辽宁教育研究，2006(4):26-28.

② 一个支持:争取国家支持对西部地区高等教育与区域经济的协调发展具有重要意义，具体可表现为国家在资金投入、政策倾斜和战略推动等方面。两个联系:高等学校要主动加强同地方政府的联系，争取地方政府的支持。高等教育应加强与地方经济的联系，建立地方高等教育与区域经济两者之间的良性互动关系是双方改革和自身发展的需要。三个适应:加强政府投入、社会投入和个人投入相结合，使高等教育投入与区域经济发展速度相适应。加快普通高等教育、成人高等教育与高等职业教育相结合，使教育目标与区域经济发展要求相适应。教育职能转变、教育结构调整和教育规模扩大相结合，使教育结构与区域经济结构相适应。

③ 廉永杰，陈爱娟.西部高教事业大发展与政府宏观管理[J].高等理科教育，2004(5):106-109.

④ 梁克荫.中国西部地区高等教育发展的战略选择[J].教育研究，2000(4):29-34.

所在地区的协调发展模式。① 李延成通过对"纵向"正式教育制度与"横向"补充性教育制度的分析认为,为了吸收发达地区的资源和经验,帮助落后地区教育的发展,需要在这些纵向系统之间建立联系。对口支援就是在正式教育制度安排之外实行的一种补充性教育制度。这种制度打破了正式教育制度安排的"垂直性",使得区域间教育可以发生交流和互动。为了使得上述两种教育制度安排之间的互动能够有效运作,需要做出组织和管理架构上的调整。② 康凯认为,完全政治任务式的指令性办法不是自觉机制,只能是工作启动阶段的初始动力。必须建立推动西部地区高等学校发展的良性机制,形成相应的经济学模型。可以用支援高校的"自觉趋向度"(即支援高校意愿程度)和受援高校的"自我选定度"(即受援高校接受、满意和答应程度)这两个指标来描述和反映良性机制的内涵。从受援高校的角度看,"自我选定度"的内涵就是以自身的经济实力和学科水平实力为基础的甄选自我需要的行为趋势。受援高校的经济实力和学科水平实力越高,其需求水平和对支援者的选择性也就会越高。③ 刘晓光、董维春、唐昕认为,现行的对口支援计划采取的是政府主导的形式,政府不仅主导对口支援政策的制定,同时也主导对口支援资源的动员和分配。这种形式固然可以以较强的力量动用各种资源,瞄准主要方向进行支援,但也经常在政府调控失灵的情况下出现资源浪费,使用效率低下等问题。高校成本与收益不相称。对口支援计划的实施存在着直接成本和间接成本。主要存在政策资源不足、与相关政策联系松散和政府与高校的责任界限模糊等问题。④ 曹红从援助政策的政治可行性、援助政策的经济可行性、援助城市的教育资源、援助政策实施的社会心理支持程度与援助政策的制度安排等方面,提出了建立援助政策的长效机制和双赢机制。⑤ 梁文明对广东—广西教育对口支援运行机制进行了研究。他认为西部大开发战略能否顺利实施,在很大程度上取决

　　① 清华大学课题组,岑章志,等.东西部高校对口支援的实践与经验[J].清华大学教育研究,2007(2):34-43.

　　② 李延成.对口支援:对帮助不发达地区发展教育的政策与制度安排[J].教育发展研究,2002(10):16-20.

　　③ 康凯.对口支援成效及推动西部地区高等学校发展的经济学模型[J].医学教育探索,2004(12):4-7.

　　④ 刘晓光,董维春,唐昕.对口支援西部高校政策的问题与建议[J].中国高教研究,2006(12):42-43.

　　⑤ 曹红.山东—新疆教育与人才培养援助政策考查分析[J].石河子大学学报:哲学社会科学版,2007(1):12-14.

于劳动者素质的提高,取决于各类各级人才培养的数量和质量。但由于种种原因,我国东西部地区在经济、社会、文化和教育等方面的发展仍然很不平衡,存在着很大的差距。我国西部贫困地区教育水平相对落后于东部地区,教育基础较为薄弱,这一直是制约西部地区经济和社会加快发展的"瓶颈"。从长远看,这不仅难以适应西部大开发战略的需要,而且将严重影响到我国现代化发展的整体进程。

3. 西部高等教育资源配置

康宁认为,转型期制度创新对高等教育的影响,集中体现在稀缺资源配置的供求方式的改变上。这一改变以资源配置微观主体的产权确立、分化与制衡为配置前提,以增量制度创新与存量制度调整的双轨配置路径为线索,以回归的学术力量、重构的政府力量与在建的市场力量三者配置制衡为治理结构,以分散的个人与组织的多元利益最大化与补偿制衡机制为特征,以市场配置为基础的新制度重建的速度为标识。[①] 杜瑛在其《西部建设一流大学的体制性障碍分析》一文中,主要分析了西部建设一流大学的体制性障碍,探讨了西部建设一流大学如何发挥政策优势和克服体制性障碍。[②] 叶进等认为,加快西部民族地区高校发展不仅需要各级政府在财政上给予强有力的经费支持,而且应当建立和营造民族地区高等教育多元化投入体制与环境。一是积极为西部民族地区高等教育发展创造有利的政策环境。二是积极为西部民族地区高等教育发展创造有利的舆论环境。三是积极为西部民族地区高等教育发展创造有利的服务环境。四是积极为西部民族地区高等教育发展创造有利的法制环境。五是积极为西部民族地区高等教育发展创造有利的发展环境。六是在坚持政府投入为主的前提下,坚持"两条腿走路"的办学方针。[③] 郭文认为,西部高等教育发展应明确自己的方向、定位与政策选择。合理确定大学教育发展的速度。保持大学类型结构的协调发展,突破高校布局的非均衡性。合理配置教育资源,组建西部教学联合体,实行西部大学教育资源共享,提高教育投资效益。加大政府对西部大学的投入,采取多种形式进行扶持。加强与东部大学的合作,建立和扩大对外联系。加强

① 康宁.中国经济转型中高等教育资源配置的制度创新[M].北京:教育科学出版社,2005:3432-349.

② 杜瑛.西部建设一流大学的体制性障碍分析[J].现代大学教育,2003(3):99-102.

③ 叶进,段兴利,权丽华,洪涛.西部民族地区高等教育多元化投入体制与环境[J].西北民族大学学报:哲学社会科学版,2007(2):151-156.

对西部大学的制度建设与政策支持力度。① 乔玉香以中国高等教育大众化过程为背景,对受教育者即学生在整个高等教育运行中的公平状态进行了考察,认为高等教育是实现社会公平和教育公平双层目标的有效手段。教育的公平问题并不随着高等教育规模的扩大而得到根本性的解决,高等教育大众化并不能自动地带来教育的公平状态,从而提出了解决教育不公平的对策。② 陈柳以教育公平的三个阶段即起点公平、过程公平、结果公平来划分,分别从西北民族地区的高等教育入学机会、高等教育过程、高等教育就业机会三个方面,对西北民族地区高等教育不公平现状的影响因素和现行政策进行分析。③ 李介认为,西部教育在全国处于劣势地位,但教育的发展既取决于公平与效率的价值选择,也取决于这二者的结合与统一。因此,发展西部教育应注重公平与效率相统一的途径。在二者之间寻找最佳结合点,逐步形成教育的公平与效益的良性循环。④ 冯用军从科学发展观和科学哲学观两个维度,在深入解读高等教育区域均衡发展观的基础上,比较系统地提出高等教育区域均衡发展的划分阶段及其依据,期望引导各级政府有效地制定和执行政策,不断推进高等教育区域均衡发展从低水平均衡向高水平均衡阶段过渡和转型。⑤

二、高校社会资本⑥相关文献评析

1. 基于社会资本及其构成要素观点的研究分析

陈坤认为,学校社会资本就是以学校为载体建立起来的以信用和特有交往规则为内涵的和谐的社会关系网络。学校社会资本包括学

① 郭文.西部民族地区高等教育发展的政策选择[J].贵州教育学院学报:社会科学, 2005(1):10-12.

② 乔玉香.我国高等教育大众化进程中的教育公平问题[D].长沙:湖南师范大学, 2003:1.

③ 陈柳.西北民族地区高等教育公平问题研究[D].兰州:兰州大学,2006:1.

④ 李介.中国西部教育的公平与效率问题初探[J].甘肃高师学报,2001(4):43-45.

⑤ 冯用军.高等教育区域均衡发展观及其发展阶段探析——基于云南的视角[EB/OL].云南师范大学、系全国哲学社会科学规划项目"中国云南省和谐社会建设与高等教育区域均衡的系统研究"(项目编号:06XSH007)的阶段性成果.http://www.paper.edu.cn. 2007-07-05.

⑥ 这里对学校社会资本的界说,一是要杜绝对"社会资本"的庸俗理解,将社会资本概念理解为"拉关系"、"搞关系",甚至看成是腐败之源;二是不要将学校内外的一切关系和网络都看成是学校社会资本,社会资本含有社会规范和群体范式,那些违背社会价值规范的所谓"关系"(如裙带关系)只能阻碍学校发展,根本不是社会资本,而是福山所说的"社会资本的赤字",这也是强调"信任"的题中之意。

校的内部社会资本和学校的外部社会资本。前者指学校内部存在的，有利于推动学校成员间信用与合作，促进学校各部门间的沟通与协调，从而增强学校内部凝聚力的人际关系网络。后者是指学校外部存在的，有助于学校获取各种稀缺资源的社会关系网络。学校社会资本是学校所拥有的一笔巨大的无形资产，学校要注意积累社会资本以实现永续经营。[①] 胡钦晓在其《何谓高校社会资本——基于"社会"的内涵分析》一文中指出：所谓高校社会资本，是指高校在非正式制度的影响和制约下，通过长期发展、内外部交往、合作互惠，进而在形成的一系列互动的关系网络基础上，积累起来的资源总和。高校社会资本具有社会融资功能、信息获取功能、合作创新功能。非正式制度是构成高校社会资本的主观因素，是高校社会资本的灵魂。高校关系网络是构成高校社会资本的客观因素，是高校社会资本的躯体。非正式制度与关系网络是高校社会资本的一体两面，高校社会资本是非正式制度与关系网络的统一体。[②] 何莎莎在中小学校社会资本开发与利用研究中，认为学校社会资本指的是学校作为一种社会组织，在合法的前提下，与内部、外部各种组织或个人在长期交往合作过程中所形成的稳定的社会关系网络，以及通过这些关系网络获取各种社会资源的能力。[③] 她对中小学校社会资本的功效、开发和利用机制进行了详细的探讨。这些研究都认为，学校的社会资本是以学校为载体的学校内、外部的社会关系网络，但并没有深入理解和阐明什么是社会关系网络，随后的论述仍是走向了学校公共关系管理的范畴。如果是这样，社会资本研究就仅仅是名词的置换而已，并没有为教育管理的关系研究提供新的视角和方法，其研究也就失去了重要意义。但这些研究为本研究提供了思考问题的方向：与学校公共关系研究相比，社会关系网络是一种新的研究视角和研究方法吗？

2. 基于社会资本与组织功效观点的研究分析

社会资本的功效对学校生存和发展的影响，主要表现在学校与外部环境之间的关系上，而不是学校内部的管理上。庄西真认为，社会资本是学校社会组织的特征，如信用、规范等，能够促进组织间和组织内部成员之间的合作行为来提高效率，并从结构约束论和校长能动论两方面，

①　陈坤.学校社会资本及其经济学意义[J].企业经济,2004(6):138-140.

②　胡钦晓.何谓高校社会资本——基于"社会"的内涵分析[J].南通大学学报:教育科学版,2007(2):18-22.

③　何莎莎.中小学校社会资本开发与利用研究[D].重庆:西南大学,2006:8.

解释为什么不同的学校之间存在着社会资本的差异。学校是在一定的社会结构中求得生存和发展的。社会结构就是组成一个社会系统的各个部分的关系,一定的社会结构体现了社会的形态特征。社会结构对学校形成约束,学校只能在社会结构约束的范围内,按照结构约束的要求运行。主要有两种结构影响学校追求社会资本的积累和提升,即办学体制结构和社会"关系网络"结构。① 钱一舟在其《学校社会资本的构成要素和运行条件探讨———一所学校成长的解读》一文中认为,在以人为工作核心的学校中,金融货币资本和生产资料资本(办学设施和以学历为核心的师资资源)不是学校发展壮大的唯一的决定因素,它们只是学校发展的一种保障因子。在保障因子达到一定(基本)度后,学校的效益产出主要依赖于学校场域内外的一种人际联系和由人际而衍生的种种资源,它超越于一般意义的金融和生产资料资本投入的回报,它应该属于学校社会资本的范畴。认为学校社会资本的构成要素主要有:组织、制度和交往的网络,人员相互信赖合作支持体系,道德信用的推动力,与地域发展相连的历史渐进和时机耦合等。高校社会资本是以知识为主要媒介生发而成的,在非正式制度的约束下,行动者可以通过它获得发展的稀缺资源。学校社会资本主要呈示了这样几个特征:"校本化"的扎根工作目标、网络通畅的组织结构、不变的信念力量、基于人性的尊重和关怀而形成的教育共同体。② 吴合文从理论演绎的角度,分析了大学社会资本与大学核心竞争力的关系。认为大学社会资本已经成为大学制胜的关键因子,直接关系到大学核心竞争力的强弱。大学应从内外两方面入手积聚其社会资本。从外部积累大学社会资本,要求大学处理好与政府、企业、地区的关系。从内部积累大学社会资本,要求大学重视内部信用机制建设,重视内部网络以及重视和利用校友资源。并从社会资本的视角,分析了中国现代大学制度、大学校长遴选、大学文化建设,以及大学品牌对构建和提升大学核心竞争力的启发。③

　　3. 基于社会资本与学校变革观点的研究分析

　　持此观点之学者的讨论聚焦于学校变革,认为在当今的学校变革中,由于忽视了嵌于其中的社会结构或社会关系资源,许多改革都难以达到预期的目的,要走出困境的出路在于重建、创造或提升社会资本。

① 庄西真.学校社会资本论[J].教育研究与实验,2004(3):15-19.

② 钱一舟.学校社会资本的构成要素和运行条件[J].当代教育科学,2004(17):37-40.

③ 吴合文.社会资本视角下的大学核心竞争力构建与提升[D].北京:北京师范大学,2006:1.

盛冰是国内首次将社会资本概念引入教育领域并进行系统研究的学者。他认为,社会资本是一个共同体中人与人、人与组织以及组织与组织之间长期交往形成的,嵌于社会关系和社会结构之中的,以态度、信用、习俗、惯例、规则、网络、制度等多种形式存在的,被社会结构中的行动者(无论个人的还是组织的)所获得和利用,并为行动者在有目的的行动中提供便利的一种资源。他从制度的、关系的、认知的三个维度出发,即从宏观的(结构的)、中观的(关系的)、微观的(认知的)三个层面出发,较全面地阐述了社会资本与学校变革之间的关系。在随后的研究中,他又明确地把创造、提升或重建学校的社会资本称为是对市场魔力的一种平衡,也是当今学校变革的"第三条道路"。① 陈坤认为,社会资本有利于减少腐败、促进学校管理方式的民主化变革。② 庄西真认为,社会资本就是存在于社会之中的一组规范、网络与组织,人们可以通过它获取权力与资源,进行决策或制定政策。③

　　本研究认为这些学者采用理论演绎的方法,构建了一个社会资本与学校变革的宏大理论,但没有深入到经验研究层面,而且关于社会资本的概念内涵过于综合,反而使得这个概念失去了抽象和概括的意义,解释范围过于宽泛,反而会降低对具体问题的解释力度。

　　4. 基于社会资本与资源配置观点的研究分析

　　关于社会资本对获取资源的重要性以及如何获取资源的文献相对较多。宋中英运用个体层次社会资本的概念和社会网络分析范式,建构了校长社会资本的概念和测量模型。认为校长的社会资本指存在于校长自我社会网络中的,为校长行动提供便利的资源。④ 庄西真认为,除了经济资本(财、物等)和人力资本(教师)以外,社会资本也是影响学校运行和发展的重要因素,因为一定的社会资本能够转化为经济资本和人力资本。学校社会资本影响学校能力的大小,在学校能力的四种基本种类中,汲取能力⑤(即学校获得用于发展的资源的能力)最重要,也与学校社会资本关系最密切。学校生存和发展的条件单靠学校本身是无法

---

　　① 盛冰.社会资本、市场力量与学校变革[J].北京师范大学学报:社会科学版,2005(1):40-47.

　　② 陈坤.学校社会资本及其经济学意义[J].企业经济,2004(6):138-140.

　　③ 庄西真.学校社会资本论[J].教育研究与实验,2004(3):15-19.

　　④ 宋中英.中小学校长的社会资本研究[D].北京:北京师范大学,2007:118.

　　⑤ 该概念借用国家能力的解释,指国家将自己的意志、目标转化为现实的能力,主要是指中央政府的能力,而不是统治公共权威的能力。国家能力可概括为四种能力:第一、汲取能力;第二、调控能力;第三、合法化能力;第四、强制能力。

解决的,只有依靠外部力量的支持才能完成。① 杨跃整合已有社会资本概念,提出"信用"和"关系网络"这两个关键词,认为学校社会资本是处于社会共同体之中的学校组织通过与内部、外部的各种对象之间的长期交往合作、互惠互利形成的一系列认同关系,以及在这些关系中积淀的价值、规范、信用等行为范式和理念信仰。他提出,"学校社会资本"这个概念旨在从一个新的视角审视学校组织管理的理论与实践,出发点就在于将社会资本不仅看做行动者所拥有的一种资源,而且看做学校发展过程中摄取稀缺教育资源的一种资源配置方式(大量事实表明,学校外部关系网络是信息和资源配置的有效机制),旨在体现出继人力资源开发理论和组织文化理论之后的学校管理方向。②

三、综合评析

　　以上从西部高等教育发展战略、西部高等教育援助政策和西部高等教育资源配置等方面,梳理了西部高等教育发展与对策;从社会资本及其构成要素、社会资本与组织功效、社会资本与学校变革和社会资本与资源配置等方面,梳理了学校社会资本的作用与角色。这些文献均为本研究提供了可以借鉴的思想和素材。但是,关于西部高校发展的相关研究主要集中在实践和政策建议中,对"对口支援"西部高校的相关研究文献比较少,仅有的文献和研究也主要集中在实践层面的总结上,理论解释力和学术性不强。在教育领域关于社会资本的研究,主要集中在个体社会资本方面。为此,本研究旨在发现对口支援西部高校政策中的社会资本和社会网络理论的一些关键问题及其答案。即,社会资本在对口支援西部高校的过程中是通过何种形式出现的,其核心要素是怎样影响西部受援高校获得所需稀缺资源的,西部受援高校的社会网络是如何构建的,它是如何在物资资本和人力资本的基础上促进高校发展的,等等。但从目前的研究内容来看,主要集中在概念解析和理论思辨上,具体有以下不足之处:

　　(一) 教育政策方面

　　1. 缺乏从中观层面研究西部高等教育发展的援助政策

　　国内关于西部地区高等教育发展政策的研究文献,要么集中在宏观层面——对国家发展有关教育政策的研究,要么集中在微观层

---

①　庄西真.学校社会资本论[J].教育研究与实验,2004(3):15-19.

②　杨跃.关于学校社会资本的理论思考[J].学海,2003(5):49-53.

面——区域发展,如对西部开发有关教育政策的研究,甚至非教育政策方面的研究,而对教育政策某一方面的研究,尤其是教育援助政策方面的研究相对较少。研究视角还停留在对宏大问题的简单描述和政策建议上,缺乏从中观层面研究西部高等教育发展政策。因而,现有的研究还不能很好地指导西部高校的发展,也不能为"对口支援"西部地区高校政策提供理论指导。

2. 缺乏对西部高等教育援助政策的实证研究

国内大多数学者对西部地区高等教育发展政策的研究主要集中在对现实问题的评价分析和政策建议上,对教育政策中观层面的实证研究不足,更缺乏对教育援助政策的研究。即使对西部地区高等教育发展现状的研究也只是简单评论和描述,评价结果缺乏准确性和客观性。使得研究西部地区高等教育发展现状、形成原因、对策建议时,没有形成内在的有机联系,研究成果缺乏系统性。少数学者试图通过建立援助模型研究"对口支援"政策,但都缺乏实际应用。因此,在教育领域内,尚缺乏对社会资本严格的概念界定和测量指标的精细操作化,以及缺乏运用社会资本理论框架对问题进行解释等这样一项系统和深入的实证研究。

3. 对现有西部高等教育援助政策的解释力不强

关于"对口支援"西部地区高校的政策研究,仍然停留在经验的总结和归纳阶段,对教育援助政策的建议也只是泛泛而谈,缺乏系统扎实的理论支撑。即使有学者对西部教育政策作了全面的回顾和梳理,也只是涉及西部高等教育的资源配置、教育公平、教育制度等方面的相关理论,往往不够深入、系统,对教育政策的学科性、学理性解释力不强,这也说明对西部地区高等教育的研究水平还比较低。

(二) 社会资本方面

1. 社会资本在教育研究领域的针对性不强

关于社会资本理论的研究还很不完善,对社会资本的研究较多地以介绍的方式进行,对其在中国的特殊性研究还很不够。即使研究社会资本对促进高校发展的文献,也多侧重于理论探讨,实证研究相对较少,主要聚焦于高校社会资本的内涵和外延探讨上,集中于社会资本的构成要素、主要特征等概念的解释上,用其研究实际问题的案例还不多。理论只有解决现实问题才有生命力。社会资本是一个需要不断完善和充实的学术领域,我们需要更多的实证研究才能丰富其内涵、健全其体系。这需要研究工作者的不懈努力。

2. 社会资本的研究仅停留在关系层面

在以往的教育研究领域中,社会资本主要集中在大学毕业生职业找寻、教师专业发展和校长社会网络等个体层次的研究上,缺乏关于社会资本对高校发展整体层面的研究。至于如何运用社会资本促进高校发展的研究文献相对缺乏。个体型社会资本并不能代表一个高校的社会资本。个体型社会资本是个体层面的、相对短期的,而组织型社会资本、制度型社会资本是组织层面的、相对长期的。仅以个体型社会资本来判断整个高校的社会资本显然是不够充分的。因此,有必要从组织层面讨论结构社会资本、关系社会资本、认知社会资本对高校发展的影响和效果,特别是对"对口支援"援助政策的研究,更需要从组织间的相互联系进行研究。

3. 对社会资本在促进教育或高校发展方面的研究较少

从国内教育领域的社会资本研究来看,很少有人从社会资本的分析层次出发,系统地梳理和建构政府社会资本和民间社会资本在教育政策应用方面的经验研究。由政府主导的政府社会资本所构建的正式社会支持网络和政府引导的民间社会资本所构建的非正式社会支持网络,都是高校发展所不可或缺的重要环境。目前,多数研究仅关注社会资本在获取社会资源的研究上,而没有较多地研究由于社会资本的信用、规范等特征在社会支持网络方面所发挥的作用。即使研究社会支持网络也仅从公共关系的领域研究。实际上,公共关系只是处好关系、树好形象,而社会资本则更多地表现在互动过程中期望得到回报的一种投资。因此,本研究具有创新性的理论和方法论意义。

综上所述,相关研究文献的不足之处正是本书的创新空间。本书从组织层次视角出发,对高校社会资本进行研究,有助于弥补个体层次对高校发展研究的不足,充分讨论具有对口支援关系的高校其政府社会资本和民间社会资本是如何发挥作用的,以及东部高水平大学是如何构建社会支持网络推动西部高校发展的。正是出于此目的,本研究从社会资本的视角分析对口支援对西部高校发展的影响研究,以期为西部高校的发展提供理论指导,为教育行政部门的决策提供理论依据。

第三节　研究理论基础

一、关系强度理论

弱关系力量假设和"嵌入性"理论的主要代表人物是格兰诺维特,他1971年在《美国社会学杂志》上发表的"弱关系的力量"一文,被认为是社会网络研究的一篇重要文献。弱关系力量假设的提出和经验发现对欧美学界的社会网络分析产生了巨大影响。

格兰诺维特所说的社会关系是指人与人、组织与组织之间由于交流和接触而实际存在的一种纽带关系,这种关系与传统社会学分析中所使用的表示人们属性和类别特征的抽象关系(如变量关系、阶级阶层关系)不同。他首次提出了"关系力量"的概念,并将关系分为强和弱,认为强弱关系在人与人、组织与组织、个体和社会系统之间发挥着根本不同的作用。强关系维系着群体、组织内部的关系,弱关系在群体、组织之间建立了纽带联系。他从四个维度来测量关系的强弱:一是互动的频率。互动的次数多为强关系,反之则为弱关系。二是感情力量。感情较深为强关系,反之则为弱关系。三是亲密程度。关系密切为强关系,反之则为弱关系。四是互惠交换。互惠交换多而广为强关系,反之则为弱关系。在此基础上提出了"弱关系充当信息桥"的判断。在他看来,强关系是在性别、年龄、教育程度、职业身份、收入水平等社会经济特征相似的个体之间发展起来的,而弱关系则是在社会经济特征不同的个体之间发展起来的。因为群体内部相似性较高的个体所了解的事物、事件经常是相同的,所以通过强关系获得的信息往往重复性很高。而弱关系是在群体之间发生的,由于弱关系的分布范围较广,它比强关系更能充当跨越其社会界限去获得信息和其他资源的桥梁,可以将其他群体的重要信息带给不属于这些群体的某个个体。在与其他人的联系中,弱关系可以创造例外的社会流动机会,如工作变动。

格兰诺维特断言,虽然所有的弱关系不一定能充当信息桥,但能够充当信息桥的必定是弱关系。弱关系充当信息桥的判断,是格兰诺维特提出的"弱关系力量"的核心依据。格兰诺维特于1985年在《美国社会学杂志》上发表了一篇重要论文《经济行动和社会结构:嵌入性问题》。他在该文中进一步发挥了卡尔·波兰尼(Karl Polany)在《伟大的转折》一书中提出的"嵌入性"概念。他认为经济行为嵌入社会结构,而核心的社会结构就是人们生活中的社会网络,嵌入的网络机制是信用。他指出,在经济领域中最基本的行为就是交换,而交换行为得以发生的基础,是双方必须建立一定程度的相互信用。在以物易物的原始交换中,双方必须首先相互了解,相信对方有交换的诚意,相信对方对交换条件的认可,然后才能进行实质性的交换。即使在以货币为媒介的现代社会交换中,双方也必须在获得了必要的监督保证之后才能进行交换。

强关系力量论。该理论的主要代表人物是边燕杰。该理论对格兰诺维特的弱关系力量假设和林南的社会资源理论提出了挑战。他指出,在中国计划经济工作分配体制下,个人网络主要用于获得分配决策人的信息和影响而不是用来收集就业信息。因为求职者即使获得了信息,但没有关系对决策人施加影响,也有可能得不到理想的工作。在工作分配的关键环节,人情关系的强弱差异十分明显。对于多数人来说,他们并不能和主管分配的决策人建立直接的强关系,必须通过中间人建立关系,而中间人与求职者和最终帮助者双方必须是强关系。反之,如果中间人与双方的关系弱,中间人和最终帮助者就未必提供最大程度的帮助。①

强关系可以充当没有联系的个人之间的网络桥梁。边燕杰的主要贡献是分析中国的工作分配制度,区分在求职过程中通过网络流动的是信息(information)还是影响(influence)。1988年边燕杰在对天津进行的一项调查中发现:(1)求职者更经常地通过强关系而非弱关系寻找工作机会;(2)直接和间接关系都用来获得来自主管工作分配的实权人物的帮助;(3)求职者和最终帮助者通过中间人建立了间接关系,中间人与他们双方是强关系而非弱关系,中间人与求职者和最终帮助者的关系越熟,而且最终帮助者的资源背景越高,对求职者的工作安排也越有利;(4)求职者使用间接关系比直接关系更可能得到较好的工作。边燕杰的研究独到之处在于他对网络中流动的不同资源进行了区分,即是信息还是影响。如果是信息,则更有可能通过弱关系流动,但影响则更可能通过强关系流动。

强关系而非弱关系可以充当没有联系的个人之间的网络桥梁。边燕杰从文化和制度的因素对此进行了解释,弱关系在传递信息上具有重要优势,但中国社会是一个伦理本位的社会,在以伦理为本位的

① 边燕杰.城市居民社会资本的来源及作用:网络观点与调查发现[J].中国社会科学,2004(3):136-146.

中国社会条件下,信息的传递往往是人情关系的结果,而不是原因。换言之,没有一定的人情关系,信息未必能够传递。什么是人情关系呢? 以往的研究表明,就是人情交换关系,而这种关系通常是强关系,而非弱关系。在中国计划经济的工作分配体制下,个人网络主要用于获得分配决策人的信用和影响而不是用来收集就业信息,因此更可能使用强关系。因为求职者即使获得了信息,但如果没有关系密切的决策人施加影响,也有可能得不到理想的工作。在工作分配的关键环节,人情关系的强弱差异十分明显。人情关系强,得到照顾的可能性就大;人情关系弱,结果不得而知;没有人情关系,除偶然例外,不会得到照顾。

人情关系的强弱会产生不同的结果。这是由于:一是义务问题。人情关系的实质是情意、实惠的交换。强关系往往表明这种交换已经在主客双方长久存在,在相互欠情、补情的心理作用下,使得有能力提供帮助的人尽力在对方请求下提供帮助。二是信用问题。人情关系的交换是违背正式组织原则的,如果是强关系,主客双方的信用度提高,就能降低由"东窗事发"所引来的不必要的麻烦。所以,强关系比弱关系"强"而不是"弱"。据此,边燕杰等人提出了强关系力量的假设。

从关系强弱理论来看,高校与其网络成员之间不仅存在着一定的角色关系,也存在着关系强弱。那么,高校在为自身发展获得资源和支持时,调动的是强关系还是弱关系? 为什么能够调动强关系或是弱关系? 高校通过强关系和弱关系获得的资源类型有差别吗? 换句话说,高校的强关系和弱关系分别为高校提供了什么类型的资源? 根据对高校强弱关系和资源类型的考察可以为高校行为和高校发展提供什么样的解释? 而这些研究对于指导高校分析其社会资本提供了一定的理论基础。

二、社会资源理论

美籍华裔社会学家林南在发展和修正格兰诺维特的"弱关系力量假设"时,提出了社会资源理论。他认为,那些嵌入于个人社会网络中的社会资源——权力、财富和声望,并不为个人所直接占有,而是通过个人的直接或间接的社会关系来获取。在一个分层的社会结构中,当行动者采取工具性行动时,如果弱关系对象处于比行动者更高的地位,他所拥有的弱关系将比强关系给他带来更多的社会资源。个体社会网络的异质性、网络成员的社会地位、个体与网络成员的关系力量,决定着个体所拥有的社会资源的数量和质量。①

　　在林南的社会资源理论中,弱关系的作用超出了格兰诺维特所说的信息沟通的作用。由于弱关系联结着不同阶层拥有不同资源的人,所以资源的交换、借用和摄取,往往通过弱关系纽带来完成。而强关系联结着阶层相同、资源相似的人,类似资源的交换即使十分必要,也不具有工具性的意义。为此,林南提出了社会资源理论的三大假设:(1)地位强度假设——人们的社会地位越高,摄取社会资源的机会越多;(2)弱关系强度假设——一个人的社会网络异质性越大,通过弱关系摄取的社会资源的几率越高;(3)社会资源效应假设——人们的社会资源越丰富,工具性行动的结果越理想。社会资源理论是社会网络研究的·大突破,因为这一理论否定了资源只有通过占有才能运用的地位结构观。林南认为,资源不但可以被个人占有,而且也嵌入社会网络之中,通过关系网络可以摄取。弱关系之所以比强关系更重要,是因为前者在摄取社会资源时比后者更有效。

　　林南认为,资源按其属性可以分为个人资源和社会资源。个人资源指个人所直接占有的财富、地位和权力等有价值的物品,可以自由地使用和处置,而不必过多地关注补偿与回报。而社会资源被定义为个人通过社会联系所获取的资源,资源是他人占有的,但通过社会关系纽带可以借用、摄取。林南的社会资源理论首先建构了一个由位置组成的宏观社会结构的形象。这个结构由一系列的位置所组成,而这些位置是根据财富、地位及权力等有标准化价值的资源来排列的。从对资源的接触和控制来看,这个结构呈现出一种金字塔的形状:位置越高,占有者的人数越少;位置越高,具有的结构中视野就越开阔(尤其是往下看时)。金字塔形的结构意味着离顶端较近的位置具有优势,那里的占据者数量更少,可接触的位置更多。

　　林南把社会行动分为工具性行动和情感性行动(也称表达性行动):工具性行动被理解为获得不为行动者所拥有的资源,而情感性行动被理解为维持已被行动者所拥有的资源。在资源、社会结构和个体行动三个基点之上,林南提出了四个理论假定:(1)结构假设(the structural postulate)。有价值的资源嵌入存在于由地位、权威、规则和占据者(代理人)构成的社会结构之中。社会结构通常在有价值资源的分布、地位数量和权威层级,占据者的数量方面形成金字塔形等级制。在等级制中的层级越高,有价值资源的聚集越多,位置的数量越少,权威的控制越大,占据者的数量越少。(2)互动假设(the inter-action postulate)。互动一般发生在资源和生活方式上具有相似或相近特点的行动者之间,遵循同质性原则。资源特征越相似,在互动中需要付出的努力越小。(3)网络假设(the network postulate)。在社会网络中,直接或间接的互动者拥有不同类型的资源。一些资源属于行动者个人,是个人拥有的资源或人力资本,但大多数资源嵌入于同其他行动者直接或间接的联系之中,或嵌入于每一个行动者都占据和联系的结构位置中。(4)行动假设(the action postulate)。在社会行动中,行动者行动的动机是维持或获取资源。维持资源的行动可以称为表达性行动(expressive action),即维持已被行动者拥有的资源。获得资源的行动可以称为工具性行动(instrumental action),即获得不为行动者拥有的资源。维持资源是行动的首要动机,表达性行动是行动的首要形式。

在四个理论假定基础上,林南提出了关于社会资本的七个命题:

(1)社会资本命题:行动的成功与社会资本正相关。获取和使用好的社会资本导致更成功的行动,实现目的性行动的一个简单策略是,接近自身拥有或能够获取更高价值资源的行动者。

(2)地位强度命题:初始位置越好,行动者越可能获取和使用好的社会资本。在等级制中拥有相对不同的位置,将会以不同级别的位置与他人接触,在获取好的社会资本上,等级制中相对较高的位置比相对较低的位置有一个好的结构优势。

(3)强关系强度命题:关系越强,获取的社会资本越可能正向地影响表达性行动的成功。建立在情感、信用与共享资源和生活方式基础上的强关系,有利于维持和强化既有的资源。

(4)弱关系强度命题:关系越弱,自我在工具性行动中越可能获取好的社会资本。弱关系更有助于接触到异质性资源,而人们联系的偏好是个体往往与相似或稍高,而不是更低社会经济地位的人寻求互动。因此,关系越弱,自我在工具性行动中越可能获取好的社会资本。

(5)位置强度命题:个体越靠近网络中的桥梁,他们在工具性行动中获取的社会资本越好。桥梁是两个群体的行动者之间的唯一连接,承担着尽可能地获取嵌入在两个群体中资源的重要功能,跨越结构洞桥梁的效用在于他们控制着信息的流动。因此,个体越靠近网络中的桥梁,他们在工具性行动中获取的社会资本越好。

（6）位置与地位交叉命题：对于工具性行动，位置（靠近桥梁）强度依桥梁所连接的不同资源而定。对好的社会资本的获取，往往发生在那些占据靠近桥梁位置（location）的个体行动者身上，这个桥梁连接着那些处在相对较高等级位置（position）的行动者。

（7）结构相依命题：对位于等级制顶部及附近和底部及附近的行动者而言，网络运作（关系与网络位置）效应受到等级制结构的约束。在等级制顶端的行动者，如果选择纵向的接触，向上延伸的机会受到约束。在等级制底部的行动者，纵向两个方向的接触机会都受到结构的约束。在中部的行动者，拥有向上延伸与实现这些接触的机会。

林南从资源、社会结构和个体行动的基点出发，提出了社会资本的若干理论假定和理论命题（见图 2-1），为进行高校的社会资本研究提供了重要的理论基础。

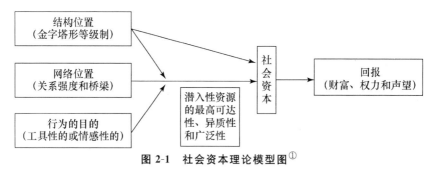

图 2-1 社会资本理论模型图[①]

三、社会结构理论

该理论的主要代表人物是罗纳德·伯特。他于 1992 年在《结构洞》一书中首次明确指出，关系强弱与社会资源、社会资本的多寡没有必然的联系。伯特依据结构洞理论对市场经济中的竞争行为提出了新的社会学解释。他认为，竞争优势不仅是资源优势，而且更重要的是关系优势。即结构洞多的竞争者，其关系优势大，获得较大利益回报的机会就多。任何个人或组织，要想在竞争中获得、保持和发展优势，就必须与无关联的个人和团体建立广泛的联系，以获取信息的控制优势。

所谓结构洞，即社会网络中的某个或某些个体和有些个体发生直接联系，但与其他个体不发生直接联系或关系间断（disconnection）的

---

① 资料来源：［美］林南. 社会资本——关于社会结构与行动的理论［M］. 张磊，译. 上海：上海人民出版社，2005：74.

现象，从网络整体看好像网络结构中出现了洞穴。伯特称这种关系稠密地带之间的稀疏地带为结构洞，并将填补结构洞的行为称为搭桥（bridging）。结构洞只能是针对第三者的，这样才能产生"传递性"。例如在 A-B-C 网络中，如果 AB 之间有关系，BC 之间有关系，而 AC 之间没关系，则 AC 是一个结构洞。AC 如果要发生联系，必须通过 B。格兰诺维特认为，B 与 A、C 的联系必然是弱关系；对伯特来说，B 与 A、C 的关系可能强，也可能弱，这并不重要；重要的是，假如 A、B、C 处于资源竞争的状态，AC 结构洞的存在就为 B 提供了保持信息和控制信息的两大优势。据此，伯特也强调松散型网络的资源优势更多于紧密型网络，因为它拥有更多的结构洞，大大改善了网络整体信息的有效性结构。弱关系并不能保证具有优势，除非一个参与者的其他竞争对手中有关系的"漏洞"出现，关键是一个网络整体上的关系分布，若连接的桥梁作用是朝向拥有强关系的、自主的、个体的，自己有洞而竞争者被结构洞所分离，就意味着别人可能陷入结构洞里失去自主性，可以利用这种优势获得回报。给竞争者带来竞争优势的位置处于关系稠密地带之间（存在结构洞）而不是之内。

为了保持结构洞的存在，参与者不会轻易地让另外两者联系起来；而结构洞两端的个体也可以通过重新连接的中介业务达到新的发展，降低结构上的限制性，这就是所谓的"搭桥"。与结构洞密切相关的概念是参与者的结构自主性，有较高结构自主性的行动者，被允许有更多的讨价还价的资本和获取信息资源的渠道。而与结构洞相关的另一概念是关系重复浪费，包括数量过多的浪费和结构对等的浪费。

伯特认为，社会网络是一种社会资本。特别强调关系网络的功利性和工具性。伯特的中心命题是：如果一个人能够成功地运用网络的话，他的生活机遇就会大大改善。既然网络关系是一种投资，那么我们就需要一个有效率的网络：（1）效率，非重复性信息源可以带来较高效率；（2）不需要把所有关系都建立起来，只需要打通主信息源就能够实现与其他信息的有效沟通。而结构洞则正是建构有效率的网络结构的核心概念。社会资本具有两种收益：（1）信息收益，取决于谁和何时得知这些机会并参与这种机会的分配。（2）控制收益，就是参与者被赋予的左右竞争对手的力量，控制收益需要行动者积极主动，动力就成了关键问题。伯特在"结构洞"中提出，同质的重复的网络不会带来社会资本的增加，能够带来这种收益的关系网络具有特殊的结构特征，在这种特殊的网络结构当中，处于拥有较大社会资本的节点上的竞争者,更有可能得到较高的回报。伯特用来测量网络位置的两个变量是"关系桥"或接近"关系桥",使用交流频率的社会测量资料来测量网络密度,伯特考虑情感的紧密度来测量联系的强弱。

伯特的方法在经验分析时很有生命力,因为他假定行动者是受利益动机驱使的,网络由处于竞争状态的变量界定。伯特的创新之处在于他认为重要的因素不是关系强弱,而是它们在已经建立的关系网络中是重复的还是非剩余的。网络限制越多意味着结构洞越少;网络规模与结构洞的社会资本正相关;网络密度与结构洞的社会资本负相关;等级制与社会资本负相关。另一个对伯特有重要影响的学者怀特(Harrison C. White)认为经济学只是关注交换,没有什么市场理论。他在1981年的著名论文《市场从何而来?》中指出,市场是从社会网络发展而来的,市场秩序是生产经营者网络内部相互交往产生的暗示、信用和规则的反映。但是,过于抽象的模型分析和缺少与主流的对话使怀特的理论没有受到持久的关注。难能可贵的是伯特并没有接受经济学家傲慢的前提,市场过程不是社会学研究的合适对象,因为社会关系在现代社会中仅仅扮演一种摩擦和破坏者的角色。通过研究经济网络特征会影响到置身于其中的个体的竞争地位和收益,伯特实现了对经济分析的渗透和网络分析空间的开拓。"获取利润"、"获得提升"展现了结构洞分析的经验模型和方法,并提供经验支持。通过产业数据分析(比如铁矿、食品和房地产),展示了市场是由结构洞所塑造的主体,主要供应商和顾客与网络关系决定参与者的利润。

正是网络和位置创造了博弈各方的竞争结果,占有更多结构洞的企业,自主性强,能更好地获得信息和控制优势,比自主性差的企业获得更多的利润收益,他使用资源依附理论的观点来讨论公司和美国的产业部门之间的网络关系模型,结构自治将资源依附理论转译为网络要素。伯特在微观层次上试图说明市场中经济资本与社会资本的关系,试图把经济学上的供不应求与社会学上的群体联系结合起来,说明私人关系是经济行动的前提。经济中供求不一定直接见面,处于结构洞中的企业往往是其他企业的信息中介,能够控制信息的流动。因为弱连接常常将企业与各种社会团体相连,所以增加了与新信息和创新机会相遇的可能性,一个企业能够在有限的资源约束下,建立广泛的连接,横跨多个结构洞,具有信息效率和对网络的控制力,获取更多的创新机会。

伯特最早把社会资本由个人层次延伸至企业层次,他认为社会资本是社会行为者从社会关系网络中所获得的一种资源,企业作为有目的的社会行为者,社会资本的逻辑不可避免地会扩展到企业层次。企业内部和企业之间的关系就是社会资本,它是竞争成功的最终决定者。他强调企业家在开发关系稠密地带之间的结构洞方面的重要性,企业家通过联结不同的、一定程度上相互隔断的关系网络为企业提供新的资源。在经济组织中,占有"结构洞"多的管理者更有地位与声望,有更多的组织自主性,有更多的资源获取路径和讨价还价能力。同理,作为对口支援的高校组织,占有"结构洞"多的行动者是否具有更多的资源获取路径?

第四节 本书概念界定

一、对口支援

所谓对口支援,是指由政府启动,在发达地区和不发达地区有关机构和高校之间建立稳定的伙伴关系,引进发达地区的智力资源,促进不发达或者欠发达地区教育发展的一种援助模式。本研究中,指由政府推动的东部高水平大学与西部高校之间建立的伙伴与支援关系,西部高校主要引进高水平大学的学术资源、管理资源、智力资源或人力资源等优势资源,东部高水平大学帮助和促进西部高校学科专业建设、师资队伍建设、高校管理制度与运行机制建设等,不断提高西部高校办学水平和人才培养质量的一种援助模式。

二、社会资本

社会资本是指处于社会网络或更广泛的社会结构中获取稀缺资源或所需资源的一种动态能力,其核心要素是网络、关系、信用、声誉、规范和制度。这是本研究界定的主要概念。按社会资本的主导主体不同分为:政府社会资本和民间社会资本。其中,政府社会资本是指影响人们互利合作能力的政府制度,包括契约的实施、法治和政府允许的公民自由范围。在本研究中,研究者界定于由政府安排的并由双方高校签订对口支援协议的高校社会资本。民间社会资本是在社会层面上形成的影响人们合作能力的社会规范和普遍信用,它有利于人们的社会行动,并对成员的权利起保护作用,具体包括共同的价值、规范、非正式的沟通网络及社团成员资格。在本研究中,作者界定为由西部高校自身联系且与合作高校双方签有协议或未签协议的高校社会资本。社会资本按关系主体不同又分为：个体型社会资本、组织型社会资本和制度型社会资本。

同时，按照哈皮特和戈沙尔的观点[①]，将社会资本划分为三个维度：一是结构维度(structure dimension)，又称为结构性嵌入，是指行动者之间联系的整体模式。该维度强调社会关系网络的非人格化一面，分析的重点在于网络联系和网络结构的特点，即网络联系存在与否、联系的强度、网络的密度、中心与边缘、连接性等。二是关系维度(relational dimension)，又称为关系性嵌入，是指通过创造关系或由关系手段获得的资产，包括信用与可信度、规范与惩罚、义务和期望以及可辨识的身份。该维度强调社会关系网络人格化的一面，即与社会联系的行动者有关，表现为具体的、进行中的人际关系，是行动者在互动过程中建立的具体关系。三是认知维度(cognitive dimension)，是指提供不同主体间共同理解表达、解释与意义系统的那些资源，如语言、符号和文化习惯，在组织内还包括默会知识等。他们认为社会资本构建了社会结构的一些方面，便利了个人在这些结构中的社会行动。同时，网络中的社会资本有利于智力资本的获取与创造，进而提高高校的核心竞争力。如图 2-2 所示。

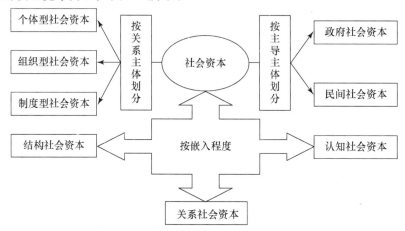

图 2-2　社会资本不同行为主体概念示意图

三、社会结构与社会支持网络

这里所界定的社会结构由以下部分组成：(1)拥有不同数量的一

---

① 　Nahapiet J.，Ghoshal S. Social Capital，Intellectual Capital and the Organizational Advantage[J]. Academy of Management Review，1998：242-266.

种或多种有价值资源的一组社会单位（位置）；（2）相对于权威（控制和获取资源），这些社会单位是按等级联系的；（3）在资源的使用中，它们共享某些规则和程序；（4）它们被委托于这些规则和程序行动的占据者（代理人）。

社会支持网络指的是社会行动者（social actor）及其间的关系的集合。也可以说，一个社会网络是由多个点（社会行动者）和各点之间的连线（行动者之间的关系）组成的集合。用点和线来表达网络，这是社会网络的形式化界定。社会网络分析中所说的"点"（nodes）是各个社会行动者，"线"是行动者之间的各种社会关系（ties）。实际上，在社会网络研究领域，任何一个社会单位或者社会实体都可以被看成"点"或者行动者（actor）。社会支持网络按组织规范分为：正式社会支持网络和非正式社会支持网络。

正式社会支持网络一般指来自政府、社会正式组织的各种制度性支持和组织性支持。主要由政府行政部门，以及准行政部门的社会团体实施。在本研究中，指由政府构建的具有对口支援关系的高校或部门所形成的社会支持网络；非正式社会支持指来自非正式组织支持以及正式组织偶尔的、临时性的支持。在本研究中，指不具有对口支援关系的高校或部门所形成的社会支持网络。即政府引导民间社会资本为西部高校构建了非正式社会支持网络。在对口支援西部高校项目中，非支援高校虽然对西部高校也发挥了一些积极的作用，但与政府构建的对口支援关系的社会网络强大作用相比，这些非支援高校的作用相对弱一些，因而研究者把由政府引导所构建的对口支援网络视为非正式的社会支持网络，即由西部高校自身所构建的社会支持网络。如图2-3所示。

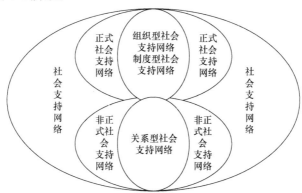

图2-3　社会支持网络结构示意图

四、表达性行动与工具性行动

表达性行动维持和保护有价值资源的行动,它可能会导致与同质性互动原则相一致的互动。对资源的认可与对相互关心和相互保护的需要的认可,成为满意互动的基础。在有价值的资源分配到所有层级的社会体系中,同质性互动在所有层级中都是普遍存在的。本研究中,指在对口支援所构建的社会网络中,通过受援高校与支援高校的互动,使双方保持情感交流(友谊、理解、沟通)、信息交流(传递、会议、讲座)等。

工具性行动是那些为了实现某些目标的人所采取促进增加有价值的资源的行动。为了获得额外的或新的资源,需要接近其他社会位置(特别是那些拥有更多、更好资源的位置),这与异质性互动原则相一致。本研究中,指在对口支援所构建的社会网络中,通过受援高校与支援高校的互动,使受援高校从支援高校获取所需要的稀缺资源(教师学历提升、学科专业建设及图书资料捐赠等)。

五、地位获得与声望效应

地位获得可以理解为个体为获得社会经济地位上的回报而进行资源的动员与投资过程。布劳(Blau)与邓肯(Duncan)开创性研究的主要结论是:即使考虑到先赋地位(父母地位)的直接和间接影响,自致地位(教育和先前的职业地位)仍然是解释个体最后所获地位的重要因素。另外,林南在地位强度命题中认为:社会资源反过来被自我的初始位置所影响。[①] 本研究中,指受援高校先赋地位(区位影响、学科水平、师资力量等)虽然处于劣势,但可以通过政府推动的对口支援西部高校的支持与合作,使西部高校的自致地位明显提高。

声望效应经验地被描述为,受欢迎的互动参与者是那些占据稍高地位的人的一种行为方式。某些行动者的名声越高,享有高名声的行动者越多,群体的声望提升得越快。与很多有声望的群体相联系,也会提高一个行动者自身的名声。群体声望与群体激励——使个体成员参与持久的、持续的社会交换,使个体认同群体(群体认同与群体交换)——之间存在关联。[②] 本研究中,指受援高校通过政府推动的对口支援西部高校的关系,使东部高校的社会声望延伸至西部高校的一种光环效应。

---

① [美]林南.社会资本——关于社会结构与行动的理论[M].张磊,译.上海:上海人民出版社,2005:76.

② [美]林南.社会资本——关于社会结构与行动的理论[M].张磊,译.上海:上海人民出版社,2005:154-156.

小　　结

　　虽然对社会资本没有达成统一的概念,也缺乏大家一致认同的分析框架和测量方式,但是,不可否认,社会资本理论的提出,是对社会科学的重大贡献,它为探索经济与社会发展问题提供了一个更广阔的理论视角,它突破了原有的包含物资资本和人力资本在内的资本框架。

　　通过对上述国内外学者对社会资本的界定及其主要研究观点的梳理,社会资本主要内涵是指通过自身先赋位置和自致位置参与社会活动不断积累的,期望得到回报或收益的,可以交换、借用或摄取的社会网络资源。尽管格兰诺维特强调:强弱关系在人与人、组织与组织、个体和社会系统之间发挥着根本不同的作用。强关系维系着群体、组织内部的关系,弱关系在群体、组织之间建立了纽带联系。弱关系是在群体之间发生的,它比强关系更能充当跨越其社会界限去获得信息和其他资源的桥梁。伯特强调:同质的重复的网络不会带来社会资本的增加,能够带来这种收益的关系网络具有特殊的结构特征,在这种特殊的网络结构当中,处于拥有较大社会资本的节点上(结构洞)的竞争者,更有可能得到较高的回报。林南强调:嵌入于个人社会网络中的社会资源——权力、财富和声望,并不为个人所直接占有,而是通过个人的直接或间接的社会关系来获取。弱关系联结着不同阶层拥有不同资源的人们。强关系联结着阶层相同、资源相似的人们。但是,最终都要在社会网络的基础上获得社会资源(见图2-4)。

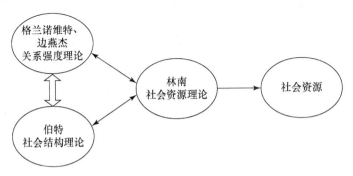

图2-4　社会资本理论在西部受援高校发展之影响的关系结构图

　　社会网络是社会资本运作的前提,社会资本是社会网络的内在要素。同时,社会资本是社会资源的诉求对象,社会资源是社会资本的外化形式。组织以其实力为后盾,给运作社会资本的个体提供了可依赖的社会资源,无形之中扩充了个体自身的资源实力。个体以其能动性推动共同体内的资源共享和资源投资。如果没有社会资本,社会网络则只具空壳,而无实际意义。所以,在一定意义上社会资本是内容,社会网络是形式;社会网络是社会资源的存量,社会资本是社会资源的流量。社会网络是静态的存在状态,社会资本是动态的运作能力。① 也就是说,"对口支援"西部高校社会网络的构建,为西部受援高校换取了社会资本,从而使其获得了发展所需的稀缺资源。这就是本研究关于社会资本理论对西部受援高校发展之影响的主要出发点。

由于政府推动的对口支援行动计划使西部高校中的部分高校获得受援高校的成员资格,这些高校通过对口支援进入支持西部高校建设的社会网络,进而采取相应的社会行动(互访交流、教师进修、干部挂职等),获得西部高校发展所需要的社会资本,得到西部高校发展所需要的稀缺社会资源(学术资源、师资资源和管理资源等)(见图 2-5)。

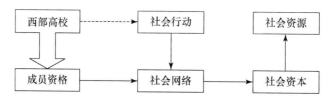

图 2-5　社会资本相关概念关系图

由于本书不是对社会资本理论本身的研究,故没有对社会资本和社会网络做严格的划分。边燕杰认为"社会资本即社会网络关系,个人的社会网络关系越多,则个人的社会资本存量越大"②。当然,社会网络并不完全等于社会资本。社会资本与社会网络是相互关联但又相互区别的两个概念。两个概念的联系在于社会网络是社会资本的一种重要表现形式,是社会资本赖以实现的媒介,社会资本寓于社会网络之中。可见,社会网络是社会资本的存在基础,社会资本是社会网络的内在要素。社会网络是静态的存在状态,社会资本是动态的运作能力。对口支援虽只是构建了西部高校的社会网络,但也给西部

---

① 张文江.社会资本及其相关概念厘定[J].现代管理科学,2007(11):53.
② 边燕杰.城市居民社会资本的来源及作用:网络观点与调查发现[J].中国社会科学,2004(3):136-146.

高校提供了通过社会行动可开发、利用的现实的社会资本和社会资源。况且,社会资本、社会网络均是本研究中的关键词。

本研究中的社会资本的相关概念关系详见图 2-5,至于在研究中使用不同类型的社会资本和社会网络的概念,只表示社会资本或社会网络所具有的功能对西部受援高校的影响和作用,而不对其概念本身进行深入的讨论和严格的区分。借用科尔曼的一句话,"使用(社会资本)这一概念的意义在于,可以通过分析社会结构的功能识别其特征。例如,'椅子'这一概念可以帮助人们通过其功能认识这一物体,而不考虑其形式、外观及其结构方面的差别。"[①]因此,为了研究的方便,在本书中将社会资本和社会网络及其类型交互使用。

本书从高校资源配置、高校组织特性、社会支持网络和公共教育政策视角,分析社会资本对西部受援高校发展的影响,针对外部社会网络、社会网络主体、社会网络属性和社会网络声誉等提出相应的研究问题,采用访谈法、问卷调查法、案例研究法和社会网络分析法等从各个角度收集相关支撑材料或论证依据,从而提出社会资本在对口高校间的生成渠道和途径、基本作用和功能、关联模式和动因、政策解读和建议等。

---

① [美]詹姆斯·S. 科尔曼.社会理论的基础(上)[M].邓方,译.北京:社会科学文献出版社,2008:282.

第三章　社会资本对西部受援高校发展影响的定性分析

　　2001年以来,在支援高校和受援高校的共同努力下,对口支援工作在推进高等教育协调发展,提升西部地区高校办学质量,为西部地区培养人才等方面取得了显著成效,并摸索出了一套行之有效的对口支援模式。众多学者从不同视角论述了对口支援在帮助西部高校发展中所起到的重要作用。例如,清华大学提出了对口支援下推动高等教育与所在地区协调发展的理论模式。[①] 武汉大学高功敏从可持续发展和共享资源效益最大化角度论述对口支援所取得的丰硕成果,并探讨了实施过程中应注意的若干问题。本章主要从哈皮特和戈沙尔提出的社会资本理论模型——结构维度、关系维度和认知维度——出发,分析西部受援高校在社会资本积累过程中若干关键因素的作用及培育,期望以此能够为西部受援高校可持续成长提供一个理论框架。同时,本研究从社会(外部)网络、社会网络主体、社会网络属性、社会网络声望等四个方面探讨社会资本在西部受援高校教学科研中所产生的实际影响,并对其作用结果和成效做一分析(见图3-1)。

---

　　① 清华大学课题组,岑章志,等.东西部高校对口支援的实践与经验[J].清华大学教育研究,2007(2):34-43.

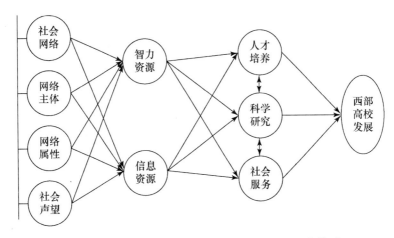

图 3-1　社会资本与西部高校发展关系的神经网络模型

第一节　社会资本对西部受援
高校发展的三个维度分析

从物质层面来说,高校所拥有的资源是稀缺的、有限的,如何获得有限的资源,如何使有限的资源发挥最大的效能是经济学研究的出发点。一个组织,抑或是一个个体,拥有丰富的资源是发展的首要条件,但是由于历史、区域、经济等因素,有限的资源流向一方,另一方将不得不面临由于资源匮乏导致的日后发展步履艰难的困境。在中国的高等教育领域,这一现象表现得十分明显,东西部高等教育的发展,无论是在数量上还是在质量上都存在着巨大的差异,究其原因正是资源的"天平"失衡将这一差距越拉越大。

社会资本作为一个当今最具潜质的概念,广泛得到学术界的关注。不同学者对社会资本的理解不尽相同,所以很难对社会资本下一个统一的定义。比较有代表性的是哈皮特和戈沙尔的观点。[①]他们纵观以往的研究,给社会资本下了一个完整的定义:社会资本是一种关系资源,镶嵌于人际、群体、社会的网络之中,并且用结构、关系、认知三个维度来解析。但是,几乎所有的研究者都不约而同地认为,社会资本的使用能带来其他形式的资本所不能带来的收益。而西部高校相对于东部高校,最为或缺的是没有形成社会资本下的健全的社会关

---

① 　Nahapiet J. , Ghoshal S. Social Capital, Intellectual Capital and The Organizational Advantage[J]. Academy of Management Review, 1998: 242-266.

系网络,导致与外界沟通不畅,难以获得有效资源。通过对口支援西部高校项目,东部高校协助西部高校获得社会资源,建立健全社会关系网络,或者形象地说支援高校将受援高校从原先的边缘地位导入核心社会关系网络之中,形成良好的互动发展机制,才能使西部高校实现可持续发展的目标。本节从社会资本结构维度、关系维度和认知维度的视角,用社会资本对"对口支援"西部高校工作进行描述,探究社会资本在西部受援高校中的功效和作用。在"对口支援"西部高校工作起始阶段,通过关系性维度构建的对口支援"强关系"成为西部高校的主要社会资源;当"对口支援"西部高校工作不断深入推进,结构性维度需要更加关注西部高校在社会网络中的位置;当"对口支援"西部高校工作成为校际之间拥有的共同的愿景目标时,西部高校的社会资本更加具有增值性。

一、关系维度的高校社会资本在"对口支援"西部高校工作的起始阶段,是西部受援高校发展所依赖的主要社会资源和社会网络

在"对口支援"关系建立的起始阶段,东部支援高校和西部受援高校双方只是完成了政府所倡导的"对口支援"关系约定而已,双方高校领导和负责"对口支援"工作的人员并不完全熟悉,还没有建立情感性和认知性的连接。支援高校的教职员工对支持受援高校哪些项目也并不完全清楚,西部高校也并不完全了解支援高校能够支持什么、做到什么程度,双方高校处于相互了解、探索合作阶段。西部高校力求通过政府所构建的关系维度的高校社会资本与东部高校建立稳定长期的支援关系、合作关系。而信用、规范是双方高校在"对口支援"关系建立初期的基本特征和基本动力。

关系维度的社会资本是指经由人们长期互动而发展出来的人际关系,焦点在于心理、主观上的关系,如信用关系、友谊关系等。两个人可能在网络结构中处于相同的位置,但因为他们与网络中的其他成员所发展出来的情感不同,其表现出的行为、所获得的资源也会不尽相同。简而言之,关系维度强调的就是情感性。随着网络经济的兴起,人们意识到借助合作的力量,即通过社会合作创造价值的网络形态来解决各种问题。高校的发展过程必然嵌入社会网络,高校本身的运行活动离不开社会,高校发展的实质就是通过社会网络对各种知识和资源进行协调和整合的过程。帕特南认为,社会资本是社会组织的特征,如,信用、规范和网络等,它们能通过推进协调行动来提高社会

效率。那么,信用、规范等关系性嵌入是如何影响对口支援高校社会资本的积累?

(一) 信用是对口支援高校间持续发展的保障

西部高校的社会资本通过关系性嵌入规范影响着团队的绩效。在规范基础上形成的信用,即整体信用感建立并不是基于对彼此的了解,而是因为群体普遍存在的行为或规范而带来的信用感,对处于由政府构建的对口支援西部高校(一对一、多对一①)同一群体中的具体展现。具备这种整体信用感的群体具有高度社会资本的特征。

不同的学者对社会资本给出了不同的定义,但信用是社会资本应有的特征。如,有学者将社会资本归结为公民对他人的信用,或将社会资本描述为能联系公民并使其更有效率地追求共同目标的网络及规范,或把社会资本看做社会活动网络中合作、信用的价值的体现,或认为社会资本就是能够通过推动协调的行动来提高社会效率的信用、网络以及与网络相关的规范,或把家庭结构、共享规范、先例习俗、规则体系等看做是社会资本的形式。伊斯特斯在其《组织的多样性与社会资本的产生》一文中,将社会资本描述为以组织为代表的独特的网络、规范、价值和集体设施混合体。杨雪冬认为,社会资本是指处于一个共同体中的个人或组织,通过与内、外部对象的长期交往、合作互利而形成的一系列认同关系,以及在这些关系背后沉淀下来的历史传统、价值信念、信仰和行为规范。② 纽顿(Kenneth Newton)认为:"社会资本表现为与公民的信用、互惠和合作有关的一系列态度和价值观构成的人格网络。"③格兰诺维特认为,信用是嵌入在关系之中以及确保未来交易成功的一个"便宜的"但是至关重要的因素。普特南将信用作为两个个体之间共同的期望,而且是通过亲密的关系生产出来的一个战略性的资产。信用可以导致相互之间的合作努力,在达成目标的过程中一个值得信赖的行动者更有可能获得他人的支持。

---

① 一对一:指一所东部高校全面对口支援一所西部高校。2001 年 6 月 13 日教育部印发了《教育部关于实施"对口支援西部地区高等学校计划"的通知》(教高[2001]2 号)。首次确定北京大学与石河子大学、清华大学与青海大学、中国农业大学与内蒙古农业大学等 13 对东西部高校建立对口支援关系。多对一:指多所东部高校根据自身学科优势和特色重点对口支援一所西部高校的学科建设。2005 年 4 月,教育部为贯彻落实全国人才工作会议和中央民族工作会议精神,积极配合中央关于新疆发展和稳定的重大战略部署,进一步丰富对口支援工作的内容,决定实施专门项目的"援疆学科建设计划"。2005 年 6 月,教育部和自治区人民政府联合召开了"实施援疆学科建设计划会议","援疆学科建设计划"由此正式启动。

② 李惠斌,杨雪冬.社会资本与社会发展[M].北京:社会科学文献出版社,2000:36.

③ 肯尼思·纽顿.社会资本与现代欧洲民主[M]//李惠斌,杨雪冬.社会资本与社会发展.北京:社会科学文献出版社,2000:380.

信用直接影响着高校的资源整合能力,主要表现在:一是在高校间的合作行动中,信用体现于对行动者完成任务能力的确信,只有相信对方高校具有胜任能力才有可能与其进行合作;二是信用体现于高校间相信的诚实性,即不会利用对方弱点进行投机行动。因为双方合作的过程,既是双方知识的交融过程,也是双方核心机密可能泄露的过程,所以没有信用,双方则无法进行合作。义务只有在可信用的社会环境中才能转化为社会资本,即只有在信用的社会环境中,对口支援西部高校工作才能够顺利展开。

那么,如何培育信用? 一般认为信用是在社会互动中产生的,行动者间的交往越多,联系越密,彼此共识越多,信用就越有可能产生,持久性也越强。而社会起源的主导模型认为,社会资本的起源是志愿性组织成员之间的互动。这种互动被认为是推进公民之间合作的关键,并提供了培养信用的框架。志愿性组织内部面对面互动是培养信用的最好方式。这正好契合了"对口支援"西部高校政策的初衷,这一活动本身就是志愿性的活动。通过这一平台,支援与受援高校双方开始接触,随着接触程度的加深,双方的信用关系越来越具体,频繁和亲密的社会交往使高校间更加彼此了解,共享重要信息,促进彼此沟通,更容易达成共识。另外,费孝通通过研究发现,支配华人信用关系的主要是"差序格局"结构,没有密切关系的人之间难以建立充分的信用。因此,要想建立支援高效同受援高校间信用、规范的发展机制,必须加强双方的接洽与合作,开展密切的联系,这才是实现双方实现共生双赢的有力保证。

（二）规范是对口支援高校工作制度设计的基点

道格拉斯·诺思（Douglass C. North）将社会资本与制度经济学联系在一起。诺思定义的制度就包括了一系列的道德和伦理行为规范,他明确地将社会资本纳入了制度经济学分析的范畴。有学者认为,社会资本是蕴藏在个人社会网络中的信息、信用及互惠的规范,是一个社区内的个人及制度关系的本质与外延;是一种能提供产生社会秩序、社群组织和可靠社会关系的基础建设制度;是一套认为其他社会行动者会回报对方合作行为的制度化期望,这个期望会促使原先不愿合作的行动者先采取合作行动而让合作具有可能性。可见,规范、制度也是社会资本的基础。整体信用感的建立需要对口支援高校间的长期互动,在彼此了解之后才会慢慢累积起来。

在社会资本的关系维度方面,就组织与个体而言,信用感的存在将有助于资源的交换与结合,并促进产品创新与价值创造,在对口支援高校中也是如此。当对口支援双方普遍存在信用时,则支援高校会更愿意提供资源,而不必担心因受援高校的自利行为而受到负面影响。这对于西部高校快速提升学科水平和师资培养将起到积极的推动作用。而且当对口支援高校群体间普遍存在信用时,双方高校乐于利用东部高水平大学的前沿学科优势和西部高校的特种资源优势共同研究与开发,这些都会促进对口支援高校间的知识流动,亦会促进高校间的分享行为,有助于提升对口支援工作的创新绩效。

事实上,对口支援工作开展的初期阶段,双方高校间的信用感较低,需要确立明确的规范以形成制度信用基础,在此基础上支援高校与受援高校双方才会形成良好的互动和合作。如图 3-2 所示,作为社会资本的核心要素,规范、信用等是西部受援高校与东部支援高校合作的基础与平台,在此基础上,西部高校的学科发展和人才培养才能得到持续有效的援助和支持。"对口支援"西部高校政策,扮演了"制度信用基础"的角色。由教育部牵线将西部高校和东部高校牵手,以东部的办学优势来带动、提高西部高校的办学水平。

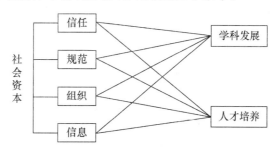

图 3-2 社会资本核心要素与西部高校学科发展和人才培养关系图

二、结构维度的高校社会资本在"对口支援"西部高校工作推进 过程中,西部受援高校需要更加关注其在社会网络中的位置

在"对口支援"关系确定的中期,东部支援高校和西部受援高校双方由不熟悉到熟悉、由联系较少到联系较多、由单一支持到全面合作,西部高校通过支援高校扩展了外部社会网络,与众多的国内外高校或机构建立了联系。此时,西部高校更加关注其在社会网络中的结构位置,以此结构维度的高校社会资本获得较多的发展资源。结构维度的社会资本是指组织或社群的整体网络,以客观的角度去解析社会系统中的各个联结以及它们所构成的整体网络联结形态,即组织处于社会网络位置的中心性、网络联系强弱及密度等特征,也就是说组织处于

一个什么样的位置最有利。

（一）社会交往是对口支援高校互动的基础

社会资本的结构维度，表现为社会交往，它可以促进成员间的相互信用，提高成员的可依赖程度。布迪厄认为，交往是密集的社会资本维持和发展的先决条件。社会资本起源的主导模型认为，社会资本的起源是志愿性的组织成员之间的互动，而这种志愿性组织间面对面的互动是培养信用的最好方式。具体而言要观察这种交往活动，可以从沟通频率和非正式化互动程度两个角度着手。对于对口支援高校而言，着重表现在对口支援高校间所形成的网络联结形态上。而对口支援高校校方领导、部门领导、院系领导和老师的互动状态可以用"沟通频率"及"非正式化互动程度"两个指标来描述。沟通频率代表对口支援高校间互动的量，频率越高即表示对口支援高校间存在的结构联结越强。非正式化互动程度代表互动状态的性质，显示对口支援高校偏好非正式化互动方式的程度，包括非正式的工作会议、领导往来交流、校际联谊活动等。非正式化的沟通方式有利于对口支援高校间的信息流动，对于提高沟通效率有很大帮助。非正式化互动程度越高，越有利于形成互动联结，有助于建立西部受援高校的社会资本。特别是受援高校与支援高校教师间的非正式沟通更有利于增加其社会资本存量。

在对口支援过程中，西部高校与社会外部实体联系的种类繁多，参考边燕杰等研究企业社会资本的观点，将这些联系概括为三类：纵向联系、横向联系和社会联系。西部高校的纵向联系主要是指西部高校的领导与主管部门、当地政府和国家教育部之间的联系。这种纵向联系的取向主要是向上的，目的是从上级领导部门获得稀缺资源。西部高校的横向联系指的是西部高校与外部其他高校的联系，如一个西部高校与其他高校之间可以是协作的关系，也可以是业务关系等。利用西部高校间的横向联系，不仅可以沟通信息，而且还可以解决资源短缺问题，起到知识共享等作用。因此，西部高校的横向联系多而广，有效信息就多。西部高校领导非经济的社会交往和联系往往是高校与外界沟通信息的桥梁和与其他外部实体建立信用的通道，是摄取稀缺资源、提高办学水平和管理水平的重要渠道，所以也是西部高校重要的外部社会资本。西部高校利用与组织外部的关系网络获取信息、知识等社会资源，利用对口支援高校间的社会关系网络获得双方组织信用、师资支持、学术支持、技术支持和管理支持等资源，然后通过自身的内化、分享与传递，使学术资源和管理资源转化为整体效益，从而提高西部受援高校的工作绩效。

对口支援高校间关系越紧密，越有助于高校间进行信息、资源的交换与结合,进一步正面影响西部高校学科发展和质量提升。对任何高校而言,西部高校间的沟通频率与非正式互动的程度越高,表示高校间进行信息与知识交流的机会越多,同时透过互动也越有机会了解彼此所需,有助于知识分享行为的进行。彼此的互动联结越强、知识共享的频率越高,越容易促使课题合作和共同研究。所以,对口支援高校间的沟通频率与非正式化互动程度越高,越会促进双方院系和教师间的知识分享与合作交流。

以"对口支援西部高校"为例,2001—2007 年间,支援与受援高校签订了各种协议 355 份,支援高校派出教师达 980 多人次,支援高校选派干部到受援高校挂职锻炼 173 人次,受援高校到支援高校挂职锻炼 338 人次,在受援高校举办文化交流、报告会、讲座等 1314 次,接受受援高校保送硕士生、博士生 1081 人,进修、访问学者及短期培训人员 2868 人次,支援高校与受援高校之间的校际访问频繁,双方合作共同承担了 269 项省部级以上科研项目。[①] 在这期间,大多数对口支援高校间形成了领导定期互访制度,参加访问的领导由校级层面逐渐扩大到院(系)和部门主管层面。每年双方领导相互来往,共同研究、讨论受援高校的发展规划、工作思路和支援工作的计划、安排,检查支援工作的落实情况。从而扩大了西部受援高校的交往面和接触面,延伸和拓展了社会支持网络,促进了社会资本的快速积累。

(二)结构洞有助于西部高校链接广泛的社会网络

高校结构性社会资本的作用还表现为高校各种网络联系带来的益处,高校在整个社会网络中处于一个什么样的位置,会决定他所获得资源的多少。根据伯特的结构洞理论,在获取资源过程中,占据桥位置者,会比其他行动者能够更加及时地获取关键信息。在知识的传递过程中,高校还可通过对信息和知识的筛选,使得那些更加有利于其发展的信息与知识在不同的群体中进行传播。所以,拥有关键性信息通道,可以在高校的相互联系过程中产生资产流(asset flows)、信息流(information flows)和声望流(status flow),使高校更容易获得成功。

社会网络"结构洞"常常在西部高校与支援高校相联系的其他高校、部门建立的关系网络中起着桥梁纽带作用,有学者称其为桥梁式的社会资本。一般来说,支援高校常常处于结构洞的位置,支援高校可以运用有洞网络的高校同盟关系,并且利用支援高校的社会网络声

---

① 对口支援西部地区高等学校工作背景材料[EB/OL].[2009-05-09]. http://www. moe. edu. cn.

望去影响其他高水平大学,引导这些高校共同促进西部受援高校的发展。所以,西部受援高校若可以利用支援高校在整个高等教育系统中的网络位置,摄取西部高校所需要的相关信息和资源,如师资培养、学科建设、管理方法等,西部高校将会加快提高办学水平和培养质量。可见,对口支援的社会资本主要体现在高等教育系统的网络位置上,如果支援高校在高等教育系统中处于结构洞的位置,则西部高校将会拥有较多的社会资本。一般说来,东部支援高校常处在结构洞的位置,它们往往掌握着丰富的学科资源和学术信息。关键在于西部高校如何积极主动调动这些资源以促其发展。

从结构性社会资本视角分析,西部受援高校由于受到地域劣势、资源匮乏、信息不对称等因素的影响,在社会网络联系中无法处于桥的位置,因而无法拥有关键性信息通道,信息交换量少,对信息的控制力量较弱,创新动机弱。其次,由于大部分受援高校的人力资源规模相对较小,质量相对较低,在知识的传递过程中,无法对信息和知识进行有效筛选,从而不利于信息和知识在组织内外部传递。因此,从结构性社会资本角度可以解释西部高校一直存在的发展障碍问题。

而高校开展科学研究需要相当丰富的信息,以益于创新活动的进行和任务绩效的达成。在对口支援高校间所构成的网络中,若占据或接近核心位置,将能够汇集大量多元化的信息,并且藉由不同来源的知识,促使成员更充分地解释、扩散新知识。此外,对口支援高校通过社会网络联结,可以取得政府部门的政策支持或者进入学术前沿信息的机会。其中,西部受援高校的社会网络联结多寡与性质(直接/间接联结)决定了其在社会网络结构中的位置,也意味着其是否能快速地获得所需要的知识,以提高教师成员知识交换与流通的速度。

三、认知维度的高校社会资本在"对口支援"西部高校工作成为校际之间拥有的共同的愿景目标时,西部受援高校的社会资本将更加具有增值性和累积性

随着"对口支援"西部高校工作的不断深入,东部支援高校和西部受援高校双方由相识发展到相知阶段,东部高校逐渐把支援西部高校的发展作为自身工作的一个重要内容,西部高校也逐渐把东部高校的学术文化、学术理念主动引入自身发展的学术系统之中。在社会系统中,认知维度的社会资本是促进个体对外表现一致性特征的资源,具体表现在个体对事物共同的解释与看法。如,共享价值观、共同愿景、共同语言等。就高校而言,认知维度的高校社会资本主要是指高校所共有的精神财富等社会资本嵌入到高校内部以影响高校发展的资源

整合能力。具体表现是一些共同的语言、共同的文化以及共同的价值观等。

(一) 语言、符号是对口支援高校追求共同文化的工具

语言和符号是社会群体交往中最直接和最重要的工具，是人们进行沟通的手段。共同的语言、符号使沟通变得容易。相反，语言和符号的差异在一定程度上会阻碍人们进入社会网络。语言和符号本身还是意识的过滤器，它为人们提供了理解和认知的背景与分析的框架，从而更加有利于产生意会知识。共同的语言和符号，易于使双方对行动的结果产生共同预期，为相互间的协作提供良好的前提。对口支援高校的各级领导和老师的办学理念越相近，他们对事物的认知越会趋于一致，就越有利于对口支援工作。2001 年 7 月 10 日，时任教育部部长的陈至立同志在教育部"对口支援西部地区重点建设高校座谈会"上作了重要讲话，强调各级教育行政主管部门和参与对口支援的各高校，要深刻认识到对口支援工作的重要意义，把对口支援工作作为一项政治任务来抓。对口支援西部地区高校工作是高等教育战线为贯彻落实中央实施西部大开发战略的重要举措，是高等教育领域贯彻落实科学发展观、努力实现高等教育协调发展的具体体现。对口支援工作对于促进西部地区经济社会发展、促进民族团结和社会稳定、巩固国防和国家安全，都具有重要的战略意义和政治意义。

因此，增进高校领导之间、教师之间、行政人员之间、学生之间的交流、沟通，不仅仅是双方相互了解和熟悉的过程，而且是形成共同的文化、建立彼此共同的价值体系的过程。沟通是展开合作的前提，在共同的语言文化背景下的合作，将极大地减少交易成本，提高交流的质量，促成更多、更深层次的合作。

(二) 共享范式有助于实现对口支援工作的目标

共享范式，也可以称为共同的愿景，它是合作过程中最理想的状态。每个个体对于外在刺激的反应会因价值观不同而有所不同，当团队成员的价值观越相近时，他们对事物的认知越会趋于一致，越容易出现共享的愿景，这样就降低了个体对群体目标的理解难度，推动个体的行为方式符合组织要求。这种共同的理解是供集体使用的资源。

事实上，认知维度的社会资本抓住了社会资本的公共物品的本质，有限团结为团体成员的社会经济状况的改善提供了社会资源。联盟之中形成的共享愿景有助于发展社会资本的认知维度，价值观、共享心智模式的存在有利于资源的交换与结合，并促进产品创新与价值创造。而反过来，这种认知简化了个体和群体的行为。对"对口支援"

高校而言,由于各高校办学目标、历史传统、学科设置、人才培养各不相同,显然对口支援高校间若存在共享价值观,将有利于彼此沟通和交换信息。共享价值观会使互动的双方产生协调的行为,减少不必要的摩擦与自利行为,且是信用与共享愿景建立的重要基础。共享价值观的形成有利于对口支援目标的实现,高校间因共享价值观的存在而对"对口支援"西部高校工作目标有共同的认知。因此,共享价值观将有利于提高西部高校支援的绩效,而且因为沟通和互动过程中产生的信用,也会让对口支援高校间彼此产生好感,获得较高的满意度,提高周边绩效。[①]

高校间的合作形式各异,不同的高校可能因利益不同有不同的目标和计划,但它们在追求这些目标的社会交往过程中能够形成一个集体取向,就构成了合作高校间的共享愿景。在共享范式的影响下,网络不仅可以传递信息和知识,而且还可以发生声望流及规章制度、理念和信仰。语言和符号会从声望高的院校流向声望低的院校中。声望流反过来又鼓励各个节点对于规范和制度的遵守和服从,削弱网络对于正式制度的依赖,从而在一定程度上实现用共同治理代替单边治理。

在对口支援工作中,支援高校从受援高校的需求出发,积极采取选派干部、共同院长的方式到受援高校相关部门、学院挂职,指导受援高校各方面的工作,收到了良好效果。如,北京大学光华管理学院教师分别担任石河子大学商学院和经贸学院共同院长,他们积极协调北京大学与石河子大学院系之间的"一对一"联系,并对学院的学科建设以及管理等工作加以指导。这些挂职干部、共同院长利用自身优势,将其所在高校的优质资源持续不断地传输给受援高校,提高了受援高校各方面的工作水平和层次。这种共同治理的工作方式对西部受援高校社会资本的积累起到了一定的促进作用。

---

　　① Motowidlo 和 Scotter 提出了一个有关绩效的模型,他们将绩效划分为两个方面。一个方面定义为任务绩效,另一个方面定义为周边绩效。任务绩效是与具体职务的工作内容密切相关的,同时也和个体的能力、完成任务的熟练程度和工作知识密切相关的绩效。周边绩效是与绩效的组织特征密切相关的,这种行为虽然对于组织的技术核心的维护和服务没有直接的关系,但是从更广泛的企业运转环境与企业的长期战略发展目标来看,这种行为非常重要。周边绩效的内涵是相当广泛的,包括人际因素和意志动机因素,如保持良好的工作关系、坦然面对逆境、主动加班工作等。Motowidlo 确定了五类有关的周边绩效行为:(1)主动地执行不属于本职工作的任务;(2)在工作时表现出超常的工作热情;(3)工作时帮助别人并与别人合作工作;(4)坚持严格执行组织的规章制度;(5)履行、支持和维护组织目标。

第二节　外部社会网络对西部受援高校发展的作用分析

一、社会网络的概念及其作用

（一）社会网络的界定

在研究社会网络对受援高校教学科研的作用时，必须对社会网络做一界定。关于社会网络的描述可追溯到二次世界大战以后英国的社会人类学。英国的结构功能主义以网络描述社会结构，但这里的网络只是个隐喻，20世纪50年代，一些人类学家如纳德尔（S. F. Nadel），巴内斯（J. A. Barnes）开始系统地发展网络概念。他们把网络定义为联系跨界、跨社会成员的一种关系。1954年，巴内斯用"社会网络"（social network）去分析挪威一个渔村的跨亲缘和阶级的关系[①]，并在伊丽莎白·鲍特（Lizabeth Bott）第一次发展出网络结构的明确测量工具——结（knit），此后，社会网络的研究便引起了社会科学家的广泛关注。后来，随着布迪厄、科尔曼和帕特南等人不断地对其研究，社会网络作为社会资本中的载体逐渐浮出水面。在1980年，布迪厄在关于社会资本的定义中写道："社会资本是现实或潜在的资源集合体，这些资源与拥有或多或少制度化的共同熟识和认可的关系网络有关。"科尔曼在《社会资本和人力资本的概念》这篇论文中，将社会资本定义为"通过社会网络，行动者可以利用的有用的资源，他们在一定的结构内，促进一定的行动者的行为，个人的或者是合作的行动者"[②]。而帕特南则认为社会资本是"社会组织的特征，如信用、规则和网络，这些特征通过促进合作的活动能提高社会的效率"。

伯格勒斯杰克（Beugelsdijk）等人则指出良好的外部关系是组织生存和成功的关键。而潜入组织间的关系网络产生社会资本，提供给组织学习机会、获取技术和资源的途径以及增加合法性。因此，有助于组织提高竞争地位。[③] 帕克（Park）和罗家德（Luo）认为关系对于中

---

①　张其仔.社会资本论：社会资本与经济增长[M].北京：社会科学文献出版社，2002：65-66.

②　杨雪冬.社会资本：对一种新解释范式的探索[J].马克思主义与现实，1999(3)：67.

③　Beugelsdijk, S. , Smulders, S. Bridging and bonding social capital: which type is good for economic growth, Center/Faculty of Economics, Tilburg University, working paper, 2003.

国的个人和企业而言都是一种重要的资源,它促进了合作和有效治理。[①] 关系还是一种有效的价值工具,架起缺乏联系的企业之间以及企业与重要的外部利益相关者之间的信息和资源流动的桥梁。企业的外部网络是企业绩效的主要贡献因素之一。[②] 社会资本是社会网络中个体与个体、集体与集体关系中能被运用,并为个人或集体带来价值的资源。社会资本不是社会网络、关系网络,亦不是社会资源,而是通过关系网络获取稀缺性资源的一种动态能力。[③]

　　以上所述证明社会网络在社会发展中所起到的重要作用。同样,高校同样也存在着这种社会关系。本章为了探求社会网络对受援高校所产生的作用,把触角深入社会资本的领域,重点把落脚点放在高校社会网络对教学科研的影响上。多年来,随着对口支援工作的不断深入推进,受援高校的教学和科研水平都有了显著的提高。在交流和支援与受援的过程中,双方形成了长期的合作支援机制,建立了稳定的关系网络结构,具体表现在两个方面:即在相互了解促进中所形成的业缘关系和友缘关系。根据上海社科院亚洲太平洋研究所林其锬研究员在 1989 年提出的五缘文化,即亲缘、地缘、神缘、物缘、业缘,本书重点对业缘关系和友缘关系加以定义。因为根据一般高校社会网络的现状,支援高校和受援高校间的业缘关系和友缘关系能够说明两校在教学科研中的绩效状况。业缘关系是以专业、行业、产业等同业关系为基础,在本书中主要指同事、领导、学生、同学、老师、学术圈内人士之间建立的人际关系;友缘关系则是以共同爱好、观点和其他因素为基础,建立的一种人际关系,主要是指行动主体的朋友关系。[④]

　　(二)高校外部网络关系主要影响高校自身获取各种稀缺资源的能力

　　由于历史、文化和区位的原因,西部地区高校数量少、相互联系少,与外界联系的渠道比较狭窄,或者说很少与外界发生联系。而高校作为人才培养和科学研究的中心,缺乏与外部的联系,就意味着学术资源的缺失和对前沿学科的放弃。高校作为科学研究和科技创新的重要基地,

　　① Park, S. H., Luo, Y. Guanxi and organizational dynamics: Organizationalnetworking in Chinese firms[J]. Strategic Management Journal, 2001(22):455-477.

　　② 转引自:彭澎. 基于社会网络视角的高技术企业集群式成长机制研究[D]. 长春:吉林大学,2007:33.

　　③ 陈柳钦. 社会资本及其主要理论研究观点综述[J]. 东方论坛,2007(3):90.

　　④ 张峰. 社会资本与教师科研发展[D]. 武汉:华中科技大学,2005:13.

同样需要合作研究。高校科技创新不仅需要高校内部科研人员之间的合作研究,还需要与校外研究人员广泛合作。对口支援工作使高校愈加重视与其他高校的联系。近几年,随着对口支援工作的不断推进,西部高校的社会网络不断扩大,为西部高校的发展奠定了一定的基础。

高校在集体行动中获取和使用嵌入在社会网络中资源的能力,由内外网络的信用、互惠以及网络连接构成,这里的网络包括高校外部网络和内部网络。因此,高校社会资本就由两部分组成:高校外部社会资本和高校内部社会资本。前者包括:高校与政府、企业、科研院所等之间的网络关系。后者包括:高校内部成员之间的信用度、各部门之间的合作程度、团队学习和高校文化等。①

高校社会网络主要是指高校与高校、政府、企业等之间所形成的一种相互认知关系、合作关系和信用关系以及战略伙伴关系和利益共同体。高校社会网络构建的最终目的是为了有效地实现社会网络中优势资源共享、关键要素互补。高校社会网络的构建往往以自愿、平等、公平、诚实、信用等作为重要的指导原则,但由于合作过程中的文化冲突、价值取向不同、目标差异等问题,高校社会网络还必须建立在尽可能完备的协议之上。

高校社会网络主要影响高校自身获取各种稀缺资源的能力。这些稀缺资源既可以是资金,也可以是研究项目,还可以是发展信息、人力资源等。具体到中国的实际情况,一般说来,高校从外部关系网络获取社会资本的能力高低取决于同上层部门之间的联系能力。如,资金的划拨、研究项目的争取等。但是,高校与其他高校和机构、组织以及个人之间的联系亦不容忽视。例如,横向联系数量多、范围广的高校,就会比横向联系数量少、范围窄的高校获得更多的发展机遇。②

社会资本之所以具有社会性是因为它涉及人们的行为具有社会性。社会性相互作用的持续性可以用它的组成成分或它的结构来定义。无论是组成成分的持续还是结构的持续,如果社会性相互作用数量将长期发生变化,就会导致社会资本存量的增加。③ 高校作为知识创新的重要部门,因学科门类齐全、学术传统悠久、学术氛围浓厚、学术力量强大等原因,无疑成为获取这些科研课题和科研基金的最大赢

　　① 吴合文.社会资本视角下的大学核心竞争力构建与提升[D].北京:北京师范大学,2006:19.

　　② 胡钦晓.何谓高校社会资本——基于"社会"的内涵分析[J].南通大学学报:教育科学版,2007(2):21.

　　③ C.格鲁特尔特,T.范·贝斯特纳尔.社会资本在发展中的作用[M].黄载曦,等译.成都:西南财经大学出版社,2004:26-31.

家。但是,不同高校争取科研课题和科研经费的机会并不平等,其中高校社会资本起着重要的作用。就高校的外部网络关系而言,同样可以划分为纵向网络关系和横向网络关系两种。由此不难看出,纵向网络关系密切、横向网络关系广泛的高校,在争取科研课题和研究经费时占有得天独厚的条件;相反,那些纵向网络关系松散、横向网络关系狭窄的高校,在争取科研课题和研究经费时,就会处于被动地位。[①]

（三）高校社会网络范围的大小意味着西部高校可以获取资源的丰裕程度

林南认为,决定个体拥有社会资源数量和质量的有下列三个因素:一是个体社会网络的异质性;二是网络成员的社会地位;三是个体与网络成员的关系强度。具体说来,就是一个人社会网络的异质性越大、网络成员的地位越高、个体与成员的关系越弱,则其拥有的社会资源就越丰富。边燕杰认为,一个人所拥有的关系网络的特性是影响其社会资本存量的决定因素。社会关系网络的特性包含三个方面:首先是社会关系网络规模的大小。主要指关系网络所涉及的人数多少。社会关系网络规模越大,其中可能蕴涵的资源就越多;第二是关系网络顶端的高低。关系网络顶端是指在社会关系网络中地位、身份和资源最多的那个人的状况。每个社会关系网络的顶端所能达到的高度是不同的,高度越高,这个关系网络中所蕴涵的资源也就越多;第三是关系网络位差的大小。是指关系网络顶端与底部落差的大小。社会关系网络的顶端所能达到的高度是不同的,同时关系网络所能到达的底部也是不同的。两个关系网络如果其他方面均相同,那么落差大的网络要比落差小的网络蕴涵的资源更大。原因是位差大的网络可以更多地克服关系网络资源的重复性。马刚认为,企业网络规模大,在产业战略网络中就占据了有利位置,拥有多种选择,能够充分获取外部相关资源,减少工作负荷,降低企业成本。

研究者从全国受援高校问卷中发现,受援高校不仅与政府指定的具有明确对口支援关系(全面对口支援、学科对口支援[②])的高校联系,而且也较多地与非支援关系的高校联系。从表 3-1 看出,受援高校有较广泛的社会网络,关系网络顶端在对口支援关系中全面对口支援关系的 Likert 等级为 3.00,占 65.2％,在非支援关系中"985 工程"高校的 Likert

---

①　胡钦晓.大学社会资本研究[D].南京:南京师范大学,2007:134.

②　全面对口支援是指由教育部确定的一对一的对受援高校师资培养、学科建设、管理帮助等方面的支持;学科对口支援是指由教育部确定的多对一的只对受援高校学科建设等方面的支持。

等级为 2.52,占 47.8%,说明受援高校有较高的网络视野和较广的社会资本。社会网络范围的大小意味着西部高校可以获取资源的丰裕程度,如果丰富的网络关系又是异质性的,那么网络蕴含的资源就十分丰富,也就越有可能为西部高校发展提供多方面的资源支持。

同时,在网络位差方面受援高校不仅联系具有紧密关系的"985 工程"高校,也比较注重与兄弟院校间的联系,甚至地州学院。说明西部高校比较关注与不同类型的高校建立联系,以获取比较广泛的网络资源和社会资本。企业网络理论认为,关系的类型越多,则网络的范围越大。不同类型的关系所带来的资源不同,因而网络范围可以度量企业能够获得的异质性信息和资源的程度,也就越有可能为企业成长提供多方面的资源支持。一些学者还认为,网络规模体现出的网络异质性可以用伙伴的多样性程度来测度。马刚将一级网络范围定义为:本企业与合作企业(供应商、客户和同行竞争者)之间所建立的关系种类数目,由于每种关系所反映的资源、信息交换内容有所差异,因而网络范围的大小可以作为战略网络异质性的测量指标。[①]

西部高校通过政府与东部高水平大学就学科建设、师资队伍、人才培养、科研合作等建立对口支援关系,由此扩展了西部高校的社会网络关系,这种网络具有正向的外部性特征。西部高校一旦拥有这种社会网络资本时,就可以突破学术资源、人力资源的"瓶颈"限制,迅速成长。由于社会网络资本的扩散性和路径依赖性特征,西部高校所拥有的社会网络资本越多,其可能获得的潜在社会网络资本就越多,并且人力资本的使用效率将因为社会网络资本的协同作用而大大提高。

表 3-1　受援高校与其他高校联系表

类　　　型		联系频率			
		Likert 等级		百分比(%)	
支援高校	全国对口支援高校	3.00	2.83	65.2	56.6
	学科对口支援高校	2.65		47.8	
非支援高校	"985 工程"高校	2.52	2.52	47.8	46.5
	"211 工程"高校	3.22		73.9	
	省属重点大学	3.04		63.2	
	省属一般大学	2.22		39.1	
	地州学院	1.61		8.7	

注:百分比按一般、比较多、非常多所占全部选项计得。

---

① 彭澎.基于社会网络视角的高技术企业集群式成长机制研究[D].长春:吉林大学,2007:66.

（四）趋近高校社会网络中心是西部高校形成核心竞争力的关键

西方学者鲍·埃里克森（B. Erikson）和杰斯帕·米克尔森（Jasper Mikkelson）认为,核心竞争力是组织资本和社会资本的集合。组织资本反映了协调和组织生产的技术,社会资本则显示出社会环境的重要性,前者可以在组织结构中实现,后者可以反映企业文化,并被看做是特定组织结构水平上的产物。[1] 高校社会资本是集体行动的能力,反映了高校整体的竞争力。高校在与外部社会行动者关系的互动中形成的能力经过高校累积的建构,内化为高校处理外部关系的能力。而且,高校和外部网络建立的社会联系往往是排他性的,高校占有的外部网络关系越多、越良好,高校就越具有强烈的相对竞争优势。这种社会资本可以为学校带来充足的办学资源,是高校生存和发展的保障因素。[2] 因此,高校外部社会资本有利于高校拓展学术资源,增强核心竞争力。

社会资本理论认为,越是处于网络中心的位置,就越可能提供与群体中其他成员较好的联系。节点高校有形无形的社会资本的大小,取决于其所拥有的社会联结的多少,每一个联结代表了各类资源获取的渠道。近几年,西部高校由于对口支援的关系,由边缘、外围逐渐趋近社会网络中心,不仅与高水平大学面对面交流,趋向于重构或复制自己的社会网络,从关系稀疏地带向关系稠密地带移动,以获取更多的社会资本支持其发展,而且有机会参加教育部直属高校年度工作会议,结识更多的高水平大学,不断扩展学校的社会网络,增强学校的学术支持力量。正如青海省副省长马培华表示:"青海大学是教育部与青海省人民政府共同建设的一所重点大学,是青海省高层次人才培养基地和重要的科技创新基地。建立对口支援关系 5 年多来,清华大学充分发挥名校优势,采取各项有力举措,帮助青海大学在较短时间内从办学理念、管理手段和办学条件等方面实现了跨越式发展。"[3]

二、外部社会网络对西部受援高校发展的影响分析

为了便于对问题具体说明,现将受援高校与支援高校的活跃状态加以分析,对其在社会网络结构中汲取的社会资本(表现在教学科研

---

[1]　赵国浩,等.企业核心竞争力理论与实务[M].北京:机械工业出版社,2005:124.

[2]　吴会文.社会资本视角下的大学核心竞争力构建与提升[D].北京:北京师范大学,2006:28.

[3]　教育部对口支援西部高校工作先进材料汇编(内部资料),2006.

中所取得的绩效）加以显性化，以此来探讨社会网络对西部受援高校所带来的影响。图 3-3 显示受援高校在对口支援进程中的活跃程度。① 从交往层面分析深层次原因，各支援高校在长期的支援过程中与受援高校形成了较稳定的业缘关系和友缘关系。受援高校领导去支援高校访问的人次数、支援高校领导去受援高校访问的人次数、支援高校到受援高校挂职锻炼的人次数、受援高校去支援高校挂职锻炼的人次数和共同承担的科研项目明显增加，特别是石河子大学、新疆大学、新疆医科大学等受援高校与支援高校间联系频度高、合作项目多。支援高校与受援高校随着对口支援的不断深入推进，双方高校信用、情感不断增强，学科合作、校际联系不断增多。

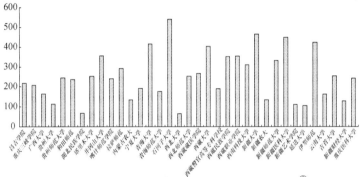

图 3-3　2007—2008 年受援高校活跃状态展示图②

　　业缘社会资本和友缘社会资本的形成主要是基于社会网络结构中关系的紧密程度和质量。在长期的交流过程中，彼此建立了信用和规范，同时在不断的互访和交往中优化了对口支援西部高校的社会网络。当然，除去政策层面的原因，对口支援工作的成果之所以越来越显著，一方面是对口支援网络的逐渐形成和稳定，支援与受援高校双方在支援社会网络中都找到了彼此的需求点，使双方在相同的背景下能够更有效地获取社会网络内资源；另一方面，对口支援社会网络结构的稳定性，必定对形成中的友缘关系网络和业缘关系网络给予强化和拓展，这在一定程度上也促使了社会网络主体之间有更深入、更广

---

　　① 活跃度：在对口支援西部高校计划中，教育部为了调动支援和受援高校的积极性，将每年各对口支援高校间的工作（受援高校领导去支援高校访问的人次数、支援高校领导去受援高校访问的人次数、支援高校到受援高校挂职锻炼的人次数、受援高校去支援高校挂职锻炼的人次数和共同承担的科学研究等指标）进行统计相对排序，并用活跃度表示对口支援高校间的工作状态。

　　② 数据来源：教育部高教司《2007 年 6 月至 2008 年 6 月对口支援统计表》。

泛的合作与交流。图 3-3、表 3-2 反映的是各受援高校的活跃程度所带来的教学和科研方面的绩效。据 2009 年 10 月教育部高等教育司对受援高校基本情况统计资料反映,自对口支援工作开展以来,双方高校领导互访 2688 人次,双方高校挂职锻炼干部 810 人次,支援高校接受受援高校学生(保送硕士生、保送博士生和本科插班生)3299 人,支援高校接受受援高校进修、访问学者及短期培训教师 2847 人次,支援高校到受援高校任教教师 1369 人次,总计双方高校相互来往交流达到 8160 人次,平均每个支援或受援高校达到 221 人次。由此看出,通过对口支援高校之间的频繁来往,双方高校的友缘关系社会网络不断加强,业缘关系社会网络也不断强化,业缘关系绩效表达非常明显。共同完成的科研项目达到 353 项,受援高校教师队伍中具有博士学位的人数明显增加,达到 4706 人,支援高校为受援高校培养博士 511人,受援高校一级学科博士点达到 28 个、二级学科博士点达到 291个、硕士点达到 1548 个。

显然,日益活跃的对口支援工作,势必强化和扩大对口支援社会网络的发展和巩固。这是因为支援高校的教师大多是国内名牌高校的著名学者,具有深厚的学术造诣和独特的人格魅力。部分教授还是国内某一领域的权威,这批学者的到来极大地提高了受援高校的学术水平和社会影响力。支援高校的教师与受援高校的教师在一起开展教学、科研等活动,形成了关系密度强大的业缘关系和友缘关系。密度强大代表着社会网络规模的强大,但根据布迪厄的社会网络理论,决定社会资本优劣的除社会网络规模外还有网络质量,也就是说,社会网络规模和社会网络质量共同决定社会网络的占有程度。例如,A 拥有一张很大的社会网络,但这些网络中的成员都是和 A 在各方面地位相似的成员,而 B 虽然网络不大却正好拥有一些很高地位的网络关系成员。据研究结果表明,A 往往不如 B更具有竞争优势。作为支援教师显然在其本身所构成的社会网络的规模和质量方面处于全国高等教育系统中的优势地位。

因此,支援高校必然利用其社会资源对受援高校的学科和实验室建设提供优势资源。如,2005 年 9 月,为了搭建高水平的科研平台,在新疆生产建设兵团重点实验室"兵团植物药资源与中药现代化重点实验室"通过北京大学支援石河子大学的李长龄教授的多方协调及组织实践,被教育部批准为"省部共建教育部新疆特种植物药资源重点实验室"。复旦大学的乔守怡教授作为国家教育部生物学教学指导委员会副主任,在国内享有很高的社会声望和地位,他于 2003 年 12 月在云南大学主持了全国遗传学、细胞学骨干教师培训班。在他的努力下复旦大学生命学院人类学研究中心和云南大学建立了联合实验室。

除北京大学、复旦大学外,清华大学、西安交通大学等诸多院校也都在不同层次上与其他院校建立了支援关系,双方在不断交往和交流中建立了长期的合作关系和学术关系,形成了具有互助功能的社会网络结构。在结构中,支援高校和受援高校在网络中汲取了不同的稀缺资源,即排他性的友缘资本和业缘资本。如,经清华大学牵线搭桥,青海大学先后与日本高知工科大学、茨城大学、长岗科学技术大学、英国利兹大学、美国麻省理工大学等国外院校达成了校际合作协议,与中国留日博士专家团建立了良好的合作关系,启动了 54 个科研合作项目,选派了 7 名教师赴日研修。[①] 由此,说明西部受援高校通过业已形成的业缘关系和友缘关系,能够在其构成的社会网络中获得支援高校的科研成果和教学成果经验。当然,对于扩大支援高校的知名度以及赢得社会声誉也会起到很大作用,而这一结果的形成却得益于对口支援社会支援网络的形成。

表 3-2　2009 年全国受援高校基本情况统计表

项　　目		数　　量
受援高校领导去支援高校访问的人次数		1521
支援高校领导去受援高校访问的人次数		1167
支援高校与受援高校签订协议份数		372
受援高校接受支援高校资金金额(万元)		2863
受援高校接受支援高校	仪器、设备台数	4432
	价值(万元)	12628
受援高校接受支援高校图书册数		994855
支援高校到受援高校挂职锻炼的人次数		289
受援高校去支援高校挂职锻炼的人次数		521
支援高校到受援高校举办文化交流报告会、讲座等总次数		1646
支援高校接受受援高校	保送硕士生数	717
	保送博士生数	511
	本科插班生数	2070
支援高校接受受援高校进修、访问学者及短期培训教师的总人次数		2847

① 教育部对口支援西部高校工作先进材料汇编(内部资料),2006.

项　　目			数　　量
支援高校到受援高校任教教师的人次数			1369
共同承担的 科学研究	两校级项目数		113
	省级项目数		129
	国家级项目数		111
受援高校博士点 硕士点情况	博士点	一级学科	28
		二级学科	291
	硕士点		1548
受援高校教师队伍中有博士学位的人数			4706

注：数据来源于教育部高等教育司《受援高校基本情况统计表》。

　　从社会网络的理论层面对上表进行分析,可以看出支援高校对受援高校的支持是多方面的,有业务上的,也有经济上的,同时在其交流中也伴有情感支持的成分。因此,研究者把支援高校对受援高校所起的作用分为社会网络中的直接支持和间接支持两类。直接支持是指直接促进和帮助网络优化的社会支持,如提供学术建议、直接参与项目合作、帮助提供图书资料和设备。间接支持是指不能直接促进和帮助网络优化,但从侧面对社会网络的优化有帮助和促进作用,特别是在受援高校学术网络的拓展和延伸方面。如,情感支持、硕士和博士点的申请。上表所反映出的数据和访谈考察的实际完全一致。特别是受援高校与支援高校所形成的社会网络结构对受援高校获取稀缺资源强度有较大的影响。随着支援高校与受援高校的频繁交往,其业缘关系和友缘关系愈加紧密,并在相互交往中不断得以优化,所构成的社会网络密度也越来越大。西部受援高校呈现出良好的社会信用,获得支援高校的嵌入性和控制性资源,导致更成功的社会行动。但是,在这里也需要注意支援高校与受援高校的交往效果,要逐渐从注重友缘关系转入业缘关系。表 3-2 显示,自对口支援以来,支援高校与受援高校领导互访平均每校 72.65 人次,而支援高校到受援高校举办文化交流报告会、讲座平均每校 44.49 人次。说明对口支援工作重心必须注重基层学术组织层面的交流,防止对口支援工作的表面化、形式化和社会资本积累的公关化、简单化。

第三节　社会网络主体对西部受援高校发展的作用分析

一、社会网络主体的概念及作用

（一）网络主体的确定及网络的规模与质量

受援高校在其所形成的社会网络中获取资源的能力,取决于社会网络结构的主体,以及不同质的社会网络关系。如果一种社会网络只停留在网络意义上,没被人们所利用,社会网络就不能算为资本。同样,处在社会网络中的各方主体也不能使占有的稀缺资源转化为社会效益或单位效益。只有社会网络被处在当中的网络主体加以工具性的利用,社会网络才能得以资本化。对中国社会系统的内在逻辑做出解释的学者中,梁漱溟是用力最多、见解透彻的一位。他把中国社会同其他社会进行了一番比较后得出结论:"中国社会不把重点放在任何一方,而从乎其关系……其重点实在放在关系上了。"[①]换言之,也就是把重点放在社会所形成的关系网络中,社会网络主体被安置在一个网络中,不同的网络主体依靠社会关系相互依赖。但同时网络主体间也有自主性,不全受所形成社会网络结构的限制。

正如香港中文大学金耀基教授在研究儒家学说时所言,关系主体并没有完全失没于种种关系中,相反,关系主体有广阔的社会空间和心理空间自主地行动。即,关系主体在行动时可以决定社会资本引入的多少和类型,关系不仅仅是一种对关系主体的结构强制,而是一种资源。[②] 那么,作为社会组成部分的高校同样存在于社会结构关系当中,但由于高校与其周围的环境所发生关系的作用和频率不同,形成了社会资本中所描述的"强关系"和"弱关系"。

对于两种关系的论述具有代表性的主要是格兰诺维特的"弱关系力量假设"、林南的社会资源理论和边燕杰的"强关系力量假设"。格兰诺维特于 1973 年在《美国社会学杂志》发表《弱关系的力量》一文,首次提出关系力量的概念,并根据关系的互动频率、感情密度、亲密程度和互惠交换数量将其分为强关系和弱关系两种,认为互动频繁、感

①　张其仔.社会资本论:社会资本与经济增长[M].北京:社会科学文献出版社,2002:104.

②　张其仔.社会资本论:社会资本与经济增长[M].北京:社会科学文献出版社,2002:105.

情较深、熟识和信用程度高、互惠交换多且广的关系是强关系,反之则为弱关系。根据"弱关系力量假设",强关系是在社会经济特征相似的个体间发展起来的,因此,强关系中的个体所获信息重复性较高,社会资本彼此重合,形成的集合总体范围较小;而弱关系多是在社会经济特征以及个体特征不同的个体间发展起来的,它是将处于不同等级社会地位的人群衔接起来,这样形成的社会网络相对较大,嵌入社会网络中的社会资本也相对丰富,但是这里存在两个问题。首先,弱关系的形成。不同社会经济特征的个体相集合存在障碍,这种关系本身的建立缺乏稳固的基础。这就带来第二个问题,即为什么把信息提供给联系较弱的人而不提供给联系较强的人。因此,弱关系中的人交往时交易成本偏大。与"弱关系力量假设"相反,边燕杰认为,在中国社会亲属和朋友等熟识程度高的强关系对于稀缺资源的获得起着更为重要的作用。① 换句话说,处在社会网络中的主体社会交往的频率越高,所形成的社会网络结构就越稳定。同时,在其所形成的强关系中获得资源的可能性就越大。

（二）政府和民间社会资本都是西部高校赖以发展的主要社会资本

社会资本包括政府社会资本和民间社会资本。市民社会的民间社会资本和政府社会资本可以相互替代和相互补充。由于替代的效率存在差别,随着政府社会资本供应的增加,民间社会资本的组成部分将发生变化。②

政府社会资本定义为影响人们为了相互利益而进行合作的能力的各种政府制度。以往文献经常分析的制度包括契约实施效率（The Enforceability of Contracts）、法律规则、国家允许的公民自由度。民间社会资本包括共同的价值观、规范、非正式网络、社团成员这些能够影响个人为实现共同目标进行合作的能力的制度因素。③ 民间社会资本通过两个主要的机制来影响经济绩效:微观经济机制和宏观政治机制。在微观经济层面上,社会纽带和人与人之间的信用可以降低交易成本,有助于契约的实施,提高私人投资者获得信贷的能力。在宏

① 武中哲.我国弱势群体的制度特征及制度化保障[J].理论学刊,2005(6):80-83.

② C.格鲁特尔特,T.范·贝斯特纳尔.社会资本在发展中的作用[M].黄载曦,等译.成都:西南财经大学出版社,2004:42-43.

③ C.格鲁特尔特,T.范·贝斯特纳尔.社会资本在发展中的作用[M].黄载曦,等译.成都:西南财经大学出版社,2004:58.

观政治层面上,社会凝聚力和公民参与能增强民主的水平,提高行政机构的办事效率和诚信,提高经济政策的绩效。[①] 社会资本形成和积累的最佳策略应同时借助政府和民间的力量。

总之,政府应该学会利用社会资本来提高自己政策的绩效。社会资本理论家倡导自下而上的发展动力(dynamic of development)以取代自上而下的提供经济和社会利益的不成功的努力。他们认为,不应该仅仅把宏观经济政策或国家制度方案看成是公共政策考虑的主要方面,而应该关注基层社会公共行为的能力。[②] 因此,西部高校既要善于利用因对口支援而构建的政府社会资本的作用,又要充分发挥西部高校自身所构成的民间社会资本的作用。通过对口支援项目,调动东西部高校的主动性、积极性和创造性,强调东部高校的政治责任和社会使命,实现东西部高校共同发展的双赢局面。

(三) 西部高校社会网络是政府社会资本构成的主体成分

高校外部社会网络不是一个笼统的概念,而是一个指向不同路径的社会网络。从高等教育系统看,高校处于等级制的网络结构中;从高校的地理位置看,高校处于特定的区域网络中;从高校的学科特色看,高校处于各种行业网络中。高校处于这些复杂的网络关系中,这些网络既限定了高校社会资本获取的范围,也给高校如何获取嵌入在这些网络中的社会资本提供了路径选择。只有高校在这些网络结构中占据一定的位置,并根据自身的条件和社会形势,才能选择合理的策略开展获取社会资本的行动。外部社会资本包括高校与政府主管部门的纵向联系,高校与企事业单位、科研院所的横向联系,以及高校与高校之间的联系等。[③] 无论如何,政府作为一种力量,不能不对社会资本的形成产生作用。[④]

西部受援高校主要是通过政府建立了与东部高水平大学的互动关系或合作关系,在此称之为政府社会资本。其中,具有全面对口支援关系的高校所建立的网络称之为政府主体社会资本,具有学科对口

　　① C.格鲁特尔特,T.范·贝斯特纳尔.社会资本在发展中的作用[M].黄载曦,等译.成都:西南财经大学出版社,2004:76.

　　② 燕继荣.投资社会资本[M].北京:北京大学出版社,2006:181.

　　③ 吴合文.社会资本视角下的大学核心竞争力构建与提升[D].北京:北京师范大学,2006:30.

　　④ 张其仔.社会资本论:社会资本与经济增长[M].北京:社会科学文献出版社,2002:306.

支援关系的高校所建立的网络称之为政府辅助社会资本。由西部高校自身通过努力与其他高校建立的互动关系,称之为民间社会资本。从近几年的对口支援实践可以看出,政府社会资本对西部高校发挥着重要的作用,Likert 等级为 2.83,占 56.5%。其中,具有全面对口支援关系的高校 Likert 等级为 3.00,占 65.2%,而非支援关系的高校即民间社会资本的 Likert 等级为 2.52,占 46.5%(见表 3-1)。说明政府建立的社会资本具有相对的稳定性、持久性,具有强关系作用。作为政府主管部门的教育部,对西部高校外部社会关系网络的构建起着重要的桥梁和纽带作用。

(四)西部高校与政府建立互信机制是获取政府社会资本的一个重要原则

目前一个明显的趋势是:高校从政府那里得到份额越来越大的资源,政府也要求高校为其投入而产出政府所期望的结果。范富格特(Frans Van Vught)根据国家卷入高校事务的程度,将国家的作用区分为"起促进作用的国家"和"起干预作用的国家"两种。起促进作用的国家,指一个政府赞同高等教育为那些具有正式资格进入高等院校的人提供一个机会,并不实际指挥高校的核心工作。起干预作用的国家,指一个政府试图影响诸如学校产品的性质、学校的内部事务、一所高校和它周围环境之间的关系等方面的工作。[①] 高校要从与政府互动中获取社会资本,一个最重要的原则就是与政府建立互信机制。格兰诺维特认为,信用来自社会网络,信用嵌入社会网络之中,而人们的经济行为也嵌入社会网络的信用结构之中。嵌入性的概念暗指,经济交换往往发生于相识者之间,而不是发生于完全陌生的人们之间。而信用的获得和巩固需要交易双方长期的接触、交流和共识。

因此,政府与高校必须构建强关系的社会链接,需要支援和受援高校双方与政府进行长期的接触、交流,使政府信用嵌入对口支援网络结构之中,形成共识,达成社会资源的交换与互惠。而这种互信机制有两个互动:一是支援和受援高校双方对政府的义务与期望的满足程度;二是政府对支援与受援高校双方义务与期望满足程度的回报。前一个行动是支援与受援高校双方对社会资本的投资;后一个行动是支援与受援高校双方从社会资本投资中得到的回报。

------

① [荷兰]范富格特.国际高等教育政策比较研究[M].杭州:浙江教育出版社,2002:6.

二、社会网络主体对西部受援高校发展的影响分析

为了探求受援高校在其所形成的网络中由于获取稀缺资源而取得的效益和成果,研究者从三个方面阐述作为社会网络主体的支援高校、政府和市场分别对西部受援高校的教学科研所带来的影响和作用。在叙述中把跨群体跨类型的联系作为一种边际联系,弱关系在其中起的作用较大;相反,在相同或相似群体和类型的联系中,强关系在其中起的作用较大。在分析西部受援高校与其所形成的网络结构中,支援高校应属于后者,而政府和市场在其中的作用应属于前者。支援高校作为对口支援社会网络结构中的主体之一,在一定程度上会对西部受援高校教学科研的发展产生影响。众所周知,作为支援高校其大都是国内知名学府和科研单位,有着悠久的历史和文化传统,学术研究和学术水平均在国内前列,部分研究甚至达到世界先进水平。如,支援高校行列中的北京大学、清华大学、浙江大学等等。

支援高校从不同层面,以不同方式与西部受援高校展开合作与交流,在人才培养、科学研究和社会服务等方面建立了广泛而且结构甚密的"对口支援网络"。从 2001 年 6 月至 2007 年 12 月,双方在领导互访、支援高校对受援高校的教学课程改革、科研及学科建设帮助、硕士生和博士生的培养、管理干部的培训和指导方面均取得了明显成效。截至 2007 年对口支援工作统计,13 所受援高校到支援高校访问 618 人次,每校年均 8 人次;13 所支援高校到受援高校访问 435 次,每校年均 6 人次;26 所对口支援高校领导互访总计 176 次,每校年均 14 人次。对口高校领导互访最为频繁的是新疆大学和西安交通大学,六年领导互访总计 187 人次,两校年均互访 31 人次,每校年均约 16 人次。此外,青海大学—清华大学、西北师范大学—北京师范大学、西藏大学—西南交通大学、石河子大学—北京大学、贵州大学—浙江大学五组对口支援高校也积极开展各层各类的互访交流活动,六年互访接近或超过 100 人次。大部分受援高校到支援高校走访的人次更多,特别是西北师范大学,六年访问北京师范大学 110 人次,年均走访 9 人次(见图 3-4)。

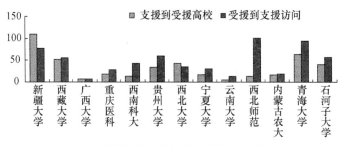

图 3-4　受援高校与支援高校的领导互访人数

注：数据来源于教育部对口支援工作统计数据。

（1）教学方面。支援高校派出了一大批任课教师。他们业务扎实，经验丰富，大都承担了受援高校的重点课程建设任务，并且在学科建设方面也是重要的支撑。在师资队伍建设特别是青年教师的培养、课程体系和内容设置、教学秩序规范、教学方法改进、基础课实验室建设和实验课程建设等方面进行了具体的教学指导。在支教过程中，支教教师怀着高度的责任感，怀着建设西部的热情，克服自身科研教学任务繁重的困难，兢兢业业，努力工作，为西部教育事业贡献力量，涌现出了一大批以孟二冬教授为代表的优秀支教教师。同时，支援高校也担起了受援高校的人才培养任务。2007 年，支援高校共接受受援高校报送博士研究生 143 人、硕士生 419 人、本科插班生 524 人，进修、访问学者和短期培训 1002 人次。

（2）科研方面。支援高校和受援高校采取联合申报的方式，极大地提升了受援高校的科研平台。支援高校由于其自身的独特优势，对受援高校会自觉不自觉地产生一定的影响。这是因为，支援高校有一大批在某一领域著名的专家和学者，他们的研究成果处于所在学科领域的前沿，在申请与之相关的课题时，国家和教育部门势必首先考虑相关因素。譬如，高校的学术地位和水平，高校在其社会网络中获取资源的难易程度，高校在社会中的影响力，等等。就目前的条件可以看出，支援高校在以上几个方面都大大优于非支援高校或一般高校。这对于受援高校来说，其实已经受惠于支援高校的社会资本，间接获得了支援高校直接获得的稀缺资源，同时受援高校也会在联合科研的条件下，获得优质的社会资源和社会信誉。

（3）社会服务方面。在对口支援网络中，政府和市场作为社会网络结构的有效组成部分，在社会网络关系中处在相当重要的地位。西部受援高校社会资源的获得,又得益于政府的政策保障和大力支持,而高等教育本身所具有的外向性,也使得市场与高校具有紧密的社会网络关系。即政府作为拥有社会资源的主体,对受援高校和支援高校的合作能起到积极的推动作用。在高校教学科研发展进程中,高等教育不能完全由市场提供,这一领域的每一次革新和创新,都留有市场、政府与高校共同作用的痕迹。所以,在分析受援高校与政府和市场的关系时,既要分析受援高校与政府机关、上级教育行政主管部门以及地方行政主管部门的联系,又要分析受援高校与市场中各主体的相互关系。

在分析政府与受援高校的关系时,大多会从政府干预高校的政策层面给予阐述,政府作为立法主体和财政支持主体在与高校的交往中势必会发生行政调节的职能,这与中国现阶段的基本国情和办学模式有关。作为受援高校已经从政策层面上优于其他高校。"对口支援"政策的实施,势必使受援高校与政府的关系更加紧密,这就为受援高校与政府部门,特别是与教育主管部门建立长期的人际关系奠定了基础。受援高校外部社会网络关系的形成与巩固,势必增加优质的外部社会资本存量,提高受援高校与政府之间的协作效率,从而实现受援高校成本的降低和效益的增加。在受援高校教学和科研经费筹措方面,受援高校与政府之间的社会网络关系更是得益于受援高校的上层领导与政府形成的友缘社会资本。由于受援高校在政策上获得了保障和优先,所以,同等条件下受援高校获取经费的可能性更大。

组织竞争优势分析的前沿理论——资源基础理论,把组织视为投入(资源)的寻租者。组织资源包括组织所有的资产、能力、组织过程、组织的性质、信息、知识等。它们的共同特征是:有组织控制,用于帮助组织制定和实施具体战略,提高组织的绩效。组织资源成为组织持久竞争优势的源泉和基础。而组织不能全部生产这些资源,它必须依靠组织的外部社会资本,即组织外部的各种联系,从别的组织那里获得资源。有学者总结说中国企业发展机制的成功有赖于以下资源:政府行政与法律资源、生产和经营资源、管理与经营资源、精神与文化资源等。而这些资源蕴藏在机关行政干部、企业管理人员、专业技术人员等七种资源拥有者身上。^①虽然高校是一个主要以教学科研活动为核心的服务性组织,但在生存和发展需要资源这一点上与企业并无二致。高校同样需要上述这些资源,高校要想获得这些资源就必须与这些资源拥有者建立广泛的交往和联系,高校广泛的外部交往和联系就是高校社会资本。从这个意义上说,高校的外部社会资本是高校竞争优势的源泉之一。

西部受援高校在这一点上,不同于其他的一般高校。西部受援高校可利用社会资源的强度,决定了西部受援高校获得排他性资源的多寡,西部受援高校内部资源的有效利用也能强化其外部资源的获得。如,加强高校的科研水平和学科建设,在某些领域由于支援高校教授的领军和主持,促使了西部受援高校与企业的联合,在一定情况下将科研成果转化为现实社会生产力的可能性大大增加。此外,西部受援高校在参与社会关系构建中扩大了自己的社会影响、提升了社会信誉。以浙江大学对口支援的贵州大学为例。图 3-5 显示的是受援高校与支援高校以及政府、市场之间的关系。支援高校浙江大学有着丰富的人力资源和学术资源,西部受援高校贵州大学依靠浙江大学对口支援的社会网络和社会资本,增强其服务当地经济和社会发展的能力。通过贵州政府对西部受援高校政府社会资本和正式社会网络的支持,经其牵线搭桥,贵州大学与贵州企业产生紧密的合作关系。贵州企业通过对口支援西部高校的社会支持网络,再利用贵州大学和浙江大学两校的学科优势和人才优势,与两校共同研发和开发当地优势资源,解决影响贵州发展的重大问题。三方之间的互动机制是以贵州大学原先具有的科研实力为基础,与浙江大学在科研合作中找到结合点。浙江大学丰富的科技人才资源,贵州大学已有的科研实力,加之贵州省肥沃的科研土壤,使三方的交流与合作成为可能,也使得三方都能够从合作中受益。

西方社会学家所研究的社会网络其主体大都建立在“信用”基础之上,社会网络构成主体都受到信誉机制的约束。而在中国背景下,注重面子、关系和人情是中国差序格局社会的主要特征。不同的社会网络主体构建的社会网络其作用并不完全相同,政府构建的或利用政

---

① 庄西真.基于社会资本积聚的学校竞争优势分析[J].教育研究与实验,2008(6):56-59.

府关系构建的社会关系网络有着明显的结构优势,容易获得较多的社会资本、动员较多的社会资源。所以,在建构网络时更多强调的是"关系",一种靠人为因素建立起来的联系。从某种程度而言,社会关系的强度将大大胜于社会信用,这在企业、高校与政府部门的社会网络结构中表现得尤为突出。但是以社会关系为基础的社会网络,由于信息不对称,其本身存在着运作方式不规范、运作效率不高及主体间的联系松散等现象。

所以,社会关系网络向社会信用网络过渡是发展的必然。正如布迪厄指出的,信用是一种力量。西部受援高校的社会信用和信誉成为其累积社会资本的有效来源。贵州大学通过与浙江大学及当地政府、企业加强联系,能够提高组织运作能力,保证重要资源的有效获取,增强高校的竞争实力,而政府、企业作为社会网络结构中的重要部分,在分享科研成果和获取人才信息等领域则与受援高校密切相关。因此,在社会网络中各主体获取网络内的有效资源成为这一社会网络形成的必要条件。

专栏 3-1:政府社会资本在浙江大学对口支援贵州大学中的作用[①]

2004 年末浙江大学与贵州大学签订的四个科技合作协议至 2005 年已取得阶段性成果,为推动当地经济社会发展发挥了作用。2005 年,两校继续组织相关学科的教师联合申报国际、国家和省、部的科研开发项目,特别是西部开发方面的重大项目。同时集中学科优势,加大为贵州区域性经济服务力度。

2006 年 1 月 25 日,浙江大学党委常务副书记陈子辰教授与贵州大学校长陈叔平教授就 2006 年浙江大学与贵州大学对口合作工作举行了座谈。双方领导探讨了 2006 年对口合作工作的新思路和模式,希望双方进一步拓展合作领域和空间,提高合作层次,促进共同发展。陈叔平校长建议 2006 年浙江大学与贵州省、贵州大学在四个方面开展合作:1. 煤层气综合利用;2. 西电东送工程;3. 农产品深加工;4. 共同制定珠江流域旅游规划。2 月 27 日,陈叔平校长率贵州大学电气学院、化学工程学院、矿业学院、材料科学与冶金工程学院院长赴浙江大学与学校电气学院、机能学院、材化学院领导和专家、教授就陈

[①] 资料来源:教育部高等教育司对口支援工作资料。

叔平校长提出的四个方面的合作进行探讨与研究。

1. 浙江大学联合贵州科学院、贵州大学共同申请的"国家复合改性聚合物材料工程技术研究中心"已获准立项,目前正在加紧建设中。"国家复合改性聚合物材料工程技术研究中心"的建成,将充分发挥浙江大学、贵州大学在材料学科领域工程技术研发、孵化和集成、成果转化和推进产业化、人才培养和向社会提供技术服务等方面的优势,为贵州省的材料产业提供技术支撑,从而有力地促进地方经济的发展。

2. 由贵州大学、浙江大学合作承担的国家科技部西部开发重大项目"贵州喀斯特山地优质奶牛、肉牛产业化示范工程"已完成研发任务,并且通过验收。该项目被科技部作为"西部开发"科技行动项目,列入国家科技攻关计划。以"高校＋基地＋农户"的模式,直接带动32万农民脱贫致富,大大支持了贵州省的地方经济建设。

3. 贵州大学、浙江大学共同开展的"煤综合利用和洁净技术研究"开发项目进展顺利,目前双方相关人员正积极努力,在多联产技术研究方面,争取国家与贵州省的支持,同时双方在合作机制和合作方式上进行了新的探索。大项目仍采取共同申请、合作完成的办法。对一些小项目,由贵州大学教师独自申请,浙江大学相关专家给予指导,帮助贵大教师完成项目研究,从而提高贵大教师的科研水平。

4. 合作申报国家社科基金获得成功。由浙江大学旅游管理系和贵州大学管理学院合作申报的国家社科基金"发展乡村旅游,推动解决三农问题——东西比较视野下的西部乡村旅游产业发展研究"课题得到立项资助。与此同时,双方还合作开展国家社科基金项目研究,并发表了5篇论文。

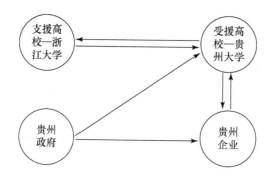

图 3-5　受援高校与支援高校以及政府、市场之间的关系图

第四节　社会网络属性对西部受援高校发展的作用分析

一、社会网络属性的概念及作用

（一）网络属性的性质及作用

对于社会网络属性的研究得益于早期社会学派中的结构主义理论,该理论认为社会结构中的主体特性是同类型主体以相似方式行动的原因。他们大都去探讨类别成员间的共同的、被预定的行为。社会网络的结构主义者也认为,网络主体属性的结构关系,是决定社会网络形成和强化的主要原因,只有在社会网络结构背景下才能理解网络主体所形成的社会关系,同样社会网络主体的特性决定二者关系运作的形貌。

绝大多数社会网络主体是镶嵌在不同社会网络关系中的不同类别而在框架中选择伙伴的。如,工具性关系较强的高校联合、对口支援中的属性选择等。镶嵌在社会网络关系结构中的主体一旦发生联系,社会结构同时就会影响各种资源在特定关系中的配置。因此,社会网络的形成和强化,一部分取决于社会结构本身的性质;另一方面,社会网络的属性对社会网络维持以及获取社会网络资源的有效性具有至关重要的作用。当一个组织与其社会网络结构中的其他主体进行社会资本交换时,具有共同属性或相似属性的组织是主体间建立联系的首要选择,这种各方合作的规制要求,有利于提高社会网络顺利链接后的资源获取效率。当然,属性的相似或相同势必强化社会网络的密度系数,越来越依赖并倾向于按已有社会网络特征和规范去加强社会网络建设。在对口支援高校中,具有相同学科属性的高校在科研方面的合作所形成的关系资本必然会把这种双方受益的模式运用到两校其他相似的领域,其结果就是提高双方在社会网络中各领域获取资源的效益,加快双方在这一过程中的成长,特别是对受援高校的社会网络的完善和优化具有很大作用。例如,为了进一步贯彻落实教育部对口支援西部地区高等学校工作经验交流会会议精神,巩固扩大"十五"成果,加快青海大学的建设与发展,清华大学与青海大学就"十一五"期间对口支援工作达成协议。其中,关于学科建设方面,清华大学经管学院、化工系、机械系、材料系、土木学院、电机系、生物系分别与青海大学的经济系、化工系、机械系、材料系、水电系和生物系等六个系签订了对口支援协议书,把对口支援工作的重心从学校层面深入到院系层面。

(二)高校社会网络中相邻位置更容易产生情感互动和合作关系

高等教育是一个复杂的重叠的等级系统,从学术水平方面而言,有达到世界领先水平的"985 工程"高校[①],也有达到国内领先水平的"211 工程"高校[②],还有达到区域一流水平的地方大学。受援高校主要是西部地区重点建设的本科院校,少数是"211 工程"高校。但是,西部高校的发展水平在整个高等教育金字塔结构中处于相对偏下的位置,只有少数高校具有博士学位授予权。西部高校急需在学科建设、学术水平、师资队伍等方面得到支持和帮助。而这些对口支援任务绩效的完成依赖于与支援高校的情感联结程度。

从对资源的接触和控制来看,高等教育系统呈现出一种金字塔的形状:位置越高,占有者的人数越少,比如"985 工程"高校仅有 39 所、"211 工程"高校 110 所;位置越高,在结构中所拥有的视野就越开阔,比如"985 工程"高校和"211 工程"高校具有较高的学术视野和国际视野,它们在国家级重大科研项目、优秀科研成果、重点实验室以及特色、优势学科等方面占据整个高等教育系统的半壁江山就是一个例证。因此,金字塔形的结构意味着不论从占有者的人数(较少)还是从对位置的接触来说,离顶端较近的位置都具有优势。如果行动者想获得的社会资源位于社会结构中,那么与等级制中更高位置占据者互动,可能有利于找到那个位置,或有利于动员他人的控制力量使自我

---

① 1998 年 5 月 4 日,江泽民总书记在庆祝北京大学建校 100 周年大会上向全社会宣告:"为了实现现代化,我国要有若干所具有世界先进水平的一流大学。"为贯彻落实党中央科教兴国的战略和江泽民同志的号召,教育部决定在实施"面向 21 世纪教育振兴行动计划"中,重点支持北京大学、清华大学等部分高等学校创建世界一流大学和高水平大学,简称"985 工程"。

② 1993 年 2 月 13 日,中共中央、国务院印发的《中国教育改革和发展纲要》及国务院《关于〈中国教育改革和发展纲要〉的实施意见》中,关于"211 工程"的主要精神是:为了迎接世界新技术革命的挑战,面向 21 世纪,要集中中央和地方各方面的力量,分期分批地重点建设 100 所左右的高等学校和一批重点学科、专业,使其到 2000 年左右在教育质量、科学研究、管理水平及办学效益等方面有较大提高,在教育改革方面有明显进展,力争在 21 世纪初有一批高等学校和学科、专业接近或达到国际一流大学的水平。概括为:"211 工程"就是面向 21 世纪,重点建设 100 所左右的高等学校和一批重点学科点。

与那个位置相联系。处于这些结构性限制和机遇中的个体采取行动的目的有两种:一种是维持有价值资源的动机促进表达性行动的发生;另一种是寻找和获得额外有价值资源的动机呼唤工具性行动。[①]就工具性行动而言,西部高校的较好策略是去接触那些在等级中处于较高位置的"211工程"高校或"985工程"高校,这些高校将更有可能对西部高校产生影响。工具性联结表现的形式可能会是正式的组织关系。如,教育部指定的对口支援高校关系,也可能作为一个重要的交换内容,通过它们使社会信息资源或与工作相关的知识进行流动。与工具性联结不同,表达性联结反映了友谊、情感支持等情绪表达的渠道。表达性联结具有更多的情感负荷,这些联结是社会支持和评价的重要渠道。

如,广西大学与华南理工大学在区域间比较靠近,加之政府对口支援政策的推动,两校间的合作与交流更加紧密,广西大学获得了西部受援高校发展所急需的部分稀缺资源。广西大学通过华南理工大学的直接支持,学科学位点建设取得了突破性的发展,在第十次全国学位授权学科审核工作中新增了4个二级博士学位授权学科、17个一级硕士学位授权学科和25个二级硕士学位授权学科。目前,广西大学已具有10个博士学位授权学科、137个硕士学位授权学科、5种专业硕士学位类型,形成了较完整的研究生教育培养体系(详见表3-3)。学位点学科体系的不断完善,一级学科博士点的取得,二级学科博士点的丰富,一级、二级学科硕士点的繁荣,使广西大学的研究生培养能力得到不断增强,使学位与研究生教育在学校各类教育中的先导作用得以充分发挥,有力地促进了学校整体实力和为广西经济与社会发展作贡献能力的全面提升。这些成绩的取得与华南理工大学近几年对广西大学的支援和帮助是分不开的。广西大学聘请华南理工大学的知名教授到学校讲学,并对学校的学科建设、科学研究等工作提出建设性的意见和建议。譬如,华南理工大学电力学院学科带头人任震教授是我国电力行业知名专家、国务院学科评议组成员。广西大学电气工程学院经常邀请他为学校的学科建设出谋划策,促使了学校学科建设得到较快发展。在广西大学电气工程学院申报和建设"电力系统及

---

① [美]林南.社会资本:关于社会结构与行动的理论[M].张磊,译.上海:上海人民出版社,2005:44-48.

其自动化"博士点过程中,任震教授给予了直接支持和帮助,他多次审查和修改申请报告,逐段逐句审核申请报告初稿,对初稿中的研究方向及相关内容提出了许多建设性的意见,并帮助审查和凝练研究方向,整合科研成果,使学位点申报能集中体现学科的特点和特色,最终获得了成功。

表 3-3　　1999—2005 年广西大学学位点统计表

年度 学位点	1999	2001	2003	2005
一级学科博士点	0	0	0	1
二级学科博士点	2	5	6	10
一级学科硕士点	0	0	0	18
二级学科硕士点	41	53	74	137

（三）对口支援高校学科同质性有利于教师的学术交流而产生学术效应

知识的创造并非个体化学习的过程,而是组织知识化的过程,其本质表现为知识在组织内外的交流、共享、转换和结合。作为一个学术团体,保持与外界良好的互动状态是高校得以持续发展的关键。对于学术活动的效应进行分析,有利于更好地理解学术团体对个人社会资本建构的功能。学术活动效应从范围来说一般可分为个人效应、整体效应和社会效应。从效应影响的时间看,又分为短期效应、中期效应、长期效应,效应时间长短跟学术研讨课题有关。从效应形式来看一般又可分为信息效应、启迪效应、协调效应、时间效应、智力效应、决策效应、学术效应。学术团体通过学术活动在方方面面引起的效应,促进了相互间的横向交往,无论从哪种效应来看都是对于社会资本的积累。

其中信息效应、学术效应对"对口支援"院校间开展的学科学术会议发挥着重要的作用。作为受援高校,它容易与与其学科属性比较接近或相似的高校发生联系,建立外部社会网络。张文宏等运用城市居民社会网络调查的实证资料,分析了阶层地位对于城市居民社会网络构成的影响。其主要发现是:各阶层在选择讨论网成员时的群内选择或自我选择倾向非常明显；阶层地位邻近、社会距离较小的人们成为讨论网成员的可能性较大。这个结果表明，在中国城市居民社会网络成员的选择过程中，发挥中心作用的机制主要是同质性原理。[①] 对口支援西部高校使其教师有更多的机会参与东部高校高水平的学科学术会议，通过参加各类学术会议，西部高校教师从中获得大量的学术信息，包括了解和掌握与会者都关注什么问题，研究到什么程度，以及与会者所带来的其他学术信息。这些学术信息对丰富教师的学术思想、促进学科专业建设、扩大眼界都大有益处。

二、社会网络属性对西部受援高校发展的影响分析

在对口支援高校中，社会网络属性主要表现在学校属性、学科属性、专业属性、管理属性和服务要求等方面，而学科属性相近的对口支援高校容易产生深层次的互动。基于对受援高校和支援高校对这一问题的探讨，为了更好地阐述社会网络属性在受援高校获取社会资本的程度和效果，研究者采取研究对象的典型化特征，以此来证明支援高校和受援高校由于其学科属性不同，而带来的社会网络资源的获取程度和双方合作所达到的绩效水平也不同，特别是受援高校在教学、科研及硕士博士点建设等领域所取得的成绩方面尤为不同。因此，本书选取了具有相似属性的南京农业大学对口支援新疆农业大学和学校属性差距较大的同济大学对口支援井冈山大学两组对口支援高校，具体分析不同的高校属性对教学、科研和管理等方面所产生的影响。

（1）学科设置方面。新疆农业大学与南京农业大学学科专业的设置有很大的相似性。比如，南京农业大学设有农学院、园艺学院、动物科技学院、食品科技学院、化工学院、信息科学技术学院、经济管理学院等，在新疆农业大学同类或相似学院都有设置，并且近年来新疆农业大学的行政组织的设置方式也和南京农业大学越来越相似。

（2）教学科研方面。新疆农业大学在院系以及学科门类方面与南京农业大学设置比较相似，这在一定程度上为南京农业大学找到了支援的切入点，也就是在同质的社会网络中较易形成共享资源，使得南京农业大学和新疆农业大学在科研方面容易展开相应领域的合作与研究。当然，在教学方面也表现为类似的特征，由于其教学门类的相似性，使南京农业大学的挂职老师容易适应在新疆农业大学的教

① 张文宏，李沛良，阮丹青.城市居民社会网络的阶层构成[J].社会学研究，2004(6)：1-10.

学,易于把南京农业大学相应领域的教学方法和教学手段嫁接过来,而不会在其社会网络结构中发生教学冲突。

(3)管理模式方面。新疆农业大学学院一级的管理设置与南京农业大学具有相似性,其结果就是南京农业大学支援新疆农业大学的挂职干部、挂职院长很快就能够进入角色,并且利用自身优势把支援高校的优质管理资源和管理经验源源不断地输入到新疆农业大学的管理中来,使新疆农业大学的管理模式在支援工作中得以迅速优化和提升。

表 3-4　2006—2007 年南京农业大学支援新疆农业大学工作统计表

项　目			数　量	
受援高校领导去支援高校访问的人次数			7	
支援高校领导去受援高校访问的人次数			12	
受援高校接受支援高校	仪器、设备台数		30	
	价值(万元)		2.25	
支援高校到受援高校挂职锻炼的人次数			3	
支援高校到受援高校举办文化交流报告会、讲座等总次数			5	
支援高校接受受援高校进修、访问学者及短期培训的总人次数			6	
支援高校到受援高校任教教师的人次数			2	
共同承担的科学研究	两校级项目数		5	
	省级项目数		21	
	国家级项目数		7	
受援高校博士点硕士点情况			2006 年	2007 年
	博士点	一级学科	1	1
		二级学科	6	6
	硕士点		34	34

注:数据来源于教育部对口支援工作统计。

2003 至 2006 年,南京农业大学先后分 5 批派出 14 名优秀教师、2 名优秀管理干部到新疆农业大学支教和挂职援助,帮助开出新课和急需课程 40 门次,涉及农、理、经、管、工、法六大学科领域。2006 至 2007 年,双方高校联系和交流非常密切(见表 3-4),达到 19 次之多。双方共同承担的科研项目国家级 7 项、省级 21 项、校级 5 项。2006 年 7 月在新疆农业大学举行了"棉花分子育种实验室"的挂牌仪式,南京农业大学学院领导或学科带头人先后来访 12 人次。在 2006 年 11 月和 2007 年 5 月,新疆农业大学经管学院申报土地资源管理一级学科博士点和 2007 年 6 月申报农林经济管理博士后流动站点工作中,南京农业大学均给予了极大的支持和帮助。同年 6 月新疆农业大学又有 4 名在职教师考取南京农业大学的委培博士生,同时南京农业大学给新疆农业大学提供了 12 万元的博士培养经费。至此,新疆农业大学的博士点达到 7 个、硕士点达到 34 个。

专栏 3-2:南京农业大学帮助新疆农业大学提高教学管理水平的过程

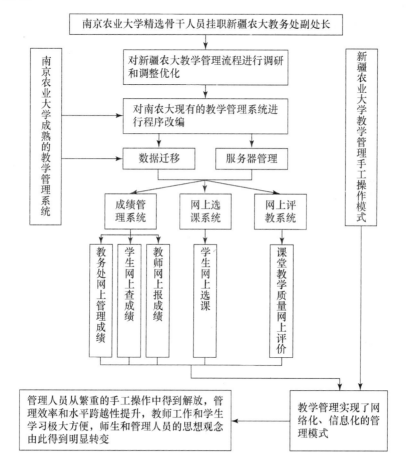

南京农业大学帮助新疆农大提高其教学管理水平是支援工作的另一个重要方面。南京农业大学 1999 年即通过了教育部组织的本科教学工作优秀学校评估,在本科教学管理方面具有优良的传统和扎实的基础。应新疆农业大学迎接 2006 年 9 月份教育部本科教学工作评估的需要,南京农业大学于 2005 年 8 月从教务处派出业务骨干挂职新疆农大教务处副处长,开展了卓有成效的工作。其中,将南京农业

大学投入 10 多万元开发并经过长期实践和完善的一整套教学管理系统无偿移植到新疆农业大学,实现了成绩网上管理、教师网上报送成绩和学生网上选课,师生开展网上教学质量评价的系统也进入调试阶段,即将投入使用。这一系列的工作促成了新疆农业大学的教学管理从手工操作到信息化管理的变革,也推动了教学管理观念的更新,极大地提高了教学管理效率和水平,在其教学管理改革和本科教学迎评工作中发挥了重要作用,并为新疆农业大学节省了约 15 万元的软件购置与开发费用。另外,新疆农业大学为借鉴南京农业大学的评估经验,先后由新疆农业大学党委书记和副校长带队到南京农业大学参观交流,并在评估建设、图书馆建设和管理方面达成了援助协议。

下面对同济大学和井冈山大学也做了类似分析,其在对口支援工作中所取得的成效如表 3-5 所示:

表 3-5　　2006—2007 年同济大学支援井冈山大学工作统计表

项　　目			数　　量	
受援高校领导去支援高校访问的人次数			校领导 9 人次,处领导 19 人次	
支援高校领导去受援高校访问的人次数			校领导 7 人次,处领导 34 人次	
支援高校与受援高校签订协议份数			校级 0 份,两校二级单位 7 份	
受援高校接受支援高校资金金额(万元)			93.5	
支援高校到受援高校挂职锻炼的人次数			1	
受援高校去支援高校挂职锻炼的人次数			6	
支援高校到受援高校举办文化交流报告会、讲座等总次数			17	
支援高校接受受援高校进修、访问者及短期培训的总人次数			28	
支援高校到受援高校任教教师的人次数			0	
共同承担的科学研究	两校级项目数		0	
	省级项目数		1	
	国家级项目数		0	
受援高校博士、硕士点情况			2006 年	2007 年
	博士点	一级学科	0	0
		二级学科	0	0
	硕士点		0	0

注:数据来源于教育部对口支援工作统计。

在同济大学对口支援井冈山大学的过程中,由表 3-4、表 3-5 可以看出虽同属于对口支援高校,相比之下低于南京农业大学对口支援新疆农业大学的相关数据。虽然同济大学对口支援井冈山大学在教师互访、开展学术交流方面较好,但在支援高校对受援高校的研究生的培养(仅1人)、科学研究所取得的项目数(仅1项)、受援高校的硕士博士点的申请(为0)等方面的成效都大大不如南京农业大学对口支援新疆农业大学。分析其产生绩效相对较低的原因,有以下几个方面:

(1)学科设置方面。同济大学的科系设置与井冈山大学的相似性不强。比如,同济大学的主要院系有建筑与城市规划学院、土木工程学院、机械工程学院、环境科学与工程学院、材料科学与工程学院、电子与信息工程学院、经济与管理学院等,而井冈山大学的院系设置除医学院、人文学院、外国语学院、生命科学学院外,其他学院学科设置与同济大学相似度较低。根据社会网络吸纳资源的特点,同质社会网络结构易于提高吸取网内资源的可靠性和效率,易于建立强大的社会网络结构密度。显然,同济大学与井冈山大学间不存在明显的同质社会网络。

(2)教学科研方面。由于其学科设置的相似性不强,限制了两校在科研方面的合作,只能在有限的相似学科内进行合作与研究。表3-4、表3-5显示在共同承担的科学研究项目上,2006年至2007年南京农业大学与新疆农业大学合作研究课题达33项,而同属于受援高校的井冈山大学与同济大学合作研究课题仅为1项。所以,支援高校与受援高校双方在相关领域所形成的社会网络的差异性,限制了受援高校在支援高校的社会网络中吸纳教学科研资源的广度,这势必会增加对口支援工作的难度。同样,获取对口支援社会网络中社会资源的有效性和深度也大受影响。

(3)管理模式方面。学科门类设置差异性的结构决定了两校在管理模式上相似程度较低,特别是在教学管理和科研管理上。由于在科学研究和教学专业方面类别不同,两校在同一层面的互补性不强。即,支援高校无法在此社会网络中把自己的优势管理资源转移给受援高校。受援高校在社会网络交往中往往只停留在部分学术交流层面,自身管理体系的优化和发展得不到有效支持。

因此,从社会网络属性的角度出发强化对已有社会网络的依赖反映了一种组织惯例和成长的路径依赖。一个社会网络的形成和发展依存于社会网络主体属性。在社会网络主体间的某一领域的社会网络结构和模式得到优化或发展,那么组织之间出于维持社会资本的目的,就会在其他领域强化和复制这种已存在的关系模式,不断复制其已有的社会网络结构与特征而获取资源。因此,社会网络本身属性的特殊性和相似性在很大程度上决定了社会网络主体在社会关系结构中获取资源的效度和深度。

第五节　社会网络声望对西部受援高校发展的作用分析

一、社会网络声望的概念及作用

(一)社会声望的界定及表现

布迪厄认为"社会资本"是资本的三种基本形态(经济资本、文化资本、社会资本)之一,它是一种通过对"体制化关系网络"的占有而获得实际或潜在的资源集合体。这种"体制化的关系网络"与某个团体的会员制相关,获得这种会员身份就为个体赢得"声望",并进而为获得物质或象征的利益提供了保证。著名经济学家、诺贝尔经济学奖获得者斯蒂格利茨在 1999 年世界银行出版的《社会资本》一书中指出:"社会资本包括隐形知识、网络的集合、声誉的累积以及组织资本。"①根据斯氏的观点,社会资本既是声誉的累积,也是选择声誉的方法。个体对于声誉进行投资,是因为这样做有助于减少交易成本,并有助于打破壁垒而进入种种生产和交换的关系当中。而高校社会声望则是指一所高校的大学精神、高校的行为、办学条件、社会贡献等高校身份识别要素在社会人群心目中产生的认知结果和情感反应,它在高校的发展中发挥着市场信号、机会平台和安全网的功能,它虽然是一个主观指标,但却本质地、准确地反映着一所高校的地位和影响。综观当今的大学,社会声誉对高校的发展产生越来越大的作用。

劳曼(Laumann)的声望假设表明,受欢迎的互动参与者是那些占据稍高社会地位的人。处于不利地位的行动者可以借助互动参与来提高自己的名誉。②那些长期居于社会资源中心位置的行动者相对居于边缘位置的行动者来说,拥有较多的社会资本优势。事实上,高校社会资本亦具有这种非均衡性。就不同历史时期而言,一所高校在不同的历史时期拥有不同的社会资本总量,就同一时期的不同高校而

---

① [美]约瑟夫·斯蒂格利茨.正式和非正式制度[M]//曹荣湘.走出囚徒困境:社会资本与制度分析.上海:上海三联书店,2003:115.

② [美]林南.社会资本:关于社会结构与行动的理论[M].张磊,译.上海:上海人民出版社,2005:47.

言,每所高校拥有的社会资本总量也各有差异。譬如,处于中心的高校与处于边缘的高校的社会资本总量是明显不同的。①

作为对口支援中的西部受援高校,与其同水平的高校相比有着得天独厚的优势,其社会声望的建立一方面受惠于支援高校的社会影响力,另一方面与西部受援高校本身的教学科研等原有基础也有很大的关系。从全国范围而言,一般支援高校具有良好的社会声望。支援高校在科研和学术方面大都名列全国高校前列。作为西部受援高校其社会声望的提高受支援高校的影响,特别是当对口支援这一协助方式得以持续发展时,受援高校在教学和学术科研水平上将会有很大的提高。这又促使了西部受援高校社会声望的提升,对受援高校的招生、就业以及吸纳社会捐助等发挥着积极的作用。对于教育消费者而言,能够在一所社会声望较高的大学中学习,实际上也就意味着在未来的人才市场竞争中处于相对的优势地位,因为个人价值附着于所在学校的声誉价值;对于教育投资者而言,投资于一所社会声望较高的大学,意味着有较低的投资风险和较高的投资回报率。

（二）信誉是对口支援西部高校社会声望的基础

自然界中存在晕轮效应,即当遇到大风前月晕逐步扩散,形成一个很大的光圈,远远望去,月亮好像扩大了许多。高校社会网络同样具有晕轮效应。西部高校因学科建设、师资培养、课题合作、学术信息等方面存在问题而努力寻求与国际、国内知名高校的合作与联盟,凭借知名高校的"巨人"魅力而具有晕轮效应。在对口支援过程中本校通过公共宣传、媒体造势等手段扩大西部高校在社会中的影响,因为"巨人"魅力的存在而使得本校的渠道流畅性、质量满意度、品牌知名度等无形中趋于好转,即西部高校社会网络的晕轮效应有助于西部高校获取无形的社会资本。②

众所周知,生源是决定大学人才培养质量的重要因素,多样性、高质量是所有大学共同追逐的目标。英国剑桥大学副校长伊安·莱斯利(Ian Leslie)认为:"各种文化背景不同的学生,可因思维差异引发更深入的思考。就像基因,多样性越大,品质越优良。生源多样化也一样。"事实上,高校外部社会关系网络范围的大小,一定程度上决定着生源多样性和生源质量如何。③ 华东政法大学的陈坤博士从第三个

① 胡钦晓.大学社会资本研究[D].南京:南京师范大学,2007:33.
② 彭华涛.基于企业社会资本的产业集群创新研究[D].武汉:武汉理工大学,2006:32.
③ 胡钦晓.大学社会资本研究[D].南京:南京师范大学,2007:130.

视角研究学校社会资本及其经济学意义,他将学校社会资本界定为"以学校为载体建立起来的以信用和特有交往规则为内涵的和谐的社会网络",并认为"学校利用外部关系网络获取社会资源,运用内部关系网络使获取的社会资源产生效益,并协调学校内外两方面的社会关系网络,使其产生整合效益,最终使学校在激烈的市场竞争中实现自己的目标,实现学校的永续经营"。由于对口支援的缘由,支援高校的社会声誉无疑会延伸至受援高校,从而扩大了西部高校的社会网络范围,强化了社会公众对受援高校的质量认同,赢得了优质学生对受援高校的报考热情。

但是,信誉是人际互动过程中彼此合作的产物,符合社会资本是人际互动过程中合作产生的资源这一内在规定性。信誉是由社会公众所形成和持有的看法,信誉主体因诚实交易、信守合约、真诚合作而赢得声誉,信誉形成过程中的人际互动和合作是不言而喻的。这可以从两个方面去理解。其一,是信誉主体同其发生交往者之间的互动。如果互动的各方都能始终坚持互惠互利、诚实守信、真诚合作,那么处在这一互动关系中的各方都将赢得信誉,相互之间的合作也将是长期的、稳定的。其二,是信誉主体与社会公众之间的互动。信誉虽然是信誉主体诚实交易、信守合约、真诚合作而赢得的声誉,但它却是由社会公众所形成和持有的看法,或者说是社会公众对于信誉主体的肯定评价,因而信誉主体与社会公众都是信誉产生所不可或缺的要素。[①]因此,需要支援高校和受援高校信守合约、真诚合作,特别是受援高校要格外维护支援高校的声誉。

(三) 学术声誉是对口支援高校最主要的象征

衡量一所高校的学术地位,最重要的四项指标就是:学术声誉、学生选择、教师师资和经费资源。学术声誉始终处于第一位,而一个高校的学术声誉,从根本上讲是由作为学者的教师和培养出的学生所作出的科学贡献来决定。

斯蒂格利茨认为社会资本是声誉的聚集和区分声誉的途径。个人投资声誉(投资的不确定性),是因为它减少了交易成本并有助于打破进入各种生产和交易关系的障碍。高校作为一个行动者要想获得这些社会资源,只能靠自己的能力在行动中去获取和使用这些潜入在社会网络中的社会资源。

---

① 程民选.信誉:从社会资本视角分析[J].财经科学,2005(2):73.

缪荣和茅宁从利益相关者对公司的认知着手,将公司声誉的概念进行结构化,提出了公司声誉的三维测量法。他们认为,基于利益相关者社会网络的观点,公司声誉的概念应该分为广度、强度和美誉度三个维度。① 同理,高校的声誉也具有同样的特征,而其核心是学术声誉。信誉是社会文明的一项基本特征,与其承诺相辅相成,良好的信誉本质上就是对承诺的完整兑现。2000 年 6 月格林斯潘在哈佛大学演讲时认为"如果竞争是市场经济的引擎,那么声誉就是使之运行的燃料,作为一种特殊的无形资产,声誉的竞争已经成为经济前进的驱动力"。

广度是高校利益相关者网络在整个社会网络中延伸和作用的范围,也就是人们通常所说的知名度,即在某个范围内有多少人知道该高校或者被动地听说过该高校;强度是高校利益相关者网络延伸过程中对每个节点和节点之间的相互作用关系影响的程度,它由高校的有关信息在利益相关者个体认知和群体认知中嵌入程度所决定。嵌入得越深,声誉的强度就越大;嵌入得越浅,声誉的强度就越小。美誉度是指学者和社会公众在质量和水平认同基础上对高校形成一定信念和积极的情感体验,是利益相关者对高校的主观价值判断。广度和强度不涉及社会公众对高校是非价值的判断,只是表达高校的一种客观的状态,而美誉度则表达了利益相关者对高校的是非价值判断,它是一种导向,没有美誉度的高校就没有知名度,更不可能建立声誉的强度。广度可以在短期内迅速提升,而强度和美誉度的提升则需要高校长期的积累。高校声誉的三个维度之间是相互作用、相互依存的关系,任何想通过迅速提高某一个维度来提升高校声誉的行为必然因为另外两个维度的牵制而告失败。提升高校声誉的最佳策略是在三个维度之间实现交替提高的螺旋式上升,这种声誉的提升才是健康的、可持续的。

（四）支援高校所处的位置资源和社会声望给西部高校带来了获取其他资源的符号效用

根据社会资本理论,位置资源产生了额外的社会资源。在中国高等教育管理体制下,院校的位置受客观和主观方面的影响,有些大学被国家指定为"优于"其他院校,这些院校开始的时候并不一定有很高

---

① 缪荣,茅宁.公司声誉概念的三个维度——基于企业利益相关者价值网络的分析[J].经济管理,2005(11):6-11.

的声誉,但经过一段时间,政府的规定也就成为声誉的来源。另外,高校要想呼吁政府在政策上给予高的地位,除了依赖自身的资源和能力外,如何引起政府的青睐和重视就成为高校投资的重点。中国大学位置的划分中上层梯队有"985 工程"院校、"211 工程"院校,此外是其他部委所属院校,最后是地方所属院校。"985 工程"院校不仅在社会资源上得到大力支持,而且成为中国顶级学校的象征。所以,有能力接近这些位置的院校都将施展力量游说政府以获取地位。而且,这种位置资源提供了大学获取其他资源的机会。社会各界对学校的支持、地方政府的配套投入,也会随着学校进入"985 工程"高校建设而源源不断地到来。这一网络群体在等级结构中,高于其他网络群体,因此,具有的结构视野就好。行动者通过它的社会网络连接的社会资源代表了自我资源的全集。即使自我不能使用或动用这些社会资源,它们也有很大的符号效用。它们在市场上占有优势,特别是在竞争优秀师资和生源上所取得的成功,又将决定它们将来的声誉和地位。这种有形与无形资源不是暂时性的,而是具有连环性和累积性。[①]

二、社会网络声望对西部受援高校发展的影响分析

拥有社会网络以及人们在这一网络中的有利地位成为市场竞争的一个优势。第一,一个组织的社会网络地位提高了它的知名度,从而降低了广告费用,名牌大学无需大力投资宣传而学生、学者来源充足。第二,一个组织的高地位使得大家愿意与之发生关系,促进了它与其他组织的资源交往,从而提高了它的竞争优势。而这种地位基础上的竞争优势又强化了一个行业中稳定的等级制度。[②] 在学术生涯梯度攀升的层级发展中,只有通过对学术本身作出独创性的贡献、通过在学术研究中得到最高评价而获得学术声望,达到至高无上的学术地位。然而,这种地位一旦拥有就会终生占有,就会形成越来越多的累积优势,形成学术职业发展中的马太效应。原因一是通过学术累积优势使一个学者形成进一步取得学术成就的条件,占有更多的学术资源,获得更多的承认和奖励。原因二是通过名校聚集优势汇集最优质的学术资源和最优秀的学术人才,产出重大的研究成果和建立重要的社会声誉。原因三是通过名师聚集优势吸引更优秀、更具学术天赋的

① 吴合文.社会资本视角下的大学核心竞争力构建与提升[D].北京:北京师范大学,2006:21.

② 周雪光.组织社会学十讲[M].北京:社会科学文献出版社,2003:260.

学生聚集在名师门下,教学相长,实现名师造就高徒。①

通过"对口支援"西部高校计划的实施,东部高水平大学的学术累积优势、名校聚集优势和名师聚集优势潜移默化地延伸到西部受援高校,间接地提升了西部高校的社会声望,从而改善了西部高校的生源素质、拓宽了西部高校的学术网络。如,青海大学由于清华大学的支援,学校声誉不断提高,招生工作也比过去发生了明显变化,过去招生要靠调剂才能完成,生源大多限于本省,而现在招生范围已由 2001 年的 14 个省区扩大到全国 26 个省区,外地生源的占有率也由 2001 年的 29％增加到现在的 66.4％,生源质量逐年改善。2005 年许多省份第一志愿报考人数均超出计划录取数 120％以上。省内本科理科第一志愿投档即可完成招生计划,本科文科第一、二志愿投档即可完成招生计划,从而结束了青海大学省内缺档的历史。毕业学生一次性就业率也由 2001 年的 42.8％提高到了现在的 77.7％。②

本书为了说明社会声望对西部受援高校教学科研的作用,将新疆大学和石河子大学作为案例研究对象。这是因为在多年的对口支援中,新疆大学、石河子大学积极主动与支援高校建立紧密的社会网络,借名校优势不断充实和发展自身的学科水平,在新疆内外树立了良好的社会声誉,其教学科研实力也有突破性的提高。以下对 2000 年至 2006 年新疆大学、石河子大学的硕士博士点建设和招生录取情况加以分析,从中反映出西部受援高校由于支援高校的社会声望对其产生的影响。

(1)硕士博士点建设。截至 2007 年,新疆大学、石河子大学学科建设、科学研究、师资队伍、人才培养等方面,均取得了历史性的发展。

新疆大学已建成 12 个博士学位授权点,博士后科研工作站、博士后科研流动站成功申报。其中,2005 年在全国第十批博士、硕士学位授权审核中有 7 个博士点获得审批,4 个工科博士点实现零的突破,硕士点也由 2001 年的 46 个增加到 2006 年的 83 个。2002 年经新疆维吾尔自治区人民政府批准,成立"新疆绿洲生态重点实验室"(省部级开放实验室),2003 年"新疆绿洲生态重点实验室"被教育部批准进行省部共建,成立"绿洲生态教育部重点实验室"。此外,留学生教育和国际科研合作项目也取得突破性进展,随之科研项目及科研经费大幅增加。

---

① 宋旭红.学术职业发展的内在逻辑[M].武汉:华中科技大学出版社,2008:146-150.
② 教育部对口支援西部高校工作先进材料汇编(内部资料),2006.

石河子大学博士点从无到有,已经建成 4 个博士学位授权点,博士后科研工作站、博士后科研流动站成功申报,硕士点由 2001 年的 20 个增加到 2007 年的 52 个,其中 2004 年文科硕士点申报成功。省部共建重点实验室也取得立项,国家"863"高科技计划项目实现零的突破。师资队伍中有博士学位的人数由 2001 年的 16 人增加到 2007 年的 89 人。2004 年,石河子大学成为省部共建高校,并作为全疆第一所接受教育部"本科教学工作水平评估"的高校顺利通过评估。

(2)招生录取情况。吸引区外生源和第一志愿录取率也是衡量社会声誉的两个十分重要的指标。近年来,报考新疆大学和石河子大学的区外生源人数和第一志愿录取人数逐年增加(见图 3-6、图 3-7、图 3-8)。其中新疆大学区外生源人数由 2000 年的 224 人增加到 2005 年的 944 人,增加了 700 余人。第一志愿录取的人数由 2000 年的 211 人增加到 2005 年的 484 人,增加了 273 人。石河子大学区外生源人数由 2000 年的 657 人增加到 2005 年的 2357 人,增加了 1700 人。第一志愿录取的人数由 2000 年的 587 人增加到 2005 年的 1949 人,增加了 1362 人。同时,新疆大学本科生区外第一志愿录取率由 2001 年的 37.63% 提升到 2005 年的 51.27%。石河子大学本科生区外第一志愿录取率由 2001 年的 69.16% 提升到 2006 年的 87.55%。特别是石河子大学在新疆区内的招生态势更好,第一志愿录取率逐年扩大,2005 年和 2006 年更是达到了 100%。这在一定程度上可以说明,由于东部高水平大学的对口支援,西部受援高校的社会声望在不断提高,直接体现在受援高校教学水平的提高、科研能力的增强和生源质量的改善等方面。

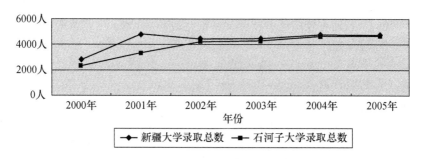

图 3-6　2000—2005 年新疆大学、石河子大学录取人数

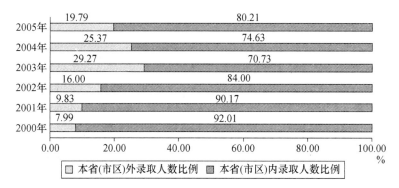

图 3-7　2000—2005 年新疆大学区内外录取人数比例

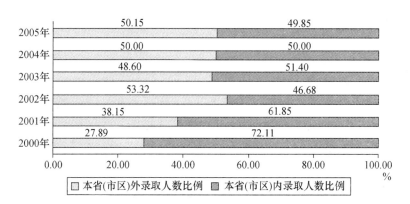

图 3-8　2000—2005 年石河子大学区内外录取人数比例

信用和规范是社会资本的主要内容,伯特的结构洞社会资本理论也同样需要信用与规范。按照伯特结构理论的解释,支援高校处在结构洞的位置,它拥有较广泛的社会关系网络,拥有与其水平相当的高等学校合作伙伴,通常具有广泛的社会信用和规范。西部受援高校位于结构洞的另一端,处在社会资源的稀疏地带。受援高校要想得到位于结构洞另一端的稠密的社会资源就必须通过结构洞实现连接,从而间接拥有稠密地带的社会资源。也就是说支援高校一般具有较高的人才培养能力和科学研究水平,在社会中具有较高的声誉度和影响力,尤其是具有浓厚的学术文化氛围,而西部高校相对不足,特别是缺少大师级导师、重量级的课题、原创性的成果。通过对口支援的连接,使学术资源稀疏的一端西部受援高校获得学术资源稠密的另一端东部支援高校的稀缺资源。同时,一个拥有较高社会声誉的大学直接影响着社会对其拥有者的信用程度,它将获取更多的社会关系网络,进而转化为社会资本。由于"对口支援"项目的实施,西部受援高校借助支援高校的名校优势使其自身的社会公众形象不断提升,社会知名度、声誉度和影响力也在大大增强,吸引了不少优秀生源报考西部受援高校。

小　　结

通过对口支援西部高校项目,东部高校协助西部高校获得社会资源,建立健全社会关系网络,或者形象地说东部支援高校将西部受援高校从原先的边缘位置导入核心社会关系网络之中,形成良好的互动发展机制。

从哈皮特和戈沙尔提出的社会资本理论模型——关系维度、结构维度和认知维度——出发,分析西部受援高校在社会资本积累过程中若干关键因素的作用及培育。关系维度的高校社会资本在"对口支援"西部高校工作的起始阶段,是西部受援高校发展所依赖的主要社会资源和社会网络。结构维度的高校社会资本在"对口支援"西部高校工作推进过程中,西部受援高校需要更加关注其在社会网络中的位置。认知维度的高校社会资本在"对口支援"西部高校工作成为校际之间拥有的共同的愿景目标时,西部受援高校的社会资本将更加具有增值性和累积性。

从近几年的"对口支援"西部高校的实践可以看出:政府所构建的由东部高水平大学对口支援西部高校的政策,是政府社会资本构成的主体成分,它对西部高校发展发挥着重要的作用。支援高校从不同层面,以不同方式与西部受援高校展开合作与交流,在教学和科研、人才培养等方面建立广泛而且结构甚密的"对口支援网络"。西部受援高校的信用和信誉成为其累积社会资本间接的、有效的来源。在对口支援高校中,社会网络属性主要表现在学校属性、学科属性、专业属性、管理属性和服务要求等方面,而学科属性相近的对口支援高校间容易产生深层次的互动,特别是对口支援高校学科同质性更有利于教师的学术交流而产生学术效应。支援高校所处的位置资源和社会声望给西部受援高校带来了获取其他资源的符号效用。通过"对口支援"西部高校计划的实施,东部高水平大学的学术累积优势、名校聚集优势和名师聚集优势潜移默化地延伸到西部受援高校,间接地提升了西部高校的社会声望,从而改善了西部高校的生源素质,拓宽了西部高校的学术网络。

第四章　社会资本对西部受援高校发展影响的定量分析

　　2001 年 6 月 13 日,教育部下发了《关于实施"对口支援西部地区高校计划"的通知》,并于 2001 年 7 月 10 日召开了"对口支援西部地区重点建设高校座谈会",以此为标志拉开了支援西部地区高校的序幕。数年来,参加东西部对口支援的高校数量稳步增长,支援模式日益丰富,支援成效日益显著。2001 年启动的第一批对口支援的 13 所受援高校,覆盖西部地区全部 12 个省和自治区,以及东北地区的吉林省(延边大学);支援高校 13 所,包括 12 所教育部直属高校和 1 所中国科学院直属高校(安徽的中国科技大学),覆盖东部地区 3 个直辖市和 8 个省以及西部 2 个省(四川的西南交通大学和陕西的西安交通大学)。2008 年底西部受援高校已达到 36 所。

　　由于社会资本理论引入我国较晚,其自身定义的宽泛性也使得测量社会资本成为一项非常难的工作。到目前为止还没有统一的方法体系来评价和测量社会资本。很多关于社会资本对高校贡献的研究以规范性分析为主,在有限的实证研究中也多是以社会资本的一部分形式(如信用、声誉等)来替代社会资本本身。在对口支援西部高校中,西部受援高校成长需要有充足的资源作保证。西部受援高校成长所需资源主要有两种来源:一是西部受援高校本来拥有的自有资源;二是西部受援高校通过其社会网络从外部获取的资源。在西部受援高校自有资源有限的情况下,西部受援高校的社会网络就成为其获取所需资源的重要渠道。西部受援高校社会网络的深度和广度往往决定了受援高校所能获取资源的数量和质量,并进而影响受援高校的成长绩效。本章在西部受援高校社会网络分析的基础上,对社会资本对西部受援高校发展的产出绩效、社会网络与外部资源获取及成长绩效三者之间的关系进行分析,旨在发现并总结其理论和实践意义。需要说明的是,为了充分论证社会资本对西部受援高校发展的影响,在前述案例分析和一般分析的基础上,本章尝试对社会资本做一个简单的定量分析。但是,由于社会资本测量的复杂性,如何科学、合理地界定社会资本对西部高校发展的影响也是一个极其艰难的问题。本章力求在尊重西部受援高校自身发展和东部高校支援西部高校功效的基础上进行科学定量分析。

第一节　社会网络对西部受援高校影响的基本分析

一、样本调查基本数据

（一）抽样方法与数据获取

1. 抽样方法

本研究调查对象测量抽样方法为随机抽样原则与整群抽样原则相结合。

随机抽样主要是针对新疆对口支援高校,选择了有代表性的新疆大学、石河子大学和新疆医科大学作为基本抽样框。为了保证抽样样本的有效性、客观性和准确性,调查对象确定为直接参与对口支援工作和对此项工作比较了解的校级领导、院系领导、学科带头人、普通教师和一般工作人员。2008 年 7 月至 10 月,根据每个学校的规模和方便程度发放问卷 655 份,其中有效问卷 560 份。

整群抽样主要是针对全国对口支援高校。调查对象是参加全国对口支援高校工作会议的支援高校和受援高校的行政工作人员。他们是所在学校直接管理对口支援工作的基层工作人员,对支援西部高校工作有比较深的感受和体会,也是对口支援工作的亲历者和见证人。目的是了解他们对支援工作成效的评价。2008 年 7 月,研究者利用教育部举办对口支援西部地区高等学校管理人员高级研修班之际发放问卷 45 份,获得有效问卷 45 份,参加研修班的学校有支援高校 22 所(清华大学、复旦大学、华中科技大学等)、受援高校 23 所(石河子大学、贵州大学、西藏大学等)。

2. 问卷设计与数据获取

针对研究问题,问卷共分四部分:个人基本情况、对口支援高校间交流程度、对口支援高校支持程度、对口支援西部高校的成效表现、对口支援西部高校工作的需求评判。第一部分问卷内容主要涉及被访者的个人基本信息,如性别结构、年龄结构、现职情况、现职年限、学历结构、职称结构等 6 项内容,目的在于了解调查样本的广泛性和代表性。第二部分问卷设计 4 大项 23 小项,通过受援高校与支援高校的交流时间、频繁程度,以及受援高校与非支援关系高校的合作与交流情况,了解受援高校社会资本和社会网络的维系意识和扩展能力。第三部分问卷设计 2 大项 18 小项,通过西部高校选择支持高校类型、支持工作内容,了解受援高校社会支持系统学校的选择偏好和支持工作内容的选择需求。第四部分问卷设计 5 大项 30 小项,通过支援高校对受援高校师资培养、科研课题、学科发展、实验室建设和学生素质等方面的影响程度,了解支援高校在哪些方面对受援高校的促进提高作用明显。第五部分问卷设计 3 大项 11 小项,通过对支援工作成效的评价、对当地经济和社会发展的影响和停止对口支援工作所产生的不利影响等,综合了解评判对口支援工作的实践意义和政策解释。为便于进行数值化计算,除量化型问题外,问卷采取 Likert 量表形式进行设计,即把要求被测试回答的问题分为 5 个等次,如"非常小、比较小、一般、比较大、非常大",然后按 1、2、3、4、5 予以赋值。将定序变量转化为定距变量,从而支持连续变量进行统计分析。所有的数据用 SPSS10.0 进行统计学分析。

表 4-1　对口支援西部高校发展成效调查样本基本情况

项目	分类	样本量(个)/百分比(%)				
		全国支援高校	全国受援高校	石河子大学	新疆大学	新疆医科大学
性别结构	男性	17/77.3	21/91.3	194/58.8	82/52.9	40/53.3
	女性	5/22.7	2/8.7	136/41.2	73/47.1	35/46.7
年龄结构	30 岁以下	4/12.9	2/8.7	141/42.7	107/69.0	28/37.3
	30—40 岁	10/45.5	9/39.1	123/37.3	30/19.4	19/25.3
	41—50 岁	7/31.8	10/43.5	51/15.5	15/9.7	20/26.7
	50 岁以上	1/4.5	2/8.7	14/4.2	3/1.9	8/10.7
职务结构	校领导	0/0	2/8.7	3/0.9	2/1.3	0/0
	部门领导	17/77.3	17/73.9	7/2.1	12/7.7	10/13.3
	院领导	0/0	0/0	23/7.0	4/2.6	4/5.3
	学术带头人	0/0	0/0	10/3.0	2/1.3	1/1.3
	普通教师	0/0	0/0	233/70.6	36/23.2	11/14.7
	管理人员	5/22.7	2/8.7	53/16.1	99/63.9	49/65.3
现职年限	1 年及以下	3/13.6	5/21.7	41/12.4	9/5.8	9/12.0
	2—5 年	12/54.5	12/52.2	154/46.7	114/73.5	30/40.0
	6—10 年	6/27.3	5/21.7	61/18.5	18/11.6	16/21.3
	11 年以上	1/4.5	1/4.3	74/22.4	14/9.0	20/26.7

项目	分类	样本量(个)/百分比(%)				
学历结构	本科	3/13.6	9/39.1	95/28.8	15/9.7	30/40.0
	硕士	12/54.5	12/52.2	189/57.3	126/81.3	34/45.3
	博士	7/31.8	2/8.7	43/13.0	13/8.4	4/5.3
	其他	0/0	0/0	3/0.9	1/0.6	6/8.0
职称结构	教授	4/18.2	6/26.1	30/9.1	4/2.6	4/5.3
	副教授	12/54.5	11/47.8	89/27.0	12/7.7	18/24.1
	讲师	4/18.2	4/17.4	162/49.1	115/74.2	34/45.3
	助教	2/9.1	2/8.7	49/14.8	24/15.5	19/25.3

注：1. 全国支援为对口支援高级研修班支援高校，全国受援为对口支援高级研修班受援高校；

　　2. "/"上为样本个数，"/"下为样本个数所占比例。

（二）调查样本基本情况

人才资源是高校发展的第一资源。在东西部高校对口支援模式下，支援高校对受援高校的支持在各方面都取得了显著的成效。本研究在调研过程中共发放问卷 700 份，收回有效问卷 605 份，有效问卷率达 86.43%。其中，全国对口支援高校研修班回收问卷 45 份，有效问卷 45 份；石河子大学回收问卷 392 份，其中有效问卷为 330 份；新疆大学回收问卷 185 份，其中有效问卷 155 份；新疆医科大学回收问卷 78 份，其中有效问卷 75 份。样本基本情况详见表 4-1。

二、受援高校与支援高校交流程度的分析

西部高校在对口支援过程中，比较重视广泛的社会联系。在对口支援西部高校计划中，政府为保证东部高校主动支持西部高校做了许多工作，正是在政府的主导下，东部高校的智力资源才持续不断地涌向西部高校；然而，在这个过程中，政府引导的东部高校与西部高校合作的作用也不容忽视。政府主导的对口支援高校与政府引导的社会力量的共同作用，体现在西部高校借此可以获取各种资源，包括学术资源和知识资源。在此，可以把政府与社会为西部高校提供的资源的总和称为"社会支持网络"，受援高校在这种支持网络中能够拥有东部支援高校所给予的各种支持与保障。主要表现在以下几方面：

1. 西部受援高校与支援高校交流的时间

西部高校比较重视与支援高校的直接联系，所花费工作时间比较多，约占日常工作时间的 1/4～1/3。从调查结果可以看出，全国受援

高校研修班学员认为,在学校日常工作中用于与支援高校交流的时间占87%;全国支援高校研修班学员认为占90.9%;新疆受援高校认为占71.4%;其中,新疆大学用于与支援高校交流的时间高达91.6%;说明支援高校对"对口支援"工作的重视程度。而受援高校与支援高校的交流时间处于一般和比较多的状态所占比重较大。所以,受援高校应主动加强与支援高校的交流(图4-1、图4-2)。当然,调查结果也反映出受援高校对与支援高校交流的期望。

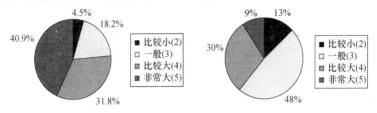

图4-1　全国支援高校(左)与受援高校(右)相互交流的时间

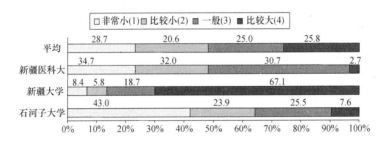

图4-2　新疆高校与支援高校联系的时间

2. 西部受援高校与各类高校联系的频度

通过受援(支援)高校与"985工程"高校、"211工程"高校、省属重点高校、地州学院以及全面对口支援高校和学科援助高校联系的偏好,可以进一步了解西部受援高校与各类高校联系的频度。全国受援高校调查显示西部受援高校与"211工程"高校、省属重点高校和全面对口支援高校联系比较多,分别占73.9%、65.2%、65.2%;新疆高校与"211工程"高校、省属重点高校和全面对口支援高校联系也比较多,分别占69.2%、67.3%和66.3%,与全国受援高校调研结果基本一致。全国支援高校与"985工程"高校和全面对口支援高校联系比较多,分别占86.4%、77.2%。同时,也说明西部高校偏好联系与其地位比较接近的"211工程"高校。从整体平均联系频繁度值来看,与"211

工程"高校联系相对比较频繁,与其他地州学院的联系较少(见图4-3、图4-4)。

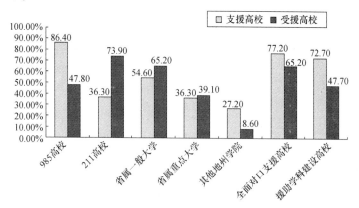

图 4-3　全国支(受)援高校与各类高校联系的频度

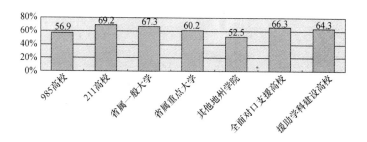

图 4-4　新疆高校与各类高校联系的平均频度

3. 通过支援高校结识的其他院校对受援高校的影响

西部受援高校主要通过支援高校牵线搭桥与其他高校联系而获得教学支持、学科支持、人才培养、科研合作、资源共享、管理帮助和社会声誉等。问卷结果表明,全国受援高校在社会声誉、资源共享方面受到的影响比较突出,分别占60.8%、56.5%,新疆受援高校平均分别占65%、63.6%(见表4-2),其中新疆大学显示以人才培养为主,占85.2%,石河子大学以科研合作为主,占60.3%。说明全国受援高校确实感觉到在社会声誉、资源贡献等方面有较大改变,但各受援高校需要支持的内容略有差异。

表 4-2   通过支援高校结识的其他院校对西部受援高校的影响(%)

	石河子大学	新疆大学	新疆医科大学	全国受援高校
科研合作	60.3	83.9	46.7	52.2
经费支持	41.2	76.8	46.7	34.7
人才培养	56.7	85.2	53.3	52.2
社会名誉	58.8	78.1	49.3	60.8
资源共享	55.8	76.8	48.0	56.5
高校排名	48.5	75.5	41.3	43.4

三、西部受援高校选择支援高校的类型和内容

西部高校受援形式主要有全面对口支援高校支援和学科援助高校支援两种形式,其中全面对口支援高校主要帮助、支持西部高校的学科发展、人才培养和教育管理等,学科援助高校主要针对西部高校学科建设进行协助。调查数据显示,在全面对口支援高校支援形式中受援高校得到支持比较大的主要是"985 工程"高校和"211 工程"高校。在援助学科建设高校支援形式中受援高校得到支持较大的主要是"211 工程"高校。支援高校主要在人才培养、学历提升、交流合作、学术信息等方面对西部高校给予相应支持,全国受援高校调查显示前三位的是管理支持、师资支持和交往支持,比例分别是 91.3%、82.6%和 82.6%,新疆高校调查显示前三位的是人才培养、师资支持和管理支持,比例分别是 76.9%、72.4%和 71.3%。两类调查都说明管理支持和交往支持对西部高校提高教师水平同等重要,西部高校需要支援高校对受援高校发挥管理理念的传播和外部交往的纽带作用。

1. 西部受援高校得到各类高校的支持程度

(1)全面对口支援高校对西部受援高校的支持程度

全国受援高校调查显示,对西部受援高校支持较多的高校主要是"985 工程"高校,而新疆受援高校得到较多支持的高校主要是"211 工程"高校。其中,新疆大学得到各类学校的支持程度普遍在 70%以上,"211 工程"高校和省属重点大学对其支持程度比较大;石河子大学从"211 工程"高校得到的支持程度远远高于从其他高校得到的支持;新疆医科大学得到支持的外部高校主要集中在"211 工程"高校及"985 工程"高校(见表 4-3)。

表 4-3　西部受援高校得到各类高校的支持程度(％)

	石河子大学	新疆大学	新疆医科大学	全国受援高校
"985 工程"高校	45.5	79.4	49.3	52.1
"211 工程"高校	65.5	85.2	54.7	47.7
省属重点大学	42.4	81.9	50.7	30.3

（2）援助学科建设高校对西部受援高校支持的程度

援助学科建设项目最早是由新疆维吾尔自治区人民政府提出,后经教育部批准由东部部分知名大学援助新疆高校与当地经济和社会发展相关联的学科。问卷调查显示,援助学科建设高校大多来自"211工程"高校、省属重点大学及"985 工程"高校,其中"211 工程"高校对西部高校学科建设的支持程度较大(见图 4-5)。

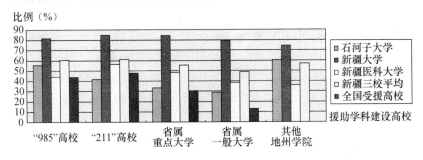

图 4-5　受援高校得到各类援助学科建设高校的支持程度

无论是全面对口支援高校,还是援助学科建设高校,对西部受援高校支持程度较大的学校类型主要是"211 工程"高校,其次是"985 工程"高校。这一结果与前述的西部受援高校与各类高校联系频度的结果相一致。

2. 西部受援高校得到支援高校支持项目类型的程度

从全国受援高校问卷结果图 4-6 中可以看出,各支援高校通常在人才培养、挂职干部(或管理人员)、学术信息、学术交往、师资水平等方面给予受援高校支持程度较大。其中,前三项均为 95.4％,后两项均为 90.9％,而在经济、科研声望等方面的支持程度相对较弱;而受援高校则通过对口支援实施过程中的人才培养、科学研究合作、社会服务合作等项目,在教师队伍建设、人才培养、信息获取等方面得到了提高,加速培养了一批西部高校的学科带头人和青年骨干教师。同时调查显示,挂职干部或管理人员对受援高校有较大的影响,其重要程度支援高校认为达 95.4％,受援高校认为达 91.3％,均处在首要的位置。说明在对口支援过程中支援高校派出的挂职干部处在桥梁的位置,对两校的合作与交流有较大的推动和促进作用。从新疆高校得到支援高校支持项目类型的程度来看(见图 4-7),除在前几位的仍是人才培养、师资水平、挂职干部、学术交往、学术信息外,与全国支援高校和受援高校的结果基本一致。

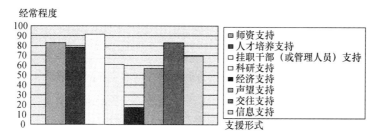

图 4-6　全国支援高校对受援高校支持项目类型的程度

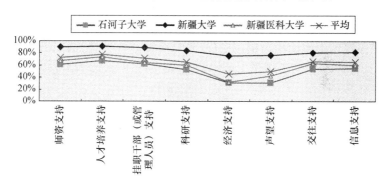

图 4-7　新疆高校得到支援高校支持项目类型的程度

四、支援高校对受援高校师资培养、科研课题、学科发展、实验室建设和学生素质等方面的影响程度

1. 对西部受援高校师资队伍建设的影响

西部高校发展最大的瓶颈就是师资水平较低,特别是高学历层次的博士教师所占比例较低。近几年,通过对口支援西部高校项目,受援高校的师资队伍建设得到了明显改善,学校的师资学历结构发生了明显的变化,获得硕士、博士学位的教师所占的比重显著提高。高职称、高学历教师流入量远远大于流出量,呈现出合理良性的流动趋势。全国受援高校问卷和新疆高校问卷结果表明,受援高校硕士、博士学历教师提高程度都比较大,特别是硕士学位的教师比例明显提升,其中全国受援高校认为高达 91.3%。由于支援高校对受援高校教师学历提升的大力支持,西部高校的教师处于合理流动范围,全国受援高

校认为由于支援高校的原因使师资合理流动的影响比例达 65.2%,特别是新疆大学认可比例高达 84.5%(见表 4-4)。

表 4-4 对口支援西部受援高校对师资队伍建设的影响(%)

	石河子大学	新疆大学	新疆医科大学	全国受援高校
博士所占比例	49.7	87.1	57.3	73.8
硕士所占比例	70.3	89.7	68.0	91.3
师资合理流动	48.5	84.5	48.0	65.2

2. 对西部受援高校科研能力的影响

西部高校科研能力主要表现在承担国家、省级重大或重点课题和学术论文发表的刊物等级等方面。近几年,通过支援高校的大力支持,受援高校教师科研积极性明显高涨,科研能力和水平逐步提高,具体表现在申报国家重大课题并获得审批的课题数目、申报省区课题并获得审批的课题数目以及发表学术论文数等发展指标明显提高。全国受援高校问卷结果表明,支援高校对受援高校教师科研积极性的影响比例达 86.9%、发表论文的影响比例达 82.6%,特别是新疆大学认可比例分别达 91.6%和 89.0%(见表 4-5)。

表 4-5 对口支援西部受援高校对科研的影响程度(%)

	石河子大学	新疆大学	新疆医科大学	全国受援高校
科研积极性	71.8	91.6	72.0	86.9
国家重大课题	58.8	88.4	64.0	56.5
省级课题	58.8	91.0	60.0	65.10
发表论文数	63.6	89.0	56.0	82.6

3. 对西部受援高校学科建设的影响

学科建设是对口支援高校项目的重要内容。西部高校拥有国家级的重点学科、博士硕士学位点数与东部高校相差甚远。特别是特色学科不特、优势学科不优,没能体现地方资源优势和学校传统学科优势。通过对口支援,西部高校学科建设进程明显加快,优势学科和特色学科明显改观。全国受援高校问卷结果表明,支援高校在特色学科、重点学科的比例以及学位点等方面对受援高校都产生了积极影响。全国受援高校在特色学科的发展方面受到的影响较大,达 69.6%。在新疆高校中,石河子大学认为支援高校对其重点学科的发展效果比较明显,达 63.0%;新疆大学认为支援高校对其重点学科比例上升有明显作用,达 89.0%;新疆医科大学认为支援高校的支持主要表现在特色学科的发展上,达 68.0%(见表 4-6)。

表 4-6 对口支援对受援高校学科建设的影响(%)

	石河子大学	新疆大学	新疆医科大学	全国受援高校
特色学科的发展	58.2	88.4	68.0	69.6
重点学科的发展	63.0	89.0	60.0	65.2
普通学科的发展	56.1	85.2	58.7	52.1
重点学科比例	48.2	90.3	53.3	65.2
学位点变化	58.8	88.4	57.3	60.8

五、对口支援对当地经济和社会发展的影响

1. 停止对口支援将对西部高校产生的损失程度

为了了解西部受援高校对"对口支援"教育援助政策的期许和愿望,研究者设计了一道负向选择题,对如果停止对口支援将对西部高校产生的损失程度进行主观判断。问卷调查结果表明,停止"对口支援"政策将会对西部高校的师资培养、课业合作、学科建设、人才培养、教学支持、干部支持、管理帮助、社会关系拓展、社会服务和资源共享等各个方面造成很大的损失。

全国受援高校问卷结果表明,损失较大的前三位是师资培养、人才培养和学科建设,其比例分别是 91.3%、91.3% 和 91.2%,全国支援高校问卷结果也表现在学科建设、人才培养和师资培养上,其比例分别是 100%、95.5% 和 95.4%。对新疆受援高校而言,新疆大学主要集中表现在师资培养、学科建设、科研合作方面,新疆医科大学则主要在人才培养和学科建设方面,除此之外石河子大学则还重点凸显在社会关系拓展方面(见表 4-7)。

表 4-7 停止对口支援对新疆高校带来的损失程度(%)

	石河子大学	新疆大学	新疆医科大学	全国受援高校	全国支援高校
师资培养	75.2	92.9	57.3	91.3	95.4
科研合作	75.5	90.3	57.3	73.9	90.8
学科建设	70.0	91.0	65.3	91.2	100.0
人才培养	66.1	89.0	69.3	91.3	95.5
教学支持	63.3	89.0	54.7	73.9	90.9
干部支持	57.3	89.0	57.3	82.6	90.9
管理帮助	56.7	88.4	46.7	69.5	86.4
社会关系	70.0	84.5	46.7	65.2	86.4
社会服务	54.8	82.6	50.7	60.8	86.3
经费支持	47.6	80.0	40.0	39.1	72.7
资源共享	63.0	86.5	60.0	78.2	69.8

2．对受援高校所在地区经济发展的影响

全国受援高校调查数据显示，受援高校普遍认为对口支援对所在地区经济发展影响比较大或者一般（见图 4-8），可见对口支援工作的开展还仅仅停留在对支援高校的学科建设、师资队伍建设和人才培养情况等方面的影响，对当地经济发展的贡献还有待提高。

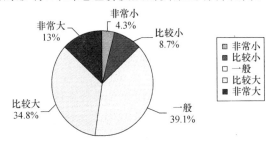

图 4-8　全国受援高校对所在地区经济发展的影响程度

新疆受援高校问卷结果显示，"对口支援"西部高校援助政策的实施，对受援高校所在地区经济发展影响程度不一（见图 4-9），有些高校认可度比较高，有些高校认可度一般。如新疆大学普遍认为比较大，其他高校相对觉得不是很明显，影响程度一般。这也说明必须把对口支援的学科建设和科研合作与当地经济和社会发展有机结合起来。

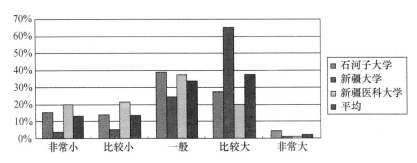

图 4-9　新疆对口支援高校对所在地区经济发展的影响

3．西部受援高校对开展对口支援工作的满意情况

对西部高校对口支援工作的满意度调查显示，受援高校普遍对"对口支援"工作给予肯定，对支援高校的工作表示高度认可。全国受援高校问卷结果反映满意度达 91.3％。对新疆高校调查也显示了同样的结果，特别是新疆大学给予非常好的评价高达 45.2％。虽有部分

高校显示开展情况一般,但总体评价仍有 82.4% 的满意度(见图4-10)。

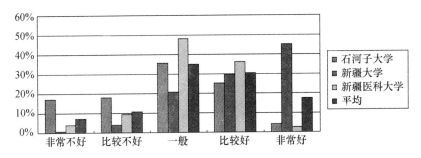

图 4-10　新疆高校对"对口支援"工作的满意情况

第二节　社会资本对西部受援高校发展的绩效分析
——以学校为分析对象

一、数据来源及样本特征

(一) 数据来源

数据采集主要是实施"对口支援"以来,东部支援高校推动和促进西部受援高校直接产生的工作数据,基本反映了对口支援的实际贡献和增量变化。主要数据来源:一是 2001 年至 2008 年教育部高教司对各对口支援高校工作的统计数据。教育部高教司办公室是具体负责对口支援工作的管理部门,为了推动对口支援工作的顺利开展,并及时了解对口支援高校间的工作状态,高教司于 2006 年制定了 17 项对口支援工作统计项目。具体是:受援高校领导去支援高校访问的人次数、支援高校领导去受援高校访问的人次数、支援高校与受援高校签订协议份数、受援高校接受支援高校资金金额、受援高校接受支持高校仪器、设备台数、受援高校接受支持高校图书册数、支援高校到受援高校挂职锻炼人次数、受援高校去支援高校挂职锻炼人次数、支持高校到受援高校举办文化交流报告会(讲座)等总次数、支援高校接受受援高校保送研究生数(包括保送博士生数、本科插班生数)、支援高校接受受援高校进修(访问学者及短期培训)的总人数、支援高校到受援高校任教教师的人次数、共同承担的科学研究项目数、受援高校博士(硕士)点数、受援高校教师队伍中有博士学位的人数、受援高校第一志愿录取学生数和受援高校一次性就业率。二是根据中国教育科研网上由教育部所公布的相关数据,对各支援高校和受援高校的学校属性("985 工程"高校、"211 工程"高校、地方重点高校等)进行标定度量。三是根据中国高校校友网对全国大学排行榜,对各支援高校和受援高校的声望顺序进行标定度量。

(二)样本的基本特征

在本研究中,来自重庆、四川、贵州、云南、西藏、陕西、甘肃、青海、宁夏、新疆、内蒙古、广西等省、市、自治区的样本 31 个,占据了约 86.11% 的西部受援高校的比重,基本满足了西部受援高校的代表性。在援助主体上,支援高校样本所占比例为 79.85%,满足支援高校的代表性。在高校各层次属性上,"985 工程"高校样本 21 个,所占比例为 28.0%;"211 工程"高校样本 25 个,所占比例为 33.33%;省属重点大学样本 16 个,所占比例为 21.33%;省属一般大学样本 13 个,所占比例为 17.34%。具体情况请参见表 4-8。

表 4-8　样本高校的基本特征描述

受援高校地区	数量	%	支援高校地区	数量	%
重庆	2	5.26	北京	11	29.73
四川	1	2.63	上海	4	10.81
贵州	2	5.26	浙江	1	2.70
云南	1	2.63	天津	2	5.40
西藏	6	15.79	江苏	3	8.11
陕西	1	2.63	湖北	3	8.11
甘肃	1	2.63	陕西	1	2.63
青海	2	5.26	其他	10	27.03
宁夏	1	2.63	高校属性		
新疆	12	31.59	"985 工程"高校	21	28.00
内蒙古	1	2.63	"211 工程"高校	25	33.33
广西	1	2.63	省属重点大学	16	21.33
其他	7	18.43	省属一般大学	13	17.34

二、研究设计及思路

(一)研究设计

基本的研究思路是:如果某一种社会资本被证明和西部受援高

校的绩效①在统计检验中显著相关,那么,研究者就认为它对高校的绩效有一定的影响作用。如果两者之间的关系在计量检验结果上没有通过,则认为它们之间的关系不显著。

在本节的研究中,主要应用基于最小二乘法(Ordinary Least Square,OLS)的方法来处理数据和验证假设。基本的回归方程式为

$$Y = A + BX + \mu$$

式中,Y 是西部受援高校行为的绩效指标构成的因变量,X 是社会资本指标构成的自变量,A 是常数项,B 是方程式的标准化回归系数,μ 是随机扰动项。

（二）变量设计

对口支援是国家宏观调控区域实现高等教育协调发展的重要政策,具体由教育部高教司直接组织协调实施,支援对象和支援任务十分明确。由于对口支援高校之间的关系相对固定、长期,援助、合作与协作范围非常广泛,对口支援的内容、形式和层次多种多样,内容涉及人、财、物、知识、技术等,形式包括一对一、多对一、一对多等,层次从"985工程"高校到地州高校。因此,要想完全准确地测量对口支援过程中所产生的社会资本对西部受援高校影响的难度是很大的。但是,为了研究的方便和客观地反映社会资本对"对口支援"所产生的绩效,本研究根据第一章研究设计所提出的问题主要选取以下几个变量来衡量对口支援西部高校的社会资本和绩效水平。即在一定程度上论证社会资本对西部受援高校发展的影响。

1. 自变量

采用外部社会网络(social networking)、社会网络主体(network subject)、社会网络属性(universities properties)、社会网络声望(social prestige)作为社会资本自变量来度量其对受援高校绩效的作用程度。

假设:西部受援高校拥有的社会资本越多,高校的绩效越显著。

（1）外部社会网络

外部社会网络主要用支援高校和受援高校之间的联系多少表示,变量记为 SN。数据度量根据教育部对口支援高校工作统计中西部受援高校领导去支援高校访问的人次数和支援高校领导去受援高校访问的人次数。

---

①　本节所涉及的绩效均指由于对口支援西部高校而产生的增量,包括东部高校设备和图书等物资的捐赠。

（2）社会网络主体

主要以西部受援高校接受的支援高校的个数表示，变量记为 NS。数据度量根据教育部关于对口支援高校所确定的东部支援高校的数量表示。具体分为政府主导的全面对口支援高校和政府引导的学科建设援助高校（西部高校自我联系的合作高校）。

（3）社会网络属性

以西部受援高校和东部支援高校的属性相近程度表示，变量记为 UP。社会网络属性为"985 工程"高校、"211 工程"高校、省属重点高校和省属一般高校。分别划分为 4 个等级，4 表示对口支援高校之间的属性相同，3 表示对口支援高校之间的属性差别为 1 个等级，依此类推。如"985 工程"高校和"211 工程"高校之间相差 1 个等级，属性相近程度为 3。

（4）社会网络声望

以西部受援高校和东部支援高校的社会声望的加权平均作为社会网络声望。各对口支援高校的社会声望采用的是 2008 年中国大学排行榜中的各高校的综合声誉。① 社会声望记为 SP。

2. 因变量

因变量为西部受援高校的绩效。本研究主要采用经济支持、科研支持、师资支持、学术支持、人才培养、情感支持、硕士博士学位点、第一志愿录取率、一次性就业率等指标来衡量。

（1）经济支持

经济支持主要是指在对口支援过程中，支援高校援助西部受援高校的资金、仪器、设备、图书等。变量记为 FS。

（2）科研支持

主要用支援高校和受援高校共同承担的科学研究来表示。变量记为 RS。

（3）师资支持

采用支援高校接受西部受援高校进修、访问学者及短期培训的人次数和支援高校到西部受援高校任教教师的人次数之和的对数值表示。变量记为 TS。

（4）学术支持

以支援高校到西部受援高校举办文化交流报告会、讲座等次数表

① 2008 年中国大学排行榜——中国教育在线［EB/OL］.［2009-02-05］. http://teacher. eol. cn/html/t/top/zonghe. Shtml.

示。变量记为 AS。

（5）人才培养

主要以支援高校接受西部受援高校报送的硕士生、博士生以及本科插班生等人数和的对数值表示。变量记为 PT。

（6）情感支持

采用西部受援高校到支援高校和支援高校到受援高校挂职锻炼的人次数的对数值表示。变量记为 ES。

（7）硕士博士学位点

主要采用西部受援高校的硕士博士学位点建设个数的对数值表示。变量记为 MD。

（8）第一志愿录取率

以西部受援高校第一志愿录取率表示。变量记为 AR。

（9）一次性就业率

以西部受援高校一次性就业率表示。变量记为 ER。

三、结果与讨论

（一）描述统计

表 4-9 提供了上述各变量的描述统计结果。对于自变量，各对口支援高校之间年均联系达到 67 次；各受援高校年均接受支援高校为 1.31 个；对口支援的高校属性之间的相近程度差距较大；对口支援后各受援高校的社会声望平均为 18.06，差距较大。对于因变量，从表 4-9 中可以看出，西部各受援高校年均直接接受支援高校的资金支援为 15.47 万，受援高校接受的资金状况差别较大；各受援高校和支援高校共同承担的课题年均达 3 个，各对口支援高校之间的差别也比较大；受援高校获得的师资支持较多，各受援高校年均达到 149 人，差别较小；各受援高校接受支援高校举办的文化交流报告会、讲座等年均达到 10 次，但各受援高校之间的差别较大；各受援高校送到支援高校的硕士生、博士生以及本科插班生年均达到 55 人，并且各受援高校之间的差距比较小；各受援高校和支援高校之间挂职锻炼的人数年均 10 人，各受援高校之间的差别也较小；各受援高校的硕士博士学位点平均为 102 个，各高校之间的差距较大；各受援高校第一志愿录取率平均为 71.15%，各高校之间的差距较大；一次性就业率为 80%，差距也比较大。从相关系数来看，社会网络和网络主体、社会声望之间的相关

表 4-9　西部受援高校样本变量的 Pearson 相关系数

	LnSN	NS	UP	SP	FS	RS	LnTS	AS	LnPT	LnES	LnMD	AR	ER
平均数(Mean)	4.20	1.31	2.76	18.06	15.47	2.95	4.30	9.70	3.94	2.04	4.62	71.15	80.00
标准差(S.D.)	0.76	0.63	0.83	7.37	17.63	2.34	0.87	7.04	1.03	0.99	1.02	20.18	16.49
外部社会网络(LnSN)	1												
社会网络主体(NS)	0.556*	1											
社会网络属性(UP)	0.202	0.147	1										
社会网络声望(SP)	−0.017	0.296	0.437	1									
经济支持(FS)	0.175	0.304	0.215	−0.277	1								
研究支持(RS)	0.247	0.134	0.331	−0.123	0.202	1							
师资支持(LnTS)	0.534	0.609*	−0.299	0.399	−0.321	0.382	1						
学术支持(AS)	0.576*	0.546	−0.208	0.277	−0.083	0.371	0.772**	1					
人才培养(LnPT)	0.455	−0.060	0.194	−0.148	0.449	0.272	−0.266	0.192	1				
情感支持(LnES)	0.508	0.317	−0.486	0.128	−0.330	0.395	0.709**	0.588*	−0.079	1			
硕士博士点(LnMD)	−0.416	−0.342	0.026	0.430	−0.390	−0.322	−0.384	−0.442	−0.094	−0.294	1		
第一志愿录取率(AR)	0.184	0.258	−0.286	0.394	0.264	−0.477	−0.129	0.218	0.292	−0.383	0.076	1	
一次性就业率(ER)	−0.149	−0.216	0.048	−0.356	0.055	0.188	−0.178	−0.225	−0.131	0.134	−0.107	−0.354	1

注：$P<0.1$；* $P<0.05$(2-tailed)；** $P<0.01$(2-tailed)。

性较大,师资支持、学术支持和情感支持之间的相关性较大。一方面这几个变量不宜共同引入方程,另一方面也大致反映出社会网络、网络主体和社会声望之间存在正相关关系;社会网络和网络主体可能对师资、学术及情感的影响比较明显,这还有待于在后面的实证分析中进一步证明。

（二）外部社会网络对西部受援高校的绩效分析

本节从外部社会网络的角度研究实施对口支援过程中受援高校的绩效情况。一般来说,高校之间的联系主要表现在经济、科研、师资、学术、人才培养和情感交流方面。因此,本节选取经济支持、科研支持、师资支持、学术支持、人才培养和情感支持作为因变量来表示受援高校的绩效。依据外部社会网络越广泛则受援高校绩效越大的假设,检验外部社会网络对受援高校绩效的影响和作用。

表 4-10　外部社会网络与受援高校的绩效：OLS 分析

		Cons （T 统计量）	外部社会网络 （LnSN）（T 统计量）	拟合优度 R^2	方程检验 F
(1)	经济支持 （FS）	−1.657 （−0.056）	0.175 （0.589）	0.031	0.347
(2)	研究支持 （RS）	−0.269 （−0.070）	0.247 （0.846）	0.061	0.716
(3)	师资支持 （LnTS）	1.711 （1.361）	0.534 （2.092）	0.285	4.377
(4)	学术支持 （AS）	−12.814 （−1.310）	0.576 （2.336）	0.332	5.458
(5)	人才培养 （LnPT）	1.317 （0.842）	0.455 （1.695）	0.207	2.872
(6)	情感支持 （LnES）	−0.735 （−0.510）	0.508 （1.955）	0.258	3.823

注：1. $P<0.1$(2-tailed)；2.（）的数值为相应变量回归系数的 T 统计量。

由表 4-10 可以看出,在模型（4）中,方程 LnSN 变量的回归系数为 0.576,且在统计上是显著的,模型的 F 值也非常显著,表明模型的整体拟合效果较好。说明外部社会网络对受援高校的学术支持效果较好。增加对口支援高校间的联系可以提高西部受援高校的学术水平。

在模型（3）、（6）中,变量的回归系数分别为 0.534、0.508,且在统计上和模型的 F 值上也是显著的,模型的拟合效果比较好。说明外部社会网络对西部受援高校的师资支持和情感支持方面作出了一定的贡献。增加对口支援高校之间的联系可以提高西部受援高校的师资质量。

由于模型(1)、(2)、(5)的整体效果不显著,研究者无法得知对口支援高校之间的联系对受援高校的经费、科研和学生质量存在怎样的影响。

通过对西部受援高校统计数据作 Likert 分析,以 5 分制为标准。从表 4-11 中可以看出,外部社会网络对西部高校的项目支持中,情感支持、师资支持、人才培养、学术支持的效果比较明显。其中情感支持、师资支持、学术支持与计量分析的结果相一致。而人才培养在计量分析中的效果不显著,这可能是在数据统计中存在部分误差造成的。

表 4-11　西部受援高校社会网络支持项目的 Likert 计分表

经济支持	科研支持	师资支持	人才培养	学术支持	情感支持
1.83	2.96	3.61	3.48	3.35	3.78

通过本节的研究发现在对口支援的过程中外部社会网络作为社会资本的一个表现因素对受援高校在学术、师资、情感和人才培养方面的贡献比较大,比较符合 2007 年教育部、财政部联合下发的《关于实施高校本科教学质量与教学改革工程的意见》(教高[2007]1 号)和教育部高教司印发的《关于上报"质量工程"2007 年对口支援工作有关事宜的通知》(教高司函[2007]27 号)中倡导的重点资助受援高校教师到支援高校进行进修提高,资助一批受援高校教学管理干部到对口支援高校学习锻炼、交流管理经验的目标。

(三) 社会网络主体对西部受援高校的绩效分析

本节主要从社会资本的另一因素——社会网络主体——的角度来研究实施对口支援过程中受援高校的绩效情况。一般认为,支援高校主体的多少可能会对受援高校的经济、科研、师资、学术、人才培养、情感交流和硕士博士学位点的建设等方面产生影响。因此,本节选取经济支持、科研支持、师资支持、学术支持、人才培养、情感支持和硕士博士学位点作为因变量来表示受援高校的绩效情况。本研究依据社会网络主体越多,则西部受援高校绩效越大的假设,检验社会网络主体的多少对西部受援高校绩效的影响作用及程度。结果如表 4-12。

表 4-12　社会网络主体与受援高校的绩效：OLS 分析

		Cons（T 统计量）	外部社会网络（LnSN）（T 统计量）	拟合优度 R^2	方程检验 F
(7)	经济支持（FS）	4.368（0.377）	0.304（1.057）	0.092	1.117
(8)	研究支持（RS）	2.297（1.438）	0.134（0.447）	0.018	0.200
(9)	师资支持（LnTS）	3.197（6.695）	0.845（2.549）	0.371	6.497
(10)	学术支持（AS）	1.740（0.842）	0.549（2.160）	0.298	4.664
(11)	人才培养（LnPT）	4.060（5.709）	−0.060（−0.199）	0.004	0.04
(12)	情感支持（LnES）	1.397（2.170）	0.317（1.109）	0.101	1.229
(13)	硕士博士学位点（LnMD）	5.317（7.985）	−0.328（−1.151）	0.108	1.326

注：1. $P<0.1$(2-tailed)；2. （ ）的数值为相应变量回归系数的 T 统计量。

由表 4-12 可以看出，在模型(9)中，变量的回归系数为 0.845，且在统计上是显著的，模型的 F 值也非常显著，表明模型的整体拟合效果较好。说明网络主体对西部受援高校的师资质量影响效果较好，增加支援高校的数量可以提高西部受援高校的师资水平。

在模型(10)中，变量的回归系数为 0.549，且在统计上和模型的 F 值上也是显著的，模型的拟合效果比较好。说明社会网络主体对西部受援高校的学术水平提高作出了一定的贡献，增加对口支援高校的数量可以提高西部受援高校的学术水平。

由于模型(7)、(8)、(11)、(12)、(13)的整体效果不显著，研究者无法得知对口支援高校的数量对受援高校的经费、科研、学生质量、情感交流和硕士博士学位点的建设存在怎样的影响。

通过对西部受援高校统计数据的分析，从表 4-13 中可以看出，社会网络主体的多少对西部受援高校的经济支持、师资支持方面的作用还是比较明显的。在计量分析中得出社会网络主体对受援高校经济支持的判断呈不显著关系，可能是因为在统计测算中，对经济支持中的经费、设备和仪器等在单位统一和测算过程中存在误差等原因造成的。

通过本节的分析研究者发现在对口支援的过程中社会网络主体作为社会资本的一个表现因素对受援高校的师资、学术和经济方面的贡献比较大。增加支援高校的数量可以提高受援高校经费、师资和学术水平。目前,对口支援已由最初的一个东部高水平大学对口支援一所西部高校向多个东部高水平大学对口支援一所西部高校的形式发展,与教育部提出的"通过对口支援建设数字化教室,提高西部受援高校的基础条件以及进一步提高西部高校的师资水平,保证对口支援的质量"相符合。

表 4-13　西部受援高校社会网络主体的支持项目分析

社会网络主体	经济支持	学术支持	人才培养	师资支持	科研支持	情感支持	硕士博士学位点
1	1.13	5.43	4.86	55.43	0.42	7.71	167
1	1.08	9.43	55.146	152.57	5.14	13.42	163
1	7.53	8.29	89	54.28	3.42	5.14	34
1	60	2.29	299.57	10.42	1.57	0.85	137
1	1.23	2.71	21	60.71	0.71	2.28	330
1	5.86	17.14	63.71	91.42	1.85	7.85	58
3	33.87	14.14	17.14	243.28	2.71	7.71	29
1	28.43	3	46.71	43.28	7.57	6.57	189
1	4.31	3	78.57	27.14	0.43	10.28	433
1	1.34	10.71	42.57	80.57	1.57	4.57	178
1	23.91	10.43	42.57	112.42	4.14	28.14	12
2	17.18	26.86	148.71	247.71	6.714	25.42	76
2	17.45	12.72	96.71	114	2	25	132

注:硕士博士学位点数为1个博士点折算3个硕士点加权所得。

(四) 社会网络属性对西部受援高校的绩效分析

本节主要从社会网络属性的角度来研究高校实施对口支援过程中西部受援高校的绩效情况。一般认为,社会网络属性的接近程度可能对西部受援高校的学术、情感交流和硕士博士学位点的建设产生影响。因此,本节选取学术支持、情感支持和硕士博士学位点建设作为因变量来表示西部受援高校的绩效。依据社会网络属性越接近,西部受援高校绩效越大的假设,检验社会网络属性的接近程度对西部受援高校绩效的影响作用及程度。计量结果如表4-14所示。

表 4-14　社会网络属性与受援高校的绩效：OLS 分析

		Cons （T 统计量）	社会网络属性 （UP）（T 统计量）	拟合优度 R^2	方程检验 F
（14）	学术支持 （AS）	6.381 （0.877）	0.142 （0.475）	0.020	0.226
（15）	情感支持 （LnES）	0.285 （0.329）	0.537 （2.110）	0.288	4.415
（16）	硕士博士学位 点（LnMD）	4.614 （4.319）	0.002 （0.008）	0.000	0.000

注：1. $P<0.1$(2-tailed)；2.（　）的数值为相应变量回归系数的 T 统计量。

由表 4-14 可以看出，在模型（15）中，变量的回归系数为 0.537，且在统计上是显著的，模型的 F 值也非常显著，表明模型的整体拟合效果较好。说明支援高校和受援高校属性的接近程度对西部受援高校的情感支持效果较好。

由于模型（14）和（16）的整体效果不显著，研究者无法得知对口支援高校间的社会网络属性接近程度对西部受援高校的学术和硕士博士学位点的建设存在怎样的影响。

研究发现，在对口支援的过程中社会网络属性的接近程度对高校情感交流方面的贡献比较大。即支援高校与受援高校之间的社会网络属性越接近，双方之间的情感交流越多，西部受援高校获得的情感支持效率就越高。

（五）社会网络声望对西部受援高校的绩效分析

本节主要从社会网络声望的角度来研究高校实施对口支援过程中受援高校的绩效情况。一般认为，支援高校的社会网络声望可能对受援高校的第一志愿录取率、一次性就业率和硕士博士学位点的建设产生影响。因此，本节选取第一志愿录取率、一次性就业率和硕士博士学位点作为因变量来表示受援高校的绩效。依据对口支援高校社会网络声望越高，西部受援高校绩效越大的假设，检验社会网络声望的高低对西部受援高校绩效的影响作用及程度。计量结果如表 4-15 所示。

表 4-15　社会网络声望与受援高校的绩效：OLS 分析

		Cons （T 统计量）	社会网络属性 （SP）（T 统计量）	拟合优度 R^2	方程检验 F
（17）	第一志愿 录取率（AR）	3.423 （4.105）	0.416 （1.518）	0.173	2.303
（18）	一次性 就业率（ER）	93.083 （7.515）	−0.324 （−1.134）	0.105	1.287
（19）	硕士博士 学位点（LnMD）	3.160 （4.789）	0.081 （2.380）	0.340	5.662

注：1. $P < 0.1$（2-tailed）；2. （）的数值为相应变量回归系数的 T 统计量。

由表 4-15 可以看出，在模型（19）中，变量的回归系数为 0.081，且在统计上是显著的，模型的 F 值也非常显著，表明模型的整体拟合效果较好。说明支援高校的社会网络声望对西部受援高校硕士博士学位点建设的支持效果较好。

由于模型（17）和（18）的整体效果不显著，研究者无法得知支援高校的社会网络声望对受援高校的第一志愿录取率和一次性就业率存在怎样的影响。

研究发现，在对口支援的过程中支援高校的社会网络声望越高，对受援高校硕士博士学位点建设方面的贡献越大。即对口支援的实施，提高了西部高校的社会网络声望，为西部受援高校学科的发展建设提供了有利的条件。支援高校的社会网络声望越大，对西部受援高校学科建设的支持效率就越大。

四、结论

综合上述的计量和对比分析，研究者发现在对口支援的实施过程中，社会资本对西部受援高校的学术支持、师资支持、情感支持、经济支持、人才培养和硕士博士学位点的建设方面的作用比较显著。尤其是对西部受援高校的学术支持和师资支持的贡献较大，对少数西部受援高校的第一志愿录取率提高有一定的促进作用。具体表现在：

第一，通过对西部高校实施对口支援的政策，提高了西部受援高校的师资水平和人才培养水平，增加了西部受援高校的学术交流活动和高校之间的人才交流，并且加强了西部受援高校的硕士学位点和博士学位点的建设。

第二，对口支援高校之间的联系越紧密，西部受援高校的师资水平提高越快，学术交流活动和人才培养的效果越好。

第三,在对口支援政策实施的过程中,支援主体越多,西部受援高校的师资水平提高越快,学术交流活动的效果越好,对西部高校的经济投入也越多。

第四,对口支援高校之间的社会网络属性越接近,支援高校和受援高校之间挂职锻炼的人数就越多。

第五,对口支援高校的社会网络声望越高,西部受援高校的硕士学位点和博士学位点的发展建设就越迅速。

第三节 社会网络对西部受援高校成长的关系分析
——以个体为调查对象

一、西部受援高校社会网络的主要体系和内容

国内外学者从不同的角度出发对社会网络进行了深入的研究,并得出了社会网络的不同定义。张其仔提出社会网络即关系网络,将其定义为社会资本,其不同于文化资本、经济资本。同时他还认为,社会网络是一种多线的结合关系,所具有的明显特征就是交易双方共享多种利益。这种关系的范围包括:朋友或邻居关系、封闭式法人社区、保护者和随从者的关系等等。[①] 而密瑟尔(Mithell)将社会网络界定为"某一群体中个人之间特定的联系关系"。[②] 社会网络中的点不一定限于个人,也可以是组织或群体。社会网络中连接个体之间的关系也是多种多样的,既可以是朋友、亲戚、同事,也可以是其他交流渠道。本书的社会网络特指西部受援高校的社会网络。由于对口支援高校包括支援高校和受援高校,考虑到对口支援高校中的受援高校大多为西部欠发达地区的高校,支援高校一般为发达地区的重点高校,西部受援高校与支援高校的关系又密不可分,除了西部受援高校自有资源以外,西部受援高校的社会网络对自身的发展起着主导性作用。

西部受援高校由于资源有限,在发展时期和后续成长时期都需要其社会网络的支持,以获取自身发展所需的资源。按照西部受援高校

---

① 张其仔.社会主义资本论——社会资本与经济增长[M].北京:社会文献出版社,2002:27-30.

② Mithell, J. Clyde. 1969. The concept and use of social net work, in Social Network in Urban Situations[M]. edited by J. C. Mithell. Manchester, Eng: Manchester University Press.

社会网络的内容和建立的基础不同,可以将其分为"情感主导网络"和"工具主导网络"两大体系。情感主导网络主要指的是对口支援高校间的互助关系、双赢关系、同事关系等。其特点是对受援高校的感情因素考虑较多,而利益因素考虑较少,其关系建立在双方"互助、双赢"的基础之上,有长期的感情交流基础,信用程度高,无需支援高校进行大量的关系投资。

除了情感主导网络外,工具主导网络对受援高校成长的资源支持也非常重要。工具主导网络主要指的是双方在教学与科研往来中建立的交往关系,包括师资培养、干部支持、科研合作等。其特点是对受援高校利益因素考虑大于感情因素考虑,其与受援高校维系关系的前提是继续维持这种关系对其有利,一旦这种利益失去,这种关系可能会受损。本研究结合高校的工具主导网络关系和情感主导网络关系,设计了调查问卷。

二、西部受援高校所能获取的资源类型

石秀印认为,企业家通过社会网络获取的资源主要包括四个方面:第一,政府行政与法律资源,如获准注册登记和生产许可;第二,生产与经营资源,包括各项生产要素和营销渠道等;第三,管理与经营资源,包括管理方式、管理策略、经营战略等;第四,精神与文化资源,包括企业家精神与理念,成就感与责任心等。[①] 本书在这种分法的基础上,将高校通过社会网络获取的资源概括为以下几个方面:第一,人力资源,包括援疆教师、挂职干部、来受援高校进行讲座或参加论坛的教师、插班生等;第二,学术资源,包括高校的科研合作、学科建设、共享资源等;第三,管理资源,包括支援高校来受援高校的干部、挂职干部等带给受援高校的管理理念。结合受援高校发展的具体情况,受援高校通过其社会关系网络所能获取的资源主要有三种:人力资源、学术资源和管理资源。

一般来说,高校的对口支援关系是其获取人力资源的主要渠道。如通过对口支援关系,受援高校与支援高校间可以建立各种合作关系,借助支援高校的声誉影响,受援高校可以吸引更多优秀的师资和学生。

学术资源指的是受援高校从支援高校获得的学科信息、会议信

---

① 石秀印.中国企业家成功的社会网络基础[J].管理世界,1998(6):187-196.

息、研究信息以及图书资料、优质课程等促进教学和科研的资源。支援高校是受援高校发展和成长所需学术资源的重要来源。在本研究对受援高校的访谈中,亦发现相当比例的受援高校强调了支援高校对其学术信息的支持作用。

管理资源指的是受援高校与支援高校的管理部门之间的联系,特别是行政管理部门,如教务处、人事处、研究生处、学生处等管理机构之间建立的关系资源,包括支援高校来受援高校的干部、挂职干部等带给受援高校的管理理念。本调查揭示了这种社会网络的存在。据受援高校的调查结果显示,在参与或者接触过对口支援工作的校院领导、职能部门的相关工作人员、普通教师、学术带头人、骨干教师和一般管理人员等调查对象中,院校领导干部占 14.4%,一般管理人员占34.8%。这说明受援高校在建立社会关系网络时,比较看重与支援高校管理部门的关系,高校所拥有的管理资本越多,高校发展或成长的机会就越大。

三、研究框架和研究方法

(一)研究框架

在对口支援过程中,西部高校的发展必须依靠坚实的经费支持(物资资源)和优秀的师资队伍(人力资源),这些是学校持续发展的重要基础。按照哈克森(Hakansson)和约翰逊(Johanson)提出的网络模型[1],高校的成长与企业一样,也需要一定的资源。由于单个高校一般不可能拥有从事人才培养、科学研究和社会服务活动所需要的全部资源,因此高校之间互相交换其所拥有的资源,从而逐渐形成高校自己的社会网络支持关系,进而达到共同发展相互促进的目的。根据 Uzzi 的观点[2],企业的资源不足可以通过社会网络来弥补,同理西部受援高校的资源不足也可以通过支援高校的社会网络来弥补。社会网络越广的企业主从其所拥有的社会关系中所能得到的资源越多[3],而高校

---

① Hakansson, H., J. Johanson. Formal and informal cooperation strategies in international industrial net works, in Cooperative Strategies in International Business[M]. Ed. F. J. Contractor and P. Lorange. Boston. Mass: Lexington Books,1988.

② Uzzi, B. Social structure and competition in inter-firm net works: the paradox of embeddedness[J]. American Sociological Review,1997(1):74-698.

③ Greve, A. Networks and entrepreneurship: an analysis of socialrelations,occupational background, and use of contracts during the establishment Process[J]. Scandinavian Journal of Management,1995(2):1-24.

社会网络资源的增加也会增加其成长所需的各种资源。社会网络越广的企业主其所拥有的企业的成长性越好[①],因此,社会网络广的受援高校其所拥有的高校的成长性也就越好。本书将高校的成长绩效主要定位在以下三方面,即高校的师资学历、获得并通过审批的课题数、学位点的数量。

基于以上推论与界定,本研究建立以下研究框架,主要研究三个问题:

① 在社会网络与资源获取之间存在着正向关系吗?

② 在资源获取与成长绩效之间存在着正向关系吗?

③ 社会网络、资源获取、成长绩效三者之间的内部关联。

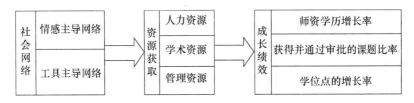

图 4-11　社会网络对西部受援高校成长关系研究框架

本书所提出的由"社会网络"、"资源获取"与"成长绩效"之间关系模型得出的一个关键问题是"资源获取"变量中介效应的成立。按照温忠麟等人[②]的总结,传统的检验变量中介效应的做法是依次检验回归系数。据此,当如下假设成立时,就可认为"资源获取"变量中介效应显著:

假设1:当仅考察"社会网络"对"成长绩效"的影响效果时,回归系数为显著,表明"社会网络"与"成长绩效"成正相关;

假设2:就变量影响路径中的单链条环节而言,"社会网络"对"资源获取"的回归系数显著,且"资源获取"对"成长绩效"的回归系数显著,表明"社会网络"对"资源获取"、"资源获取"对"成长绩效"也成正相关;

假设3:当考察"社会网络"、"资源获取"对"成长绩效"的全部影响效果时,"社会网络"的回归系数不显著,表明"资源获取"的回归系

① 李路路.私营企业主的个人背景与企业"成功"[J].中国社会科学,1997(2):134-146.

② 温忠麟,等.中介效应检验程序及其应用[J].心理学报,2004(5):614-620.

数为显著。

（二）研究方法

1. 研究工具

本书所设计的调查问卷采用通用的 likert5 级量表,调查问卷中所有的数据统计采用 SPSS17.0 处理。

2. 数据采集

本研究采用的具体的抽样策略是典型案例抽样方法。"典型案例抽样"选择的是研究现象中那些具有一定"代表性"的案例。布迪厄曾说:"如果你按照方法论教科书所规定的教条,做一个随机抽样,就会肢解了你想要去建构的对象。比如说,在研究司法场域时,你没有抽选最高法院的大法官,或者在考察 50 年代法官知识场域时你漏掉了萨特,或者在研究美国学术界时,你忽略了普林斯顿大学。但只要这些人物类型或制度结构还在独当一面,占据着一个举足轻重的位置,你的场域就是个残缺不全的场域。某种场域或许有不少位置,但它却允许一个位置的占据控制整个结构。"①本研究的调研地区和范围选择主要为新疆地区,通过问卷调查和访谈调查收集样本数据。选择新疆地区为调研地区的考虑有三:一是新疆地区的地域性,新疆地处中国的偏远地区,是研究受援高校问题的绝佳基地;二是新疆的受援高校大多为高等教育较薄弱的高校,最能反映社会网络对高校资源获取及高校成长绩效的影响关系;三是新疆受援高校的共同性很强,均呈现出明显的高校集群特征,即绝大部分集中在北疆的大城市,如乌鲁木齐、石河子等,对它们的研究能有效地发现社会网络对资源获取及高校成长绩效的影响作用。

本研究参照国际和国内标准,结合西部高校发展情况,将受援高校的调查范围锁定在石河子大学、新疆大学、新疆医科大学及全国部分受援高校。为了保证质量,问卷调查以上门走访的方式进行,调查对象为受援高校的校领导、职能部门领导、院领导、学术带头人、普通教师、一般管理人员等。主要调查了新疆 3 个受援高校对口受援办公室的重要成员,并对相关学校发放问卷 880 份,回收问卷 655 份,其中有效问卷 583 份。样本分布情况如表 4-16 所示。

---

① 陈向明.质的研究方法与社会科学研究[M].北京:教育科学出版社,2000:104.

表 4-16　新疆部分受援高校样本分布情况表

项　目	分　类	样本数量(个)及百分比(%)			
		石河子大学	新疆大学	新疆医科大学	其他受援高校
性别结构	男性	194/58.8	82/52.9	40/53.3	21/91.3
	女性	136/41.2	73/47.1	35/46.7	2/8.7
年龄结构	30 岁以下	141/42.7	107/69.0	28/37.3	2/8.7
	30—40 岁	123/37.3	30/19.4	19/25.3	9/39.1
	41—50 岁	51/15.5	15/9.7	20/26.7	10/43.5
	50 岁以上	14/4.2	3/1.9	8/10.7	2/8.7
职务结构	校领导	3/0.9	2/1.3	0/0	2/8.7
	部门领导	7/2.1	12/7.7	10/13.3	17/73.9
	院领导	23/7.0	4/2.6	4/5.3	0/0
	学术带头人	10/3.0	2/1.3	1/1.3	0/0
	普通教师	233/70.6	36/23.2	11/14.7	0/0
	管理人员	53/16.1	99/63.9	49/65.3	2/8.7
现职年限	1 年及以下	41/12.4	9/5.8	9/12.0	5/21.7
	2—5 年	154/46.7	114/73.5	30/40.0	12/52.2
	6—10 年	61/18.5	18/11.6	16/21.3	5/21.7
	11 年以上	74/22.4	14/9.0	20/26.7	1/4.3
学历结构	本科	95/28.8	15/9.7	30/40.0	9/39.1
	硕士	189/57.3	126/81.3	34/45.3	12/52.2
	博士	43/13.0	13/8.4	4/5.3	2/8.7
	其他	3/0.9	1/0.6	6/8.0	0/0
职称结构	教授	30/9.1	4/2.6	4/5.3	6/26.1
	副教授	89/27.0	12/7.7	18/24.1	11/47.8
	讲师	162/49.1	115/74.2	34/45.3	4/17.4
	助教	49/14.8	24/15.5	19/25.3	2/8.7

注:"/"上为样本个数,"/"下为样本个数所占比例。

3. 数据及其对应问卷的题项

本研究主要检验受援高校通过社会网络关系获得的人力资源、学术资源、管理资源,以及这三种资源对受援高校成长绩效的影响。其中必须说明的是这三种资源及高校成长绩效的数据在问卷中是如何体现的。

人力资源的数据主要是调查对象对"您所在院系(校)经常得到支援高校的师资支持"题项的回答数据,学术资源的数据主要是调查对象对"您所在院系(校)经常得到支援高校的科研支持"题项的回答数据,管理资源的数据主要是调查对象对"您所在院系(校)经常得到支援高校的挂职干部(或管理人员)支持"题项的回答数据。

成长绩效则主要用到了"通过对口支援之后,您所在院系(校)师资队伍情况,硕士学历比重"的变化情况、"通过对口支援之后,您所在院系(校)科研情况,省级(自治区)课题数"、"通过对口支援之后,您所在院系(校)学位点变化的情况"等题项的回答数据。

4. 测量方法

本节主要从关系强度和关系重要性两个维度对受援高校的社会网络进行测量。但同时将社会网络分为情感主导网络和工具主导网络两套体系进行,测量方法均一样。其测量方法如下:

(1)关系强度指的是受援高校社会关系的可靠性和紧密性。该维度基于被调查者的主观判断,采用 likert5 级量表进行回答。本研究在调查问卷中详细地列出了该网络体系内受援高校可能存在的社会关系,要求被调查者逐一判断这些关系的强弱性。如存在某一社会关系,且该关系被判断为最强,则赋值为 5,最弱则赋值为 1,中间程度依次类推;若不存在某一关系,则赋值为零。

(2)关系重要性指的是受援高校社会关系对受援高校成长的意义大小。不同的社会关系,对于受援高校成长的作用和意义也会不同,因此需要对这些社会关系赋予不同的分值。关系重要性分值的判断由被调查者对该网络体系内所有关系项目的排序打分算出。在问卷题项设计时,为限制研究范围,对于对口支援关系,则以直接关系为主;至于高校自身与其他非支援高校结交的其他间接社会关系,则归之为自身的社会网络关系。由于本研究意在研究社会网络对于资源获取及成长绩效的支持强弱关系,没有直接对受援高校自身社会网络关系进行测量,而是采取了受援高校判断打分的方法。对于受援高校成长而言,由于受援高校自身资源有限,高校资源对高校成长的意义往往并不体现在存量的多少,而体现在对高校成长的促进作用和填补"木桶短板"的作用上。因此,本研究要求受援高校就学术资源、人力资源和管理资源对高校成长的重要程度进行打分(1～5),如未获得过某类资源,则赋值为零。

在成长绩效的测量上,本节采用了三个指标:西部受援高校从建立关系的初期到目前的师资学历增长率、获得并通过审批的课题比率、学位点的增长率的影响程度。经计算 Cronbachpsα 为 0.79，大于通常标准 0.7，说明成长绩效的测量具有相当高的信度。为了得到成长绩效的综合得分，本研究对这三个测量指标进行了因子分析，结果得到了一个因子，解释的总变异量为 67.7%，本研究以因子负载为权重对三个指标值进行了加权求和，以和值作为成长绩效的综合得分。

四、结果与讨论

为了反映西部受援高校"社会网络"对其"资源获取"和"成长绩效"的关系，本研究除了分析"社会网络"的两个维度——"关系强度"和"关系重要性"——的影响效果外，还引入了这两个维度变量的乘积作为对其共同影响的测度，以全面衡量变量影响的效果。统计处理的详细结果如表 4-17 所示。表中的数值是用 SPSS17.0 软件中的回归模型得出的。其中，常量值是指西部受援高校自身获取资源的程度以及受援高校成长绩效的影响。表中的常量值说明，西部受援高校的成长不仅受到社会网络等外部因素的影响，也受到高校内部某些因素的影响。如果没有对口支援机制，西部受援高校在未获得对口支援社会网络时，受援高校仍然处于一种成长状态，只是成长的速度相对而言比较缓慢而已。即西部受援高校在未获得社会网络的情况下，其自身在人力资源、学术资源和管理资源等资源的获取方面也会发生相应变化，并在师资学历增长率、课题申报审批的通过率、学位点的增长率等方面也会取得一定的绩效。

在三种资源的获取上，人力资源的常量值最大为 0.818，而学术资源的常量值最小为 0.326，说明受援高校自身获取学术资源的能力小于人力资源。在成长绩效模型中，模型 3 的常量值最大为 1.151，说明学术资源对受援高校成长绩效的影响最大。模型 4 的常量值最小为 0.391，表明受援高校自身获得的管理资源对其成长绩效的影响最小。从分析结果的模型 2 可以发现，假设 1 成立；从分析结果的模型 1 和模型 3 可以发现，假设 2 大体成立；从分析结果的模型 4 可以发现，假设 3 成立。因此，基本可以认定，"资源获取"变量的中介效应显著。

表 4-17　变量之间的回归效应和中介效应检验

自变量	因变量					
	模型 1：获取资源			模型 2：	模型 3：	模型 4：
	人力资源	学术资源	管理资源	成长绩效	成长绩效	成长绩效
常量	0.818	0.326	0.779	1.135	1.151	0.391
社会网络：						
情感主导网络						
关系强度（信息支持）	0.236***	0.229**	0.011	0.206***		0.043
关系重要性（声望支持）	0.074***	0.164**	0.064*	0.032***		0.011**
关系强度×关系重要性（交往支持）	0.194***	0.175**	0.293*	0.118**		0.069**
工具主导网络						
关系强度（师资培养）	0.168***	0.060**	0.111	0.095**		0.096*
关系重要性（师资流动）	0.146***	0.222**	0.229*	0.096**		0.182**
关系强度×关系重要性（科研合作）	0.005**	0.149***	0.092	0.130		0.085**
资源获取：						
人力资源					0.371***	0.175***
学术资源					0.076***	0.042***
管理资源					0.183*	0.143**
F	17.15***	83.27**	44.62	35.56**	98.10***	41.94**

注：$n = 583$，* $p < 0.01$，** $p < 0.05$，*** $p < 0.001$。

统计分析结果表明，社会网络与资源获取呈正相关关系，不管是人力资源、学术资源还是管理资源，社会网络对其影响的回归系数都为正，且统计显著。从回归系数的大小可以看出，在影响强度上，情感主导网络对人力资源获取的影响强于工具主导网络；而工具主导网络对学术资源获取的影响强于情感主导网络。这说明在西部受援高校的获取资源中，支援高校是学术资源的重要来源渠道，而"对口支援"关系是人力资源的主要来源渠道。研究还发现，无论是情感主导网络还是工具主导网络，对管理资源获取的影响都偏弱，而且统计不显著。这与对口支援的实际状况也是吻合的，因为管理资源的获取主要受限于对口支援高校间干部任职数量，而管理资源对人力资源和学术资源的获取起推动作用则是毫无疑问的，它间接地反映在人力资源和学术资源的成长绩效上，况且管理理念的传承、转移、消化、吸收是一个长期的过程，不可能短期见效。

资源获取与成长绩效之间的关系同样得到了验证，所有的回归系数都为正，且多为显著，表明资源获取确实与高校成长绩效存在着正相关。从统计结果还发现，对成长绩效的影响强度排序为：人力资源大于学术资源，而学术资源又大于管理资源，管理资源对成长绩效的影响微弱。这与预先的假设：管理资源对受援高校成长有着重要影响的结论不符。这可能与支援高校在受援高校的挂职管理干部的工作业绩相关。调查中还发现，虽然管理资源并不是受援高校成长的关键因素，但是这种管理资源如果发挥了实际作用的话，那将对受援高校的发展产生积极的意义。

本研究的分析结果支持了在西部受援高校的社会网络、资源获取与高校成长绩效之间存在着递进式的正向关系的假设。即高校的社会网络越大，西部受援高校从外部获取高校成长所需资源的可能性就越大；西部受援高校越有可能从外部获取成长所需的资源，则其成长的绩效就越好。但是，本研究没有发现社会网络与管理资源获取之间存在显著的关系。另外，本研究还发现，在西部受援高校通过其社会网络从外部获取的资源中，人力资源是受援高校成长最为关键的资源。此外，管理资源的影响大小也可以通过人力资源和学术资源来衡量。这一发现的指导意义在于国家应该有意识地对"对口支援"干部管理工作进行绩效评估，尽量增加支援干部管理部门对高校的管理帮助，督促管理帮助的有效进行，促进受援高校健康、和谐地发展。此外，高校在管理上应该注重"对口支援"关系的维持，大力从支援高校引进人力资源，推动西部受援高校健康持续跨越发展。

小　　结

由于社会资本测量的复杂性，如何科学、合理地界定社会资本对西部高校发展的影响是一个极其艰难的问题。本章通过社会网络对西部受援高校影响的基本分析、社会资本对西部受援高校发展的绩效分析和社会网络对西部受援高校成长的关系分析表明：由于对口支援西部高校计划的实施，西部高校确实取得了明显的成长绩效。

第一，西部受援高校比较重视与东部支援高校的联系，特别是具有高水平的"985 工程"高校和"211 工程"高校。西部受援高校主要通过支援高校牵线搭桥与其他高校联系,从而获得教学支持、学科支持、人才培养、科研合作、资源共享、管理帮助和社会声誉等。第二,社会网络对受援高校在学术支持、师资支持和情感支持方面作出了一定的贡献,特别是支援高校的社会网络声望对西部受援高校硕士博士学位点建设的支持效果较好,增加对口支援高校间的联系可以提高西部受援高校的学术水平和师资质量。第三,在西部受援高校获取的资源中,支援高校是学术资源的重要来源渠道,而"对口支援"关系是人力资源的主要来源渠道。西部高校的社会网络越强,其从外部获取高校成长所需资源的可能性就越大。为此,提出以下讨论建议:

(一) 继续实施对口支援政策

东西部高校对口支援政策实施以来,无论从微观角度还是从宏观角度来评价都是相当成功的。2008 年底,西部受援高校已达到 36 所。在支援高校和受援高校的共同努力下,切实加强了受援高校教学工作的基本建设,提高了教育质量和办学水平。受援高校通过不断探索和完善高校育人、教育留人的机制,努力吸引更多的优秀生源,大力培养留得住的人才献身西部,为西部地区又快又好地发展培养出一批急需的高级专门人才,支持了西部大开发的人才队伍建设。对口支援政策大力推动了西部高等教育的整体发展,促进了我国高等教育区域间的协调发展,是加强民族团结和社会稳定,巩固国防和国家安全的重要措施,需要进一步发挥政府推动对口支援政策的力度。

(二) 加强对口支援高校之间的联系

社会资本对西部高校教育质量的提高有着显著的意义。没有对口支援关系网络的存在,社会资本就失去了获得稀缺资源的基础。社会网络作为社会资本的一个重要因素在西部高校教育质量平稳快速的发展过程中作出了巨大的贡献。在社会环境中,高校绝非是一个孤立存在的实体,它的价值总是部分或全部地与外界信息相互依存。而信息资源是稀缺的,西部高校在信息的接受和拥有上更加滞后。只有通过加强对口支援高校之间的联系,形成关系网络,使西部高校能够嵌入在整个高校关系网络中,享有共同的范式,才能对西部高校的教育质量起到督促和引领作用,为西部高等教育的快速发展提供便利的渠道。

(三) 适当扩大支援高校的主体数量

在社会学看来,一个行为主体占有社会资本的多少取决于两个因素:一个是它可以有效地加以运用的关系网络的规模;二是关系网络中每个成员所占有的各种形式的资本的数量。因此,提高西部高校的教育质量不仅需要提高支援高校和受援高校之间的联系效率的措施,还要适当扩大支援高校的主体数量,并积极采用多种形式的学科建设和综合支援。加强对口支援高校之间的联系是相对扩大西部受援高校的关系网络,而适当扩大支援高校的主体数量则是在增加关系网络的绝对数量。但是支援高校主体数量的扩大要采用适度原则,不但要与受援高校的接受能力相适应,还要考虑支援高校的办学特色。

(四) 西部受援高校要发挥主动性

社会资本是一种主动性非常强的稀缺资本,受援高校要积极挖掘和运用社会资本。社会资本既具有公共品性质,又有相对明确的社会关系网络。西部高校除了要充分运用公共的社会资本,如加强同政府指定的支援高校之间的联系;还要主动积极地探索和扩充自己的社会资本,如自发地联系适合自己发展的支援高校。毕竟政府的精力是有限的,不能充分了解和完全细化管理对口支援的实施过程。因此,西部受援高校挖掘和充分运用社会资本的能力有待提高。

第五章 社会资本对西部受援高校发展影响的案例分析

在对口支援行动实施过程中,西部受援高校在人才培养、科学研究和社会服务等方面取得了显著的进步与发展。为了真实地了解对口支援西部高校政策的实施情况,本研究选择了具有代表性的第一批对口支援西部高校之一石河子大学作为案例高校,通过案例高校进一步研究支援高校的社会资源和社会网络对其发展的影响。为了客观、翔实地分析案例高校"对口支援"的实际运行情况,本研究需要被访谈者真诚的参与、配合和支持,这样才能得到被访谈者对"对口支援"政策的真实感受、体会和看法。同时,为了不占用被访谈者过多的时间,本研究采取了深度访谈活动。访谈对象主要选择了直接或间接参与石河子大学对口支援工作的教师和干部。

"定量研究"(又称"量化研究")是一种对事物可以量化的部分进行测量和分析,以检验研究者自己关于该事物的某些理论假设的研究方法。而"质性研究"则是"以研究者本人作为研究工具,在自然情境下采用多种资料收集方法对社会现象进行整体性探究,使用归纳法分析资料和形成理论,通过与被研究对象互动,对其行为和意义建构获得解释性理解的一种活动"①。本章根据受援高校石河子大学相关"对口支援"案例及实录,采用质性研究方法,对社会资本和社会网络在支援过程中的作用和功效,进行解释性的意义建构和行为分析。

---

① 陈向明. 质的研究方法与社会科学研究[M]. 北京:教育科学出版社,2000:10-12.

第一节 案例受援高校概况

石河子大学位于新疆天山北麓被誉为戈壁明珠的石河子市，1996 年 4 月，由农业部部属的石河子农学院、石河子医学院、兵团师范专科学校和兵团经济专科学校合并组建，是国家"211 工程"重点建设高校和国家西部重点建设高校，现由教育部和新疆生产建设兵团共建。教育部指定北京大学、华东理工大学对口支援石河子大学，天津大学、浙江大学、华中科技大学、西北农林科技大学、江南大学、四川农业大学等高校对石河子大学实施援疆学科建设计划。

石河子大学有着 60 年的办学历史，建校最早的原石河子医学院前身诞生于 1949 年 9 月中国人民解放军解放新疆的进军途中。在长期办学历程中，党中央、国务院高度重视和关心学校发展。周恩来、陈毅、贺龙、王震等党和国家领导人曾亲临学校视察，江泽民同志为学校题写校名。中共中央〔2004〕11 号文件提出，加大对石河子大学的支持力度。2008 年岁末，刘延东同志代表党中央、国务院写信向石河子大学师生员工致以新年的慰问，并明确宣布石河子大学进入国家"211 工程"重点建设高校行列。

石河子大学植根于祖国西北边陲，始终坚持"立足兵团、服务新疆、面向全国、辐射中亚"的办学方针，把培养适应少数民族地区经济社会发展需要的高素质创新人才作为根本任务，稳步发展本科教育，大力发展研究生教育，积极推进留学生教育，构建了"多样化、高素质、强应用、重创新"的人才培养体系，先后培养各类毕业生近 9 万人，为兵团和全国农垦系统培训各类管理和专业人才近 20 万人。学校成为屯垦戍边、建设边疆的重要力量，涌现出了拥有"百姓教授"称号的全国模范教师代江生教授和胡锦涛总书记称其"为人师表，师德高尚"的全国模范教师参与北京大学对口支援的孟二冬教授。

石河子大学拥有经济、法、教育、文、历史、理、工、农、医、管理等十大学科门类。学校下设 20 个学院，拥有 4 个博士学位授权点，53 个硕士学位授权点，71 个本科专业，设农业推广硕士、工程硕士、兽医硕士、工商管理硕士（MBA）、临床医学硕士、教育硕士等 6 个专业学位授权点，13 个高校教师在职攻读硕士专业，3 个博士后流动站（科研工作站）。北京大学、天津大学在学校建立北京大学新疆研究生培养基地、天津大学研究生培养基地。设有国家大学生文化素质教育基地和国家大学生创新实验基地。现有 11 个农业部、自治区、兵团重点学科，1 个科技部省部共建重点实验室，2 个教育部重点实验室，1 个教育部工程中心，6 个兵团重点实验室，2 个重点文科研究基地，24 个研究所和研究中心，是新疆生产建设兵团和新疆维吾尔自治区重点科研基地。

石河子大学坚持"以服务为宗旨，在贡献中发展"的办学理念，积极为边疆经济发展、社会进步服务，形成了"以兵团精神育人，为屯垦戍边服务"的办学特色。学校坚持走产学研一体化道路，发挥大综合、强应用的学科优势，形成了在新疆及国内凸显优势和特色的"荒漠绿洲区高效农业、动物遗传改良与疾病控制、新疆地方与民族高发病防治、农产品加工与食品安全、新疆特种植物资源与开发、新疆生产建设兵团经济与社会文化研究"六大学科群，并在这些研究领域取得了突破性进展。近十年来，学校承担国家、省部级以上重点科研项目500 余项，取得科研成果 300 余项，获省部级以上奖励 200 余项。目前，学校公开出版发行了《石河子大学学报》[分自然科学版（科技核心期刊）和社会科学版]、《新疆农垦经济》、《农垦医学》、《兵团教育学院学报》等五种学术刊物。

石河子大学现有教职工 2614 人，专任教师 1526 人，其中特聘中国工程院院士 2 人、教育部"长江学者奖励计划"特聘教授 1 人、国家级教学名师 1 人、"绿洲学者"6 人，教授 142 人，副教授 442 人，获国家或省（部）级有突出贡献中青年专家称号 28 人，入选新世纪优秀人才 5 人、入选"新世纪百千万人才工程"1 人，享受政府特殊津贴专家 80 人。学校面向全国 31 个省区招生，现有在校生 30032 人，其中普通本专科生 21989 人，硕士、博士研究生 1906 人。同时，分别从美国、巴基斯坦、哈萨克斯坦、韩国、科威特等 8 个国家招收留学生 245 人。学校本科毕业生一次就业率连续多年保持在 90％以上，位于新疆高校前列。

石河子大学拥有良好的教学、科研条件。校园面积 183 万平方米，校舍面积 95 万平方米，实验室面积 17 万平方米。拥有设施完善的图书馆、体育馆、游泳馆、田径馆、标准体育场等一批标志性建筑。拥有附属医院 3 个，建筑面积 33 万平方米，床位数 2950 个。图书馆藏书 290 万册，内有联合国粮农组织（FAO）藏书点。学校校园绿化覆盖率达到43％,荣获卫生红旗单位、绿化模范单位、花园式单位、平安校园、绿色大学称号。2008年,学校入选全国精神文明建设工作先进单位。

　　石河子大学广泛开展对外交流与合作,先后与美国、俄罗斯、新西兰、加拿大、澳大利亚、奥地利、日本、韩国等国家30多所大学和科研机构开展了多层次、宽领域的交流合作,与北京大学、天津大学、华东理工大学、浙江大学、华中科技大学、西北农林科技大学、四川农业大学、江南大学、中国政法大学、武汉大学、中国农业大学、南开大学、西安交通大学等高校开展了全面合作,国内外100余名专家、学者被聘为石河子大学兼职教授。

第二节　对口支援受援高校的社会网络实质分析

一、受援高校的社会网络类型分析

　　（一）以国家政策为纽带的社会网络

　　石河子大学社会网络的构建是基于教育部对口支援政策的出台、贯彻与执行,具有很强的政治色彩和行政意义。对口支援政策是国家西部大开发在教育领域的重要体现,是教育部落实西部开发政策、推进西部高等教育发展的重要举措,对西部高等教育的发展具有重要的现实意义。由于对口支援政策的实施,石河子大学对外交往与合作迅速增加,以前与之几乎没有联系的东部高水平大学源源不断地支援石河子大学,使石河子大学的社会网络不断扩展和延伸。2001年6月,教育部启动"对口支援西部地区高等教育计划",确定北京大学对口支援石河子大学。2005年1月,教育部增加天津大学全面对口支援石河子大学。2005年4月,教育部下发《关于实施"援疆学科建设计划"的通知》,指定天津大学、华中科技大学、浙江大学、四川农业大学、西北农林科技大学等高校援建石河子大学11个学科。2006年,教育部将江南大学列入"援疆学科建设计划",支援石河子大学食品学科建设。2008年12月,教育部指定华东理工大学全面对口支援石河子大学。正是基于国家政策为纽带的社会网络,北京大学、天津大学、华东理工大学、浙江大学等8所东部高水平大学与石河子大学建立了对口支援关系(见表5-1)。

表 5-1　东部高水平大学对口支援石河子大学关系表

支援高校名称	确定对口支援时间	对口支援关系及受援学科名称(一级)	特　征
北京大学	2001	全面对口支援	"985 工程"、"211 工程"高校
华东理工大学	2008	全面对口支援	"211 工程"高校
天津大学	2005	全面对口支援并援建化学工程与技术	"985 工程"、"211 工程"高校
华中科技大学	2005	基础医学、内科学、公共卫生与预防医学	"985 工程"、"211 工程"高校
浙江大学	2005	畜牧学、农林经济管理学、生物学	"985 工程"、"211 工程"高校
四川农业大学	2005	作物学	"211 工程"高校
西北农林科技大学	2005	园艺学、兽医学、植物保护	"985 工程"、"211 工程"高校
江南大学	2006	食品科学与工程	"211 工程"高校

　　目前,对口支援对支援高校来说完全是一种义务和责任。国家没有专门投入,部委也没有相应的支持,只是要求支援高校从政治大局出发,尽义务,作奉献。2009 年在教育部召开的对口支援西部地区高等学校工作会议上,陈希副部长指出:做好对口支援工作是一项光荣的政治任务、历史使命、社会责任,是西部高等教育加快发展的重大举措。支援高校要勇于肩负起这个政治任务和社会责任,自觉地履行自己的历史使命,坚持不懈地做好这项工作。受援高校要在支援高校的帮助下,抓住机遇,根据本地区经济与产业的特点,加快专业结构调整,优化专业布局。以人才培养为中心,深化教学改革,提高教学质量。①

　　北京大学心系西部、情系边疆,从新疆兵团的特殊地位和作用出发,以深厚的民族责任感和历史使命感,把对口支援工作作为重要任务纳入创建世界一流大学整体规划,作为落实党中央西部大开发战略、支援国家西部建设的政治任务来抓,建立了人力、智力、物力、财力对口支援的"绿色通道"。北京大学成立了对口支援工作组,由主管校

---

　　① 对口支援西部地区高等学校工作会议纪要[EB/OL].[2009-12-15].http://www.moe.edu.cn/edoas/website18/42/info1260757827892842.htm.

领导任组长、16 个职能部门主要负责人为成员,工作组下设办公室,负责对口支援日常工作。运用自筹经费设立了"北京大学支持石河子大学专项资金",专款专用;设立了"北京大学对口支援工作贡献奖",对表现优秀、成绩突出的人员予以表彰奖励;设立了"对口支援补贴",对派赴石河子大学工作的人员予以一定的生活补贴。[①]

部属高校,尤其是一些名校,国家给予了较多的投入,是全国人民支持建设的结果;这些名校都有较强的实力,带动西部一所高校的发展完全有可能。北京大学党委书记闵维方曾动情地说:北京大学是全国人民的北京大学,北京大学的发展是全国人民支持的结果,现在确定北京大学对口支援石河子大学,我们义不容辞!正是这种讲政治、讲大局的精神,正是这种尽责奉献的精神,使得北京大学对石河子大学的对口支援工作步步深入,扎实有效,使得北京大学胸怀祖国、奉献人民的精神与石河子大学立足边疆、奋斗奉献的精神有机结合,产生了无数对口支援的先进人物和先进事迹。孟二冬教授就是参与对口支援西部高校的一个典型代表。[②]

在中国背景下,政府是社会网络的主要构建者,它掌控着社会资源的配置与导向。作为教育部及各部委直属的"985 工程"高校,它们往往具有丰富的社会网络,处在整个高校社会网络系统的顶端,它们有着较好的视野和空间。而西部高校由于历史和区位的影响,表现出办学理念比较落后、教学科研实力单薄、交流空间相对有限和对外合作机会较少等问题。在此,通过政府所构建的正式支持社会网络,比较容易形成政府社会资本。由于政府在宣传媒体中的主导地位,比较容易营造统一的舆论氛围,使教育援助政策的推行比较有效。在我国,政府权威是落实高等教育政策的重要保障之一,而组织机构执行政策的能力取决于该组织负责人或上级领导的权威性。在市场经济条件下,高等教育协调发展是政府回归公共管理的主要责任。政府在秩序的供给和权利的维护上起着不可替代的作用。政府是公共权力的持有者,可以通过制定教育政策,对高等教育进行整体规划、调整高校布局、整合高等教育资源以提高其利用率。政府的权威地位与其政策的信度,是其他治理主体无法比拟的。因此,政府教育政策所构建

---

① 对口支援世纪丰碑——北京大学对口支援石河子大学汇报[EB/OL].[2009-06-04].http://www.moe.edu.cn/edoas/Website18/75/info11875.htm.

② 周生贵.着力构建高校对口支援的双赢机制[N].中国教育报,2006-11-06.

的社会支持网络仍然是推进高等教育区域间均衡发展的主要行为主体。原教育部部长周济在"对口支援西部地区高等学校工作经验交流会"上指出：对口支援工作无论是对高等教育自身的协调发展，还是对促进西部大开发，巩固国防和国家安全，促进民族大团结都具有非常重要的战略意义。东中部的高校特别是国家重点建设的高校都要义不容辞地帮助西部高校完成这样的任务。[1] 以下通过石河子大学对口支援工作大事记活动实例（见专栏5-1），表明国家政府层面对"对口支援"西部高校工作的重视和引导。

　　近几年，国家教育部相关司局、中央新闻单位以及重要政府官员到石河子大学考察指导对口支援工作19次，其中教育部直接涉及石河子大学对口支援工作14次，中央新闻媒体直接宣传石河子大学对口支援工作7次，特别是中央新闻媒体联合采访石河子大学对口支援工作，宣传对口支援工作的优秀教师代表——孟二冬，以及教育部领导多次视察石河子大学并做重要讲话，无形当中显示了政府对口支援西部高校的决心，强化了对口支援西部高校的政治责任，营造了对口支援西部高校的政策氛围。由此看出，通过社会联系使北京大学对口支援石河子大学的成效得到了教育部等组织和机构的认可，并在更大范围内产生了积极效应，形成了对口支援西部高校的良好社会信用。说明政府构建的对口支援西部高校的社会支持网络，比西部高校自身所建立的院校合作的社会支持网络具有更大的政策执行作用，前者通过政府的关注、引导、宣传，使这种强关系的院校组织关系、制度关系的对口支持更为牢固、更为可信、更为有效。

专栏5-1：政府在石河子大学对口支援活动大事记[2]
- 2002年5月16日，教育部港、澳、台事务办公室处长纪新军、李嘉诚基金会代表高林在兵团教委规划处领导陪同下来石河子大学调研。
- 2002年5月24日，由国务院国家教育督导办副主任于芳、国务院扶贫办社会扶贫处处长谢鸿浔带领的国务院"学校对口支援"检查组一行5人，在兵团教委主任高继宏的陪同下，就"学校对口支援"工作的实施进展情况来石河子大学检查。

---

　　① 周济、吴启迪同志在"对口支援西部地区高等学校工作经验交流会"上的讲话，2006年6月20日，《教育部通报》第13期。

　　② 资料来源：石河子大学对口支援办公室工作资料。

- 2003 年 2 月 14 日,在教育部、中央组织部、国家计委、财政部、人事部、国家扶贫办联合评选的全国学校对口支援先进单位和先进个人中,北京大学被评为对口支援先进单位,在石河子大学挂职的副校长赵杰教授被评为优秀个人。
- 2003 年 8 月 7 日—10 日,由教育部高教司主办、石河子大学承办的教育部第二次高等学校对口支援工作管理人员培训班在石河子大学举行。
- 2004 年 7 月 10 日,教育部李嘉诚基金会项目考察团来石河子大学考察。
- 2004 年 12 月 6 日,教育部召开"对口支援西部地区高等学校计划"汇报会,石河子大学党委书记周生贵代表受援高校发言。
- 2005 年 2 月 25 日,教育部召开 2005 年第一次新闻发布会,介绍对口支援西部地区高等学校工作,石河子大学党委书记周生贵作为受援高校代表作发言。
- 2005 年 6 月 23 日,教育部在乌鲁木齐召开实施"援疆学科建设计划"会议。
- 2005 年 6 月 25 日,教育部部长周济来石河子大学视察并作重要讲话。
- 2005 年 12 月 10 日,全国人大常委会副委员长韩启德院士视察石河子大学,并为师生作了题为"现代医学与面临的挑战"的报告。
- 2005 年 12 月 13 日,《光明日报》记者一行来石河子大学采访关于孟二冬教授的先进事迹。
- 2006 年 2 月 24 日,中宣部、教育部、中共北京市委在人民大会堂联合举行孟二冬同志先进事迹报告会,石河子大学学生张瑜作了《燃烧生命之火,点亮希望之灯》的报告。
- 2006 年 2 月 25 日,中宣部、教育部组织了"学习孟二冬老师先进事迹座谈会",石河子大学周呈武作为教师代表发言。
- 2006 年 6 月 16 日,教育部办公厅副主任兼教育部新闻办主任王旭明率教育部办公厅新闻处副处长魏亚萍、人民日报社、新华社驻乌鲁木齐分社、新华社《每日电讯》、《瞭望》周刊、光明日报、中国青年报、科技日报新闻中心、中央电视台 10 套、中央人民广播电台、中国教育报、中国教育电视台、北京青年报、人民网教育频道等媒体的制片人、主编、记者、编辑一行 19 人组成中央新闻单位采访团专程采访石河子大学对口支援工作。

- 2006 年 6 月 20 日,教育部在北京召开了"对口支援西部地区高等学校工作经验交流会",石河子大学校长向本春和对口支援办公室有关人员参加了交流会。会上,北京大学被评为对口支援西部地区高等学校工作先进集体,北京大学支教教授孟二冬、林忠平,北京大学挂职石河子大学副校长于鸿君,北京大学挂职石河子大学药学院院长李长龄,北京大学党办副主任张芳及石河子大学对口支援办公室主任郑亮被评为对口支援西部地区高等学校工作先进个人。

- 2006 年 11 月 6 日,中国教育报"教育论坛"栏目专门刊发了石河子大学党委书记周生贵撰写的文章:着力构建高校对口支援的双赢机制。

- 2006 年 11 月 23 日,中央电视台新闻联播播出新闻"多方支援,推动西部高等教育快速发展",对北京大学、天津大学等高校对口支援石河子大学的情况作了特别报道。

- 2007 年 8 月 8 日,北京大学对口支援石河子大学工作例会在石河子大学举行。教育部副部长吴启迪,兵团副司令员阿勒布斯拜·拉合木出席会议并做重要讲话;教育部高等教育司副司长石鹏建,兵团教育局局长高继宏参加会议。

- 2007 年 9 月 11 日,全国政协常委会委员、全国政协经济委员会副主任、北京大学光华管理学院名誉院长厉以宁教授在石河子大学作了题为"当前宏观经济形势与军垦经济"的专题讲座。9 月 9 日下午,中共中央政治局委员,自治区党委书记王乐泉同志会见厉以宁教授。

(二) 以情感认同为纽带的社会网络

情感认同是指在社会交往过程中,人和人的心理相容性在情感上的体现以及人对感知对象在情感上的接受。情感是构成主体价值尺度的重要因素,对主体获得对象、活动方向的选择产生影响。一般来说,当某种对象符合或是能够满足主体的某种需要时,主体就会产生积极肯定的情感体验,引发出强烈的意志追求,愿意接受它,并将之作为活动的对象。因此,对口支援高校双方如何培育情感认同至关重要。如果支援高校与受援高校之间在社会交往中,心理相容、相互信任、感知一致,就会互相选择、互相接受、互相关注,就容易基于这种良好的情感关系,而构建支持西部受援高校发展的社会网络。正如原北京大学校长所做的形象的比喻,达到相识、相知和相伴的阶段。

对口支援石河子大学的社会网络构建主线是石河子大学与各支援高校始终建立良好的合作、共赢关系,在学校领导、干部、老师、学生间建立深厚的友谊,对口支援先交朋友,后谈支援。对口支援开展以来,石河子大学与支援高校频繁往来,校领导互访、交流频繁,石河子大学每位校领导都曾带队赴支援高校访问,每所支援高校领导都曾到石河子大学访问、交流;教师层面交流、学习机会很多,石河子大学每年派出30至40位教师赴支援高校进修、访学,支援高校每年派出100余名教师到石河子大学讲学、支教、进行科研合作;开展干部交流,石河子大学每年选派4至5名干部到支援高校挂职学习,支援高校每年选派5至6名干部到石河子大学挂职,担任校领导或院领导;同时,石河子大学每年有20至30名教师考取支援高校博士、硕士研究生等;支援高校每年接收石河子大学20名本科生插班学习。通过以上方式,增进支援、受援高校双方的情感共鸣,加深双方人员彼此的情感交流,从而巩固对口支援西部高校的社会网络。

边燕杰认为,社会网络分析特别关注传导性和非传导性的两种状态。其中传导性是一个很重要的概念,很多时候你联系一个人并不是仅仅为了联系这个人,而是想通过这个人联系到其他的人,这就是关系的传导性。格兰诺维特的弱关系理论就是由于他推导出来强关系肯定要传导到其他的强关系,只有弱关系才能起到桥梁的作用。[①] "一个人要拥有社会资本必须与其他人有联系,正是这些他人,而不是他自己是其优势的实际来源。"[②]特别是支教教师和挂职干部起到了传导性的桥梁式社会网络的作用,他们与外界有着广泛的社会联系和社会资源。比如,北京大学药学院李长龄教授于2003年、2005年先后两次来到石河子大学支教、挂职,一心想着石河子大学药学院的发展,默默奉献,用真情诠释了对边疆教育事业的无私奉献。一是积极营造浓厚的学术氛围。通过他的努力,北京大学药学院刘俊义院长,张强、张亮仁副院长,果德安、屠鹏飞、吕万良、李玉珍等教授、专家10余人,先后

① 引自社会学视野网(http://www.sociologyol.org/),边燕杰教授在中国人民大学社会学系开设的名为"社会网络研究"的课程。

② 亚历杭德罗·波特斯.社会资本:在现代社会学中的缘起和应用[M]//李惠斌,杨雪冬.社会资本与社会发展[M].北京:社会科学文献出版社,2000:126.

来到药学院,为师生讲授了 8 门课程,作了 10 多场学术报告。二是积极引进高层次人才。李长龄教授主动动员自己的博士后来石河子大学工作。目前,已有 6 名博士、3 名硕士来学校工作,一个高水平的科研团队正在一步步组建起来。三是积极承担国家重大研究项目。李长龄教授依托新组建的重点实验室和学术科研团队,三年间申报立项了 41 个项目,包括国家"973"预研项目、国家自然科学基金项目、国家"十一五"科技支撑计划专项等,获科研经费 524 万元。而在这以前,单凭石河子大学药学院的老师几乎是不可能取得如此成绩的。

挂职干部大多是支援高校的骨干和中坚力量,他们既有支援高校内部的社会网络,又有所在学校外部的社会网络。他们一般至少在受援高校工作一年,平均都在两年时间,个别挂职干部工作在五年以上。石河子大学把他们当做自己的教师,他们也把石河子大学作为第二故乡。尤其是兵团屯垦戍边的精神对他们产生了心灵的震撼和感动。[①]由于挂职干部与受援高校心理距离的拉近,导致他们对受援高校情感的交融、认知的内化,通过对口支援网络、规范、信用的传播,从而产生了积极、主动的支援西部高校的行为表达。

情感是所有社会网络构建的基础,是取得双方信用的基本前提。只有良好的情感互动、情感认同,才能产生积极的合作行为。以下通过《石河子大学校报》所报道的对口支援支教教师和挂职干部点滴事例进一步说明(专栏 5-2)情感支持的社会网络对"对口支援"教学科研工作绩效的促进作用。截止到 2009 年 6 月 18 日,支援高校到石河子大学任教教师为 153 人次,支援高校到石河子大学挂职干部 41 人次,其中仅来自北京大学的挂职干部就达 14 人次。专栏中的几位支教教师和挂职干部的事例无不渗透着对石河子大学的关注和热爱、对兵团教育事业的理解和支持。如北京大学教授于鸿君所言:"随着对口支援工作的重心从学校下移到学院,再进一步下移到教师,支援双方将逐渐发展为合作双赢。即使将来国家停止对口支援,我们与东部名校也是'打断骨头连着筋',因为教师们的双赢合作局面已经形成。"天津大学李士雨教授把石河子大学誉为他的第二母校和故乡,他已经被受

---

　　① 兵团精神是指"热爱祖国、无私奉献、艰苦创业、开拓进取"。1954 年组建的新疆生产建设兵团,承担着国家赋予的屯垦戍边的职责,是在自己所辖的垦区内,依照国家和新疆维吾尔自治区的法律、法规,自行管理内部的行政、司法事务,在国家实行计划单列的特殊社会组织,受中央政府和新疆维吾尔自治区人民政府双重领导。兵团现有 14 个师(垦区),174个农牧团场,总人口 245.36 万人,在岗职工 93.3 万人。

援高校热情的师生、纯朴的民风、巨大的发展潜力、广阔的科研空间、独特的文化背景和地理气候条件深深吸引。通过对口支援支教教师和挂职干部与东部具有国内外重要影响的高水平大学牵线搭桥,构建了学术支持的社会网络,成功申报了国家级等重大和重点研究课题,邀请了许多知名学者来受援高校讲学。由此,石河子大学获得了许多重要的学术前沿信息,明确了学术研究的学科发展方向,充实了科研团队的研究实力。

专栏 5-2:支援高校支教教师和挂职干部在石河子大学的新闻报道[①]

- 孟二冬教授生前为北京大学中国语言文学系教授、博士生导师,古代文学教研室骨干教师。2004 年,响应教育部提出北京大学对口支援新疆石河子大学的号召,他主动要求参加北京大学对口支援石河子大学的教学工作。在支教的第二周就出现嗓子喑哑症状。他以为是咽炎,坚持每天上课。可是,他的嗓子沙哑一天比一天厉害,还常伴剧烈咳嗽。每当校领导和老师请他休息几天,等嗓子好了再上课时,他都微笑着说:"没关系,我还能坚持。"除了给 138 名学生讲授"唐代文学"必修课,孟二冬还为中文系教师开设了"唐代科考"选修课,他把多年研究的心血,毫无保留地奉献给石河子大学的同行们。此外,他还利用晚上休息时间与中文系的教师座谈,为推动石河子大学中文学科建设出谋划策。他考虑到来新疆一趟不容易,不能让学生拉下课,便毫不顾及身体状况,坚持讲完"唐代文学"最后一课,在学生的掌声和感动中跟跄走下讲台,这种带病工作的精神深深感动了老师和同学们。2005 年 11 月,病中的孟老师还让他的爱人刻录了 200 张古籍资料文献光盘,送给石河子大学中文系老师和同学人手一张。2006 年 1 月,孟老师又托他的三位博士生从北京将整套的《全唐文》、《十三经注疏》、《文苑英华》等资料书籍带到新疆。他常说:"等病好了,我再去新疆!"。
- 2005 年北京大学教授、博士生导师、战略研究所所长于鸿君任职石河子大学副校长。作为领导班子成员、主管学校发展规划工作的校领导,于鸿君参加了学校各学院"十一五"规划的审议。会上,他丝毫没有顾及自己的"新人"身份,大胆对计划

[①] 　资料来源:石河子大学对口支援办公室工作资料。

提出质疑,发表了自己的看法——核心内容是"解放思想,敢想敢干,突破传统思维惯性"。他用实际行动证明了自己不仅思想解放,而且敢想敢干;不仅富于理想,而且脚踏实地。2006年,他亲自牵头带领石河子大学老师申报了国家社科基金重大招标项目"环新疆经济圈视角下新疆主体功能区建设与跨国区域协调发展研究",实现了新疆乃至西北地区社会科学重大招标项目零的突破。他常说"随着对口支援工作的重心从学校下移到学院,再进一步下移到教师,支援双方将逐渐发展为合作双赢。即使将来国家停止对口支援,我们与东部名校也是'打断骨头连着筋',因为教师们的双赢合作局面已经形成"。

- 2006年7月,李士雨作为天津大学第二批对口支援石河子大学的干部,已经被这里热情的师生、纯朴的民风、巨大的发展潜力、广阔的科研空间、独特的文化背景和地理气候条件深深吸引,并把石河子大学誉为他的第二故乡。有人说:"只要来到这里,就是一种奉献。"但李士雨认为,这还远远不够。他将师资队伍建设作为学院的首要工作来抓,更新教师观念,提高教师的业务水平。为此,他请来了国内名牌大学知名院士、教育部长江学者、教授到石河子大学访问、讲学。两年间,先后有余国宗院士、王静康院士、周其凤院士、郑亚荪院士和长江学者孙彦教授等10位知名学者来到大学,开展讲座近10场。他还利用举办国内高水平会议的机遇提升学院的影响力,促进与东部高校的交流和合作。2007年,经他多方协调、沟通,把教育部高等学校化学与化工学科教学指导委员会会议、化学工程与工艺专业教学指导分委员会会议以及研究生创新工程教学改革项目会议的承办机会争取到了石河子大学,让东部更多人认识、了解石河子大学,为双方创造了更多的合作机会。

- 2006年从江南大学到石河子大学进行学科援建的教授、博士生导师、食品学院挂职院长王洪新积极鼓励对外学术交流,选派8人次参加了全国食品科学技术年会、江南大学—美国加州大学定期主办的第五届国际食品科学技术交流会和西北农林大学举办的国际农业前沿科学交流会等,扩大了教师和学生的视野和知识面,增进了教师之间的了解和团结协作。在他的支持下,石河子大学江英教授主持的国家"十一五"重大科技支撑项目——"食品高效节能干燥新技术及装备开发",筹集到的经费达到 600 万元。在江南大学的带动下,食品学院作为参加单位首次参与承担了国家"863"项目"微生物细胞转化技术与重要生理活性物质的生物合成"。为开阔学生专业视野,王洪新从华中农业大学、浙江工商大学、江南大学、中国农业大学等高校邀请到全国食品界专家,为师生开设了"专家论坛"。他还利用自己丰富的人脉,从上海的著名企业募集了 5 万元首批奖学奖教基金。他说:"我来的第一天,就参观了军垦博物馆,兵团'热爱祖国、无私奉献、艰苦创业、开拓进取'的精神和'屯垦戍边、稳疆兴边'的重任,以及石河子大学作为兵团的一部分,'以兵团精神育人,为屯垦戍边服务'的办学特色,给我留下了深刻印象。""我感到自己早就是石河子大学的一员了,我愿意和大家成为永远的朋友。"

(三) 以支援高校为辐射的社会网络

新疆地处边远地区,经济相对落后,信息较为闭塞,石河子大学与国内外校际间的交流合作较少。通过实施教育部"对口支援西部地区高校"政策,东部高水平大学逐渐与石河子大学牵起了友谊之手。支援高校利用自身优势,主动牵线搭桥,推动国内外高校与石河子大学交流合作,形成了以支援高校为辐射的社会网络。如,石河子大学通过北京大学的带动,更加积极地与东部名校进行多方面的交流合作,先后与南开大学、武汉大学、西安交通大学、中国政法大学、中国农业大学等高校签订合作协议书,开展校际科研合作,联合培养研究生;知名高校积极接受石河子大学的访问学者、进修教师、插班学生等,邀请各校教师承担石河子大学部分新增专业课程。由此,带动了石河子大学的学科发展,提高了办学水平,提升了社会声誉。

石河子大学经北京大学联系引荐,先后与日本大学、香港中文大学、日本岩手大学、韩国忠南大学、澳大利亚拉筹伯大学、新西兰梅西大学、欧亚太平洋地区大学合作中心等多所境外高校签订合作协议,在学者和学生交流、参加高水平国际学术交流、交换图书资料和学术刊物、科研合作、举办学术研讨会等方面与上述高校建立了广泛的合作关系。近年来,石河子大学接待国外友好院校访问团近 96 批次,签订合作意向书近 300 项,聘请短期国外专家近 400 人,接收外国留学生 200 余名。北京大学还介绍国外基金资助石河子大学教师到国外研修,与石河子大学共同组团参加国外及港台学术交流活动。截至目前,石河子大学已派出 63 批 130 名教师、学生和管理人员出国(出境)交流学习。

"对口支援"政策的实施使西部高校与支援高校建立了一种强关系,同时支援高校由于具有很高的社会影响力和广泛的社会关系,常处在伯特理论的结构洞位置。西部受援高校通过支援高校建立起更加广泛的社会联系,在发展资源的获取上,特别是对稀缺资源具有较高的竞争力。周雪光认为,网络可以帮助你控制局势,提高讨价还价的地位。这就不是信息问题了,而是竞争优势的问题。如果和别人打交道时,对方有很强的关系网络,而你自己孤身一人,那么,你就很难和他讨价还价。从这个意义上来讲,通过有意识地建构关系网络,人们可以提高自己讨价还价的能力。① 有组织地竞争稀缺资源是一个社会系统所固有的,网络产生了以获取稀缺资源为目的的竞争行为和集体行为。在竞争的社会环境中,西部高校如何取得比其他高校更多的利益,主要看其能否掌握较广的非重复的网络关系。伯特的网络分析解释了交易者中的社会联系如何影响经济交易,通过影响谁和谁进行交易、如何在交易者中分配得失。在理解市场中的竞争问题时,这样一种理论有着特别的重要性。

对口支援政策的实施,使石河子大学本身就优越于非受援高校,使其有机会进入一个较高水平的社会网络圈子。专栏 5-3 的内容是石河子大学近几年通过北京大学等支援高校与国外高校、社会团体和企业集团开展交流与合作的事例,阐述支援高校所构建的桥梁式社会资本的作用。专栏中的事例说明,由于国家对口支援政策的作用,北京大学与石河子大学建构的这种强关系,通过其特殊的社会结构位置使石河子大学间接链接了弱关系的国外知名大学,由知名高校联盟的"圈外人"成为"圈内人",并开展了实质性的学术交流、科研合作和人才培养项目。

专栏 5-3：北京大学协助石河子大学对外交流与合作大事记②

- 2002 年 6 月 30 日,时任北京大学副校长郝平牵头,日本大学副校长、文理学部长岛方洸一率代表团一行 12 人莅临石河子大学,洽谈合作事宜。

- 2002 年 9 月 24 日至 25 日,由北京大学牵线搭桥,日本岩手大学农学部部长太田义信教授一行 3 人抵达石河子大学,进行

---

① 周雪光.组织社会学十讲[M].北京:社会科学文献出版社,2003：124.

② 资料来源：石河子大学对口支援办公室工作资料。

了为期两天的考察交流。

- 2002 年 10 月 8 日至 11 日,由北京大学牵线搭桥,韩国忠南大学校长李光镇博士一行 5 人对石河子大学进行了友好访问,并签订了两校学术交流协议。

- 2003 年 10 月 7 日至 10 日,日本大学文理学部部长岛方洸一一行 8 人来石河子大学参观访问。

- 2002 年 12 月 11 日至 20 日,应"台湾十大青年基金会"邀请,由北京大学组团"海峡两岸大学生交流实习营"学生访问团邀请石河子大学 5 名学生参加了此次赴台交流活动。

- 2003 年 8 月 28 日至 9 月 2 日,应北京大学邀请,"台湾十大杰出青年基金会"代表团一行 5 人来石河子大学访问参观。

- 2004 年 7 月 29 日,由北京大学牵线,美国明导公司、石河子大学、北京大学共建的电子系统设计联合实验室揭牌成立。该实验室设在石河子大学信息工程学院,美国明导公司和北京大学资源集团共同向石河子大学捐赠价值超过 1600 万美元的 EDA 软件和硬件,其中包括设计整机系统所需的印刷电路板、高速信号分析、仿真及 FPGA 等各种 EDA 工具,40 台高档 NC 机和 4 台 EDA 服务器。

- 2004 年 12 月 5 日至 15 日,石河子大学向本春校长、杨磊副校长率队一行 6 人与北京大学代表团赴日本、韩国的三所高校访问。石河子大学政法学院书记张凤艳、生物工程学院副院长闫平、经贸学院副院长李万明、医学院副院长李锋参加在日本大学举行的日本大学、北京大学、石河子大学学术研讨会,会议期间分别做了《实现中华民族和谐发展的经济政策及调整》、《中国西部生态环境建设的重要资源——芨芨草植物》、《西部大开发的现状及展望》、《新疆地方病与民族多发病的预防与防治》的学术报告。

- 2005 年 9 月 20 日,日本岩手大学国际交流中心主任崛江浩一行 6 人组成的师生交流访问团来到石河子大学,进行了为期近一周的访问。

- 2005 年 10 月 13 日,经北京大学俞梅敏教授介绍,美国俄亥俄州州立大学博士、美国加州理工学院研究员,现任美国中央研究院院士、美国科学基金会评审委员、约翰·霍普金斯大学生物化学系黄秉乾教授来石河子大学访问并讲学。

- 2005 年 10 月中旬,日本岩手大学向石河子大学赠送了书刊 33 箱,共计 701 册,石河子大学图书馆设立专架,将所赠书刊陈列于外刊室。
- 2005 年 10 月 27 日,石河子大学—北京大学—新西兰梅西大学三校合作协议签字仪式在石河子大学举行,石河子大学校长向本春、北京大学副校长林钧敬、新西兰梅西大学校长甘丽雅分别代表三校在协议书上签字。
- 2007 年 7 月 3 日,北京大学牵线伯克利加州大学终身教授、博士生导师彭凯平来石河子大学讲学。彭教授以"东西方视野中的人性:文化心理学的探索及意义"为题作了一场精彩的学术讲座。
- 2007 年 7 月 21 日至 24 日,北京大学牵线哥伦比亚大学中国教育中心主任、博士生导师,北京大学长江学者讲座教授曾满超来石河子大学讲学。
- 2008 年 4 月 17 日,石河子大学—北京大学—新西兰梅西大学三方合作新闻见面会在北京香格里拉饭店玫瑰厅举行。石河子大学副校长陈创夫,北京大学常务副校长林建华,新西兰研究、科学和技术部部长 Hon Pete Hodgson,新西兰梅西大学动物研究系 Hugh Blair 教授作为三方代表出席活动。
- 2008 年 10 月 17 日,由中国教育部和俄罗斯联邦教育署联合主办的 2008 年中俄第三届大学校长论坛在北京大学召开。北京大学、清华大学、哈尔滨工业大学等 12 所国内知名高校和俄罗斯莫斯科国立大学、喀山国立大学、彼得堡工业大学等 13 所俄罗斯知名院校的校长出席了本次论坛。石河子大学党委书记周生贵获邀参加此次会议,并作了交流发言。

二、受援高校的社会网络内容分析

(一) 以学科支持为主的社会网络

学科是大学的核心竞争力所在,是体现大学办学水平、办学特色、学术地位和社会声誉的根本标志,是大学从事人才培养、科学研究和社会服务的基础平台。学科建设是高校各项事业发展的龙头,集中体现了学校发展的方向和水平;是衡量高校在新形势下是否具有办学适应能力和综合竞争能力的标志,也是推动高校各项事业改革与发展的发动机;学科建设和规划的状况不仅反映目前的办学水平,更代表今后发展的前景。学科建设和学科规划不仅仅对建设一流大学具有重要意义,也是西部受援学校成功办学的基础和关键。东部高水平大学对口支援石河子大学最为主要的方式,就是进行学科建设和学科规划,带动石河子大学学术、学科水平的提高。

对口支援工作伊始,北京大学确立重点扶持石河子大学汉语言文学、生物技术、计算机科学与技术、药学四个本科专业。2001年至2006年,四个专业都得到了很大的发展。其中,药学学科建设方面:在北京大学专家的指导帮助下,申报新增本科专业1个、硕士点1个,立项省部共建重点实验室1个,兵团级重点实验室1个,合作申请国家"973"前期预研项目1项,联合申报国家级科研项目2项,省级科研项目3项。生物技术方面:两校共建植物分子生物学实验室,加强实验课教学,提高综合类、设计类实验课程的开出率,申报国家"863"转基因项目获得立项。计算机科学方面:石河子大学教师与北京大学教师合作申报国家自然科学基金项目1项,采取共建EDA电子系统设计实验室、计算机联合实验室、实施远程授课等形式,提高了石河子大学计算机理论和实践教学水平。在新疆高校非计算机专业计算机基础教育教学课程评估中,石河子大学名列第一。汉语言文学方面:以汉语言文学专业为主,石河子大学成立了文学艺术学院,改变了石河子大学文轻理重的局面。

学术发展的历史和实践证明,学术环境是大学的生命基础,它构成了大学存在的合理条件。[①] 大学职能的实现、管理的规范、学科的创新都依赖于良好的学术环境,这样的环境对人才培养和学术发展至关重要。一般说来,大学的学术活动以高深知识为材料,它按照知识的系统分门别类地展开。大学组织具有学科特性,不同的学科形成了特有的学科文化。同时,学术活动又是学术工作者的聚合,它通过某种组织形式构成群体,在一定的框架和机制下展开。而教师具有"双重忠于"的特点,既忠于自己的学术职业又忠于自己的学术组织。表现在高校内部不同的学术人员学术活动交流的并不多,但不同高校的同行教授、专家和学者在通常情况下,却多于同一个学校不同学科之间的交流与合作。尤其是学术活动具有明显的群居效应,学术竞争导致"水涨船高"。因此,不同高校的同行教师经常进行学科学术交流,有利于提高其学术水平和研究能力。

学科发展的第一动力还在于人,如果没有高水平的学科带头人,没有一支优化组合的梯队,学科发展的水平就不可能很高。所以,学

---

① 戚业国,宋永刚.论大学的学术生态环境建设[J].江苏高教,2004(2):16-18.

科建设的重点在于师资队伍建设。在这当中,学科带头人的遴选又是最重要的,有大师就会有一流的学科,学科带头人的学术水平几乎就决定了学科发展的水平。[①] 然而,西部高校缺乏大师级的学科带头人,学科发展水平相对较低,学科特色优势不显著。通过对口支援,双方高校建立了稳定持久的关系,加之两校领导相互走访和座谈,"对口支援"中心工作逐渐下移,教师之间的学术交流愈加频繁。从而改变了过去因西部高校位置偏僻、交通落后、信息闭塞而导致的学术交流资源不畅的状况,特别是缺乏大师级学科带头人指点的状况。支援高校所具有的社会资本通过自身间接转移到受援高校,从而使受援高校社会资本增加、增值。学术交流是教师提高学术水平、拓展学术视野、获得前沿知识的重要形式。由于支援高校在学术界的较高位置,具有较广泛的学术网络,而受援高校相对比较封闭,学术交流范围小、层次不高,受援高校通过支援高校的学术结构洞的存在,不仅获得支援高校的学术资源,而且也获得第三方高校的学术资源,大大地扩大了学术交流半径和层次。下面是石河子大学的学术支持网络的典型事例。如图 5-1 所示,石河子大学药学院是一个学科实力比较薄弱且成立时间不久的学院,但由于北京大学药学院的支持,石河子大学药学院拓宽了学科支持网络,获得了促进学院发展的稀缺学术资源。依靠北京大学药学院的学术资源和学术网络,石河子大学有效搭建起科研合作平台,并与北京大学联合申报重大课题,积蓄了自身学科发展力量并提高了人才培养质量。

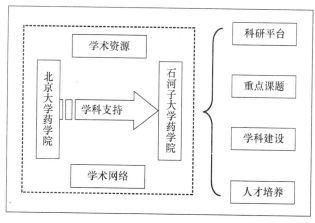

图 5-1　石河子大学学科支持网络

---

①　熊庆年.高等教育管理引论[M].上海:复旦大学出版社,2007:150.

专栏 5-4：整合优势资源，着力搭建科研平台①

1. 有效搭建科研合作平台

2004 年 4 月，为充分利用北京大学药学院的科研资源，石河子大学药学院与北京大学药学院经过协商，由北京大学药学院吕万良教授担任主任，北京大学药学院 6 位专家参加，双方合作共同申报的"新疆生产建设兵团植物药资源与中药现代化重点实验室"项目获得兵团批准立项，这是兵团评审批准建立的第一个重点实验室。为进一步优化科研环境，明确研究方向，加大国家级课题的申报力度，加快人才培养与引进以取得新的科研成果，2005 年 8 月，双方经过充分协商，在原兵团重点实验室的基础上，共同申报省部共建教育部"新疆特种植物药资源"重点实验室并得到教育部批准，使得学院科研工作上了一个新台阶。

2. 依托科研平台，申报重大项目

在 2004 年兵团博士基金项目评审答辩会上，由北京大学药学院吕万良教授主持的课题"新疆维吾尔药祖卡木颗粒剂的现代化研究"取得了评审第一的成绩。2004 年 7 月，石河子大学药学院陈虹教授与北京大学药学院李长龄教授等合作申报了 2004 年兵团医药专项"降血脂地产中药复方颗粒剂的研制"顺利获得立项资助。2004 年 8 月，石河子大学药学院陈文教授与北京大学药学院卢炜教授等 4 位专家合作，共同申报 2004 年国家重大基础研究专项（国家"973"预研）项目"应用小肠在体吸收模型与群体药物动力学方法筛选甘草黄酮抗病毒有效活性群"，实现了双方联合申报国家级课题零的突破。2005 年，北京大学药学院陈虎彪教授与石河子大学药学院专家共同申报了兵团医药专项项目"新疆维药天山花楸现代制剂的研究"。2005 年 8 月，石河子大学药学院陈虹教授与北京大学药学院 3 位专家一起共同申报的 2005 年国家自然科学基金项目"肉苁蓉的生物学活性研究"获得立项资助。目前，依托该重点实验室申报的较大的项目，包括国家"973"预研项目在内，已有 25 项获得立项资助，科研经费 500 多万元。

3. 推进研究平台和学科建设

2005 年，北京大学药学院选派李长龄教授担任石河子大学药学院院长，李教授对学院的学科建设、发展规划等进行了改革与探索，同时，也对重点实验室的建设与运作提出了新的思路，进一步密切了双

---

① 资料来源：石河子大学对口支援办公室工作资料。

方药学院之间的合作。

　　石河子大学药学院充分利用重点实验室这一研究平台,广泛开展学术交流与研究活动。2005 年 10 月,召开新疆兵团药学会药学学术年会,邀请 8 位国内药学界知名学者就药学发展前沿问题做了 10 余场学术报告,并进行了广泛的交流和合作。为发挥重点实验室吸引和培养人才的作用,实验室专门设立科研项目课题开放基金,吸引了许多高学历人才参与合作研究。同时,制订了多项优惠政策引进博士人才,目前已与 9 名博士签订了工作协议。

　　几年来,北京大学药学院与石河子大学药学院双方结合新疆独特的植物药资源,从申请兵团博士基金、兵团医药专项,到申请国家级项目获得立项资助,成立旨在发展新疆特色新药的"新疆生产建设兵团植物药资源与中药现代化重点实验室",再到申报教育部省部共建"新疆特种植物药资源重点实验室"均获得成功。2003 年,石河子大学药学院药理学专业又成功申报硕士点,实现了石河子大学药学类硕士点零的突破。石河子大学药学院在北京大学药学院的帮助带动下,科研水平连续三年实现了三级跳,学院教师从事科研的积极性也被充分调动起来,科研气氛浓厚,几年来,学院共派出十几人赴北京大学进修和访学。学院的学科建设、科学研究等方面整体实力得到大大增强。

　　(二) 以管理支持为主的社会网络

　　支援高校不仅人才培养好、学科实力强、科研水平高,而且有一套支持学校发展的先进的管理体系和治理制度。支援高校通过调动其丰富的管理资源支持受援高校,以受援高校广大师生员工思想拓展为基础,以受援高校管理层的观念更新为重点,将支援高校的开放意识和创新精神向西部高校延伸,促进受援高校现代大学制度建设。

　　一是帮助制定"三个规划"①,进一步明确石河子大学的战略定位和发展目标。如,2003 年 4 月,北京大学副校长林建华率 14 名专家组成"北京大学专家团"奔赴石河子大学进行考察调研,帮助石河子大学制定战略规划、学科与师资规划、校园规划。北京大学专家深入石河子大学调阅资料,走访教师、管理干部、学生,实地察看图书馆、实验室等基础设施,在客观分析石河子大学发展现状的基础上,对学校的办学定位、学科设置、师资队伍建设、校园建设等提出了很多很好的前瞻性建议,使石河子大学决策层很受启发,拓宽了学校的发展思路,对石

---

　　① 三个规划是指学校发展战略规划、学科与队伍建设规划和校园建设总体规划。

河子大学的长远发展产生了深远的影响。

二是多形式开展干部培训,提高管理层整体素质。支援高校充分发挥学科齐全、知识信息密集的优势。如,2003 年 10 月,北京大学为石河子大学中层干部举办了为期两周的管理干部高级研修班,邀请北京大学法学、宏观经济、国际关系、传统文化、教育管理、生物技术、信息技术、纳米科技等领域名家开设讲座,石河子大学 42 名机关部门、各学院、直属和附属单位主要领导参加了培训。开拓了石河子大学干部的视野,增强了管理能力。

三是支援高校通过与石河子大学互派挂职干部,帮助石河子大学提高管理水平。选派挂职干部是加强学科交流的有效途径。石河子大学以共同院长、挂职干部、副院长等形式大力引进支援高校的优秀管理人才。这些挂职干部来自名校,学有专长,不仅能够承担一定的授课任务,指导实验室及学科建设,而且能够结合自身专业为学院建设出力,在人才培养和学科建设等方面发挥与支援方良好的沟通作用。加强了两校干部的交流与合作,使石河子大学借用支援高校人才资源实现自我提高与发展。

影响西部高校发展的因素,不仅是办学经费的紧缺、人力资源的匮乏,而且也是办学理念的落后、管理水平的低下所致。一个支教教师的影响只是一门课程和所教课程的老师和学生,而挂职干部不仅影响一个专业、一个学系,甚至对受援高校在更大的范围内都会产生直接或间接的影响。挂职干部可将所在支援高校先进的办学理念和管理方法结合受援高校的实际嫁接给受援高校。无疑支援高校与受援高校联系的频率将会因为挂职干部这个桥梁变得更加密集。不仅使支援高校显性的学科知识得以延续至受援高校,而且支援高校隐性的文化传统也得以传承至受援高校。教育部正是看到了这一点,定期对"对口支援"高校管理干部进行培训,鼓励对口支援高校间互派挂职干部。专栏 5-5 描述了石河子大学挂职干部的社会网络对受援高校建设所起的作用。

专栏 5-5:选派挂职干部,提升学科建设和管理水平[①]

北京大学、天津大学以石河子大学的需求出发,积极采取选派干部、共同院长的方式来石河子大学相关部门、学院挂职,指导石河子大学各方面工作。

---

① 资料来源:石河子大学对口支援办公室工作资料。

1. 选派挂职干部,帮助指导学校学科、行政管理建设

自开展对口支援工作以来,北京大学先后选派赵杰、于鸿君担任石河子大学副校长,选派潘庆德、彭万华挂职相关部处领导,选派李长龄担任石河子大学药学院院长。

赵杰教授在石河子大学挂职期间,促成石河子大学文科硕士点取得了零的突破,实施"文化西援工程",创立石河子大学西域民族研究院,并帮助石河子大学与韩国名校忠南大学建立了校际交流关系,加快了石河子大学国际交流的步伐。于鸿君教授来石河子大学还不到一年,在他的组织协调下,石河子大学成功申报两个文科硕士点和一个金融学硕士点,并筹备石河子大学博士后研究工作站。于教授还从学校中层管理干部的思想观念扭转上下工夫,大力狠抓对口支援和发展规划工作,积极选派挂职干部,大力引进和选派两校教师支教和交流学习,扎实推进对口支援工作的重心下移。潘庆德副部长来石河子大学挂职半年间,对石河子大学对外交流工作建章立制提出了许多建议和做法,理顺了外事工作程序,规范了工作做法,并组织协调和参与接待来石河子大学的国外访问团 7 批 77 人次,石河子大学人员出访 3 批 8 人次。在李长龄院长的指导下,石河子大学药学院的发展突飞猛进,成功召开了 2005 年兵团药学会药学学术年会,2005 年 8 月申报的省部共建教育部"新疆特种植物药资源"重点实验室获得批准正式建设,依托该平台,联合申报科研项目,吸引了多位高学历人才参与合作研究,使得学院科研工作上了一个新台阶。

2. 积极探索共同院长模式,初显成效

为使对口支援工作实现工作重心下移,经联系,北京大学选派思想境界高、业务能力强、身体健康的知名专家、教授来石河子大学担任相关学院的共同院长,亲临指导石河子大学学院的学科建设、科研合作、研究生教育等各方面工作,收到了良好效果。2006 年 2 月底,北京大学光华管理学院党委书记王其文、教授靳云汇分别担任石河子大学商学院和经贸学院共同院长,他们积极协调北京大学与石河子大学院系之间的"一对一"联系,并对学院的学科建设以及管理等方面加以指导。王其文书记和靳云汇教授担任共同院长没多久,已联系了北京大学 20 多位教师来石河子大学为研究生、本科生授课,并积极申报了 1 项共同合作项目。

这些挂职干部、共同院长在两校间的对口支援工作中起到了极好的桥梁和纽带作用,为受援高校的发展导入了新颖的办学理念和源源

不断的活力。他们利用丰富的社会网络优势,将其在支援高校的优质资源不断地传输给受援高校,扩大了受援高校的学术支持网络,同时,提高了受援高校的行政管理水平,使得受援高校开放办学的力度显著增强。

（三）以人才培养为主的社会网络

支援高校在对口支援过程中始终以师资队伍建设为重点,以学生交流为平台,努力提升石河子大学人才培养质量。在实施科教兴国和人才强国战略中,人才问题始终是制约西部高校发展的瓶颈。而石河子大学地处西部边疆非中心城市,人才缺乏问题尤其突出,教师紧缺,学历偏低,一直困扰着学校发展。为此,支援高校将对口支援的着力点放在支持石河子大学师资队伍建设上,构建培养石河子大学师资的社会支持网络。北京大学、天津大学针对急需提高石河子大学师资学历层次的需求,分别在石河子大学建立"北京大学研究生培养基地"、"天津大学研究生培养基地",共计为石河子大学培养博士师资 40 余名、硕士师资 50 余名;浙江大学、华中科技大学等"援疆学科建设计划"高校为石河子大学培养博士师资 40 余名;其次,支援高校共计接受石河子大学 300 余名教师进修、访学,接受 27 名干部挂职学习,接受 133 名本科生插班学习,接受推荐免试研究生、在读研究生交流学习,邀请知名学者、专家和教授到校讲学,努力营造浓厚的学术氛围。

在大学组织中,教学、科研工作的实际承担者是教师,教师的水平和成果集中体现了学校的水平和声誉,而由于"名师效应",一所大学常常因为拥有名师和围绕名师而形成的学术团队而在短时间内崛起,并且因为拥有若干个学术影响大的团队使大学保持持久的创新能力和显赫地位。学术团队是为实现某个学术目标而相互协作的个体所组成的群体,由若干成员组成。他们拥有共同的目标、支持公认的行动准则和决策程序,他们知识互补,并懂得相互帮助,知道怎样正确处理成员及团队内部的矛盾冲突。建立创新性的学术团队是所有进取型组织的期待,也是大学组织竞争力提升的重要基石。学术团队的存在将为学校争取到更多的科研经费、产出更多的高水平科研成果、培养更多的高素质人才、在更深更广的意义上为人类及社会的发展谋取幸福。由此可见,大学组织竞争力的提升不仅在于拥有一大批能力卓越的学术大师,还需要拥有一批目标明确、具有蓬勃向上精神和凝聚力的学术团队。师资队伍是培养高质量人才的关键,是形成学术团队的基石。

目前,西部受援高校不仅缺乏高学历、高水平的教师,而且尤其缺乏具有博士学位的、高水平的学术带头人。受援高校的教师往往缺少具有强关系网络的社会资源,而单一的、重复的社会资源并不能帮助教师提升学术水平、教学水平。支援高校对受援高校实行特殊支持政策,在同等条件下优先录取受援高校报考硕士、博士研究生的教师,优先安排教师进修访学。同时,支援高校教师通过在受援高校挂职院领导或学术支持推动受援高校学术团队的形成。实际上,西部受援高校教师的社会资源获取正是通过处在结构洞位置的支援高校的组织系统实现的,受援高校的教师将比没有对口支援关系的高校得到更多的信息资源和社会资源。

近几年,西部受援高校具有博士学位的教师数量、高水平文章的发表(四大检索刊物)数量、国家级重大课题的承担数量、国家级重点实验室立项数量等明显上升,其中一个重要原因就是支援高校的特殊政策倾斜的结果。这种做法,促进了高水平团队的形成和建设,有效地缓解了西部受援高校的高学历师资紧缺、专业教学力量不足的问题,提高了受援高校的重点学科建设水平,加快了青年教师的培养,为受援高校形成一支比较完整、有一定水平的师资梯队奠定了基础,对带动高校教学和科研水平的整体提高发挥了积极的促进作用。专栏5-6中的事例充分说明,支援高校所构建的社会网络是西部受援高校师资水平提高的最重要的支持。

专栏5-6：多途径加强师资队伍建设①

师资队伍建设是石河子大学常抓不懈的一项重要工作。自对口支援以来,石河子大学抢抓对口支援机遇,采用多种途径,千方百计建设一支高素质、高水平的教师队伍。

1. 教师支教促进学科发展,推动师德、师风建设。截至2005年,北京大学先后派出100多位学者、教授来石河子大学支教、讲学。2002—2004年教育部实施"李嘉诚基金会重点课程教师选派计划",北京大学派出教学经验丰富、学术水平高的30位教师来石河子大学支教,重点支持石河子大学新办专业,使新办专业的课程建设、教材建设、人才培养方案在短期内得到加强与完善。石河子大学给每位支教老师配备了1—2名助教,使这些青年教师足不出校就可得到名师们的指点。石河子大学的教师们在北京大学专家的亲自指导下教学水

---

① 资料来源：石河子大学对口支援办公室工作资料。

平提高很快。北京大学支教教师们不只是来授课,更重要的是他们良好的师德、师风深深地影响了石河子大学的教师们。中文系孟二冬教授就是他们中间的杰出代表。支教期间,他忍着病痛坚持完成了支教任务,最终咳血住进医院。他在石河子大学支教的先进事迹引起了党中央、国务院的高度重视,胡锦涛总书记为孟二冬同志题词:"为人师表,品德高尚。"孟二冬教授身上体现的对学生高度负责、对科研锲而不舍、对事业无私奉献的崇高精神为石河子大学的教师们树起了一面旗帜。

2. 选派教师赴北京大学进修、访学,提高教学水平。五年来,石河子大学共派出 120 余名教师赴北京大学进修,推荐免试硕士研究生 7 人作为师资后备力量前往北京大学学习。从北京大学深造、进修回校的教师在教学方面普遍有所提高,一些教师回校后开设了选修课,受到学生的欢迎。高级访问学者在北京大学主要进修科研方面的内容,回校后在各学科发挥了学科带头人的作用。

3. 建立"北京大学新疆研究生培养基地",培养高层次人才。在新疆生产建设兵团的大力支持下,以石河子大学为依托,北京大学于 2004 年 8 月在石河子大学建立了"北京大学新疆研究生培养基地"。培养基地立足西部,定向培养,在新疆招生,在新疆就业,为新疆生产建设兵团、新疆维吾尔自治区培养高水平的科研和管理人才,前三年重点培养石河子大学高层次教师。培养基地于 2005 年首次招生,两年累计为石河子大学培养博士 21 位,占当时石河子大学攻读博士学位教师总数的 18%。

人才培养是高校的根本任务,对口支援的最终目标也在于通过提升教师的水平带动学生素质的提高,更好地为当地经济和社会发展服务。石河子大学通过"文化西援工程",邀请北京大学著名学者、博导来石河子大学举办学术讲座,通过系列讲座使受援高校师生开阔了视野,增长了知识,了解了国内外学科前沿信息。"文化西援工程"的实施引起了疆内新闻界、学术界和社会的极大关注,不少疆内高校、政府部门、科研机构的教师及研究人员纷纷慕名前来听课。两校学生的校园文化交流也促进了对口支援工作的全面深入开展。专栏 5-7 就是石河子大学"实施'文化西援'工程,弘扬学术精神"的典型事例。

专栏 5-7：实施"文化西援"工程，弘扬学术精神①

"文化西援"工程是北京大学对口支援石河子大学开展的学术交流活动。自 2001 年始，北京大学的 31 位院士、教授、博士生导师先后到石河子大学开展了 66 场学术讲座。81 岁的马克思主义哲学史家黄楠森第一个来到石河子大学讲学，拉开了"文化西援"工程序幕。此后包括全国人大常委会副委员长、北京大学医学部主任韩启德院士、北京大学校长许智宏院士、北京大学常务副校长林建华、柯杨、著名学者吴树青、梁柱、陆俭明、阎步克、魏英敏、曹文轩、王晓秋、胡壮麟、郭应禄、马戎、王义道等一批国内知名学者奔赴石河子大学讲学。"文化西援"工程涉及哲学、历史、文学、语言学、伦理学、经济管理、医学、化学、生命科学等学科领域，听讲师生多达三万余人次。

"文化西援"工程的实施在石河子大学乃至新疆地区引起了强烈反响。石河子大学的广大师生把"文化西援"讲座当做文化盛宴，当做知识更新、开阔视野的难得机会。"文化西援"工程主要涉及文科领域，对提升石河子大学学生的文化素养、道德素养产生了巨大作用。北京大学名师讲座开启了石河子大学学生对人文科学的兴趣之门，从 2002 年始，石河子大学报名选修文科选修课程的学生数量逐年增加，2006 年选修文科课程的学生人数达到 6500 人，占选修课总人数的 30%。文科选修课程的开课数量增加了 12 门。石河子大学学生创办文学刊物的积极性大大增强，目前学校拥有学生自办的文学刊物二三十种，这些刊物内容丰富、特色鲜明，其中《火种》诗刊刊登的原创性诗歌引起了疆内甚至西部地区文学界人士的关注，《阳光地带》受到东部高校支教教师的高度赞扬。

北京大学名家名师带来的先进的学术成果、讲授的学科前沿信息对石河子大学教师的教学科研观念触动很大。北京大学名师先进的教学观念、前瞻性的学术思考引发了石河子大学教师们的思考，丰富了教师的教学素材及内容，对石河子大学的学科建设起到了引导作用。北京大学学者谦和、严谨的治学风范也深深感染了石河子大学的教师们。

---

① 资料来源：石河子大学对口支援办公室工作资料。

第三节   对口支援受援高校的社会网络行动表达

作为实施高等教育的社会组织,大学组织的发展总是需要从社会中输入资源,经过吸收、加工、创造,进而回馈社会输出产品。输入大学组织中的资源不仅包括人才、实物、场所、设备或资金等有形资源,而且包括声誉、信用、尊重、凝聚力等无形资源,还包括学科点、学位点、大学地位等符号资源。[①] 由于石河子大学通过北京大学、天津大学和华东理工大学等全面对口支援高校和浙江大学、华中科技大学和江南大学等援疆学科高校的支持,学校不仅获得了发展所需要的人力资源(支教教师、挂职干部、师资培养等)和实物资源(图书捐赠、设备捐赠等),而且也赢得了社会的信用和尊重,形成了良好的社会声誉,产生了巨大的凝聚力,特别是石河子大学的学科点、学位点的数量出现了明显的增长。为此,需要认真分析对口支援社会网络的行动表达规律。

一、受援高校的社会网络规律分析

(一) 外部表现为支援高校强势学科向受援高校弱势学科传播,内部表现为受援高校强势学科建立强关系网络,弱势学科建立弱关系网络

对口支援外部社会网络呈现出强势学科向弱势学科传播、渗透的规律。如对口支援石河子大学关系表 5-1 所示,8 所对口支援高校均为"211 工程"高校,其中 5 所为"985 工程"高校。仅在负责学科援建的 6 所高校中,支援学科也均为国内高校同学科排名前列的学科,如天津大学化学、化工学科,华中科技大学医学学科,江南大学食品学科均为国内高校知名学科。这些支援高校的强势学科的学术力量源源不断地向受援高校需要支持的学科传播、渗透。

对口支援内部网络表现为受援高校强势学科建立强关系网络,弱势学科建立弱关系网络。由于西部高校内部学科发展存在不平衡性,受援高校必然确定优先支持有一定基础的相对优势学科和特色学科,即选择支援高校的优势学科支持受援高校急需发展的学科。这是因为具有学科援助的高校间,必定具有相似或相近的学科。而需要援助的学科大多是当地经济发展需要的应用学科,也是西部高校大力支持和重点建设的

①   侯志军.资源和信任:大学组织发展的关键性要素[J].黑龙江高教研究,2009(3):6.

学科。相反,弱势学科的发展是在保证受援高校急需发展优势学科的前提下才予以考虑。因此,强势学科建起校级层面的对口支援受援高校学科关系,弱势学科则没有建立校级层面的社会网络支持关系。

限于西部高校财力的紧缺,西部受援高校通常都坚持"有所为,有所不为"、"有所多为,有所少为"和"有所先为,有所后为"的原则,确定学科发展顺序。这样一来,受援高校的优势学科社会网络表现出强关系,弱势学科社会网络表现为弱关系。爱普斯坦(Epstein)将一个与之互动非常紧密又相当固定的朋友,以及由此一关系而互相认识所形成的网络称为有效网络(effective network),其余则构成延伸性网络(extended network)。格兰诺维特认为,前者可称为强连带关系,它往往处于核心的位置;后者可称为弱连带关系,它常常处于边陲的位置。①而处于核心位置的有效网络或强连带关系的维护,往往需要较长时间去培养。这也就是说,具有正式对口支援关系的强势学科所在受援高校常常表现出强关系的连接方式,学校在此方面关注度高、投入经费多。由于受援高校与支援高校之间建立了强关系联结,在正式社会支持网络中将获得更多的同质或异质资源。受援高校越重视,驾驭的社会资本越有可能正向地影响表达性或工具性行动的成功。如,北京大学、天津大学和华东理工大学等支援高校重点支持石河子大学化学化工学院相关学科的发展,使其得到了较快的发展。而不具有正式对口支援的弱势学科所在高校,由于没有严格的协议制度或政府层面的支持作保障,只能依靠自身所构建的高校学术支持网络,而往往表现出弱关系的连接方式,获得的发展所需要的社会资源十分有限。如,石河子大学师范学院由于教师教育学科相对薄弱,社会显示度不高,学校没有连接一所高水平的师范类大学对口支援师范学院。

(二)受援高校呈现出由"一对一"向"多对一"的社会网络转型

拥有较多对口支援关系的受援高校对学校发展有比较明显的促进作用,受援高校可以通过众多支援高校获得更多的社会资本、利用更多的社会网络、摄取更多的社会资源,从而导致更成功的社会行动。由于对口支援社会网络数量的增多,对口支援社会资源丰裕程度增加,受援高校的学科覆盖面也随之拓宽。支援高校所形成的交叉、重叠、多向的社会网络指向受援高校,使得对口支援社会网络的绩效在受援高校中产生累积效应。实际上,一所支援高校学科设置难于全面

---

① [美]马克·格兰诺维特.镶嵌:社会网与经济行动[M].罗家德,译.北京:社会科学文献出版社,2007:81.

覆盖受援高校的学科设置,即便是支援高校也不是所有学科都是优势学科。因此,多样丰富的社会支持网络更有利于西部高校的发展,也更符合高等教育自身发展的规律。

对口支援石河子大学社会网络呈现出"一对一"(一所支援高校对应一所受援高校)向"多对一"(多所支援高校对应一所受援高校)的转型。2001年教育部指定北京大学全面对口支援石河子大学,2005年应新疆兵团发展化学工业的需要,教育部又指定天津大学全面对口支援石河子大学,2008年教育部又增加华东理工大学全面对口支援石河子大学。2005年4月,教育部为贯彻落实全国人才工作会议和中央民族工作会议精神,积极配合中央关于新疆发展和稳定的重大战略部署,进一步丰富对口支援工作的内容,决定实施专门项目的"援疆学科建设计划"。2005年6月,教育部和自治区人民政府联合召开了"实施援疆学科建设计划会议","援疆学科建设计划"由此正式启动。同年,教育部指定浙江大学、四川农业大学、西北农林科技大学、华中科技大学分别援建石河子大学畜牧学、农林经济管理学、生物学基础医学、内科学、公共卫生与预防医学等相关学科。2006年教育部又指定江南大学援建石河子大学食品科学与工程等相关学科。由此看出,正式支持的社会网络由一所大学向多所大学演变,援助任务由全面支援向重点建设转变,使得受援高校的社会网络不断丰富和网络层级不断增加,受援高校所获得的社会资源更为多样和符合实际。

(三)选择对口支援高校要遵循双方学科属性差异适中的原则构建社会支持网络

支援高校的选择在一定程度上影响着对口支援任务绩效的达成。林南认为,既然等级制结构是根据资源排列层级顺序的,那么,可以推出,跨层的互动最经常发生在相邻的层间,任何两层间的互动数量都取决于他们在结构中的距离。因此,社会流动最可能发生在相邻的层级之间。① 同理,高校学科属性、文化属性接近的行动者最有可能交往,也就是说地位有一定差异但相差不大的行动者之间交往频次较多。在选择支援高校时,并不是支援高校规模越大、社会声誉越高、学科水平越高就越好,而是要看支援、受援高校学科相似度、文化背景等差异适中,则支援、合作的可能性大、契合程度高。差异性适中的支援高校和受援高校

---

① ［美］林南.社会资本:关于社会结构与行动的理论[M].张磊,译.上海:上海人民出版社,2005:173.

合作起来很默契,有事可做,有空间可提高,支援高校知道在哪些方面展开行动和合作。如,北京大学所设置的学科基本覆盖石河子大学所设置的学科,南京农业大学所设置的学科基本覆盖新疆农业大学所设置的学科。这样,对口支援容易发生实质性的合作和交流,容易获得西部高校所需要的学科支持。在本研究的实证研究部分将再次表明学科属性相近的学科援助高校对口支援成效相对显著。

二、受援高校的社会网络利益分析

(一) 对口支援社会网络带来的直接利益

教育部关于实施"对口支援西部地区高等学校计划"的通知(教高[2001]2 号)要求,实施"对口支援计划"要以人才培养工作为中心,以学科专业建设、师资队伍建设、学校管理制度与运行机制建设为重点,争取用五年的时间,使受援高校的教学、科研和管理水平有较大提高,为受援高校的长远发展奠定坚实基础。这是教育部对口支援西部高校教育政策的基本要求和基本内容,也是考核各支援高校任务绩效的基本依据。为此,各对口支援高校对任务绩效的完成都高度重视,成立了专门的组织机构负责此事,并把对口支援工作列入学校的工作重点。实际上,随着对口支援工作的深入开展,对口支援确实直接促进了石河子大学学科、科研、师资等方面实力的提升,这也是教育部推动对口支援西部高校教育政策所带来的任务绩效。如表 5-2 所示。

表 5-2 对口支援以来石河子大学有关项目变化表

项 目 内 容		2001 年	2007 年
学科	本科专业	43	61
	硕士点	20	52
	博士点	0	4
	博士后科研工作站	0	1
	博士后科研流动站	0	2
科研	项目总数	79	224
	项目经费总额(万元)	682	5812.5
	国家级项目	3	84
	省部级项目	20	100
师资	硕士	167(2002 年)	461
	博士	17(2002 年)	89

(1)学科方面。2001 年石河子大学本科专业为 43 个,2007 年本科专业达到 61 个;2001 年石河子大学硕士点只有 20 个,2007 年硕士点增

加到 52 个,其中文科硕士点取得零的突破;2001 年石河子大学博士点为零,2007 年博士点为 4 个;受益于北京大学对口支援,石河子大学博士后科研工作站、博士后科研流动站、MBA 专业学位点均取得零的突破。

　　(2)科研方面。2001 年石河子大学获科研项目总数为 79 项,2007 年项目总数达到 224 项,项目经费由 2001 年的 600 余万元增长到 2007 年的近 6000 万元,项目经费增长了近 10 倍。与对口支援高校共同申报国家级科研项目 15 项。2006 年,与北京大学联合申报国家社科基金重大招标项目成功,是西北地区首次获得此类项目。2007年,石河子大学 4 个学院(所)联合北京大学地球空间科学学院遥感所立项国家科技支撑计划项目 1 项,获科研经费 1500 万。

　　(3)师资方面。2002 年石河子大学拥有硕士学位的教师为 167名,拥有博士学位的教师为 17 名,分别占教师总数的 16.40%、1.67%;2007 年石河子大学拥有硕士学位的师资为 461 名,拥有博士学位的师资为 89 名,占教师总数的 31.12%、6.01%。其中,支援高校为石河子大学短期培训教师 239 名。北京大学研究生培养基地培养博士 24 名,推荐免试研究生 22 名。天津大学也在石河子大学建立了研究生培养基地,其他各支援高校都纷纷加大了对石河子大学师资的培养力度。

　　(4)物资支援。北京大学在图书资料、计算机设备、实验仪器等方面给予石河子大学无私援助。北京大学出版社每年向石河子大学捐赠新版图书,动员全体教师为石河子大学捐赠自己的出版著(译)作,共捐赠图书 24459 册。北京大学于 2004 年、2007 年共向石河子大学捐赠了 200 台电脑,建立了"第五微机实验室"和 MBA 教育中心实验室;向石河子大学化学系捐赠价值 30 万元的化学实验设备;北京大学资源集团向石河子大学捐赠了 40 台 NC 机和 4 台服务器;由北京大学牵线,美国明导公司向石河子大学捐赠了价值 1 亿元的计算机软件。天津大学向石河子大学捐赠图书 3000 余册。

　　(二) 对口支援社会网络带来的间接利益

　　一个群体的集体声望可以定义为,群体中有名声的行动者数量和他们被其他群体所熟悉的程度。因此,行动者在社会网络与社会群体中的名声促进了社会群体的集体声望。某些行动者的名声越高,享有高名声的行动者越多,群体的声望提升越快。与很多有声望的群体相联系,也会提高一个行动者自身的名声。[①] 近几年,石河子大学由于东

---

　　① [美]林南.社会资本:关于社会结构与行动的理论[M].张磊,译.上海:上海人民出版社,2005:154-155.

部众多高水平大学的对口支援,使学校的办学实力和知名度迅速提升,使行动者石河子大学无意识地提高了自己的社会声望,逐渐得到了社会的普遍认可,继而又转化为受援高校的社会资本,吸引了一批批新疆区外莘莘学子第一志愿报考石河子大学,新疆区外招生人数逐年上升,学生生源质量也呈现良好的发展态势,有力地提升了对口支援西部高校教育政策实施的周边绩效。[①]

随着经济发展,新疆对人才需求量逐年增大,让许多新疆区外生源的毕业生看到了新疆巨大的创业空间和自身发展的希望所在,一批批优秀的毕业生志愿"服务地方经济,投身西部开发",到新疆和兵团基层农牧团场就业。西部大开发良好的人才需求环境和石河子大学"以兵团精神育人、为屯垦戍边服务"的办学特色共同作用,逐步构建起人才流向新疆的机制。2002 至 2008 年新疆区外生源毕业生在新疆和兵团的就业率均在 57% 以上,2005 年达到了 70%。截至目前,已有 5283 名新疆区外生源毕业生在新疆就业,不少学生已成为新疆及兵团各条战线的骨干力量。2002 至 2007 年,石河子大学本科毕业生一次就业率连续保持在 90% 以上,位居新疆高校前列。

三、受援高校的社会网络效果分析

(一) 对口支援社会网络的扩展直接影响对口支援效果

社会资本本身要意是社会行动者在社会网络或更广泛的社会结构中获取稀缺资源或所需资源的一种动态能力,其核心要素是信用、规范。西部高校作为受援方必须是具体的行动者或稀缺资源的需求者,这样接入东部支援高校的社会网络,才有可能真正提高西部高校的学术水平或办学水平,达到政府推动下的对口支援行动目的。同时,必须遵循网络规范、网络信用。因此,对口支援的社会网络应由校际核心圈不断扩展至院系中心圈,最终延伸至教师学术圈。石河子大学对口支援工作的开展通过三个层面进行,分别是核心层即学校领导层面;中心层即各学院和机关单位层面;边缘层即教师个人层面。目前,对口支援工作开展在核心层面、中心层面往来、互动较多,在边缘层即支援、受援高校教师往来、互动很少,这就使得对口支援工作流于简单的互访、签署协议,没有真正解决受援高校的实际问题,落实协议

---

①　实际上对口支援的周边绩效不仅体现在西部高校社会声望的提升、生源质量的改善、支援高校文化传递、办学理念更新、教师间非正式互动,而且影响了一批新疆区外生源的大学毕业生留在新疆工作,产生了高层次移民的良好趋势,比例达到 60% 以上。

的力度不够,从而影响支援效果。如,自 2001 以来,37 所受援高校与支援高校共签订协议 372 份,每所受援高校平均签订协议 10 份。其中,石河子大学签订协议 54 份,占总协议份数的 14.52%。① 但是,许多涉及合作或支持项目的协议只停留在文本上,并未真正落实,也缺少协议计划内容的执行检查。由此说明,受援高校比较重视与支援高校的情感性表达,而工具性表达不足,即受援高校作为行动者比较关乎维持已有的社会资源,对行动者所拥有的资源获得意识还不够主动。

(二)西部受援高校的管理水平影响学术支持网络的效果

随着石河子大学对口支援工作的深入推进,支援高校增加到 8 所,其中,北京大学、华东理工大学提供全方位支援。石河子大学有 12 个学科接受东部高校援建。支援学科的迅速扩散,要求学校提升管理水平。如果受援高校管理效能不高,存在诸如效率低下、疲于接待、主动性缺失、资源浪费等缺陷,与支援高校仅仅停留在表层的来往与联系,而没有真正嵌入到支援高校的核心学术网络,就会耽误或影响受援高校核心任务绩效的完成。如,师资培养、学科发展等。在对口支援过程中,职能部门比较热衷于与支援高校建立联系,也签订了不少协议。但是,若双方高校的职能部门并没有有效将工作落实到基层学术组织,就会影响社会网络的连接、传承和共享,受援高校也无法有效利用支援高校的学术资源。

(三)知识的选择性影响社会网络信息的传递效果

知识的选择性决定一个人、一个组织在学习时选择自己感兴趣或易学、易懂的知识进行学习。这一点符合经济学中的偏好公理。② 知

---

① 资料来源:据教育部高等教育司受援高校基本情况整理所得。

② 西方消费需求理论中,偏好公理被认为可以检验消费者行为的理论。包括:1. 完备性公理。指消费者对于某些商品所有可能的组合能够按照他的偏好程序有顺序地排列出完整的、可供选择的商品组合。2. 传递性公理。消费者对商品组合 A 的偏好,大于 B 的商品组合,而对 B 商品组合的偏好又大于 C 组合的商品,则消费者对于 A 组合的商品的偏好必然大于对 C 组合的商品的偏好。否则该消费者的行为就是非理性的选择行为。传递性公理保证了偏好次序的一致性、连续性。3. 选择性公理。消费者在购买或消费行为中总是力图使其偏好达到最大和最佳状态。4. 优势公理。消费者对所有的物品总是喜欢多一点比少一点好。通常可称为"不满足原则",即消费者的欲望永远得不到完全的满足。5. 连续性公理。指存在着一条由一组点形成的边界。这条边界在商品空间中把那些消费者偏好的商品组合同不偏好的商品组合划分开来。这条边界限即一条无差异曲线。这个公理证明无差异曲线是一条曲线而不会是"模糊不清"的一堆。6. 偏好的凸性公理。它假定无差异曲线凸向原点,在显示的偏好理论中也需要这条公理。

识的选择性在对口支援工作中同样有效,受援高校固有的倾向性、路径依赖,以及选择性认知和选择性记忆造成对支援高校显性知识的强化,而对支援高校隐性知识的选择往往予以忽略或不重视。比如,北京大学对口支援石河子大学,也是石河子大学向北京大学学习的一个过程,石河子大学在这种学习中也是有选择的,石河子大学努力向北京大学学习学科前沿、研究方法、管理制度、管理方法、组建学术团队等等,但北京大学学术的争鸣、自由、严谨等内在的办学理念、管理理念,石河子大学很难学会,更加难以实践。实际上,"社会资本是出于一个共同体之内的个人、组织(广义上的)通过与其内部、外部对象的长期交往、合作互利形成的一系列认同关系,以及在这些关系背后积淀下来的历史传统、价值理念、信仰和行为范式"。① 因此,对口支援高校不仅要从社会网络中获得外在的、显性的学术资源,还要从社会网络中获得内在的、隐性的学术资源,通过长期交往、互利合作,形成对口支援学术共同体。

（四）对口支援经费短缺影响受援高校社会网络永续发展

社会网络的维护与经营是以物资资本为基础的。没有对口支援专项经费支持,对口支援社会网络就难以为继。虽然社会资本能够激励物资资本和人力资本的配置效率和作用,但社会资本的培育、提升、协调和控制是以社会网络的构建和运行为前提的。没有物资资本的供给,社会网络就难以构建,人力资本也难以提升。即便是对口支援高校,如果没有专项经费作支撑,对口支援高校间相互交流就会减少或中断,从而难以建立持续发展的学术支持网络,难以有效维系对口支援社会网络的复制和构建。自对口支援西部高校行动实施以来,无论是支援高校还是受援高校都是在经费紧缺的状况下开展工作。石河子大学为确保对口支援工作的顺利开展,每年从原本紧缺的运行经费中切出 150 万元,用于支付对口支援工作的专项开支(见表 5-3)。但是,由于政府没有"对口支援"工作的专项经费投入,对口支援工作的物质基础相对薄弱,在一定程度上也制约了对口支援工作健康、持续地发展。

---

① 杨雪冬.社会资本:对一种新解释范式的探索[M]//李惠斌,杨雪冬.社会资本与社会发展.北京:社会科学文献出版社,2000:36.

表 5-3　石河子大学对口支援专项业务预算表

项　目	年度经费(万元)			
	2006	2007	2008	2009
外派教师进修、干部挂职费用	35	30	35	42
名校名师讲坛等学术交流费用	20	40	30	42
支教教师、援疆干部费用	12		10	10
对口支援校际会议费用	17	20	10	18
援疆学科等重点学科建设支持费	33	36	44	22
国内交流与合作会议、差旅费	14	14	14	10
宣传印刷、邮寄及日常办公等	19	10	7	6
总　计	150	150	150	150

四、受援高校的社会网络对策分析

（一）突破迷信支援高校的知名度误区，构建有效的强关系社会支持网络

选择支援高校、合作高校时，尤其要避免一味迷信学校知名度的误区。选择支援、合作高校时，不能不考虑自身基础、学科特性。如果受援高校和支援高校学科设置、学术力量和研究领域差异很大，即使支援高校学科实力很强、知名度高，也不可能有效建立强关系的社会网络，获得所需要的社会资源。相反，如果双方高校的学科差异、研究方向比较接近，双方差异程度适当，就有可能建立有效的强关系社会网络。

（二）通过参与学术会议，拓展学术支持网络

西部高校的社会网络仅仅通过对口支援网络和校际合作高校进行构建，还不能满足西部高校跨越式发展的需要，社会网络范围和规模略显狭窄，学术资源十分有限。通过参加各种学术会议，结识其他高校，是延伸社会网络、拓展学术资源的有效途径。西部高校教师可以直接与其他高校的同行对话、交流，了解学术前沿动态，共同探讨学术问题，开辟学术合作途径。学术会议易在近距离加强教师间的学术交流和情感交流，易形成非正式的沟通渠道和非正式的支持网络。[①]学术交流不仅依赖校（院）组织间的正式支持网络的建构，更需要教师个体间的非正式支持网络的建构。在对口支援高校的社会网络中，通

---

① 转引自：林竞君.网络、社会资本与集群生命周期研究[M].上海：上海人民出版社，2005：210.

过人际关系网络进行非正式交往具有很强的信息搜寻功能,它可以增大学科知识的扩散速度和扩散范围,形成重叠、交叉的学术支持网络。

(三) 提升社会网络配置学术资源的效率

社会资本提供了不同于市场、国家和企业的网络式资源配置方式。社会网络配置资源不是通过分散的交换和行政命令来实现,而是通过社会网络来实现。社会网络传递的信息比市场获得的信息更密集,比等级沟通获得的信息更自由,是其成员参与互惠、符合意愿和相互支持的社会行动。在高等教育学术领域中,由于东西部高校教师双方信息的不对称,学术资源配置效率损失是难以避免的。而对口支援西部高校社会网络的建立,为西部受援高校教师与东部支援高校教师沟通、合作提供了难得的信息交流平台。通过提升社会网络配置学术资源的效率,使西部受援高校师资水平得以整体提升,反过来也促进了与东部支援高校教师更好地合作,增强了共同为受援高校所在区域社会服务的能力。

(四) 构建双赢的对口支援社会网络

林南、科尔曼、詹姆斯分别提出了网络的社会资源论和社会资本论,这些理论提出社会个体可以通过相互间的优势资源、稀缺资源的共享所形成的社会关系来实现其工具性目标。霍曼斯将资源定义为"某种物质性或非物质性的财产",其认为社会互动和社会行为基本上可以理解为资源的交换。[①] 杨雪冬认为:"社会资本实际上在很大程度上是利益结构共同体的代名词。社会资本不仅表现为个人、组织间相互联系的广度,而且体现为这些联系的稳定性和扩展度。"[②]根据这些观点,对口支援高校间可通过社会互动和社会行为,构建支援高校与受援高校双赢机制。

既要有利于支援高校发挥优势,又要有利于受援高校得到支持,实现工具性目标的完成(受援高校的学科建设、师资培养和管理水平等)。否则,即使支援高校有更好的社会资源,如果受援高校与支援高校的关系没有反映规范的互惠、信用和相互义务,支援高校也可能不会对受援高校获得资源的愿望做出行动回应。因此必须引导对口支援向纵深发展,吸引更多的名校名师参与其中,促进对口支援工作持久健康发展,形成对口支援的长效机制。西部有资源优势、地缘优势,

---

　　① 彭华涛.创业企业社会网络的理论与实证研究[D].武汉:武汉理工大学,2006:34.

　　② 杨雪冬.社会资本:对一种新解释范式的探索[M]//李惠斌,杨雪冬.社会资本与社会发展.北京:社会科学文献出版社,2000:36.

西部大开发中有许多经济和社会问题需要研究和解决,这些都为西部高校与东部名校合作研究、联合办学提供了机会和条件。

因此,支援和受援高校双方要有双赢的意识,在共同申报项目、共同搭建研究平台方面寻找突破,并建立一些有利于双赢的工作制度。①

第四节　受援高校访谈实录的社会网络特征分析

深度访谈的目的并不在于解释疑惑,也不在于验证假设,抑或是通常所说的评价。深度访谈的核心是了解他人的"鲜活"经历,理解他们对其经历生成的意义。② 本研究在问卷调查的基础上,选取重点关注的问题和前述假设,运用深度访谈的方式进行了补充调查。在 2009 年 6 月至 7 月,研究者分别选取了石河子大学在受援高校挂职的院系领导、攻读博士学位的年轻教师、进修访问的学术骨干和主管对口支援工作的行政人员等进行了个别深入访谈。为不影响被访谈者对支援西部高校工作的真实想法和判断,同时考虑到受访者回答问题的方便性和灵活性,本次访谈采取不记名的方式进行,设置了半结构式的访谈提纲,内容涉及 9 个问题,主要包括支援高校的作用评价、学术社会网络拓展、对口支援双赢机制等内容。

一、支援高校对受援高校发展的影响

为了了解受援高校石河子大学因为对口支援项目所带来的变化,研究者设计了这样一个问题:"对口支援"西部高校计划实施后,请您结合学校实际,谈谈支援高校起到了什么作用? 受援高校得到了什么收益? 从下面受访者访谈记录中可以看出:通过对口支援西部高校计划的实施,支援高校确实对石河子大学的发展起到了引领作用、扶持作用和广告作用。受援高校从中更新了办学观念、获得了学术资源、拓宽了合作空间、密切了外部交流。这一切都得益于西部高校被镶嵌在支援高校的社会网络结构之中,由此拓展了西部高校的社会网络规模和范围。通过支援高校与受援高校的行动计划,使受援高校获得所需要的社会资源。由于支援高校在高等教育系统中处在较高的

---

① 周生贵.着力构建高校对口支援的双赢机制[N].中国教育报,2006-11-06.
② ［美］埃文·赛德曼.质性研究中的访谈:教育与社会科学研究者指南[M].周海涛,主译.重庆:重庆大学出版社,2009:9.

学术塔尖,具有良好的结构性视野,拥有良好的嵌入性和控制性资源,可以为受援高校提供更多的有价值资源。支援高校的社会信用、社会声望也会通过对口支援网络延伸至西部受援高校。

支援高校起的作用主要有三点。第一,引领作用。支援高校有很好的办学理念、先进的管理经验、前瞻的眼光,能从学校的发展规划和学科建设上给予指导。第二,扶持作用。支援高校的办学资源丰富、科研实力雄厚,可以给我校的教学科研以直接的帮助。第三,广告作用。支援高校都是名校,和这些名校经常联在一起,石河子大学的知名度和受关注的程度都有很大的提高。石河子大学现在的办学理念和管理水平都有了很大的提高,眼界更加开阔了。科研的信心更加足了,单独或联合申报成功了很多大的科研项目。(FT011)

提高了我校在国内大学中的关注度。以我这次去的天津大学为例,在与天津大学老师的接触过程中,我发现天津大学老师对石河子大学的认识,从以前的一无所知,到现在则有一定的认识。开阔了我校师生的视野。我校地处边疆的边陲小城,本地只有一所大学,这对于我校师生与其他高校同学和老师的接触,实际上是不利的。通过对口支援,我校的部分师生赴对口院校工作和学习,为我校的师生与其他同行的交流提供了一个较好的平台。增多了我校与其他学校科研合作的可能性。对口院校多为在学科建设方面属国内一流的高校,科研实力较强,而我校虽然办学时间较长,但以往在科研上只有农、医两个学院较为突出,通过对口支援,增多了不同学校间官方与民间的接触,这样就为合作申报项目提供了基础。(FT021)

对师资队伍建设起到了良好的推动作用。几年来我校选送多批挂职干部及进修、高访教师赴东部支援高校锻炼、学习,结合专业优势报考支援高校的硕士或博士,提高自身的学历层次。例如,天津大学化工学院学科优势在全国高校中都很突出,我院结合新疆本地资源优势需大力发展化工优势,天津大学化工学院和我院近几年各自选送多位老师在对方学院挂职锻炼,我院多名教师考取天津大学博士,我院学科建设及师资水平均得以提高。选派优秀学生赴支援高校插班学习,感受国内一流院校的学习氛围。我院每届学生都有机会被选送去天津大学、南开大学插班学习,这对学生是难得的机会。(FT031)

对口支援工作中,受援高校应是主动方、积极方,对口支援工作的具体项目都来自受援高校的需求,能提出需求是受援高校的责任。受援高校收益:思想观念的解放、整体水准的提升、名师效应的引领和科研合作。浙江大学在教学和科研方面都起到了很好的引领作用，它良好的校风、浓厚的学术气氛、多元的办学方法，使我受益匪浅。比如，虽然住宿校区和听课校区较远，但是学生们的学习生活很有节奏，教师们学术活动开展得也井然有序。（FT041）

北京大学对口支援我系，他们先后选派了拓扑学家王诗宬教授（中科院院士）、代数图论专家方新贵教授前来支教，使我们的学生和老师在这里就能听到名师专家的讲课和讲座，使我系的专业影响力有所增强。同时，对我校教学水平和科研实力的提升也有积极的促进和影响。（FT051）

支援高校：牵线搭桥的作用。受援高校：拓展了交流渠道，有了更多的机会与高层次单位和人员开展交流。如，国外友好协议学校中有一半是北京大学介绍的。"对口支援"西部高校计划实施后，支援高校起到传、帮、带的作用，受援高校得到了整体的发展指导和借鉴。主要在学科建设、科研课题的研究申报中，受援高校都得到了受益。（FT061）

对口支援计划的实施过程中，支援高校的名校带动作用是巨大的，在办学理念上对受援高校启发很大，在师资队伍建设上帮助明显，在学术氛围的营造上作用显著，有力地提高了受援高校的社会声誉和美誉度，增强了西部地区从事高等教育的办学信心。通过支援高校和受援高校的多方面的接触、了解，受援高校有了明确的办学参照目标，清楚地知道了自身的差距，同时也看到了自身在发展中所面临的机遇和挑战，了解自己，明确定位是一个学校发展的关键。对口支援在这方面的作用是不可估量的。（FT071）

提高了我校在东部高校中的知名度。自从北京大学、天津大学等对口支援石河子大学以来，通过这些大学的影响力，以及各类学术活动举行的增多，北京、天津等地的各大高校的师生基本都对我校有一定的认识，并对我校的发展表现出了相当的关注程度。以我这次去学习的对外经济贸易大学为例，很多师生都很关注石河子大学，部分学生表示了对我校快速发展的赞叹和敬佩。天津大学文法学院也是对口支援我院的学院。这两年不断地通过单考、西部计划等形式为我院培养了将近20名硕士研究生，为我院师资力量的提高起了非常重要的推动作用。（FT081）

二、外部社会网络对受援高校发展的影响

(一) 对口支援扩展了受援高校的社会网络

社会资本正是通过社会网络实现的,在对口支援西部高校过程中,社会网络对石河子大学的发展产生了什么影响?本研究设计了如下相关问题:通过"对口支援"项目,您的社会网络(学术网络等)是否得到扩展?您从中得到了什么收益?您最希望得到支援高校什么样的支持?以下受访者都高度认可对口支援扩大了他们的社会网络,使他们有机会进入高水平的专业学术圈子,从而提升他们的科研能力和学术标准。在对口支援之前,西部高校与东部高校只是一种弱关系的联接方式,西部高校不可能单凭自身力量获得东部高校长期的支持与合作,甚至没有很多机会与东部高水平大学发生连接。对口支援行动计划的实施,使西部高校有机会靠近高等教育系统网络中的桥梁位置,支援高校的社会信息从一个社会圈子流向另一个社会圈子,从而为西部高校的发展提供了源源不断的社会资源。

由此反映出,对口支援西部高校项目充分利用了社会资本效应,教育部积极投资政府社会资本(对口支援关系高校),引导民间社会资本(非支援关系高校),使西部高校的社会资本存量增加,而社会资本以社会支持网络的形式表现出来,最终为西部高校提供了支持和保障。同时,这种以社会支持网络为导向的对口支援西部高校项目适应了社会主义市场经济条件下市场配置学术和智力资源的规律,也弥补了西部高校在人力资本方面固有的缺陷,增强了西部高校在学科发展中的竞争能力。

我的社会网络和学术网络都有了很大的扩展。通过参加和北京大学、天津大学等对口支援高校的一些合作项目,比如进修、访学和讲座,我认识了很多学术界的领军人物,从而进入到他们的学术圈子里,这为今后进一步的交流和发展打下了基础。尤其是联合做科研项目,与他们结合成团队,这样就为今后长期的合作打下了基础。最希望的还是科研项目支持。希望有合作和前沿思想的交流。(FT012)

通过对口支援,社会网络和学术网络确实得到了扩展。可以欣赏到名师讲座、看到精品课程课件及很多其他宝贵信息。通过科研合作提高科研能力,通过读学位提高学历层次。(FT022)

社会网络(学术网络等)得到了很大的扩展。在思想观念、思维方法、工作模式方面得到借鉴。最希望支援高校持续不断地带动我校重

点学科建设。通过"对口支援"项目,本人的社会网络(学术网络)得到了扩展,通过到对口支援高校学习,自己的科研水平有了一定的提高,在学习期间发表了有关的学术论文,学到了支援高校的学科建设、教学管理、特色办学等方面新的办学理念。本人希望到与本校学科专业相近的具有一流办学特色的学校学习,这样的学校更能够提高对口支援的效率。(FT032)

　　借助"对口支援"项目,我们得以向支教老师学习和交流,以及了解本专业的前沿动态,参与支教老师的科研课题,并以此为基础开展更高层次的学术交流。最希望得到支援高校系统持续的学术指导和帮助。(FT042)

　　社会网络和学术网络都得到扩展。最大的收益是考取北京大学博士,最希望得到社会和学术关系上的支持,这是西部高校最缺乏的。(FT052)

　　我的学术网络得到了一定的扩展,这主要是因为我在这次学习过程中结识了一些天津大学与其他高校的教师,这为我今后申报科研项目提供了一些社会资源,同时这次进修为我教学方面的进步也奠定了基础。我希望我们能够得到更多外出学习的机会。(FT062)

　　通过对口支援,老师的学术网络得到了扩展,交流的平台明显提高,可以跟上学术的前沿动态。具体到本人来讲,学历的提高,参加支援高校举办的学术会议,到北京大学进修学习等,都开拓了我的学术视野,结识了学术名流,收益多多。(FT072)

　　我的学术网络得到了一定的扩展,这主要是因为我在这次学习过程中结识了一些对外经济贸易大学和北京地区其他高校的一些教师。通过交流与探讨,在科研立项和教学方式方法上我都获益匪浅。我希望能到支援高校继续进行学历深造,因为我所学的专业在全国的博士点很少,而且要考第二外语,难度相当大。所以,希望通过对口支援能在学历上进一步提高。(FT082)

　　(二) 不同的社会网络带来不同的收益

　　在问及受访者,您的社会网络主要通过支援高校带来的收益多,还是通过非支援高校带来的收益多时,他们做出了如下回答,认为有支援关系的高校,关系相对紧密和固定,受援高校更易得到支援高校实实在在的学术支持。这说明政府构建的社会支持网络起主导作用和基础作用。社会支持网络的构建离不开政府支持,没有政府支持,社会支持网络本身就难以维持下去。在中国,虽然由政府行政组织包揽一切社会服务的传统模式已经不适应市场经济的发展,但面对在市场竞争中处于弱势地位的西部高校,政府仍然是它们的主要支持因素,政府的社会支持在转型时期显得尤为重要,它在社会支持系统中占据主体地位,发挥主导作用。从根本上讲,西部高校的弱势地位是长期以来文化、区域以及资源配置所导致的结果。因此,要建立西部高校的社会支持网络,首先要强化政府的支持,把政府干预变成对西部高校的有利支持因素,为这部分西部高校提供各种制度支持和组织支持,以保证整个对口支援西部高校计划的运行。同时,也要高度重视西部高校与非支援高校的来往和交流,不断拓宽西部高校的社会网络和合作伙伴,获得各方的学术支持和学术资源,从而为西部高校的发展创造条件。

　　所有的社会网络都会带来收益。当然,支援高校给我带来了更加开阔的社会网络。因为是名校,认识的人的层次会更高。社会网络通过支援高校带来的收益多,支援高校具有一定的任务,通过对口支援可以起到资源互助互补,提高我们的办学水平和学术指导。(FT013)

　　由于和对口支援高校在学术上联系相对紧密,相对地获益较多。比如:参与导师的研究项目,参加本领域的学术交流和实践活动等。(FT023)

　　对口支援高校带来的收益多,因为通过对口支援,才能直接或间接地获得较多的社会网络。(FT033)

　　支援高校给我的社会网络的建立带来很多收益。对西部高校来讲,对口支援高校是交往最多、最密切的高校。因为这学期我的进修是为了石河子大学拓展新的专业方向,所以对其他非支援高校接触不太多。(FT043)

　　支教老师完成支教任务返校后,仍然心系石河子大学,不断地提供学术信息,指导学术研究,提供交流平台,使学术网络在"对口支援"背景下筑固、加强和延续。(FT053)

　　我的社会网络通过非支援高校带来的收益多。因为这次去天津大学进修以及前几年天津大学派挂职院长时间都比较短,还由于所从事专业不完全吻合,所以给予的帮助不是太明显。我的社会网络大多是不同求学时期以及在工作后认识的人,这方面对我的帮助更大。(FT063)

　　我的社会网络主要都是支援高校带来的,本人在学校就是负责对口支援工作,与支援高校的各个阶层的人员都有往来,对我本人的专

业帮助也很大,不同学校的风格、理念让我接触到丰富多彩的思想。此外,在工作之余也交到了很多优秀的朋友。(FT073)

政府主导的具有对口支援关系的东部高水平大学为西部受援高校发展构建了正式的社会支持网络,具有较强的政府约束力(每年教育部将要求各支援高校上报有关工作数据和工作报告),而西部高校依靠自己力量与东部高校所达成的意向性合作框架,因不具有双方合约关系的约束力,通常是非正式的社会支持网络。两种社会支持网络的功效有明显的差异,其中政府主导的正式社会支持网络更有利于受援高校与支援高校的实际合作。

(三)受援高校必须借助支援高校的社会网络提升自己的学术水平

学校国家重大科研课题或重点实验室等项目的申报成功,支援高校起到了什么作用?我们为什么依赖支援高校的支持?长期依靠我们会存在问题吗?在回答这类问题时,受访者普遍认为石河子大学国家重大科研课题或重点实验室等项目的申报成功,支援高校起到了协助作用,特别是学术网络的信用传递,增强了受援高校的学术潜质。但同时也表明,受援高校必须借助支援高校的社会网络提升自己的学术水平、造就自己的学术人才、培育自己的学科优势,由"输血型"向"造血型"转变。

我校国家重大科研课题或重点实验室等项目的申报成功,支援高校起到了关键的作用。虽然我们的科研现在也有了一定的实力,但有了名校的支持,评审专家就会更加相信我们。另外,申报重大项目也需要勇气和经验,这都离不开支援高校。我们依赖支援高校的支持是为了能超常规地发展,是借支援高校之手推我们一把。但我们不能长期依赖支援高校的支持。因为路毕竟是要靠我们自己走,我也相信我们可以走好。话说回来,要是过一百年我们还要依赖支援高校的支持,那说明支援高校的支援水平有问题。我相信过若干年后我们会互有优势的。(FT014)

可能在一些重大项目的申报中,支援高校在学术上和社会网络上对受援高校有一定的支持,但是这些依赖在带动受援高校学术发展的同时,可能会带来依赖心理,起到不良作用。重要的是受援高校要通过对口支援培养自己的专业人才,增强造血机能。(FT024)

支援高校起到了强有力的带动作用。只有依赖支援高校的支持,我校才能实现跨越式发展。只要实现双赢局面,我校长期依靠支援高

校就不会存在问题。(FT034)

学校国家重大科研课题或重点实验室等项目的申报成功,是由于支援高校帮助我校取得了科学前沿的第一手资料,以及得到专家的指导和帮助。我们目前之所以依赖支援高校,主要是因为我校在科研上还比较薄弱;在实验室建设方面还没有达到前沿水平;专业能力方面还不能达到国家重大科研课题所要求的水平。因此,我校才需要对口支援高校的帮助和支持。但我校不能长期依赖支援高校,必须努力提高自己的水平,以达到国家重大科研课题的要求以及重点实验室的建设要求。同时,还要结合本地区的特色和本校的特点,发展有专业特色的大学。(FT044)

石河子大学的 3 个文科重大招标项目都是对口高校帮助的结果。支援高校让我们认识到一切皆可能。依赖谈不上,当然更不可能长期依靠,必须增强受援高校自身的能力。(FT054)

支援高校的支持帮助使课题申报的实力和质量有所提高。长期依靠支援高校不会有问题,因为在受援的过程中我们也在发展,也在提高,支援的目的也正在于此! 在学校国家重大科研课题或重点实验室等项目中,支援高校起到了指导作用,支援高校具有很好的科研基础和人才,理论功底深厚,人才突出,具有引领作用。(FT064)

支援高校起到人力资源利用的作用吧! 依赖支援高校可能是因为彼此的地位不同,得到的资源和社会认同不同,但是应在支援过程中逐步站立起来,长期依靠就会失去自身的创造能力。(FT074)

我认为在科研课题与实验室项目的申报过程中,支援高校可能提供的作用包括:提供申报经验、提供人力资源(可能有专家层面的和因支援高校而结识的其他层面的)。我校需要支持主要还是因我们自身的经验不足以及社会资源不够丰富,但长期支援也会有一定问题,我认为支援初期是对口院校付出较多,两校是双赢的局面,但我校的实力增加后,能够一直维持双赢的局面可能会比较困难,再说不断的支持有可能对我校自身重大课题主持人的培养造成一定的问题。(FT084)

我校的重大科研课题和重点实验室的建设都得到了支援高校的有力支持,具体的事例在此不多说了,学校有明确的数据统计。通过前期的支援高校的无私援助,经过一段时间的建设,支援高校与受援高校之间要建立起一种合作双赢的战略伙伴关系,不是依赖的关系,西部高校一定要克服"等、靠、要"的思想,走出自己的特色之路。这样

就不会有长期依靠的现象,即问题出现。(FT094)

　　学校国家重大科研课题或重点实验室等项目的申报成功,支援高校起到了帮助和联系的重大作用。以英语专业为例,国家重大课题等都被北京、上海等地的外语类重点院校包揽了,其他学校几乎申请不到。通过对口支援,像北京大学这些院校的专家教授可以帮助联系、联合申报、帮助撰写等。因此,大大提高了中标率。但是,如果长期依赖的话,会存在问题的。一是,因为对口支援的力度会随着时间的推移逐步降低,所以被支援的学校应该大力发展自己。二是,如果自身发展没有起色的话,可能会被其他学府超越。(FT104)

三、社会网络属性对受援高校发展的影响

　　任何高校都是由多课程、多学科、多专业组成的复杂知识系统。也就是说,没有两所高校是完全相同的,不同的高校都有自己的优势和特色学科。有些支援高校偏重于基础研究,有些偏重于应用研究,有些是教育部确定的全面对口支援高校(旨在支持西部高校全面发展),有些是西部地区提出的重点援助学科建设高校。对于西部高校而言,哪类支援高校最有利于西部高校的发展?受访者认为在确定全面对口支援高校的基础上,应扩大学科援助高校的范围,充分发挥支援高校的学科比较优势。也就是说既要巩固全面对口支援高校的社会网络,又要拓宽援助学科建设的社会网络。

　　不同的学校有不同的作用,很难说最。北京大学、天津大学对受援高校的办学理念、社会关注度和科研水平的提升上,发挥的作用是毋庸置疑的。但石河子大学的学科门类多,故学科援疆的高校,如中国农业大学、江南大学对一些院系的帮助更加具体。(FT015)

　　如果有不同的对口支援高校,我认为不应该局限在某所学校或某个学科,而是选择那些在国内确实比较优秀的学校或学科,它们的学术氛围、学术网络、学术态度对人才的培养是最好的。有很多学科或专业导师未必和学校的声誉匹配,对受援高校未必会有很好的影响。总的来说,应该选拔优秀的学校、学科、导师,但这样操作起来很难,涉及很多因素,有许多是不好控制和评判的。(FT025)

　　全面对口支援更能增加支援高校的责任感,工作展开能够多角度,收获也更大。就全面对口支援的高校来说,名师、名校对我校的知名度的提高有促进作用;同时,有对口支援高校来我校讲学,对我校在学术上、专业上多有帮助;而学科援疆高校,对我校的个别专业,特别

是我校有而对口支援高校里没有的专业,则起到了直接补充帮助的作用。专项支援类型更好些,因为这样针对性强,也便于形成多所学校共同支援的局面。(FT035)

我校是综合性大学,学科门类涉及农、工、医、理、管理等多方面,如果是学科援疆高校对口支援我校,可能需要多所学校对我校进行支援,这样虽然可以进一步提高我校的被关注度,但具体实施操作方面会较为复杂,故需要有综合性大学对我校进行对口支援。但同时,综合性大学也并非所有学科建设都居于国内一流地位,故需要一些在某些学科方面建设突出的高校,对我校的部分学科进行援助,这样可以进一步提高我校学科的整体水平的发展。(FT045)

我认为两类学校对学校的发展都有帮助作用。全面对口支援的高校可以在各个方面对我校进行支援和帮助。此类学校的学科建设和科研水平、教学方法等相对完善,所以在这几方面可以提高我校的综合水平。而学科支援的学校对个别院系的发展能起到非常重要的作用。以天津大学文法学院对口支援我校外国语学院为例,不仅在学历提高上使我院受益匪浅,而且两院之间经常交流教学方法等,实现了双赢。近年,北京大学外国语学院每一学期都派专业老师来我院授课,老师和学生都能接触到学术的最前沿,这令我们终生受益。(FT055)

四、社会网络声望对受援高校发展的影响

"对口支援"政策的实施是否促进了社会对受援高校关注度和知名度的提高? 社会主要关注学校什么方面的变化? 当问及这两个关于社会声望对石河子大学发展的影响问题时,受访者普遍认为支援高校的社会声望对受援高校的社会影响起到了一定的作用,特别是北京大学对石河子大学的全面对口支援的社会影响。社会对石河子大学的关注来自于北京大学高水平的象征地位。社会因为支援高校的高知名度而熟悉受援高校。由于对支援高校学术水平的信用,从而相信受援高校也会得到相应的高水平师资的支持,促进了社会对受援高校关注度和美誉度的提高。根据林南的地位强度命题:初始位置越好,行动者越可能获取和使用好的社会资本。在等级制中拥有相对不同的位置,将会以不同级别的位置与他人接触,在获取好的社会资本上,处在等级制中相对较高的位置比处在相对较低的位置有一个好的结

构优势。① 支援高校声望好,受援高校将会具有一个好的结构优势,从而获得好的社会资本。由于北京大学在高等教育等级结构中处于优势位置,教育部指定北京大学对口支援石河子大学,使得等级结构处于相对较低位置的石河子大学嵌入结构优势比较明显的初始位置,使石河子大学有可能获取和使用好的社会资本,从而有可能动员同质和异质的社会资源,通过自身努力和外援支持构建全方位的社会支持网络。

有北京大学、天津大学这样的高校支援我们,社会当然会关注我们,也会相信在这样好的学校支援下,我们会迅速地发展。社会主要关注我们的办学理念和科研水平是否提高,还有就是学生的水平和就业状况。(FT016)

"对口支援"政策的实施促进了受援高校的知名度,但是双方的深入交流,可能使受援高校的不足表现得也更明显,不能说美誉度一定会有所提高,要看学校的具体发展情况。(FT026)

"对口支援"政策的实施促进了社会对受援高校关注度和知名度的提高。如招生、分配(就业率)、学位点、社会服务、学校排名等,因为这些都影响学校的知名度。(FT036)

通过对口支援高校的不断引荐和介绍,石河子大学的知名度越来越高。社会因为支援高校的高知名度而熟悉受援高校。社会更加关注学校水平和名师。提高了受援高校的关注度和知名度,主要是学科建设和科研发展,使受援高校的科研水平和为社会服务的能力得到提高。(FT046)

北京大学对口支援我校,这样的名牌大学与我们相关联,本身就值得关注,也是美誉点。更何况这一支援在支教、科研指导和协作等方面均有具体计划、措施和成果。(FT056)

"对口支援"政策的实施确实促进了社会对受援高校关注度和美誉度的提高。我认为社会主要关注学校在学科建设以及科研方面的进步。以我这次去的天津大学为例,在与天津大学老师的接触过程中,我发现天津大学教师对石河子大学的认识,基本上是通过他们学校对口支援的学校而了解的。(FT066)

对口支援对促进受援高校的社会关注度和美誉度的提高的作用是非常明显的,由于社会对支援高校的关注要多一些,对与受援高校

---

① [美]林南.社会资本——关于社会结构与行动的理论.张磊,译.上海:上海人民出版社,2005:73.

的相关消息也会关注,支援高校本身也会对西部、对受援高校产生兴趣,辐射效应是比较大的,社会关注学校的办学氛围、学科建设、学术氛围、学术交流等方面的情况。(FT076)

五、对"对口支援"政策的评价与预期

支援高校与受援高校能否持续、有效、健康发展,在于能否建立"对口支援"政策的"互利共赢"机制。受访者在回答如何理解支援高校与受援高校"互利共赢"的合作机制问题时,认为受援高校在办学理念、管理水平、师资队伍、教学科研、整体实力方面提高的同时,西部的资源优势、地缘优势也为与东部知名高校开展合作研究、联合办学提供了机会和条件,是支援高校与受援高校建立"互利共赢"合作机制的基础。同时,双方学校都得到了不同方面的学术发展和社会网络拓展。

对于支援高校,一是发挥了它们的社会功能,提高了它们的社会美誉度。二是和我校结合研究地方特色项目,也开阔了它们的科研领域。我校也有一些很好的传统和特色,这是值得支援高校学习的。(FT017)

我认为受援高校与支援高校的"互利共赢"的合作机制主要是:支援高校在对受援高校支援时,受援高校得到了帮助,但同时支援高校在社会上的美誉度也有所增加。此外,两校可能合作申报科研项目,受援高校科研能力得到提高的同时,支援高校可能也开拓了科研领域,受援高校毕竟对某一地的实际科研需要有着较多的了解,这样更有利于支援高校的科研成果产业化。(FT027)

我认为"互利共赢"的合作机制使受援高校在办学理论、管理水平、师资队伍、教学科研、整体实力方面提高的同时,西部的资源优势、地缘优势,西部大开发中出现的许多需要研究和解决的经济和社会问题,都为西部高校与东部名校合作研究、联合办学提供了机会和条件,也是支援高校与受援高校建立"互利共赢"合作机制的基础。(FT037)

双赢才能长久,双方都有可持续合作的动力。互利共赢合作机制:支援高校优质师资和学术、受援高校的自然资源和尚待开发的研究空间,二者相加,能够产出高水平的成果,双方各自获得所需。(FT047)

支援高校和受援高校的目标是一致的,即"发展",有了这样一个

基础就能通过协调实现"互利共赢"。我认为支援高校与受援高校的"互利共赢"的合作机制主要是：支援高校在对受援高校科研、学科建设、师资培养等方面进行援助，受援高校在社会上的美誉度也会有所增加。此外，两校可能联合申报科研项目，两校间各自发挥其优势，达到互利共赢。（FT057）

互利是合作的基础，共赢是合作的趋势，只有这样才能保持长期合作关系。双方学校都得到了不同方面的学术发展和社会网络拓展。对口支援高校更加了解边疆的研究资源，受援高校可以直接学习到支援高校的办学理念和科研方法、教学方法，提高自己的办学水平，建立"互利共赢"的合作机制。（FT067）

当受访者被问及简单地利用支援高校的学术资源或社会网络会存在什么问题时，受访者都认同支援高校的社会网络或学术网络只是把西部高校带入了一个高水平的学术圈子。如何发展还得靠西部高校自身的实力和水平。不能把"对口支援"只看做一个简单的社会关系网络，而是利用政府推动下的"对口支援"政策所构建的教育支持网络，不断组织和动员各方社会力量，协调关系，实现利益聚集和表达，消除社会资本的负面现象，改善社会资本的投资质量，促进西部受援高校的学科发展。

利用支援高校的学术资源或社会网络只是给我们找到了进入某一领域的门，但能否立足还是要靠我们自己的实力和水平。如果不提高自身实力，长期来看是没有后劲的。"对口支援"项目在一定程度上扩展了受援高校的社会网络，通过系统的学习和进修，进入本专业的学术圈，同时使个人的学术发展思路得到了明确。我认为在对口支援高校进行系统的研修是最重要的。虽然对口支援可以扩展一定的社会网络，但是在学术领域，个人的学术声誉更多地是靠自身的学术水准建立的，社会网络只起一定的辅助作用。况且，随着各项评审制度的逐步完善，论文发表、课题申报等更多地是靠学术水准，特别是在高层次研究型高校，更多地认同和奉行的是学术标准。（FT018）

简单地利用而不是实质的支援，会使得这种交往庸俗化，不利于受援高校学术水平的提高，甚至形成不良的学术风气。利用支援高校发展主要是提高自己，培养自己的人才，没有什么副作用。（FT028）

我认为简单利用支援高校的资源会存在的最大问题是，如果不能利用支援高校的资源或网络建立自己的网络，而是长期利用他人的网络，可能会使受援高校的社会关注度仅仅停留在一个较低的层面，这样在本身的能力提高后,可能仍不能离开支援高校,而使本人丧失进一步提高的机会,而且还可能带来一些其他的摩擦。受援高校的立足点在于可持续的发展,而不是简单的利用。(FT038)

利用支援高校的学术资源和社会网络培养我们自己的学术人才,形成学术团队,提升学术实力和学术地位。这样就可以减少负面影响,因为"利用"不应该是简单的。(FT048)

"对口支援"工作仅是学校在发展进步过程中的一个阶段性的时期,此项工作仅能起到抛砖引玉的作用,而要真正的有所发展还要靠我们自身,"师傅领进门,修行在个人"。如果仅是简单地利用支援高校的学术资源或社会网络,一旦授受关系结束,自身可能就停滞不前,可能会带来很大的问题,如失去创新点。沿着支援高校的思路发展西部高校,有些可能不是自己的优势,不是自己的特色,总无法超越、领先。(FT058)

简单利用支援高校的学术资源或社会网络会使得受援高校有依赖思想,认为只要有这些资源就能发展好,而不能结合自身的实际情况,就会产生负面影响。比如说我校是西部重点建设的高校,处于祖国的最西端,如果我们简单利用北京或者上海等学校的学术资源或社会网络,那就容易犯教条主义的错误,把别人的东西照搬,与实际不符,学校也得不到发展。(FT068)

随着对口支援政策的不断深入,对于创新利用对口支援的政策支援有什么预期?受访者从以下各方面谈了自己的感受和体会。主要集中在:一是进一步密切对口支援高校间的联系;二是探求联合共建学科专业的对口支援模式;三是从制度设计上保证对口支援长期持续发展。

对于创新利用对口支援的政策支援的预期有以下几点:第一,科研合作进一步深入,大的科研项目会更多。第二,互派访学和挂职会更多。现在支援高校好像还没有来我校访学的,我们的一些特色学科也值得他们来这里研究。第三,我们的校级领导也要到北京大学、天津大学挂职。第四,交换培养本科生和研究生,比如可以到对方学校学习和工作一两年。东部各学校对我校的支援措施都是很切合实际的。希望我们能把支援的成果保留下来,更加务实,转化成自身的实力。(FT019)

不论是何种形式的对口支援,在受援高校人员的学习和研修上,最少应该保证在支援高校两年的学习时间。因为所谓的学习,不仅指专业能力和学术水准的提高,更重要的是感受学校的研究氛围、学术风气、学术态度,参与相关的研究和学术交流,从理念、视野、态度和行为上使学习者发生根本的变化,而不是蜻蜓点水似的感受和接纳。
(FT029)

支援高校支援措施关键要落实,不能仅仅停在协议上。大部分支援高校做得较好。(FT039)

希望对口支援政策能够更长一些。各校因校制宜,努力创新工作方法。此政策是贯彻科学发展观、构建和谐社会的惠民、惠校、惠及西部的政策。(FT049)

我希望创新后的对口支援政策可以使更多的本校师生得到实际的利益,有更多的师生可以参与到交流之中。我认为目前支援高校的措施有:科研合作、师资培养和教学资源捐助等方面。这几方面大多做得不错,但今后,应在这几方面加大力度,比如可以提供我校更多的赴对口院校师资进修的机会,或者可以通过一些定期的学术交流,提高我校师生的视野,对某些学科或专业探求联合共建的对口支援新模式。(FT059)

在当前我国高等教育资源配置分布不均的局面下,对口支援应该成为一项教育制度的创新,通过短短几年的实践我们可以看到对口支援所产生的效益是多方面的,影响是深远的,是对教育资源合理流动的促进和推动,也是顺应当前开放性教育潮流的明智之举,西部高校更需要开放的办学思想和理念,向国内一流高校学习和交流正是开放的主要途径,也是走出去的一大步。但是,这项政策的临时性也是先天存在的,对其预期估计不足导致对口支援在开始时就被预设了临时性的性质。在实施中虽然不断地由于作用明显而被赋予了长期性的使命,但其制度建设、组织建设、资金保证等还没有跟上,单凭支援高校的奉献已经使这项工作的资源和潜力发挥到了极限。因此,需要在制度设计和其他方面扩大对口支援的作用。(FT069)

我希望今后对口支援能在这几方面有所创新:能分别对待不同的学科,尤其是在学历提高上,对口支援如果能提高力度,更多地促进一些相对较弱的学科的学历提高,效果将非常好。对口支援不仅要提高老师的水平,而且在可行的范围内,要多选派优秀的学生到支援高校学习,把学习经验和新信息带回到受援的院系。加大力度促进弱势学科的学科建设和科研水平。因为我校是一所综合性大学,一些专业发展日臻完善,科研也具有相对较高的水平。但相对的一些弱势学科目前连硕士点都尚未申请上,专业老师也很少有机会出去学习,这样的话将影响大学的整体综合水平和实力。(FT079)

小　结

从对西部受援高校石河子大学的案例分析可以看出：一所高校要实现快速或跨越式发展除了自身的努力外还需要一个开放的社会支持系统，而社会支持系统的完善与否决定着一所高校核心发展目标能否顺利实现，尤其影响到一所高校师资水平是否得以提高、科研能力是否得以提升、学科实力是否得以增强等，对口支援西部高校计划的实施使石河子大学在一定程度上提高了自我发展的能力。

通过对案例受援高校的分析，发现受援高校的社会网络主要表现为：以国家政策为纽带的社会网络；以情感为纽带的社会网络；以支援高校为辐射的社会网络。受援高校的社会网络内容主要表现为：以学科支持为主的社会网络；以管理支持为主的社会网络；以人才培养为主的社会网络。受援高校的社会网络规律主要表现为：外部表现为强势学科向弱势学科传播，内部表现为强势学科强关系网络，弱势学科弱关系网络；受援高校呈现出由"一对一"向"多对一"的社会网络转型；选择支援高校要遵循差异适中的原则构建社会网络。西部高校通过对口支援社会网络，不仅在学科建设、师资建设、科研能力以及物质支援等方面获得直接利益，而且也提高了西部高校的社会影响，间接提升了西部高校的社会声望，生源质量有了明显的改善。

高校的组织特征和社会功能决定了高校社会资本对其核心竞争力的发展具有十分重要的影响，特别是良好的社会关系是高校发展必不可少的社会资源。高校整体的社会资本和教师的个体社会资本在相互转化过程中，不仅能够给高校创造和谐稳定的外部发展环境，还能给教师个人创造丰富可靠的合作路径，从宏观和微观两个层面改进高校的竞争力。[①] 东部高校支援西部高校，不仅提升了西部高校的整体社会资本，改善了西部高校办学的外部合作环境，而且也大大扩展了西部高校教师的个体社会资本，丰富了西部高校教师的学术资源，从而为增强西部高校核心竞争力奠定了重要基础和发展潜力。

从对受援高校的访谈也可以看出：由于对口支援西部高校计划的实施，支援高校确实对石河子大学的发展起到了引领作用、扶持作用和广告作用。受援高校更新了办学观念、获得了学术资源、拓宽了

[①]　罗安娜，李燕萍.高校社会资本对其核心竞争力影响研究[J].武汉大学学报：哲学社会科学版，2009(1)：94.

合作空间、密切了同外部的交流。对口支援西部高校项目充分利用了社会资本效应,教育部积极投资政府社会资本(对口支援关系高校),引导民间社会资本(非支援关系高校),使西部高校的社会资本存量增加,而社会资本以社会支持网络的形式表现出来,最终为西部高校提供了支持和保障。同时,这种以社会支持网络为导向的对口支援西部高校项目适应了社会主义市场经济条件下市场配置学术和智力资源的规律,也弥补了西部高校在人力资本方面固有的缺陷,增强了西部高校在学科发展中的竞争能力。

第六章　社会资本对维系西部受援高校发展的策略空间

自 2001 年 6 月教育部启动"对口支援西部地区高校计划"以来,教育部及各高校在对口支援工作方面取得了丰硕的成果,西部地区高校的师资队伍建设和学科专业建设水平得到显著提升,西部地区的教育水平从整体上迈上了一个新台阶。实践表明,无论从宏观角度还是从微观角度来评价,支援工作总体来说是相当成功的,但在某些方面还需进一步完善和提升。社会资本作为一个新兴理论,在高校形成优质的社会网络方面提供了一个有益的思考视角。那么,如何进一步完善社会资本、社会网络对"对口支援"西部高校的政策支持具有一定的理论意义和现实意义。为了更好地开展对口支援西部高校工作,促进对口支援西部高校工作协调可持续发展,本章在前几章对社会资本、社会网络与对口支援政策实践分析的基础上,结合目前对口支援西部高校的现状,基于社会资本、社会网络的视角提出相应的策略空间。[①]

[①]　策略空间(strategy space)是指博弈各方可供选择的策略或行为的集合。"对口支援"西部高校教育政策只是给支援和受援双方提供了一个合作平台,如何在对口支援过程中发挥各方的优势,既要促使西部高校智力资源提升,又要构建西部高校长效发展机制;既要处理好西部高校与政府职能部门的关系,又要处理好西部高校与支援高校、非支援关系高校的关系;既要满足对口支援主体任务的完成,又要巩固提高对口支援的援助成果。所有满足这些价值诉求和利益表达的策略选择或行为集合就是对口支援西部高校的策略空间,而社会资本和社会网络正是对口支援得以持续发展的有效策略选择。

第一节　高度重视西部受援高校社会资本的开发

社会资本是与物资资本、人力资本并存的基本的资本形态之一，是资源配置的第三种方式。综合前文对口支援西部高校发展的绩效研究表明，在对口支援的实施过程中，社会资本对受援高校的学术支持、师资支持、情感支持、经济支持、人才培养和硕士博士学位点的建设方面的作用比较显著，尤其是对西部受援高校的学术支持和师资支持的贡献较大。可见，在对口支援工作过程中，社会资本可以为物资资本与人力资本提供有力的补充。但是，由于种种原因，社会资本长期以来不被重视，一直较多地处于闲置状态，导致这种资本虽存在，却未能像物资资本与人力资本一样充分、有效地参与到对口支援工作的过程之中。因此，需要多方面力量介入，共同作用，充分挖掘促进对口支援西部高校发展的社会资本，并将其开发出来加以有效利用，以弥补其他形式的资本的不足，为西部高校发展提供充足的资源，提高对口支援西部高校工作的绩效。

同时，国家在加大对西部受援高校物资资本和人力资本支援的基础上，应重视和鼓励在对口支援西部高校过程中受援高校的社会资本的开发、利用和积累，形成与支援高校的社会关系网络。在某种意义上说，这也是对国家对口支援西部高校战略目标的提升。

一、充分开发西部受援高校的社会资本

社会资本对促进西部高校教育发展政策、人才培养质量、学科资源配置、社会服务能力等方面有重要影响，是对口支援工作中不可替代的重要资本，理应成为受援高校日益引起重视的因素。目前，人们对社会资本认识的偏差、开发与利用意识的缺乏，是社会资本开发与利用存在障碍的一大根本原因，体现在对口支援工作中，则是较多关注物资资本和人力资本，而对社会资本还没有引起足够重视，大多数受援高校领导没有明确的社会资本开发与利用意识。

因而，既要利用外部社会资本（桥梁式的社会资本），从西部高校外部获得有助于其发展的稀缺资源，增加其在高等教育环境中的影响力、控制力及竞争力，又要发挥内部社会资本（关系结合式的社会资本），引导西部高校教师在学校内部为共同目的一起工作、从学校内部获得利益的能力，可以提升组织内资源的交换、信息知识获取的质量

及加强各组织间的凝聚力,进而提升学校应对外部环境变动的能力。使受援高校的社会资本得到充分开发与有效利用,迫切需要矫正认识,树立开发与利用意识。从受援高校外部来讲,需要进一步发展社会资本理论,树立正确的社会资本观念,更好地认识社会资本的含义及其重要作用,将社会资本理论与对口支援工作密切结合起来,为学校社会资本的开发奠定基础。对受援高校内部而言,除了对社会资本正确认识外,还要使高校所有成员清楚地认识到社会资本对于学校发展的重要作用,增强高校管理者以及全体教师开发、利用社会资本的意识,使其主动地开发、有效地利用、长久地维护,使学校社会资本最大限度地发挥其积极作用。

二、有效利用西部受援高校的社会资本

在对口支援西部高校工作过程中,社会资本通过高校领导、高校教师和政府官员进行互动。因此,对于西部受援高校而言,不仅要充分利用已有的制度型社会资本和组织型社会资本,还要充分利用高校领导和高校教师的个体社会资本。

西部受援高校领导的社会影响力、社会交往能力是形成学校社会资本的重要因素。另外,在师生员工群体中有威信的高校领导,能够促进和谐校园文化的形成,促使师生员工团结互助,形成高校的内部社会资本。因此,受援高校领导要能做出正确决策,而且要调动一切可以调动的力量促进高校发展。从外部来说,要能积极开发和利用社会资本,动员充足资源为学校快速发展提供保证。从内部来说,要能够调动师生员工的积极性,形成学校内部社会资本,从而使学校得到发展。

西部受援高校的教师本身就是学校的一种社会资本。并且,高校教师在学校社会资本的开发与利用过程中也发挥着重要作用。因此,应调动其开发和利用社会资本的积极性。过去,由于传统观念的影响以及环境的制约,西部高校教师和外界交流不多,这对教师和高校社会资本的积累都产生过不利影响。2007 年,教育部、财政部联合下发的《关于实施高校本科教学质量与教学改革工程的意见》(教高[2007]1 号)和教育部高教司印发的《关于上报"质量工程"2007 年对口支援工作有关事宜的通知》(教高司函[2007]27 号)中倡导,重点资助受援高校教师到支援高校进行进修提高,资助一批受援高校教学管理干部到对口支援高校学习锻炼,交流管理经验。西部受援高校既要鼓励和

加强对口支援的双方高校教师间交流、合作,又要提倡其走出自我封闭的圈子,不断累积社会资本,受援高校从而能获得更多的信息渠道。受援高校可以利用这些社会资本,搜集有利于学校发展的信息,为学校的发展决策提供依据。

三、不断积累西部受援高校的社会资本

越来越多的专家和学者已经深刻地认识到,社会资本不仅会影响人力资本和智力资本的发展,更会影响到企业和区域的知识创造、技术创新和经营绩效,甚至影响到一个国家或地区经济的繁荣、社会的稳定和发展。社会资本逐渐被认为是全世界经济发展的关键因素。社会资本在西方发达国家的经济发展中也起着举足轻重的作用。一国经济的发展,不仅仅依赖于企业或社会的物资资本和人力资本,而且在很大程度上还依赖于一种以规范、信用和网络化为核心内容的"社会资本"。从某种意义上来说,社会资本的影响甚至超过前两种资本。我们经常可以见到这样一个现象,一些国家或地区,虽然客观上拥有相同的物资资本水平、人力资源水平和相关的国家资源,但在创新的速度、创新能力以及产业竞争力的形成上却表现出截然不同的水平和绩效。造成这种差距的一个关键因素,就在于它们所拥有的社会资本水平不同。

而社会资本的形成是一个需要长期积累的过程,时间越长,受援高校拥有的社会资本也就越丰富。并且,社会资本构建也存在马太效应的特点,越是拥有社会资本则越是值得别人交往,也就拥有更多的社会网络资源。因此,学校社会资本的积累必须依靠制度化的团体机构建设,专门负责学校外部社会资本的开发和维护,以加强受援高校和支援高校之间、与政府之间、与社会之间的密切联系,建立起受援高校与外部稳定的沟通渠道,将众多潜在的社会资本开发出来,加以有效利用。

四、均衡发展各种社会支持网络

按照格兰诺维特的观点,嵌入可分为关系性嵌入(relational embeddedness)与结构性嵌入(structural embeddedness)。所谓关系性嵌入是指行动者总是嵌入于所在的关系网络之中,并深受网络其他成员的影响,如规则性的期望、对相互赞同的渴求、互惠性原则都会对行动者的经济决策与行动产生重要的影响;结构性嵌入是指在更宏大层

面上,行动者所在的网络又是嵌入于社会文化传统、价值规范等结构之中,并受其影响塑造。根据林竞君的观点,"嵌入性均衡"是全球化背景下的集群网络构建的基本原则。① 具体到对口支援高校在建立和维护自己的网络时,应坚持强关系(政府确定的对口支援关系)、弱关系(学校自主的高校合作关系)的平衡以及对口支援高校间联系的平衡。这是因为:强关系双方的彼此信用可以保证对口支援协议的自我执行,提高信息共享的意愿,促进对口支援高校间学术和学科知识的有效扩散和援助效率的提高。但是过强的关系,有可能导致与非对口支援高校间的联系和交流,降低网络结构洞的数量,影响网络信息的有效性,阻碍受援高校的外部联络。

因此,需要均衡发展各种社会支持网络。既要维护对口支援高校间社会网络的合力,又要保证西部受援高校社会网络的开放性。既要重视与国家政府部门建立政策性的支持网络,也要积极构建与本地政府、企业的支持性的合作网络。

第二节　强化对口支援西部高校发展的政府职责

在对口支援工作开展过程中,政府主要发挥宏观调控职能,特别是中央政府的规划、组织、领导、管理、协调等宏观职能的发挥在对口支援西部高校工作中发挥着主导作用。另外,政府部门通过对"对口支援"工作进行总结,出台相应的能促进西部高校发展的政策,从而促使对口支援工作的良性发展。但是,在开发和利用受援高校的社会资本方面,也应强化政府的职责。

一、常抓不懈,继续完善对口支援西部高校的主体网络

林南认为,在等级制结构中处于更高的社会位置,不仅控制和操纵着更多的资源,而且对结构中的其他位置拥有更大的控制权和更好的视野。如果行动者想获得的资源位于社会结构中,那么通过与等级制中更高位置占据者互动,可能有利于找到那个位置,或有利于动员他人的控制力量使自我与那个位置相联系。② 西部高校交通不便、信

① 林竞君.嵌入性、社会网络与产业集群——一个新经济社会学的视角[J].经济经纬,2004(5):45-48.

② [美]林南.社会资本:关于社会结构与行动的理论[M].张磊,译.上海:上海人民出版社,2005:48.

息不灵,在师资队伍、学科前沿、交流合作等方面处于弱势地位,而政府出台的对口支援西部高校教育援助政策,将会极大地改善西部高校的不利环境,扩大西部高校的社会支持网络,从中获得更多的西部高校发展急需的稀缺资源。

在高等教育系统中,"985 工程"高校往往处于高等教育等级结构中的顶端位置,它们有较好的学术视野和较高的学术权威。这些高校应该是培养和造就高素质的创造性人才的摇篮;应该是认识未知世界、探求客观真理、为人类解决面临的重大课题提供科学依据的前沿;应该是知识创新、推动科学技术成果向现实生产力转化的重要力量;应该是民族优秀文化与世界先进文明成果交流的桥梁。[①] 它们代表着中国高等教育的一流水平,具有明显的学科优势和科研力量。这些高校与西部高校互结对口支援关系,将把西部高校的教学、科研乃至管理提升到一个新的更高的平台。从前几章的论述中可以看出,这些"985 工程"高校是整个对口支援西部高校的主要力量和支持平台,它们的支援绩效非常显著。由教育部组织的东部高校支持西部高校的支持网络所起的作用,是西部高校自身构建的社会支持网络无法比拟的。原清华大学党委书记陈希讲到,作为长期受到国家大力支持、社会寄予厚望的重点高等学府,清华大学把对口支援青海大学作为自身义不容辞的责任,是清华大学在建设世界一流大学进程中为国家作贡献、为社会尽义务的重要内容。要将对口支援工作作为党和国家交给我们的政治任务长期坚持下去,讲协作,提升办学质量,无私地、全方位地、实实在在地完成各项支援任务。因此,把对口支援西部高校的教育政策常抓不懈,是构建西部高校发展所需社会资本的重要渠道。

二、充分赋权,塑造政府对"对口支援"双方高校的信用

一个社会所具有的组织资源,信用、合作、诚实守信等组织规范和美德,是人们在社会行动中反复博弈的结果,一旦形成就具有良性互动的效果。经过一次成功的合作就会建立起联系和信用,这些社会资本有利于未来在完成其他不相关的任务时的合作。就像拥有常规资本的人一样,那些拥有社会资本的人也喜欢尽量积累更多的社会资本。[②] 在某种意义上说,西部受援高校能否很好地利用社会资本来促

---

① 　1998 年江泽民在庆祝北京大学建校一百周年大会上的讲话。

② 　罗伯特·帕特南.繁荣的社群——社会资本与公共生活[M]//李惠斌,杨雪冬.社会资本与社会发展.北京:社会科学文献出版社,2000:159-160.

进学校的发展,受政府对待大学的态度的影响。在社会资本丰富的公民社会里,政府倾向于相信大学;而在一个社会资本贫乏的总体性社会里,政府倾向于怀疑大学。可见,建立在信用基础上的大学与政府的关系一定是和谐的,而建立在怀疑基础上的大学与政府的关系一定是别扭的。

　　政府应该学会利用社会资本来提高自己政策的绩效。让人们拥有足够的自主性和动力去建构更有效的合作方式,要比外部单纯的救济式的援助项目效益更大。世界银行的研究也表明:在许多后发展国家,外部机构的制度供给引发的内生需求是消除贫困问题的有效途径。民间的集体行动能够弥补由于政治或经济体制所带来的政府能力的缺陷,而政府对集体性行动的促进水平不仅可以成为政府能力的测量标准,而且也是民间社会形成良好互动、真正推动社会发展的路径。[①] 但是,长期以来,中国高校几乎没有自主权可言,一切都纳入政府计划之中。政府与大学是一种领导与被领导、上级与下级的关系。在这种情况下,政府与高校之间就不是一种对等的信用关系,而是领导与被领导、管理与被管理的关系。这种关系不利于对口支援双方高校有力地开展工作。

　　因此,政府对"对口支援"双方高校的信用是充分授权的基础,是开展对口支援工作的前提。政府对"对口支援"双方高校的信用具体体现在对口支援工作中,即是充分赋权,充分调动支援高校与受援高校的积极性、主动性和创造性。支援高校和受援高校得到政府的信用越多,越有利于更好地建立对口支援的社会网络,获得西部高校发展的社会资本,使对口支援工作不断走向深入,最终达到互利共赢的目的。

三、敦促落实,打造对口支援双方高校间的诚信

　　一般而言,强关系通常可以维持很长的时间,不易消亡,因而稳定性较高,而弱关系很容易被终止,因而稳定性较差。若社会网络中的关系寿命较短,组织就会经常更换合作伙伴,导致社会网络的稳定性较低、关系持久程度较短。帕特南在其著作《使民主运转起来》中指出:社会资本的存量,如信用、规范和网络,往往具有自我增强性和可累积性。良性循环会产生社会均衡,形成高水准的合作、信用、互惠、

① 燕继荣.投资社会资本[M].北京:北京大学出版社,2006:181-182.

公民参与和集体福利,它们成为公民共同体的本质特征。① 因此,必须加强政府建立的强关系的"对口支援",在双方高校互惠、信用的基础上开展高水平的合作,通过政府社会资本拓展民间社会资本,更广泛地联系非支援关系的高校。

　　实际上,随着对口支援西部高校政策的不断深化和落实,支援高校与受援高校建立多种多样的关系将成为必然的选择。在此背景下,社会资本在对口支援工作中也将扮演着越来越重要的角色。各种工作设计安排都是以一定的信用水平为保障基础的,只有在信用基础上的规范才会变得有必要和容易执行,一旦这种信用被破坏,组织规范会被一种群体无意识状态所左右而失去作用,从而导致失范。因此,对口支援双方高校在提高诚信度方面的认识水平需要提高。提高双方高校的信用度,可以有效降低对口支援工作中的不确定性,可以使受援高校更好地开发和利用规模效应有效地降低学校管理风险和学校运行成本,提高学校的学习能力,这对拓展受援高校与其他组织之间的合作具有重要作用。

　　在过去八年的工作中,对口支援双方高校已经达成了近 200 份协议,这是对口支援工作的一项重要成果。这些协议能否得到落实和执行,关系到对口支援双方高校间诚信的建立,关系到受援高校社会资本得开发和利用。敦促这些协议的落实和执行,是政府职责的一部分,需加以强化。

四、统筹协调,搭建受援高校的社会网络

　　对口支援西部高校是一项牵涉到各个方面的系统工程,需要各级政府部门的共同参与和分工协作。只有各职能部门切实履行在对口支援工作中应负的职责,并做好不同部门之间包括信息沟通、人员合作、资源共享等在内的多方面通力合作,才能使社会资本得到充分开发和利用,才能够举各方力量搞好这一系统工程。科尔曼指出社会资本也有一个创造、保持和消亡的过程,由于社会网络的封闭性、稳定性和意识形态等因素的影响,"社会资本的价值随时间的推移而逐渐降低。社会资本与人力资本、物资资本一样,需要不断更新,否则将丧失价值。无法保证期望与义务关系历时长久而不衰,没有定期的交流,

---

　　① ［美］罗伯特·帕特南.使民主运转起来:现代意大利的公民传统［M］.王列,赖海榕,译.南昌:江西人民出版社,2001:208.

规范也无法保持。总之,社会关系必须通过固定的交流予以尽力维持。"①

首先,在观念上,政府要承担社会责任,促进西部高校的发展。在很大程度上,政府就是西部高校最后的依靠,作为公共利益的承担者,解决社会协调问题体现了政府维持社会公平公正的功能。对口支援西部高校是国家西部大开发工作的一项战略性措施,因此,政府只是牵线搭桥还是不够的,必须有相应的专项经费保证。

其次,在制度上,政府要健全各项制度,为西部高校可持续发展提供保障。政府是制度的供给者,政府有责任以制度的形式保障西部高校在对口支援计划中的权利和利益,清除对口支援工作中的各种障碍。当前最重要的是把对口支援计划上升到政府管理的制度层面,用章程规定的形式固化现有对口支援工作的良好成果。

再次,搭建受援高校的社会网络,加强政府部门和对口支援的双方高校间的统筹协调。具体来说,必须处理好三个关系:一是要处理好受援高校和教育部内各部门之间以及和国家其他部门之间的关系;二是要处理好受援高校和各地政府教育主管部门之间的关系;三是处理好对口支援双方高校之间的关系。因此,有必要通过行政手段,对相关政府部门的职责及其分工协作做出明确规定,以此既强化政府各相关部门的职责,充分发挥各自的职能,又加强各部门间的配合协作,使各级政府部门在支援西部高等教育事业发展中发挥其应有的作用,让受援高校的社会资本得到充分开发和利用。

第三节　制定西部受援高校持续协调发展的政策

"全面发展"、"协调发展"和"可持续发展"是党中央提出的新的科学发展观的基本内容和主体要求。在对口支援西部高校工作中,一定要以科学发展观为指导,坚持"全面发展"、"协调发展"和"可持续发展",才能使受援高校的发展既加快速度,又保证质量。

一、坚持"全面发展",提高对口支援质量

"全面发展"是科学发展观的重要内容。只有用"全面发展"的观点指导对口支援西部高校工作的发展,才能有效地提高教育教学质量

---

① ［美］詹姆斯・S. 科尔曼. 社会理论的基础(上)［M］. 邓方,译. 北京:社会科学文献出版社,2008:297.

和整体办学水平,才能较好地实现对口支援西部高校的战略目标。

对口支援西部高校工作的全面发展,是"各方面工作"的全面发展,也就是对受援高校的教学、科研、管理等几大主要方面的工作,都要重视。既要给予人力资本、物力资本方面的支援,又要有社会资本方面的支持。但是,综合前面的计量和对比分析,研究者发现现有的社会资本对受援高校的科研支持、第一志愿录取率和一次性就业率的促进作用不十分突出。因此,政府和支援高校要按照"全面发展"的要求,认真了解对口支援工作中的薄弱环节,制定促进对口支援西部高校全面发展的政策。首先,要提高受援高校增强开发与利用社会资本意识,让受援高校领导充分认识到社会资本的潜在价值,鼓励受援高校主动开发、利用对口支援中的社会资本。其次,应建立完善的保障机制、评价机制和监督机制。这些机制的建立,有助于规范和管理受援高校对社会资本的开发和利用,使得西部受援高校各项工作全面发展,有效推进。

二、搞好"协调发展",统筹对口支援力量

"协调发展"是科学发展观的又一重要内容。对口支援西部高校工作的"协调发展",是在坚持"全面发展"的基础上,正确处理好学校内部各方面发展的关系,统筹办学力量,使各方面的工作互相配合,互相支持,协调发展。就社会资本角度而言,受援高校要搞好协调发展,主要应处理好两种关系。

一是要处理好支援高校方面的社会网络与政府方面的社会网络的关系。处理好现有社会资本中制度型社会资本、组织型社会资本和个体型社会资本的关系。政府和受援高校应处理好这两方面的关系,统筹各方面的社会资本为受援高校服务,从而形成社会资本的"合力",进一步推进对口支援工作的开展。二是引导民间社会资本,拓展社会支持网络的公共空间。民间社会资本与政府社会资本可以相互替代和相互补充,二者都是解决社会资本供给不足、增加社会资本存量的有效途径。西部高校在充分利用政府搭建的正式社会支持网络外,还要高度重视与其他非支援高校的联系和交流。民间社会资本存在于高校与高校之间的关系以及特定组织的成员资格中,它对于西部高校具有可接近性的结构位置,因而能为西部高校发展带来符合实际需要的具体支持。当前,民间社会资本在对口支援西部高校计划中所发挥的支持作用是零散的,还处于一种临时的、个别的状态,政府要对

这部分社会资本所建构的社会支持网络进行整合,以使两种力量构成的社会支持网络互相补充,发挥社会支持网络的合力,进而拓展社会支持网络的公共空间。

三、着眼"可持续发展",增大对口支援潜力

对口支援西部高校工作的"可持续发展",主要是指支援高校的支援工作要为受援高校的长远发展奠定基础,创造条件。坚持可持续发展观,能为受援高校的后续发展打好基础,增大发展的潜力和后劲。受援高校社会资本的利用也应着眼于"可持续发展"。第一,受援高校在重视外部社会资本的同时,不能忽视对学校内部社会资本的开发、利用和积累。第二,受援高校在重视已有社会资本的同时,不能忽视对潜在社会资本的开发、利用和积累。潜在社会资本既包括潜在的外部社会资本,也包括潜在的内部社会资本,受援高校也应对其进行开发利用。第三,受援高校在开发和利用当前的社会资本的同时,也不能忽视对以前已有的社会资本的维护。

因此,政府和高校应制定相应政策,使对口支援工作中的社会资本利用和开发也能"可持续发展"。首先,成立对口支援西部高校工作的社会资本开发机构,此机构的主要职能就是不断开发高校内外部潜在的社会资本。如,逐步在学校对口支援办公室的基础上发展其为国内合作与交流处(部),不仅仅局限于政府构建的对口支援高校网络,而且要不断拓展与其他高校、企业、当地政府和中央政府的社会网络。其次,对于向学校提供有价值的个体型社会资本的领导和教师,受援高校应给予适当的奖励,以利于以后进一步发挥作用。特别是对"对口支援"工作中表现突出的老师和挂职干部,要坚持"不求所有,但求所用"的原则,继续发挥他们的作用。

第四节　凝练对口支援西部高校发展的运行模式

这里指的运行模式是指对口支援西部高校工作在运行过程中,各要素相互联系和作用的方式。对"对口支援"西部高校运行模式的特征分析和经验总结,将有助于我们更好地完善对口支援西部高校的运行模式,以促进对口支援工作的持续、健康、协调发展。政府应该针对西部受援高校的意愿和自身情况,采用多样化的对口支援模式,从而使双方高校能根据各自的特点,探索比较理想的支援形式,提高对口

支援工作的效率。政府和对口支援高校要以科学的研究为基础,定期交流和积极推广对口支援工作的成效和经验,凝练对口支援西部高校发展的运行模式,促进对口支援政策和体制的不断完善。

一、继续完善"多对一"的对口支援模式

通过前面的网络主体对受援高校的绩效分析,研究者发现在对口支援的过程中,网络主体作为社会资本的一个表现因素,对受援高校的师资、学术和经济方面的贡献比较大。增加支援高校的数量可以增加受援高校经费,提高师资和学术水平。目前,对口支援已由最初的"一对一"的形式向着"多对一"的形式发展。实践表明,"多对一"的对口支援模式非常适合整体性、长远性的院校合作发展。在"多对一"的对口支援模式中,受援高校可以因事制宜、因人制宜、因地制宜、因时制宜地将支援高校提供的各种资源,包括人力资源、物力资源、财力资源及它们的组合进行不同的组合,或者以某个要素为主体变量进行组合,使之适应各种不同的需要。另外,采用"多对一"的对口支援模式,对受援高校而言,也是社会网络的拓展,可以带来更多的社会资本,更好地为学校的发展服务。

因此,支援和受援高校应充分挖掘合作潜力,根据双方的资源和条件,实现高效的对口支援系统规划和管理,以继续完善"多对一"的对口支援模式。

二、充分借鉴"高对低"和"性相近"的对口支援模式

通过前面的高校属性和社会声望对西部受援高校的绩效分析,不难发现在对口支援的过程中,支援高校的社会声望越高,对西部受援高校硕士博士学位点建设方面的贡献越大。支援高校的社会声望越大,对西部受援高校学科建设的支持效率越大。同时,研究者也发现,在对口支援的过程中高校属性的接近程度,对高校情感交流方面的贡献比较大,即支援高校与受援高校之间的属性越接近,双方之间的情感交流越多,西部受援高校获得的情感支持效率越高。并且,对口支援高校之间的属性越接近,支援高校和受援高校之间挂职锻炼的人数越多。

可见,指定社会声望高和与受援高校属性相接近的高校对口支援西部高校能取得更好的效果。在对口支援的过程中,要在继续完善"多对一"的对口支援模式基础上充分借鉴这种"高对低"(即指定社会

声望高的高校支援西部高校）和"性相近"（即指定与受援高校属性相接近的高校对口支援西部高校）的成功经验,加大对受援高校硕士博士学位点的建设和情感支持,从而提高西部高校的社会声望和促进双方高校之间的情感交流。

三、鼓励探索多样化的对口支援模式

实践表明,现行的多所支援高校对口支援一所受援高校的模式对提高受援高校的师资和学术水平效果显著,"多对一"模式的对口支援有效地保证了支援工作的推动与落实并具有良好的可持续性。对口支援应继续完善"多对一"的模式。但同时,政府应欢迎和鼓励东西部受援高校进行广泛的校际联系,积极探索多样化的对口支援模式,努力争取和有效利用各类社会资源。并且,对于不同的区域和不同的高校,其对口支援模式不能简单地用某一种模式来概括,更不能用一刀切的做法,应该鼓励他们根据自身的情况和条件,扬长避短,灵活掌握双方高校的需求。这是因为,首先,区域的差异需要多样化的对口支援模式。其次,高校的多样化和层次性也需要多样化的对口支援模式。再次,多样化的对口支援模式也为受援高校更广泛地积累社会资本提供了平台。

"多对一"的对口支援模式和多样化的对口支援模式是可交织在一起的,在"多对一"的对口支援模式中尽显多样化,在多样化的对口支援模式中又有所谓的"多对一"。这样,支援高校就可以针对受援高校的意愿和自身情况,采用多样化的对口支援模式,从而使双方高校能根据各自的特点,探索比较理想的支援形式,提高对口支援工作的效率。

第五节　重构对口支援西部高校发展的双赢机制

对口支援西部高校的目标,是旨在积极发展西部地区高等教育,不断提高西部高校的教育质量,加快培养急需的高级专门人才,促进中国高等教育的全面协调发展和适应西部大开发的需要。但是,在对口支援工作过程中,不仅要关注受援高校的发展,而且也要考虑支援高校怎样通过开展对口支援工作来提升自我,这样才能形成双方高校之间的良性互动。对口支援工作的开展是以一定的信用水平为保障基础的,只有在信用基础上的规范才会变得有必要和容易执行,而对

口支援双方高校间的信用更多的是互惠共赢后的感悟,是互惠利他行为的延续,并且一次的互惠利他是对某种潜在的社会资本存在方位的提示。通过互惠,双方各自的社会网络产生辐射作用,由此带来双方高校社会网络的扩大或重构,带来社会资本的增值。基于这两方面的考虑,有必要对"对口支援"西部高校发展的双赢机制进行重新建构。

一、完善对口支援社会资本的动力机制

对口支援动力机制是驱动对口支援西部高校工作发展和演化的力量结构体系及其运行规则,包括驱动对口支援形成和发展的一切有利因素。从社会资本的角度看,对口支援西部高校工作的动力应来源于双方高校社会网络的扩大或重构,从而带来社会资本的增值。对口支援西部高校工作的动力是通过对口支援这一平台,将双方高校的利益捆在一起,实现优势互补,达到共同发展。

实际上,在对口支援的过程中,无外乎工具性行动和表达性行动(也称情感性行动)。林南提出对工具性行动而言,可以确认三种可能的回报:经济回报、政治回报和社会回报,每一种回报都可被视做增加的资本。对表达性行动来说,社会资本是巩固资源和防止可能的资源损失的一种工具,原则上是接近和动员享有利益和控制类似资源的其他人。因此,为了保存现有资源,可以储存和共享嵌入性资源。表达性回报包括三个方面:身体健康、心理健康和生活满意。对工具性行动和表达性行动的回报经常是彼此增强的。①

当前,对口支援西部高校工作作为高校的政治任务,各支援高校主要依靠高度的政治觉悟和政府主导推动。虽然取得了较大的成效,但是还未形成自发、长久和有效的动力机制。林南的资源理论表明,既要满足支援高校表达性回报,又要满足支援高校工具性回报。仅仅是政治回报和社会回报是不可能长久支持的。因此,需要培育并完善对口支援的动力机制,实现对口支援高校的双赢至关重要。对口支援双方高校要认识到,只有在互惠利他的互动中才能给双方带来大量的社会资本,并在更大规模上实现增值。可见,对口支援西部高校工作的动力机制核心在于坚持"优势互补、互利互惠、共谋发展"的原则,形成合作"磁场",构成完整的动力系统,关键是找到利益上的平衡点,保持长期、稳定、健康、可持续发展的合作关系。

---

① [美]林南.社会资本:关于社会结构与行动的理论[M].张磊,译.上海:上海人民出版社,2005:233-234.

二、建构对口支援社会资本的生成机制

社会资本和物资资本、人力资本一样可以通过投资来生成,也需要不断维护,且具有规模效应的特点。但是,社会资本的生成机制又具有其自身的特点,它是建立在信用基础上的,是通过互动产生并在有意识的建构下将社会网络资源变为社会资本,社会资本不是因为使用而是因为不使用才会逐渐衰退和枯竭。社会资本的生成机制要求我们要善于发现和利用社会网络资源,并将其转化为社会资本加以利用和维护。

在对口支援工作中,构建社会资本的生成机制。首先,信用是对口支援社会资本生成的重要机制。社会资本是建立在信用和互助合作基础上的社会关系网络,对口支援双方高校通过社会资本获取认同感,以达到动用更多资源、节省成本的目的。其次,对口支援社会资本是通过双方高校间的互惠互动得以形成的。社会资本是一个动态的概念,是通过互动合作实践而形成和发展的,而持续互动的动力来源于普遍均衡的互惠。因此,互惠是一种高度生产性的社会资本,在互惠的基础上形成的互动构成了对口支援社会资本生成和持续增长的充分必要条件,这也是创造与维护对口支援双方高校社会资本的重要机制。再次,成立社会资本开发机构。在合理调整学校内部机构设置的基础之上,受援高校应成立社会资本开发机构,专门负责高校社会资本的开发与维护,以加强学校与外部组织、个人之间的密切联系,建立起与外部的稳定的沟通渠道。由此可见,社会资本的生成机制要求对口支援双方高校充分信任、积极互动,要求受援高校主动有序地建构学校的社会网络,并将既有资源转化为能为对口支援服务的社会资本。

三、提供对口支援社会资本的保障机制

为对口支援西部高校工作中的社会资本的开发与利用提供保障,需要多方面力量共同努力,主要包括制度保障和经费保障两个方面。

制度保障方面,需要通过政府的介入来为其提供法律保障机制。法律、法规是人们行为的外在规定性,是保证社会资本健康建立的前提与基础。政府部门要不断完善法律制度,通过相应的法律法规来规范高校以及与高校相关的各主体的行为,协调高校与其他关系网络成员之间的相互行为关系。这样,通过政府干预,为学校社会资本开发

与利用创造条件,提供健全的法律制度环境与良好的外部保障。另外,还需要相关部门制定一系列与对口支援高校的社会资本相应的规范管理制度,对高校社会资本开发、使用的程序进行严格约束。这样,才能保证高校社会资本开发与利用沿着正常的轨道进行。

经费保障方面,要加大财政投入力度。社会资本和物资资本、人力资本一样需要通过投资来生成,没有经费的支持,易使工作陷入被动、流于表面、无序、随意和无计划,难以长期坚持。政府要着眼于更好地履行公共职能,完善高校对口支援财政投入长效保障机制,推动对口支援西部高校工作健康稳步发展。

四、探索对口支援社会资本的监督和评价机制

政府在对口支援西部高校计划中担当着一种主导者的角色,这种作用不仅体现在政府是社会网络的主要构建者,为西部高校提供各项制度保障和组织保障。此外,政府在对口支援计划中所动用的除了物资资本外,还包括政府社会资本,即政府为保障支援和受援高校做出的制度方面与组织方面的努力,正是政府社会资本为西部高校创造制度性支持和组织性支持所构建的正式社会支持网络。政府在对口支援计划中使用其强大的动员能力,增加了支援高校和受援高校的信用感,进而吸引非支援高校的参与。没有政府的这种作用,对口支援西部高校只能是一种市场行为,或许会成为一种谋利行为,而处于高等教育边缘地位的西部高校通常是市场行为的牺牲品。在对口支援计划中,政府承担着监督的责任,在这种政府约束力下,即使那些以政治资源为导向的东部高校也会以政府代理人的角色出现,以西部高校的发展为价值取向,支持了高等教育协调发展的公益性质。

西部受援高校的物资资本和人力资本均有相应的制度来规范、管理。但是,目前尚没有针对社会资本的监督和评价机制。社会资本既有积极的作用,也有负面的影响。因此,在规范社会资本使用的过程中,要充分发挥社会资本的作用。因为无论西部地区进行何种改变,都无法离开中国若干年的传统文化背景。社会资本能够增加利益群体间彼此的信用,推动协调行动来提高社会的效率,社会资本同时也具有增进"诚实、互惠"的功能。社会资本需要长时间的逐步积累,它必须建立在网络信用和规范的利益群体联系之中。为了更好地开发和利用社会资本来促进受援高校发展,应积极探索对口支援社会资本的监督和评价机制,对受援高校社会资本的开发利用进行规范,为其

积累更多的社会资本。

从西部受援高校内部来讲,需要不断完善高校内部管理制度,使高校工作形成公正公开的监督机制。各部门、各成员间相互监督,增强管理工作的透明性。从而保证高校决策的民主、公开,避免独断;保证社会资本开发与利用中高校权益的维护;保证高校与外部组织交往过程中的平等互利,避免高校资产流失和学校利益受损;保证高校各项工作的顺利开展。从受援高校外部而言,在高校办学过程中,在高校与外部各种组织的交往过程中,需要社会的广泛监督,从而保证高校开发利用学校社会资本的行为合法合理地进行。

为防止社会资本的庸俗化和简单化,建立有效的社会资本评价机制是不可缺少的一环。中国是一个关注人情、关系和面子的差序格局社会。如果政府不及时引导和评价,容易使西部受援高校过于关注支援高校的社会品牌和支援高校的数量,使西部受援高校过度依赖支援高校的支持和援助而丧失核心竞争能力的形成,进而影响对口支援西部行动计划核心任务的完成,即教育部提出的对口支援要达到四个显著提升的目标(受援高校师资队伍水平、人才培养质量、科研服务能力和管理水平)。[①] 因此,通过政府或上级主管部门的评价、教师及学生的评价、用人单位的评价等,可以形成对口支援西部高校信用规范的社会支持网络,保障对口支援工作的健康持续发展和长效机制的形成。

小　结

社会资本是继物资资本、人力资本之后的一个重要的社会学概念,社会资本对物资资本和人力资本具有累加和增值作用。积累和扩大社会资本是国家政策应该采取的主要策略之一。国家教育部颁布的“对口支援”西部高校教育援助政策的实施,扩展了西部高校的发展平台,构建了西部高校的社会支持网络。那么,如何提高“对口支援”西部高校教育援助政策绩效,使对口支援的社会网络和社会资本发挥更重要的作用,还需要高度重视以下几点:

第一,由于政府推动下的对口支援行动计划的实施,西部高校被嵌入到一个高水平大学组成的社会支持网络,使西部高校有可能接近

---

① 对口支援西部地区高等学校工作会议纪要[EB/OL].[2009-12-15].http://www.moe.edu.cn/edoas/website18/42/info1260757827892842.htm.

拥有更高价值的行动者,获得发展所需的社会资本。为此,政府应在继续加大对西部受援高校物资资本和人力资本支援的基础上,引导和鼓励在对口支援西部高校过程中,西部受援高校对社会资本的开发、利用和积累,形成与东部支援高校紧密的社会关系网络。

第二,需要均衡发展各种社会支持网络。既要维护对口支援高校间社会网络的合力,又要保证西部受援高校社会网络的开放性。既要重视与国家政府部门建立的政策性的支持网络,也要积极构建与当地政府、企业的支持性的合作网络。

第三,政府应该针对西部受援高校的意愿和自身情况,定期交流和积极推广对口支援工作的成效和经验,积极探索多样化的对口支援模式,努力争取和有效利用各类社会资源,促进对口支援政策和体制的不断完善。

第四,构建对口支援西部高校发展的双赢机制。对口支援西部高校工作的动力来源于双方高校社会网络的扩大或重构,通过对口支援这一平台将双方高校的利益捆在一起,实现优势互补,达到共同发展,保持长期、稳定、健康、可持续发展的合作关系。

第七章　研究结论与启示

　　本书综合运用组织社会学、计量教育学、高等教育学等理论、方法与工具,对西部受援高校社会网络和社会资本展开了全面、系统的研究。本书的研究包括两个方面:理论部分为社会资本对高校发展的理论分析,主要论述了外部社会网络、社会网络主体、社会网络属性和社会网络声望对西部受援高校发展之影响的作用分析,并且讨论了哈皮特和戈沙尔理论模型下的关系维度、结构维度和认知维度的社会资本对西部受援高校的影响;实证部分以社会资本对西部受援高校发展的定量研究和案例分析为基础,论证了理论部分提出的相关结论,并从一个学校的角度深入地分析了社会网络构建类型、社会网络构建瓶颈、社会网络影响因素等。本章在前述各章对调研数据进行多方法分析所得出的结论的基础上,对本研究所形成的结论做更为深入的探讨和延伸。主要是对本书形成的研究结论做综合性的总结,结合本书第二章的理论解析、第三章的定性分析、第四章的定量分析和第五章的案例分析,对研究结果做深入的讨论和阐述,分析所形成研究结论的理论和实践意义。在此基础上对本研究所取得的理论进展做系统性的总结以及对“对口支援”政策实践的启示和展望。

第一节　研究结论

一、西部高校发展需要东部高水平大学通过支持扩展其受援高校的社会资本获得所需要的稀缺外部资源

通过对第五章案例受援高校的分析,发现受援高校的社会网络主要表现为:以国家政策为纽带的社会网络;以情感为纽带的社会网络;以支援高校为辐射的社会网络。受援高校的社会网络支持内容主要表现为:以学科支持为主的社会网络;以管理支持为主的社会网络;以人才培养为主的社会网络。受援高校的社会网络规律主要表现为:外部表现为强势学科向弱势学科传播,内部表现为强势学科强关系网络,弱势学科弱关系网络;受援高校呈现出由"一对一"向"多对一"的社会网络转型;选择支援高校要遵循学科属性差异适中的原则构建社会网络。

由于西部地区的高校长期存在办学经费短缺、师资力量不足、薪酬待遇不高、区位优势不显等问题,导致学科资源不足、学术力量不强、研究水平不高,需要从外部获取其学校发展的稀缺外部资源——学术信息、学科支持和研究合作等。任何一个高校都处在社会网络之中,但关键是如何使这些社会网络转化成社会资本,成为获取资源的有效方式,这就需要西部高校对社会网络有效经营。从社会学的角度来看,社会网络不仅仅是个体与个体之间的关系,它还是资源(至少是准资源)有效配置的一种方式,甚至有学者将社会网络界定为企业发展所需物质资源、人力资源之外的另一种资源。① 大到一个学校、小到一个教师都有自己的网络,不仅要注意发挥个体社会资本的作用(包括校长),而且需要注意构建组织社会资本。

胡钦晓认为,分析社会资本,不但可以从微观的个人层面出发,而且可以从中观乃至宏观的组织层面入手。就一个家庭而言,不但每一个家庭成员拥有各自的社会资本,而且整个家庭也拥有自己的社会资本;就一个企业而言,不但每位管理人员或工人拥有各自不同的社会资本,而且该企业作为一个组织也拥有自身的社会资本;就一个国家而言,不但拥有内部的社会资本,而且相对于它国还拥有自身的社会

① 姚小涛,席酉民.社会网络理论及其在企业研究中的应用[J].西安交通大学学报:社会科学版,2003(3):23.

资本。组织的社会资本与组织内部局部的社会资本相互影响,但是组织的社会资本决不是组织内部局部(或个体)的社会资本的简单累加。不同的大学在争取科研课题和科研经费的机会上并不平等,其中大学社会资本起着非常重要的作用。就大学的外部网络关系而言,同样可以划分为纵向网络关系和横向网络关系两种。

由此不难看出,纵向网络关系密切、横向网络关系广泛的大学,在争取科研课题和研究经费时占有得天独厚的条件;相反,那些纵向网络关系松散、横向网络关系狭窄的大学,在争取科研课题和研究经费时,往往就会处于被动地位。大学社会资本能够形成良好的科研氛围和获取更多的科研信息。在同样一个学术领域内,针对一个相同或相似的研究课题,在不同国家、不同地域、不同大学或科研机构的诸多科研人员都有可能在进行着研究和沉思。如果说网络关系封闭,那么就有可能出现经过几年甚至数十年的研究,得出的科研成果早已是别人发现的东西的情况。换言之,由于科研信息的不畅通,在浪费大量人力、物力、财力的情况下,科研成果可能一文不值。随着科学技术的不断发展,获得科研信息的途径也会越来越多种多样,如报刊、书籍、杂志、电视,乃至现代的国际互联网技术等等,但是大学外部网络关系的范围和大学内部网络关系的互动无疑是非常重要的一个因素。大学通过与其他大学或科研机构的外部交往,通过举办或参加学术交流会议,会扩大科研人员的研究视野,获取大量的科研前沿信息。因此,可以说西部高校的社会网络和社会资本是受援高校产生绩效的重要贡献因子之一。

二、政府社会资本是西部高校在发展的初级阶段构建社会资本与获取外部稀缺资源的有效和主要配置方式

在讨论社会网络和社会资本时,无论是社会资本的关系说还是资源说,都认为高校的网络关系代表了其获取生存和成长所需要关键资源的重要渠道,在高校成型、成长过程中社会网络具有关键性的中心地位。社会资本的产生和积累是一个渐进过程。就其客观层面——网络关系——而言,既存在着先天就有的先赋性网络关系(如血缘关系、地缘关系、家族关系等),同时也存在着后天形成的获致性网络关系(如学缘关系、业缘关系、物缘关系等)。大学社会资本的产生和积累,既有自然形成的(包括与生俱来的和在后天交往中无意识形成的副产品),也有有选择性地、有意识地建构产生的。林南认为,由于人

力资本是通过行动者与他的首要群体的成员的行动来积累的,为了加速资源的产生和积累,存在着扩大首要群体的需要;社会资本是通过发展和维持社会关系产生的,一旦建立关系,不仅他的资源成为你的社会资本,而且他的社会关系也可能提供社会资本。换句话说,社会资本可以通过自我直接和间接的关系网络来获取。因此,人力资本的积累呈算术速度增长,而社会资本的积累呈指数速度增长,社会资本的积累速度比人力资本要快得多。[①] 由此,可以推论出,大学社会资本的积累速度也要比大学人力资本积累的速度快得多。[②]

由于政府的牵线搭桥,东部高水平大学的社会网络直接或间接地部分转化为西部高校的社会资本,西部高校的学术资源得以丰富、学科视野得以扩展、学术水平得以提高,从而使西部高校人力资本的师资素质、科研能力、教学水平发生了显著变化。这些都是西部高校社会资本的快速积累对人力资本产生的累加效应。从第三章、第四章和第五章研究得出,政府社会资本是西部高校扩展社会网络获得社会资本的主要途径。西部高校既有正式制度通过政府建立的对口支援关系或社会网络,也有通过高校自身建立的非正式制度下的学校合作关系或社会网络。所以,建立有效的正式制度、提高政府社会资本对西部高校保持对口支援功效起着非常重要的作用。有效的正式制度不但能取代部分效率较低的非正式制度,而且对非正式制度的效率也有明显的促进作用。[③]

三、东部高水平对口支援高校与西部受援高校之间学科设置相似程度较高,双方的情感支持绩效表达明显

本研究第四章相关回归的结果表明,将西部高校的综合绩效(包括可能对受援高校的学术支持、情感支持和硕士博士学位点建设三部分)作为一个整体进行考虑时,研究者发现在对口支援的过程中高校属性的接近程度对高校情感交流方面的贡献比较大。即支援高校与受援高校之间的学科属性越接近,双方之间的情感交流越多,受援高校获得的情感支持效率越高。

---

① ［美］林南.社会资本:关于社会结构与行动的理论[M].张磊,译.上海:上海人民出版社,2005:136-137.

② 胡钦晓.大学社会资本研究[D].南京:南京师范大学,2007:152.

③ WoolcockM. Social Capital and Economic Development:toward Theoretical Synthesis and Policy Framework[J]. Theory and Society,1998(1):151-208.

具体而言,西部高校的获利性绩效主要受到对口支援院校间的基于情感支持社会网络的影响。这一方面是因为获利性绩效的形成离不开对口支援院校间实实在在的相互往来、干部挂职和合作协议。另一方面是因为高校领导、职能部门领导和院系领导往往具有丰富的外部社会网络资源。对于西部高校而言,外部社会网络是促进其发展的重要资源。即西部高校这些领导与东部支援高校处于结构洞的位置,掌握着支援高校的大量人力资源和社会网络。而这些关系的嵌入程度需要相互之间的来往,尤其是干部挂职和合作协议固化了这种网络。维护网络就是维护两校间的相互交流与沟通,由结构性嵌入逐渐转化为关系性嵌入和认知性嵌入。所以,对口支援院校间每年定期举办工作例会,分别设置对口支援办公室。对于西部受援高校院系教师如何通过学校扩大自身的学术网络活动范围、并通过学校获得或接近一些重要的资源起着重要的作用。

从伯特的观点来看,也即用社会学理论中经常提到的"结构空洞"的作用来分析西部高校的领导,不难发现,这些人员在社会网络中处于桥接结构空洞的位置。网络由于这种结构空洞的存在而不断地重构复制。① 一个富有结构空洞的网络,会促使某些个体或组织出于自身目的将关系稠密地带联结起来,从而可以通过改变网络结构为自身带来新的资源,最终产生较强的竞争优势。因此,由于信息或资源流动空缺的结构空洞的存在,西部高校就可以通过联结其不同的、一定程度相互隔断的关系网络,开发存在于这些不同组织或个体之间的结构空洞,从而为西部高校的成长不断地提供资源。在对口支援实践中,这种作用正是由一些掌握着相当人脉资源和网络资源的领导发挥的。根据结构空洞理论,可以说,西部高校的资源获取就是依靠不断地开拓网络中的结构空洞而实现,通过不断改变网络结构,从而使网络中的西部高校赢得竞争优势。因此,西部高校的成长与资源获取以及网络的演进是与网络结构的改变相联系的。这种重视利用"结构空洞"的人力资源管理措施,在中国背景下还表现为对掌握人脉资源的两校间的情感维护和思想交流,对西部高校所处的社会网络有意识重构复制,这些措施必然能提高西部高校的学术获取能力。

西部高校的成长性绩效主要受到受援高校与支援高校之间的社会网络嵌入程度的影响。在本研究中,成长性绩效主要指的是西部高

---

① 姚小涛,王洪涛,李武.社会网络与中小企业成长模型[J].系统工程理论方法应用,2004(1):49-53.

校教学和科研水平的提高,在对口支援的背景下主要指的是受援高校教师和援助学科的成长。由于西部高校学科力量薄弱,科研力量不强,其主要学术发展仍以学科成长为主,所以当提及西部高校成长时,主要是指教师的成长。因为教师能力的提高、素质的完善是西部高校真正成长壮大的最主要来源,离开教师的成长,学校的发展就无从谈起。在本研究中,主要关注对口支援院校属性对受援高校整体能力的提高作用。研究分析的结果表明,受援高校与支援高校属性比较接近的学科支持,两校间各级层面的领导和老师容易交流,学科支持力度相对较大。

四、支援高校的社会网络声望对西部受援高校硕士博士学位点建设的支持效果显著,对少数西部受援高校的第一志愿录取率提高有一定的促进作用

一般认为,支援高校的社会网络声望可能对受援高校的第一志愿录取率、一次性就业率和硕士博士学位点的建设产生影响。但在本研究提出的三个影响前因中,只有西部受援高校硕士博士学位点建设通过假设检验。数据分析的结果验证了本研究在访谈研究中提出的疑问,众多访谈者认为支援高校的社会声望会促进受援高校的学科建设力度,在对口支援的背景下受援高校的援助学科将会得到资源配置、学科支持、教师访学、学术信息方面的极大便利,特别是教师水平的提高、科研课题的合作,改善了硕士博士学位点申报和建设的条件。即对口支援的实施,提高了西部高校的社会网络声望,为西部受援高校学科的发展建设提供了有利的条件。支援高校的社会网络声望越大,对受援高校学科建设的支持效率越大。

支援高校的社会网络声望对提高受援高校的第一志愿录取率和一次性就业率没有硕士博士学位点建设那么显著,但并不是一点影响都没有。究其原因,从本研究分析框架的来源看,由于理念构思模型的提出主要是基于林南的社会资源理论,而对格兰诺维特的强关系理论、伯特的社会结构洞理论与前者的联系分析不够所致。实际上,在本研究中提出的硕士博士学位点建设、第一志愿录取率和一次性就业率是全方位的概念,指的是受援高校在学校中对"对口支援"分配实物资源、资金资源、人力资源和信息资源的多少,借鉴林南的研究结论认为这种可获性与支援高校的社会网络声望息息相关。本研究的样本来源是不同批次、不同类型、不同层次、需求不一的西部地区对口支援

高校,其需要支持的重点和解决的问题并不完全相同。所以,本研究结论反映的情况与受援高校的实际情况会有些出入,也就是说支援高校确实提高了受援高校的第一志愿录取率和一次性就业率。另一方面原因是中国背景下的社会大众(包括学生家长、用人单位)在选择西部高校的判断上比较看重支援高校的社会网络声望。但是,本次调研对象是与对口支援密切相关的西部高校教师,没有吸收社会民众作为调研对象所致。本研究第三章的定性分析和第五章的案例分析似乎都说明支援高校的社会网络声望在一定程度上确实提高了受援高校的第一志愿录取率和一次性就业率。当然,第一志愿录取率和一次性就业率的提高受多种因素的影响,支援高校的社会声望究竟影响多大无法准确剥离或分割。实际上,第四章的定量研究也证明了这一点,社会网络声望对受援高校的第一志愿录取率和一次性就业率有一定的影响,但不够显著。

这是因为中国当下的优质高等教育配置不合理,东部地区集中了较多的高水平的"985工程"和"211工程"高校,而西部地区优质高等教育配置极其匮乏,加之西部地区许多高校区位的不利影响,没有完备的政府机制和政策环境支撑,在师资队伍建设及其人才引进、项目争取上存在诸多障碍,这些国情决定了西部高校优质高等教育资源先天不足。因此,西部广大民众一直以来对一流高校极度渴求。在对口支援情况下东部知名高校对口支援西部高校,从而使东部高校的社会声望延伸至西部高校,产生社会的晕轮效应。西部高校逐渐用东部高校的丰富资源提高其教学科研水平,由输血型对口援助逐渐转化为造血型的扶持帮助,为西部高校积淀发展潜力和竞争优势。

第二节　对口支援政策实践的启示

一、政府构建的高校援助关系在对口支援的初期将发挥重要作用,发展中后期将逐步由受援高校自身构建符合学校定位的社会网络

对口支援初期高校所赖以生存的社会网络是一种以强关系为主的、高嵌入式的、同质性高的、基于认同的社会网络,这种类型的网络是西部地区受援高校学术信息、科研项目、情感支持等方面的重要来源。由于西部高校地理位置多处在偏远的少数民族区域、高水平大学

积聚较少、交通传送距离长远,导致学术集中程度不高、学术交流机会较少、学术信息交流不够。所以,西部高校在发展初期不得不依赖于高嵌入的社会网络以获取生存所需的资源,而政府构建的东部知名高校对口支援西部高校不失为一种均衡配置优质高等教育资源、促进高等教育区域协调发展的重大战略举措。根据海特(Hite)和赫斯特里(Hesterly)的研究,处于初创期向成长期过渡的高校社会关系网络正处于一种质的演变过程当中,它将向更多利用结构空洞、强调多样性的基于谋算的网络转变。[①] 在这种情况下,对高校内部信息整合的能力要求就非常高,因为高校要自觉抵御初期由于所处社会网络的高嵌入性带来的过度冗余的网络信息,才能获得向发展阶段演进的外部推动力。这种时候高校内部信息整合程度越高,就越能清晰地梳理种种错综复杂的外部关系之间的相互联系,平衡各种关系之间的利益冲突,并以自身结构的稳定和清晰来应对社会网络的冲击,进而才谈得上利用社会网络当中的资源为自身成长提供保障,逐步走向由受援高校自身构建的符合学校办学定位、类型定位、层次定位、学科定位和服务定位的社会关系网络。

二、对口支援所构建的社会网络需要受援高校的不断维护和经营,这是西部受援高校持续、健康、有效扩展社会网络和社会资本的重要环节

尽管从传统文化的视角来分析,中国大学具备了构建自身社会资本的诸多可行性,但是,这并不等于说大学社会资本的构建就会在自发的状态下完成。事实上,对照大学社会资本积累所需的基本条件来看,需要高校主动地构建和维护社会资本。根据宝贡敏、余红剑关于社会网络在创业过程的各个阶段都会产生极其重要的影响和作用的研究[②],社会网络是重要的资源配置方式,有效地经营社会网络,就会获得所需要的稀缺资源。同理,西部受援高校也需要把提高学校的社会网络的维护、经营和扩展能力作为对口支援功效的重要目标之一。

在对口支援工作的初级阶段,建立在对口院校间信用基础上的关

---

① Hite,M. J., Hesterly, W. S. The evolution of firm networks:from emergence to early growth of the firm[J]. Strategic Management Journal, 2001(3):275-28.

② 宝贡敏,余红剑.关系网络与创业互动机制研究[J].研究与发展管理,2005(3):46-51.

系网络有助于对口支援工作的开展。西部高校由于缺乏高度的社会认可度(social legitimacy)和声誉,在吸引学术大师、优质生源方面困难重重,这时西部高校需要借助知名度较高的大学等组织机构建立广泛的合作关系(即利用声誉网络)。一方面提高西部高校的社会认可度和声誉,另一方面也可以充分利用学术知识的外部性等效应促进自身成长。所有这些活动的完成都依赖于受援高校积极主动地经营学校组织层面的社会网络能力,依赖于西部高校对口支援各部门各院系完成各项援助任务的努力程度和合作态度。西部高校为了给自己营造良好的成长环境,就必须有意经营社会网络。在本研究第五章案例研究中的分析表明,西部高校的社会网络是学校在高等教育领域提升学科水平和获得持续竞争优势的重要支柱,对口支援绩效的高低在很大程度上取决于西部高校是否自觉地意识到社会网络在学校发展过程中的重要作用。

三、对口支援高校间的信用是影响对口支援成效的重要基础、持续发展的动力和资源配置的重要条件

社会网络是西部高校赖以生存和发展的重要基础和条件,西部高校必须意识到社会网络的重要性,并能动地开发、管理和利用社会网络,使社会网络为学校的生存和成长提供必需的资源。许多文献指出网络成为一种特殊形式的治理结构,在这种治理结构中信用的发展在促进资源交换中起了最主要的作用,与市场或科层组织相比信用还影响了资源获取的成本。从这个角度看,社会网络中的社会关系成为高校资源配置在市场和"科层制组织"之外的第三种资源配置方式。

获得社会资源的多寡是衡量高校核心竞争力的一个重要标准。社会资源潜存于社会关系网络之中,社会网络作为社会资源的载体,意味着社会网络作为高校的社会支持系统是不可或缺的。社会关系网络在社会资源获得中具有重要作用,使得大学可以对社会关系网络进行工具性利用,即把社会网络本身当做一种能够带来更多社会资源的特殊社会资源。这时,社会网络便成为一种社会资本。

因此,可以认为对口支援高校间的社会关系网络组织是克服市场失灵和内部组织失灵的制度性方法。近年来,受到极大关注的企业资源基础理论认为,企业的异质性资源构成了企业成长的内在动力,为企业的持续发展提供着根本的源泉。虽然资源基础理论解释了企业成长内在动力以及竞争优势的源泉问题,但是,对西部高校而言,面临

的问题不仅仅是如何去识别内部的特质资源,更重要的是如何去获取成长过程中所需的资源,如高水平的学术大师、学术团队、教学团队和富有经验的管理人员等等,这是西部高校与东部知名高校成长的最主要区别。由于西部高校学科实力往往比较单薄,内部本身可供开发的资源较少,学校能否降低成长的不确定性与失败的可能性,关键在于能否从外部获取成长过程中急需的一流师资资源,这是评价一个大学在竞争日益激烈的环境中生存能力的重要方面。而资源基础理论虽然有其独特之处,但是资源基础理论无法说明对资源如何更有效地获取,以及为获取资源如何与外部实现互动,无法从这一角度很好地理解为支持其不断成长、资源获取的机制。

西部高校如何获取资源,或者说西部高校获取资源的渠道是什么,这是理解西部高校成长首先必须要思考的问题。西部高校持续成长必须借助于"外力"才能得以实现。西部高校一般因其在成长过程中所具有的高度不确定性和较低的资源获取回报可能性,使得它们缺乏在公开市场或传统市场上进行交易的能力。因此,必须通过某种社会联系才能解决这一问题。这里所说的社会联系,既可以是政府构建的高校对口支援关系,也包括西部高校自身构建的民间社会网络和社会资本等历史上长期积存的各种关系和高校之间建立的某种联系。大多数高校为了生存都必须致力于如何从其他个体与组织手中获取发展所必需的资源,它可能会向一些个体与组织寻求资金、向另一些个体与组织寻求人力资源、技术资源或经营管理经验等等。因此,资源的社会关系依赖性是理解大学成长的一个重要方面。当这种资源获取与依赖关系持久化时,一个组织成长与资源获取的社会网络也就形成了。

社会网络一旦建立,高校就能很清楚地认识到在什么地方可以得到所需的资源,然后依照自身的能力通过"网络连线"向各目标节点寻求资源。因此,从这个意义上讲,高校成长是与社会网络的构建与演进紧密相关的。社会网络是学校成长的一种结构性关系集结,是存在于两个以及两个以上行为者之间的资源获取的重要渠道。在现实情况中,任何行动主体都不可能独立存在,而是镶嵌或悬浮于由各种社会关系交织成的社会网络之中,而社会网络则为行为者的发展提供成长所需的多种资源。从这个角度来看,如何构建这种社会网络并随社会网络的演进实行互动,是高校获取资源、产生竞争优势继而持续成长的重要过程。

西部高校所急需的与其说是实物资源，不如说是对西部高校的信心和情感支持。基于认同的社会网络中的关系是嵌入式的强关系，导致这种网络高度封闭、高度协同，因此，对口支援网络中的其他行动主体才愿意提供那些较疏远关系不愿意提供的资源。这一点对处于发展阶段的西部高校非常重要。在这种特殊的对口支援网络中，认同感和情感因素起着很大的作用，其他行动主体的行为并不完全是一种经济理性人的行为，而在很大程度上是一种基于情感的行为。这些行动主体提供资源时并不总是考虑利益最大化，而往往是出于情感和道义或者说政治原因而支持西部高校。因此，西部高校必须依赖这种基于认同的社会网络获得初期发展所需的师资资源和学术资源等。

第三节　进一步研究的建议

社会网络和社会资本在我国还是一个较新的研究领域，尽管本书在研究当中借鉴了许多前人对于社会网络研究的结论和成果，但是对于社会资本和社会网络这个核心概念如何在高校构建仍然停留在一般的描述上，特别是对在东部知名高校对口支援西部高校的过程中社会网络和社会资本的理论作用、机理讨论不够。而社会资本应用于对口支援工作只是一个大胆的探索，涉及从教育政策到大学组织的方方面面，需要廓清、梳理、考证、研究与企业特性的不同。如，强弱关系理论在高校与企业中所起的作用是否相同等问题，这需要以后的研究进一步证实和探讨。同时，需要从各个角度深入分析社会网络和社会资本在对口支援工作中的特殊作用。

在实证研究中，由于受取样客观条件的制约，取样的范围以新疆维吾尔自治区受援高校为主，虽然样本中也包含了其他省区的对口支援高校样本，但绝大多数样本仍是以新疆受援高校或北京大学对口支援石河子大学为主的。本研究结论的得出主要是以问卷调查为基础的。问卷测量对于本研究的开展是极为重要的一个步骤。尽管在研究中采用了一系列措施把影响问卷调查质量的外在因素降到最低限度，并以访谈研究的其他方法和对口支援客观统计数据作为对单一方法的补充，但由于问卷调查中社会主观性和情感性等诸多因素的影响，研究结论可能会受到一定的影响。因此，本书研究的结论是否适用于全国所有对口支援高校是一个有待后续考察的问题。

本书将社会资本分为外部社会网络、社会网络主体、社会网络属性和社会网络声望四个维度,通过对社会资本在对口支援高校中的案例分析、定性分析和定量分析,探讨了上述四个维度与对口支援高校绩效之间的关系,以及对西部受援高校成长的促进作用。但是,由于受本书关注的基本问题和研究目标的限制,没有对社会资本的四个维度做进一步的划分,对得出的结论是否会存在情景依赖的问题,也没有做进一步的探讨。另外,没有从图论和拓扑学的角度,利用一些专业网络分析软件等工具,对"对口支援"高校的网络关系强度、向度及网顶、网差等指标进行精密的逻辑分析与假设验证。即使是第四章定量分析部分也只做了简单的分析,仍有许多需要继续完善的内容。

在本书中只考虑了社会资本和社会网络对西部受援高校的影响和作用。而实际上,对口支援高校社会网络的维护和经营需要专项经费投入,需要对口支援高校间长期地交往与沟通,这样受援高校才能从外部社会网络中获取所需要的稀缺资源。同时,既然社会资本是第三种资源配置方式,也就是说社会资本是一种投资行为,必然有成本投入和产生效益,本书主要探讨了效益,而极少涉及成本,更未进行成本—效益分析。因此,还需要对"对口支援"高校其维护和经营社会网络需要的成本与效益等进行研究。

社会资本和社会网络的作用并不总是积极的、正向的。海特和赫斯特里对社会网络的过度依赖和嵌入进行了研究,发现过度嵌入可能会导致企业无法发展自身的核心能力。"当可获取的资源局限于密闭的网络中时,不论是相互关系还是共享信息都具有较高的冗余度和很低的多样性",这种缺陷会阻碍创业精神和创新活动的发生。[1] 在对口支援高校间,由于受援高校过度地依赖支援高校也会产生相应的问题。本书没有对此进一步分析,只是在案例分析中有所涉及。

本书把研究对象主要限定在对口支援西部受援高校,没有对支援高校的工作开展过多的研究。实际上,需要对口支援高校双方的共同努力和信用,才能使对口支援工作产生成效。因此,不仅需要研究社会资本和社会网络对受援高校的影响和作用,也需要研究社会资本和社会网络对支援高校的影响和作用。本书主要讨论了社会资本对受援高校的情感性支持、学术性支持、工具性支持等,对支援高校支持西

---

① Hite, M. J. , Hesterly, W. S. The evolution of firm networks: from emergence to early growth of the firm[J]. Strategic Management Journal, 2001(3):280.

部高校的驱动力和挤占效应①等问题没有涉及。

　　本研究主要讨论了第一批对口支援高校,但对处在不同时期的西部高校没有分类研究。实际上,同处在西部的高校其需求并不完全相同,有些高校以学科专业建设为主要目标,有些高校以师资学历提升为主要目标,等等。也就是说,在对口支援工作开展的不同阶段,受援高校的社会网络的构建途径和模式也会随着时间的推进不断演变。由于西部高校处在动态发展阶段,学科专业、师资队伍等都处在变化和调整当中,因此,需要把社会资本与对口支援阶段性发展联系起来,以动态的观点或者用生命周期理论研究对口支援工作的作用机制或发展机理。

---

　　①　挤占效应:指居民和政府在一种产品或劳务上的消费有可能产生对其他产品或劳务消费的挤占。在本研究中指由于政府推动的"对口支援"政策的实施,东部支援高校因为支持西部受援高校发展而可能对其自身其他工作或绩效产生影响。但是,一方面对挤占效应的估计是一个十分复杂的问题,目前尚缺少有效的估计方法和数据;另一方面,考虑到目前"对口支援"工作只是着重于学科建设、师资支持和管理帮助,支援高校投入到对口支援工作中的人力和经费十分有限,并不足以对支援高校的原有格局和绩效产生较大影响,因此,本研究暂不考虑"对口支援"政策所产生的挤占效应。

参考文献

（一）中文著作（含译著）

[1] [美]C.格鲁特尔特，T.范·贝斯特纳尔.社会资本在发展中的作用[M].黄载曦，等译.成都：西南财经大学出版社，2004.

[2] [美]Neil Gilbert，Paul Terrell.社会福利政策导论[M].上海：华东理工大学出版社，2003.

[3] [美]埃文·赛德曼.质性研究中的访谈：教育与社会科学研究者指南[M].周海涛，主译.重庆：重庆大学出版社，2009.

[4] [美]非兰斯·F.范富格特.国际高等教育政策比较研究[M].杭州：浙江教育出版社，2002.

[5] [美]弗朗西斯·福山.信用——社会道德与繁荣的创造[M].李宛蓉，译.北京：远方出版社，1998.

[6] [美]林顿·C.费里曼.社会网络分析发展史：一项科学社会学的研究[M].张文宏，刘军，王卫东，译.北京：中国人民大学出版社，2008.

[7] [美]林南.社会资本：关于社会结构与行动的理论[M].张磊，译.上海：上海人民出版社，2005.

[8] [美]罗伯特·D.帕特南.使民主运转起来[M].王列，等译.南昌：江西人民出版社，2001.

[9] [美]马克·格兰若维特.镶嵌：社会网与经济行动[M].罗家德，译.北京：社会科学文献出版社，2007.

[10] [美]莎兰·B.麦瑞尔姆.质化方法在教育研究中的应用：个案研究的扩展[M].于泽元，译.重庆：重庆大学出版社，2008.

[11] [美]詹姆斯·S.科尔曼.社会理论的基础（上、下）[M].邓方，译.北京：社会科学文献出版社，2008.

[12] 包亚明. 布尔迪厄访谈录——文化资本与社会炼金术[M]. 上海：上海人民出版社,1997.

[13] 长莉. 社会资本与社会和谐[M]. 北京：社会科学文献出版社,2005.

[14] 蔡国春. 院校研究与现代大学管理[M]. 北京：教育科学出版社,2006.

[15] 曹荣湘. 走出囚徒困境：社会资本与制度分析[M]. 上海：上海三联书店,2003.

[16] 陈向明. 质的研究方法与社会科学研究[M]. 北京：教育科学出版社,2000.

[17] 程星,周川. 美国院校研究实例[M]. 苏州：苏州大学出版社,2008.

[18] 高洪源. 学校战略管理[M]. 重庆：重庆大学出版社,2006.

[19] 顾建光. 公共政策分析导论[M]. 武汉：武汉出版社；北京：科学出版社,2002.

[20] 何慧星. 西部地方综合大学本科人才培养模式的研究与实践[M]. 北京：高等教育出版社,2009.

[21] 姜继红. 社会资本与就业研究[M]. 北京：社会科学文献出版社,2005.

[22] 康宁. 中国经济转型中高等教育资源配置的制度创新[M]. 北京：教育科学出版社,2005.

[23] 李惠斌,杨雪冬. 社会资本与社会发展[M]. 北京：社会科学文献出版社,2000.

[24] 林竞君. 网络、社会资本与集群生命周期研究[M]. 上海：上海人民出版社,2005.

[25] 刘军. 法村社会支持网络——一个整体研究的视角[M]. 北京：社会科学文献出版社,2006.

[26] 刘军. 社会网络分析导论[M]. 北京：社会科学文献出版社,2004.

[27] 罗家德. 社会网分析讲义[M]. 北京：社会科学文献出版社,2005.

[28] 宋旭红. 学术职业发展的内在逻辑[M]. 武汉：华中科技大学出版社,2008.

[29] 阎凤桥. 大学组织与治理[M]. 北京：同心出版社,2006.

[30] 燕继荣. 投资社会资本[M]. 北京：北京大学出版社,2006.

[31] 杨雪冬. 社会资本：对一种新解释范式的探索[M]. 北京：社会科学文献出版社,2000.

[32] 张其仔. 社会资本论：社会资本与经济增长[M]. 北京：社会科学文献出版社,1997.

[33] 赵国浩,等. 企业核心竞争力理论与实务[M]. 北京：机械工业出版社,2005.

[34] 周小虎. 企业社会资本与战略管理——基于网络结构观点的研究[M]. 北京：人民出版社,2006.

[35] 周雪光. 组织社会学十讲[M]. 北京：社会科学文献出版社,2003.

［36］周生贵.西部高校跨越式发展运行机制研究［M］.乌鲁木齐：新疆人民出版社,2007.

［37］朱国宏.经济社会学导论［M］.上海：复旦大学出版社,2005.

（二）中文期刊

［1］宝贡敏,余红剑.关系网络与创业互动机制研究［J］.研究与发展管理,2005(3).

［2］边燕杰.城市居民社会资本的来源及作用：网络观点与调查发现［J］.中国社会科学,2004(3).

［3］边燕杰.社会网络与求职过程［J］.国外社会学,1999(4).

［4］曹红.山东—新疆教育与人才培养援助政策考查分析［J］.石河子大学学报：哲学社会科学版,2007(1).

［5］陈坤.学校社会资本及其经济学意义［J］.企业经济,2004(6).

［6］陈柳钦.社会资本及其主要理论研究观点综述［J］.东方论坛,2007(6).

［7］程民选.信誉：从社会资本视角分析［J］.财经科学,2005(2).

［8］杜瑛.西部建设一流大学的体制性障碍分析［J］.现代大学教育,2003(3).

［9］高功敏,于敏.对口支援西部高校工作中应注意的一些问题［J］.中国科教创新导刊,2009(4).

［10］高文盛,等.资源辨析：社会网视角中的关系网［J］.中南民族大学学报：人文社会科学版,2002(4).

［11］郭文.西部民族地区高等教育发展的政策选择［J］.贵州教育学院学报：社会科学,2005(1).

［12］贺寨平.国外社会支持网研究综述［J］.国外社会科学,2001(1).

［13］胡钦晓.高校社会资本论［J］.高等教育研究,2005(9).

［14］胡钦晓.何谓高校社会资本——基于"社会"的内涵分析［J］.南通大学学报：教育科学版,2007(2).

［15］黄锐.社会资本理论综述［J］.首都经济贸易大学学报,2007(6).

［16］侯志军.资源和信用：大学组织发展的关键性要素［J］.黑龙江高教研究,2009(3).

［17］康凯.对口支援成效及推动西部高校发展的经济学模型［J］.医学教育探索,2004(1).

［18］李介.中国西部教育的公平与效率问题初探［J］.甘肃高师学报,2001(4).

［19］李路路.私营企业主的个人背景与企业"成功"［J］.中国社会科学,1997(2).

［20］李延成.对口支援：对帮助不发达地区发展教育的政策与制度安排［J］.教育发展研究,2002(10).

［21］廉永杰,陈爱娟.西部高教事业大发展与政府宏观管理［J］.高等理科教育,2004(5).

［22］梁克荫.中国西部高等教育发展的战略选择［J］.教育研究,2000(4).

[23] 林竞君.嵌入性、社会网络与产业集群——一个新经济社会学的视角[J].经济经纬,2004(5).

[24] 刘晓光,董维春,唐昕.对口支援西部高校政策的问题与建议[J].中国高教研究,2006(12).

[25] 罗安娜,李燕萍.高校社会资本对其核心竞争力影响研究[J].武汉大学学报:哲学社会科学版,2009(1).

[26] 缪荣,茅宁.公司声誉概念的三个维度[J].经济管理,2005(11).

[27] 钱一舟.学校社会资本的构成要素和运行条件——一所学校成长的解读[J].当代教育科学,2004(17).

[28] 清华大学课题组,岑章志,等.东西部高校对口支援的实践与经验[J].清华大学教育研究,2007(2).

[29] 石秀印.中国企业家成功的社会网络基础[J].管理世界,1998(6).

[30] 田凯.科尔曼的社会资本理论及其局限[J].社会科学研究,2001(1).

[31] 王嘉毅.西部高等教育发展面临的困难与对策[J].高等教育研究,2006(11).

[32] 王庆喜,宝贡敏.社会网络、资源获取与小企业成长[J].管理工程学报,2007(4).

[33] 王云贵.西部高等教育与区域经济协调发展存在的矛盾与对策[J].辽宁教育研究,2006(4).

[34] 温忠麟,等.中介效应检验程序及其应用[J].心理学报,2004(5).

[35] 武中哲.中国弱势群体的制度特征及制度化保障[J].理论学刊,2005(6).

[36] 杨跃.关于学校社会资本的理论思考[J].学海,2003(5).

[37] 姚小涛,王洪涛,李武.社会网络与中小企业成长模型[J].系统工程理论方法应用,2004(1).

[38] 姚小涛,席酉民.社会网络理论及其在企业研究中的应用[J].西安交通大学学报:社会科学版,2003(3).

[39] 叶进,段兴利,权丽华,洪涛.西部民族地区高等教育多元化投入体制与环境[J].西北民族大学学报:哲学社会科学版,2007(2).

[40] 张存刚,李明,陆德梅.社会网络分析——一种重要的社会学研究方法[J].甘肃社会科学,2004(2).

[41] 张娜,陈学中.团队社会资本及对绩效的影响[J].科学与科学技术管理,2007(11).

[42] 张文宏,李沛良,阮丹青.城市居民社会网络的阶层构成[J].社会学研究,2004(6).

[43] 张文宏.城市居民社会网络资本的结构特征[J].学习与探索,2006(2).

[44] 张文江.社会资本及其相关概念厘定[J].现代管理科学,2007(11).

[45] 赵延东."社会资本"理论述评[J].国外社会科学,1998(3).

[46] 周红云.社会资本理论述评[J].马克思主义与现实,2002(5).

[47] 庄西真.基于社会资本积聚的学校竞争优势分析[J].教育研究与实验,2008(6).

[48] 庄西真.学校社会资本论[J].教育研究与实验,2004(3).

[49] 陈柳.西北民族地区高等教育公平问题研究[D].兰州:兰州大学,2006.

[50] 顾慈样.社会资本理论及其应用研究[D].天津:天津大学,2004.

[51] 何莎莎.中小学校社会资本开发与利用研究[D].重庆:西南大学,2006.

[52] 胡钦晓.大学社会资本研究[D].南京:南京师范大学,2007.

[53] 黄洁.集群企业成长中的网络演化[D].杭州:浙江大学,2005.

[54] 梁文明.广东—广西教育对口支援运行机制研究[D].桂林:广西师范大学,2003.

[55] 马刚.基于战略网络视角的产业区企业竞争优势研究——以浙江两个典型的传统优势产业区为例[D].杭州:浙江大学,2005.

[56] 彭华涛.创业企业社会网络的理论与实证研究[D].武汉:武汉理工大学,2006.

[57] 彭澎.基于社会网络视角的高技术企业集群式成长机制研究[D].长春:吉林大学,2007.

[58] 乔玉香.中国高等教育大众化进程中的教育公平问题[D].长沙:湖南师范大学,2003.

[59] 邵争艳.中国区域高等教育资源优化配置评价与对策研究[D].哈尔滨:哈尔滨工程大学,2006.

[60] 盛冰.社会资本与学校变革[D].北京:北京师范大学,2004.

[61] 宋中英.中小学校长的社会资本研究[D].北京:北京师范大学,2007.

[62] 唐丽芳.课程改革中的学校文化[D].长春:东北师范大学,2005.

[63] 吴合文.社会资本视角下的大学核心竞争力构建与提升[D].北京:北京师范大学,2006.

[64] 张峰.社会资本与教师科研发展[D].武汉:华中科技大学,2005.

[65] 袁振国.教育政策分析和当前教育政策热点问题(北京大学学术报告)[Z].2002.

(三) 英文文献

[1] Adler,P. S. , Kwon,S. W. Social capital: prospects for a new concept [A]. Academy of Management Review, 2002(27).

[2] Beugelsdijk, S. , Smulders, S. Bridging and bonding social capital: which type is good for economic growth[D]. Center/Faculty of Economics,Tilburg University,working paper, 2003.

[3] Bian,Yanjie. Bringing Strong Ties Back In: Indirect Connection, Bridges, and Job Searches in China[J]. American Sociological Review, 1997.

[4] Granovetter,Mark. The strength of weak ties[J]. American Journal of Sociology, 1973(78).

［5］Greve, A. Networks and entrepreneurship: an analysis of social relations, occupational background, and use of contracts during the establishment process［J］. Scandinavian Journal of Management,1995(2).

［6］Hakansson, H. , J. Johanson. Formal and informal cooperation strategies in international industrial networks, in Cooperative Strategies in International Business［M］. Ed. F. J. Contractor and P. Lorange. Boston, Mass: Lexington Books,1988.

［7］Hite, M. J. , Hesterly, W. S. The evolution of firm networks: from emergence to early growth of the firm［J］. Strategic Management Journal, 2001(3).

［8］Mithell, J. Clyde. The concept and use of social network, in social network in urban situations［M］. Edited by J. C. Mithell. Manchester, Eng: Manchester University Press,1969.

［9］Nahapiet J. , Ghoshal S. Social Capital, Intellectual Capital and the Organizational Advantage［J］. Academy of Management Review,1998.

［10］Park, S. H. andLuo, Y. Guanxi and organizational dynamics: Organizational networking in Chinese firms［J］. Strategic Management Journal, 2001(22).

［11］Uzzi, B. Social structure and competition in inter-firm networks: the paradox of embeddedness［J］. American Sociological Review,1997(1).

［12］Woolcock M. Social Capital and Economic Development: Toward a Theoretical Synthesis and Policy Framework［J］. Theory and Society, 1998(1).

附录 教育部关于对口支援西部高校计划的相关文件

关于实施"对口支援西部地区高等学校计划"的通知

教高[2001]2号

有关省、自治区、直辖市教育厅(教委),中国科学院人事教育局,有关高等学校:

实施西部大开发战略,加快中西部地区发展,是我国迈向现代化建设第三步战略目标的重要部署。积极发展西部地区高等教育,加快培养急需的高级专门人才,是实施西部大开发战略的重要任务。为此,我部决定,在"十五"期间,实施"对口支援西部地区高等学校计划"(以下简称"对口支援计划"),现将有关事项通知如下:

一、根据西部地区重点建设高校(简称受援高校)的学科特点和意愿,北京大学、清华大学等13所高校被指定为支援高校(见附件)。支援高校采取一对一的方式,实施对受援高校的支援和全方位合作。

二、实施"对口支援计划"要以人才培养工作为中心,以学科专业建设、师资队伍建设、学校管理制度与运行机制建设为重点,争取用五年的时间,使受援高校的教学、科研和管理水平有较大提高,为受援高校的长远发展奠定坚实基础。

三、接本通知后,支援高校与受援高校应抓紧启动并积极开展相关工作,要在深入调查研究和充分协商的基础上,尽快签订对口支援协议,并报我部审批。对口高校都要积极筹集资金,保证"对口支援计划"的顺利实施,其中,以支援高校为主的支援与合作项目,所需经费由支援高校从各条渠道筹集的资金中统筹安排。受援高校内部基本建设和派出教师进修、攻读学位等费用,主要从西部重点建设高校专项资金中自行解决。

四、我部将在教育事业发展、资金分配、教学科研项目、学科建设、人才培养基地建设、国际交流与合作等方面对"对口支援计划"的实施给予倾斜政策。支援高校要积极主动地与受援高校保持联系。鼓励支援高校围绕受援高校所在地区的经济和社会发展中的关键问题,开展多种形式的科学研究,为当地的经济社会发展献计献策。

五、有关教育行政部门要为"对口支援计划"的实施提供政策支持和便利条件。支援高校与受援高校要加强对"对口支援计划"实施工作的领导,学校主要负责同志要主管这项工作,制定切实可行的措施和办法,在组织上和制度上保证对口支援协议的顺利执行。实施"对口支援计划"的情况和问题,请及时报告我部。

六、实施西部大开发战略,加快培养急需的各类人才是关键。我部所属各高等学校都有支援西部高教事业发展的义务和责任,都应积极承担西部高校教师的培训和教学任务,努力完成我部下达的支援西部高校建设的任务。

实施"对口支援计划",是我部为落实西部大开发战略而采取的一项重要举措。希望有关部门和高等学校,从我国改革开放和现代化建设的全局出发,开拓进取,扎实工作,为整体提高西部地区高等教育办学水平和教育质量,加快西部高等教育改革和发展作出贡献。

附件:"对口支援西部地区高等学校计划"方案(略)

教育部

2001 年 5 月 10 日

教育部关于实施"援疆学科建设计划"的通知

教研函[2005]2 号

黑龙江省、广东省、四川省、新疆维吾尔自治区教育厅,中国科学院,部属有关高等学校:

为了积极发展新疆的高等教育,为新疆发展提供必要的智力支持和人才保证,加快新疆高等教育的内涵发展,深化对口支援工作,优化学科结构,促进学科建设,提高新疆高等教育的质量,根据中央有关文件的精

神,我部决定实施"援疆学科建设计划"。现将有关事宜通知如下:

一、统一思想,提高认识

新疆地域辽阔、多民族聚居,周边与八国接壤,是我国对外开放的重要门户,也是我国战略资源的重要储备区,战略地位十分重要。面对周边日趋复杂的形势,新疆在全国发展和稳定中的战略地位更加突出。党和国家历来十分关注新疆社会经济等各项事业的建设和发展。2004 年,中央作出了新疆发展与稳定的重大战略部署,中央指出,新疆工作在党和国家工作全局中具有特殊重要的战略地位,加快新疆发展,保持新疆稳定,是加强民族团结,维护祖国统一,保障边疆安全的战略举措;也是推进西部大开发,拓展国民经济新的增长空间,促进区域协调发展的战略需要;不仅关系我国改革发展稳定的大局,也关系中华民族的伟大复兴。中央要求各有关部门把新疆作为西部大开发的重点,进一步加大对新疆的扶持力度,对新疆给予政策倾斜,使新疆直接享有一些符合新疆实际、操作性强的特殊政策。

发挥国家重点学科的优势和辐射作用,支持新疆高校学科建设,这是国家重点建设高校及其研究生院应尽的责任和义务。各支援高校要把思想统一到中央有关文件的精神上来,根据中央关于新疆发展与稳定的重大战略部署,充分认识实施"援疆学科建设计划"的重要性和必要性,增强政治意识、大局意识和责任意识,把建设好新疆高校有关学科的任务纳入本校学科建设规划之中。

二、实施"援疆学科建设计划"的主要任务

学科建设是高校建设和发展的核心,学科建设水平是高校整体办学水平和综合实力的集中反映,是高校实现人才培养、科学研究和社会服务三大功能的重要平台。实施"援疆学科建设计划"的主要任务是:以学科建设为重点,在内地有关高校(以下称支援方)中,每校选择 3 个左右的一级学科,分别对口支援新疆高校(以下称受援方)中符合学科结构调整需要,急需发展又具有一定基础的相应学科,形成对新疆高校"以点带面、点面结合"的对口支援格局,带动新疆受援高校整体实力和水平的提高。

经新疆维吾尔自治区教育厅提出并经对口支援双方高校同意,我部确定了"援疆学科建设计划"对口支援关系(见附件)。对口支援的具体任务如下:

(一)支援方指导帮助受援方做好学科建设计划。

(二)支援方帮助受援方加强学科队伍培养,使之尽快形成结构合理的学科梯队。

1. 支援方每年在国家下达的博士研究生招生国家计划内，单列若干招生计划招收受援方教师攻读博士学位，毕业后回原高校工作；在支援方的硕士生招生单独考试名额内，每年招收受援方教师 1～2 名攻读硕士学位。

2. 支援方每年接受受援方进修、访学教师若干名(次)。

3. 支援方在受援方举办部分国内外学术会议，并为受援方参加国内外学术会议提供帮助。

4. 支援方与受援方互派相关人员挂职，支援方有关人员到受援方挂职纳入援疆干部选配方案。

（三）开展合作研究。

1. 支援方承担的科研项目，尽可能安排受援方相关人员参加。

2. 受援方承担的重要科研项目，邀请支援方相关人员参与指导。

3. 支援方与受援方联合开展科研项目申报，共同开展技术攻关和成果转化。我部将在审批支援方与受援方共同申报的科研项目时予以倾斜和扶持。

（四）支援方帮助受援方加强相关学科条件建设

1. 支援方向受援方开放国家重点实验室或工程研究中心等实验场所。

2. 支援方援助受援方建设实验室或向受援方捐赠仪器设备和图书资料。

3. 鼓励和支持支援方与受援方在新疆共同建立研究基地、共同申报研究项目、共同招收培养研究生。

4. 建立支援方与受援方信心共享机制。

（五）支援方每年派出 1～2 名学科带头人到受援方短期工作，每年派 2～3 名高学历、高级职务教师到受援方讲授一门课程，每年派若干名优秀博士生或青年教师到受援方为本科学生授课。

（六）支援方帮助受援方进行学位点建设，互聘导师，共同培养研究生。

（七）双方协商确定的其他对口支援内容

三、"援疆学科建设计划"的组织实施

实施"援疆学科建设计划"要精心组织，狠抓落实，讲求实效，不搞形式主义，不做表面文章。要通过该计划的实施，使受援方学科建设水平和学校的整体实力得到明显的提高。

为了保证"援疆学科建设计划"的顺利实施,由我部学位管理与研究生教育司牵头负责该计划的实施,并且督促检查有关单位的实施情况。新疆维吾尔自治区教育厅负责该计划在新疆的实施,并将实施情况和存在问题及时报送我部学位管理与研究生教育司,支援方与受援方应由研究生院(部、处)或其他有关部门作为牵头单位具体负责本校"援疆学科建设计划"的实施,并指定专人负责此项工作。

实施"援疆学科建设计划"是一项长期的任务,分期实施,五年为一期。支援方与受援方要在深入调查研究的基础上,合理确定支援的内容,既要制定符合实际的近期目标,又要做好长远规划。

我部将定期检查"援疆学科建设计划"的执行情况,组织对口支援经验交流,并将"援疆学科建设计划"的执行情况作为支援方"211 工程"建设、重点学科建设或研究生院建设有关检查评估的重要内容。

四、经费问题

支援方要在人、财、物等方面对受援方给予实质性的支援。支援方为受援方培养学科梯队人才,开放实验室和共享信息等,原则上实行免费政策。有条件的高校可以设立对口支援专项经费并纳入年度预算,确保"援疆学科建设计划"的顺利实施。我部将争取国家有关部委的支持,并在有关的项目专项中统筹安排。

请支援方与受援方按照上述要求,就如何实施"援疆学科建设计划"进行具体协商,并拟订对口支援协议草案,协议内容要具有可操作性。我部将适时召开实施"援疆学科建设计划"会议,组织签订对口支援协议。协议签订后报我部备案。

附件:"援疆学科建设计划"对口支援关系(略)

教育部
二〇〇五年四月十三日

教育部关于进一步深入开展对口支援西部地区高等学校工作的意见

教高[2006]12 号

各省、自治区、直辖市教育厅(教委),新疆生产建设兵团教育局,中国科学院,部属有关高等学校:

2001 年 6 月,教育部启动了对口支援西部地区高等学校计划,后又推出了援疆学科建设计划、对口支援民族院校等专门项目。5 年来，对口支援西部地区高等学校工作(以下简称对口支援工作)进展顺利，成效显著。为了不断提高西部地区高等学校的教育质量，促进我国高等教育的全面协调发展和适应西部大开发不断发展的需要，现就进一步深入开展对口支援工作提出以下意见：

一、贯彻落实科学发展观，进一步提高对对口支援工作的认识

对口支援工作是高等教育领域全面贯彻落实科学发展观，努力实现高等教育全面协调发展的具体体现，是高等教育战线贯彻落实西部大开发战略的一项重要举措，对于推动西部高等教育的发展，维护西部地区经济建设和社会发展，促进民族团结和社会稳定等，都具有非常重要的意义。要充分认识到对口支援工作的重要性、艰巨性和长期性，充分调动各方面的积极性，建立长期奋斗的思想，克服各种困难，扎扎实实地开展工作，高质量地完成担负的任务。

二、明确工作重点，不断提高对口支援工作的质量

对口支援工作要在科学发展观的指导下，切实把重点放在提高质量上。要在紧密结合西部地区经济建设和社会发展需要思想的指导下，根据受援高校的实际情况，长期坚持、总体规划、分步实施，创造性地开展工作，不断加强受援高校本科教学工作的基本建设，使受援高校在人才培养、科学研究和社会服务等方面不断上新台阶，努力提高教育质量和整体办学水平。

三、强化责任意识，推动有关各方积极开展对口支援工作

支援和受援高校是开展对口支援工作的主体，双方均要认真组织实施对口支援的各项具体工作，使其成为学校工作的有机组成部分。要高度重视对口支援的管理工作，双方都应确定负责对口支援工作的校领导和组织机构，做到人员落实、任务落实和经费落实。特别是受援高校，要积极主动，以深入开展对口支援工作为契机，更新思想观念，充分调动教职工的积极性，深化教育教学改革，全面推动学校的各项工作，不断提高教育质量，不断提高办学实力和办学效益。

受援高校的教育主管部门要将对口支援工作列为本部门的重要工作，积极争取当地政府多方支持，做好对口支援的保障工作。

四、建立长效机制，实现对口支援工作长期稳定健康的发展

对口支援工作要坚持长期稳定、系统规划的原则。支援高校要将对口支援工作纳入学校的长期发展规划中，设立长远目标和阶段性目标，坚持不懈地开展工作。受援高校更要抓住机遇，将对口支援工作

作为本校长期发展规划中的重要内容，与学校主管部门和支援高校一起，充分调研论证，全面科学地制订长期发展规划，充分发挥对口支援工作在本校发展中的作用。

对口支援高校双方签署的协议是实施对口支援工作的基础和具体开展对口支援工作的依据，认真执行协议是落实对口支援工作的关键。支援与受援高校双方要坚持科学发展观，通过实事求是的调查研究，在充分协商的基础上形成"十一五"期间的对口支援协议。协议要目标明确、重点突出、可操作性强。协议的内容和执行要体现工作重心下移，要向院系、教研室、课题组等具体工作层面推进。双方都要认真履行自己的承诺，认真执行协议的内容。

对口支援高校双方应建立年度例会制度，每年至少举行一次例会，学校主要领导要参加会议。会议的目的是检查总结过去一年（或更长时间）的工作情况，安排部署下一步的工作，并根据客观情况的变化及时达成新的协议。

对口支援工作原则上采用"一对一"的模式，即一所支援高校对口支援一所受援高校。在对口支援工作的专门项目上，如援疆学科建设计划，可采用"多对一"及其他灵活的方式。欢迎和鼓励受援高校与其他高校建立广泛的校际联系，以争取更多的支持。

受援高校要在支援高校的大力支持下，进一步探索和完善高校育人、教育留人的机制，努力吸引更多的优秀生源，大力培养留得住、下得去、用得上的人才，献身西部，报效祖国。

要发挥激励机制的作用，表彰在对口支援工作中有突出贡献的集体和个人。

五、强化队伍建设，促进受援高校的教育质量和管理水平提高

本科教学是受援高校的基本任务，对口支援工作的首要任务是帮助受援高校提高本科教学质量。通过对口支援工作，帮助受援高校强化以人才队伍建设为核心的本科教学工作基本建设，不断提高师资队伍水平、规范教学秩序、严格教学管理、加强课程建设和实验室建设，深化教学改革，优化人才培养过程。支援高校要将自己的好做法好经验，包括高质量的教材和精品课程的软件等介绍和提供给受援高校，推动受援高校的本科教学工作水平和教育质量有一个较大的提高。

做好教学工作的关键是加强师资队伍的建设。要通过支援高校教师的传帮带，受援高校选派教师进修、访学、攻读学位等多种有效形式和途径，大力提高受援高校师资队伍水平和学历学位层次。尤其注

重加速培养受援高校的青年骨干教师以及学科带头人。要帮助受援高校采取有效措施引进急需的人才和高质量的教师。支援高校可接收少量受援高校的应届本科推荐免试研究生,毕业后回受援高校任教,不断充实师资队伍。已获得开展推荐免试研究生工作资格的受援高校,仍按原规定执行。

高质量的教学和办学,需要高水平的管理。要积极采用挂职工作(或学习)方式,特别是支援高校选派优秀干部到受援高校的重点岗位较长期挂职工作的方式,促进受援高校不断提高管理水平。应采取多种方式培养培训受援高校的管理人员,不断提高他们的业务水平。高校之间要加强互相交流和学习,特别在管理方面的相互学习。通过努力,使受援高校的教育思想、教育观念、管理手段和管理效果有明显的转变和提高。

六、结合西部的实际情况,加强受援高校的学科建设和科学研究工作

对口支援工作要结合西部地区的实际情况,全面科学地制订好受援高校学科建设的规划,积极支持西部地区急需学科专业的建设,对资源、生态、环境、能源、交通、生物、医学、水利、农业、森林资源保护等学科专业应给予重点支持,帮助受援高校办出特色。要有计划、有重点、积极稳妥地推进受援高校的学科建设工作,将队伍建设、人才培养和科学研究紧密结合,处理好教学与科研的关系,做到教学科研相互促进,共同发展。要认真做好援疆学科建设计划,并加强受援学科的队伍培养和引进工作,提升他们的学历学位层次。

鼓励支援与受援高校结合实际情况,联合进行科研活动和联合申报科研项目,要积极争取解决西部地区经济社会发展中重大问题的科研项目,以及有特色的应用性研究项目,为西部地区经济建设和社会发展服务,同时促进受援高校师资队伍的培养和科研水平的提高。

七、利用现代信息技术,开辟对口支援工作新途径

充分利用现代信息技术是今后对口支援工作开辟新途径、取得新进展的一项重要举措。在学校管理、教师培养、教学工作、科学研究、社会服务等方面的对口支援工作中,都要充分利用现代信息技术,降低成本,提高效益,同时提升受援高校的信息化、数字化的建设水平。积极利用中国教育和科研计算机网、教育卫星网,使受援高校共享优质的教育资源。要创造条件,利用现代远程教育,帮助受援高校开设紧缺的高质量课程,并积极进行支援高校为受援高校开展专业教育的

探索。

八、积极采取措施，扩大受援高校的国际交流与合作

支援高校应采取多种形式帮助受援高校开展国际交流与合作，增强受援高校开展国际交流与合作的意识和能力。受援高校要高度重视国际交流与合作，在人财物等方面给予积极支持，同时注意国际交流与合作的质量和效益。

九、加强宣传工作，推广成功经验，促进相互学习

加强宣传是对口支援工作的重要组成部分。要大力宣传对口支援工作取得的巨大成就，大力宣传对口支援工作中涌现出的先进集体和先进个人，推广各种成功的经验，促进对口支援高校间相互学习。

高职高专院校的对口支援工作可参照本意见执行。

教育部

二〇〇六年九月十一日

关于做好质量工程对口支援西部地区高等学校教师 进修和干部学习锻炼的指导意见

教高司函[2008]180号

各对口支援高等学校：

为了进一步做好"高等学校本科教学质量与教学改革工程"（以下简称"质量工程"）中对口支援西部地区高等学校教师进修和干部学习锻炼工作，现提出以下指导意见：

一、本意见适用于纳入"质量工程"中的支援高校和受援高校。即教育部批准的对口支援高等学校、"援疆学科建设计划"中的高等学校及《教育部 中央统战部和国家民委关于进一步加强教育对口支援西藏工作的意见》（教民[2006]8号）中所涉及的高等学校。

二、受援高校职责和任务：

（一）由学校主要领导负责，专门机构具体负责教师进修和干部学习锻炼的管理工作，并在与支援高校充分沟通的基础上，制订长期和年度的教师、干部培训计划。

（二）进修及学习锻炼期间，教师和干部要严格要求自己，自觉遵守支援高校的有关制度。

（三）进修教师和学习锻炼干部应制订一学期或一学年学习的

计划。进修教师要认真完成所选课程的学习,注重学习教学技能,写出或完善主修课课程的教案;积极参加各类讲座及报告会,开阔视野,拓宽知识面;进修结束前写出学习总结。学习锻炼干部要明确学习内容和任务;积极融入到支援高校的具体工作中,了解支援高校全面情况,体验支援高校的管理理念,学习成功经验;学习结束前要完成论文。

(四)受援高校要对进修教师和学习锻炼干部进行中期检查,了解和掌握情况;进修结束时,会同支援高校对当期工作进行总结。学校应对教师和干部的进修学习情况进行跟踪,对于不认真进修和学习锻炼的教师和干部,要视具体情况予以处理。

三、支援高校职责和任务:

(一)支援高校应由相关的校领导牵头,确定专门部门和人员负责此项工作。支援高校应注重调查研究受援高校、进修教师和学习锻炼干部的实际需求,与受援高校一起精心制订培训方案。

(二)支援高校应根据受援高校的需求和进修教师所学的专业,为进修教师确定指导教师,至少安排一门主修课和二门辅修课。支援高校应安排学习锻炼的干部到本校相关部处挂职,确定一名正处长以上领导作为其指导干部。学习锻炼干部应参加相关部门日常工作和重要会议,承担几件实际管理工作,亲身感受支援高校在管理方面的理念、思路与做法。

(三)支援高校应对质量工程的任务进行规范管理,要为进修教师和学习锻炼干部举行开学典礼,介绍学校整体情况、提出总要求和具体要求;应在进修教师和学习锻炼干部进校一个月内,组织一次检查,及时发现问题并进行调整;应配合受援高校加强中期检查;指导教师和指导干部要督促进修教师和学习锻炼干部在学习结束前写出学习总结和论文。

(四)支援高校应尽可能提供必要的食宿、图书资料借阅、上网等生活、学习条件,积极组织进修教师和学习锻炼干部参加学校的各项活动。

四、对口支援高校要保证教师进修和干部学习锻炼经费专款专用,按照《高等学校本科教学质量和教学改革工程专项资金管理办法》使用和管理。受援高校在接到中央财政拨款后,应及时、足额将相关经费划拨给支援高校。如中央财政不能及时到位时,支援高校和受援高校应共同采取措施保障此项工作按照计划正常开展。

各对口支援高校要根据本意见制订本校对口支援西部地区高等学校教师进修和干部学习锻炼的具体实施办法,并于 10 月 15 日前分别由支援和受援高校报教育部高教司。

教育部高等教育司

二〇〇八年九月四日

后　　记

　　本书是在我的博士学位论文《社会资本对中国西部地区受援高校发展影响的研究》基础上修改完善而成。

　　寒窗数载，春秋几度，终将完成我的博士学位论文之时有一种说不上的幸福与欣慰。说真的，过了不惑之年的我在求学生涯的过程中，欣喜之余不禁感慨万千、思绪绵绵，自从攻读北京大学博士以来，心里一直没有轻松过，那种拿到通知书的高兴劲转瞬即逝。接着是上课、选题、开题、撰写论文等，特别是论文撰写阶段，有时候我都怀疑自己的能力，几乎失去信心和勇气，到了崩溃的边缘，感觉似乎自己是带着学术枷锁在"炼狱"，也不知何时到头。有时感觉像无力地在水中游泳，也不知何时才能上岸。在博士论文落笔之时，我才领悟到"板凳甘坐十年冷，文章不著一字空"的学术精神。好在有众多的老师、同学、同事、朋友和家人的鼓励、支持和帮助，我终于挺过最艰难的时刻。期间的感受正如王国维的"三重境界"说。"独上高楼，望尽天涯路"之茫然，"衣带渐宽终不悔，为伊消得人憔悴"之执著与艰辛，和"众里寻他千百度，蓦然回首，那人却在灯火阑珊处"之惊喜。做学问的酸甜苦辣、煎熬与喜悦尽在其中。在此，谨向他们表示深深的敬意和由衷的感谢！

　　2001 年 6 月 13 日，教育部印发了《教育部关于实施"对口支援西部地区高等学校计划"的通知》（教高［2001］2 号），首次确定北京大学与石河子大学、清华大学与青海大学、中国农业大学与内蒙古农业大学等 13 对东西部高校建立对口支援关系。作为石河子大学的一名教师，又作为北京大学的一名博士生，一种情结促使我对"对口支援"教育政策这一课题去倾心研究。从社会资本的角度去研究政府推动下的"对口支援"西部地区高校教育政策对我来说是一个挑战。此选题于2008年被立项为全国教育科学规划教育部重点课题（基于社会资本视角的政府"对口支援"西部高校教育援助政策研究（DIA080128））。由于师从阎凤桥教授，深感命运之宠，就放心了许多，同时又体会任务之艰、压力之大。早在1988年在北京科技大学学习期间就已结识了我的恩师阎凤桥教授，没想到2005年在北京大学求学时，我的博士生导师又是我早已熟悉的导师，感到非常高兴和幸运。阎凤桥教授兢兢业业、求真务实的治学态度，孜孜不倦、言传身教的教师情节、勉励鞭策、宽容善待的爱生品格时刻感染和激励着我成长与进步。在博士论文选题讨论、框架确定和写作过程中，导师的学术引导和学术讨论，提升了我的博士学位论文的研究深度，尤其是每当遇到困难，研究思路受阻难以突破时，他都耐心地给我鼓励和自信，为学生营造了一种极为自由与宽松的学习和研究氛围。特别是在博士论文开题、预答辩以及综合考试的过程中，面对来自不同学科背景的老师和同学的质疑和提问，真有点让我不知所措。是导师的学术视野和学术境界不断引领、修正和完善我的研究内容和研究思路，使我在研究的道路上步履艰难却目标坚定。可以说，我的博士论文从选题、撰写、修改到定稿，无不倾注了恩师的心血与精力。导师的恩情，我将永远铭记于心。"经师易得，人师难求。"让我感受最深的是阎凤桥教授做学问如同做人的学术品格和学术情怀，深刻体会到学术职业的神圣之处和魅力所在，他是我踏入求学道路的引路人和榜样。

北京大学教育学院"民主、开放、求实、严谨、宽容、卓越"的学术氛围使我受益匪浅。2008年岁末本人有幸参加了学院组织的"自由探索、合作研究"年度学术盛会，再次感受到教育学院启人心智的学术活动、开阔视野的学术报告、锻炼团队的合作精神和进取探索的责任意识，目睹了大师的风采和学术的魅力，尤其是年轻教师敢于直言、各抒己见的学术交流和学术反思意识给我留下了深刻的影响。在北京大学学习期间，良师的精彩学术讲座、完备的图书信息资料、师生的相互关爱支持，为我的学术成长奠定了基础。可以说，我在北京大学教育学院的每滴进步，都离不开老师们的谆谆教诲和真诚关照。在此，由衷地向教育学院的全体老师致谢！感谢教过我课程或讲座的陈学飞教授、丁小浩教授、陈向明教授、陈洪捷教授、施晓光教授、马万华教授、陈晓宇教授、李文利教授、王蓉教授、文东茅教授、岳昌君教授、赵国栋副教授、林小英副教授、鲍威副教授。通过研修他们讲授的课程，奠定了我在教育与经济学专业高等教育行政管理方向的理论基础，逐渐丰富了自己的研究经验，知道什么是学理意识、问题意识、方法意识、历史意识、国际意识和政策意识，知道怎样制定分析框架和开展研究。在这里，还要特别感谢在百忙中仍给我们开设"如何撰写毕业论文"讲座的闵维方教授，以及郭建如副教授、蒋凯副教授、郭文革副教授、刘云杉副教授和李春萍博士，尽管他们并非我的导师和任课教师，但在我论文撰写的关键时刻都提供了耐心细致的指导和帮助。

需要感谢的实在太多，但无论如何也不能忘记侯华伟老师、徐未欣老师和资料室的老师们，对他们说声"谢谢"！他们不仅是我在教育学院接触最早最多的人，而且在学习与生活中均给予了我莫大的关怀和帮助，是我在北京大学教育学院学习期间不可多得的"社会资本"。作为一个既工作又读书的人，没有更多的时间在北京大学接受熏陶，这也许就是我终身的遗憾。若有机会我仍然会毫不犹豫地选择北京大学，我爱北京大学，我爱教育学院，我爱我的老师。北京大学真心实意支持石河子大学，我在此真真切切地感受到这一关爱。

感谢在研究实证过程中给予过帮助的所有朋友、同学以及所有知名和不知名的研究参与者，特别是教育部高教司办公室的康凯主任和石河子大学的吴英策、郑亮和付娟以及全国各对口支援高校的大力支持，没有他们的鼎力协助和热情参与，就没有本书实证结果的形成。另外，在这里需要特别提及一个我的校外博士导师，他就是石河子大学原党委书记周生贵教授，他在我求学的道路上给予了我生活上无微不至的照顾、学业上无私的支持，才使我安心于自己的学业并得以顺利完成博士论文的撰写。还需要感谢的是我所在的石河子大学师范学院和兵团教育学院的同事和我的研究生，没有他们的支持和理解，我也很难有时间和精力完成博士论文。同时，还要感谢参加我博士论文答辩的北京科技大学张兴老师和北京师范大学曲恒昌老师！最后，我要感谢我的妻子和儿子以及所有关心我成长的朋友和同事。尤其我的爱妻许淑春女士，为了不影响我的学习，她包揽了所有的家务和照顾儿子的任务，才能使我安心去学习、去研究，得以完成我的博士论文，她不仅是我生活的伴侣，也是成就我学术生涯的坚定支持者。在落笔之时，我想再次说声"谢谢"！用我的真情、真诚、真意回报一切帮助过我的人！

　　本书得到了北京大学出版社的大力支持，特别是教育出版中心主任周雁翎博士的鼎力相助。同时，本书出版恰逢教育部实施对口支援西部高校十周年，权把本书当做一个政策亲历者的祝福和贺礼。在本书的研究和撰写过程中也参考了大量学者的研究成果，在此一并表示感谢！

　　由于作者初次用社会资本和社会网络的相关理论解读教育援助新模式，难免有疏漏或不足之处，但这种不完善或不完美正是我不断探索、不断研究、不断进取的动力。

2010 年 11 月 1 日